NOBLE MATCH

NICOLE KNOBLAUCH

DRACHENMOND VERLAG

Drachenmond Verlag GmbH
Auf der Weide 6
50354 Hürth
https://www.drachenmond.de
E-Mail: info@drachenmond.de

Lektorat: Alexandra Fuchs
Korrektorat: Michaela Retetzki
Satz & Layout: Astrid Behrendt

Umschlagdesign: Alexander Kopainski
Bildmaterial: Shutterstock

Druck: Booksfactory

ISBN 978-3-95991-929-6

Für Philipp, Leopold und Ferdinand
Danke,
dass ihr mich immer unterstützt

April

Ausgerechnet ein Duke

Das ist eine einmalige Chance!« Mit einem Seufzer lasse ich mich aufs Sofa meiner besten Freundin Lindsay fallen.

Sie bleibt zwei Meter entfernt stehen und kneift die Augen zusammen. »Und warum siehst du dann unzufrieden aus? Einmalige Chancen sind doch was Gutes.«

»Kommt drauf an. Für diese müsste ich alles verraten, woran ich glaube.«

»Du hast also endlich einen heißen Millionär getroffen, der dir ein unmoralisches Angebot macht, um dich für Sexspielchen zu kaufen?«

Gegen meinen Willen muss ich lachen.

»Als ob das je passieren würde! Und selbst wenn, kennst du meine Antwort. Die würde immer *Nein* lauten. Wie oft habe ich dir das schon gesagt?«

»Und wie oft habe ich dir gesagt, dass das ein Riesenfehler wäre? Wenn es solche Typen wirklich gibt, wärst du sicher eine von denen, die so ein Angebot bekommen. Mit deinen blonden Locken, den blauen Augen und dem Engelslächeln bist du geradezu prädestiniert dafür.«

»Soll ich es ihm sagen, wenn ich ihn sehe? Denn tatsächlich spielt ein heißer Millionär eine Rolle.«

»Du machst Witze! Erzähl!« Mit wenigen Schritten ist Lindsay bei mir, setzt sich im Schneidersitz auf das breite Sofa ihres Wohnzimmers und sieht mit großen Augen zu mir herüber.

Ich öffne den Mund, komme jedoch nicht dazu, etwas zu sagen, weil sich die Tür öffnet und zwei Kinder auf uns zurennen. »April!« Emily wirft sich in meine Arme, als ob sie mich seit Tagen nicht gesehen hätte, dabei waren es nur drei Stunden. Ich ziehe sie an mich und gebe ihr einen Kuss auf die Wange.

»Hey, Kleine. Alles gut bei dir?«

»Ja, alles toll. Billy und ich gehen in den Garten. Er bringt mir bei, wie man Baseball spielt.« Sie hüpft von meinem Schoß und geht zurück zu ihrem besten Freund, der mit Baseballhandschuh und Ball bewaffnet in der Tür steht. Billy und Emily sind seit ihrer Geburt Freunde. Meine Schwester Kirsten und Lindsay haben sich im Krankenhaus kennengelernt und sind danach in Kontakt geblieben. Wir drei sind Freundinnen geworden, bis … Der Gedanke an Kirsten schmerzt nach wie vor. Ob sich das je ändern wird? Sie ist inzwischen seit über zwei Jahren tot, und mir kommen immer noch hin und wieder die Tränen, wenn ich an sie denke. Doch für meine Nichte reiße ich mich zusammen.

»Viel Spaß«, sage ich und lächle. »Ich rede noch ein wenig mit Lindsay und wir essen nachher auch hier. Okay?« Beide Kinder brechen in Jubel aus und das Strahlen auf Emilys Gesicht wärmt mir das Herz. Ich würde alles für sie tun. Was mich zurück zu meinem Dilemma führt. Billy und Emily verlassen das Wohnzimmer und Lindsay fordert mich mit einer Handbewegung auf, weiterzureden. »Also, wie war das mit dem Millionär?«

Ich kuschle mich in die Ecke des Sofas und ziehe ebenfalls die Beine an. »Die Dyers haben mir ein Angebot gemacht, das all meine Geldprobleme mit einem Schlag lösen könnte. Ich würde genug verdienen, um sämtliche Schulden loszuwerden, und hätte am Ende sogar noch was übrig für einen Besuch in Disney World mit Emily.«

»Und da zögerst du?«

»Ja, nein, eigentlich nicht.« Ich schlage die Hände vors Gesicht.

»Erzähl schon. Von was für einem Angebot reden wir?«

Ich nehme die Hände runter, straffe die Schultern und atme einmal tief in den Bauch. »Was ich dir jetzt sage, ist topsecret. Das darfst du niemandem erzählen.«

»Du machst es spannend.« Sie fährt sich mit der Hand übers Gesicht, als würde sie ihre Lippen versiegeln. »Ich schweige wie ein Grab.«

»Der Sender plant eine neue Reality-TV-Show: *Noble Match*. Im Prinzip ein alter Hut: eine Horde Frauen, luxuriöse Umgebung und ein junger, heißer Junggeselle. Am Ende verlobt er sich mit einer und sie leben glücklich bis … Na, du weißt schon.«

»Okay. wie ich die Dyers kenne, gibt es da noch mehr?«

»Richtig. Da kommt der Millionär ins Spiel.« Ich ziehe die Beine in den Schneidersitz, mache eine kunstvolle Pause und amüsiere mich über Lindsays erwartungsvolles Gesicht. »Der Star der Show wird Kayden Devlin, der Duke of Barndon.«

»Ein Duke?«

Ich nicke. »Ein ziemlich heißer Duke, der noch dazu intelligent und intellektuell ist. Mitte zwanzig, gut aussehend, erfolgreicher Geschäftsmann. Der Traum aller Schwiegermütter.«

Lindsay runzelt die Stirn. »Er ist also Brite?«

»Schotte.«

Fragend hebt sie die Hände in die Luft. »Und wo liegt das Problem?«

»Das ist kompliziert.« Ich seufze tief. »Diese Show wird ein in sich geschlossener kleiner Kosmos. Laut Drehplan müsste ich zwei Wochen ununterbrochen am Set sein, hätte dann einen Tag frei und wäre weitere zwei Wochen weg. Danach würden wir vier Wochen quer durch die USA reisen und ich hätte gar keinen freien Tag.« Mein Blick schweift in den Garten. »Das kann ich Emily nicht antun.«

»Wieso? Em bleibt bei uns.« Bei Lindsay klingt das ganz einfach. »Billy und sie kleben sowieso jeden Tag zusammen.«

»Und was sagt Roy dazu? Ich kann euch doch kein zweites Kind aufhalsen.«

»Natürlich kannst du. Wir reden ja nicht von immer, sondern von ein paar Wochen.«

»Drei Monate ungefähr. Anfangs kann ich abends nach Hause kommen. Permanent vor Ort bleiben muss ich erst, wenn die Kandidatinnen und der Duke da sind. Die letzten vierzehn Tage kann Emily zu meiner Mutter nach Florida. Ich müsste nur den Flug organisieren.« Erneut sehe ich zu meiner Nichte in den Garten. »Allerdings bin ich unsicher, wie Emily es aufnimmt, wenn ich plötzlich verschwinde. Seit Kirstens Tod waren wir immer zusammen. Du weißt, wie schwer es für sie war, dass ihre Mutter auf einmal einfach weg war. Das kann ich ihr nicht schon wieder antun.« Es fällt mir schwer, meine Gefühle in Worte zu fassen. Unser Leben wird besser, wenn wir die Schulden los sind. Das hilft allerdings nicht gegen das schlechte Gewissen, das mich sofort überfallt, wenn ich nur daran denke, Emily allein zu lassen.

»Das hier ist etwas völlig anderes. Du bist nicht tot, sondern arbeitest, und Emily ist mit ihren fast sieben Jahren alt genug, um zu verstehen, dass du nur für eine gewisse Zeit weg bist.«

Da ist was Wahres dran. Trotzdem fühlt es sich so an, als würde ich meine Nichte im Stich lassen. »Meinst du?«

»Ja, meine ich. Und wenn ich das richtig verstanden habe, ist die Bezahlung gut?«

»Spitzenmäßig, am Ende der Show winkt sogar eine Prämie.«

»Dann ist die Sache klar. Emily bleibt bei uns und du gehst zur Show.«

Ich schenke ihr ein Lächeln. »Das ist lieb von dir.« Wieder ernst fahre ich fort: »Da gibt es noch mehr, was dagegenspricht.«

»Ich höre.« Lindsay beugt sich nach vorn und faltet die Hände, bereit, jedes meiner Argumente zu zerpflücken. Genau das ist es, was ich an ihr schätze. Sie zeigt mir Perspektiven auf, die ich übersehe, und hält mir gleichzeitig bedingungslos den Rücken frei.

»Ich kann dieser Art von Fernsehunterhaltung nicht das Geringste abgewinnen. Frauen werden auf schlimmste Weise diskriminiert und ausgebeutet. Man reduziert sie auf ihr Äußeres und …«

Stirnrunzelnd unterbricht mich Lindsay. »Schon klar, die Frauen wissen allerdings, worauf sie sich einlassen. Shows dieses Formats gibt es schließlich viele. Die Frauen reißen sich um eine Teilnahme, damit ihre Karriere den nötigen Pusch bekommt.«

»Darum geht es nicht. Was vermittle ich Emily, wenn ich bei so etwas mitmache? Damit unterstütze ich die Ausbeutung und zeige, dass mir egal ist, wenn Frauen diffamiert und ausgenutzt werden.«

»Verstehe.« Lindsay zieht die Lippen zwischen die Zähne. »Manchmal muss man das kleinere Übel in Kauf nehmen. Lass uns logisch an die Sache rangehen. Wir reden von genug Geld, um all deine Schulden loszuwerden, richtig?«

»Von mehr. Wir könnten uns noch ein paar Extras leisten.«

»Also, nach drei Monaten, die du dieser Show opferst, kannst du endlich mit der Vergangenheit abschließen und ein neues Kapitel öffnen? April, da solltest du nicht zweimal überlegen.«

Das weiß ich, aber es von Lindsay zu hören macht es irgendwie realer. »Du hast recht. Keine der Frauen wird gezwungen, und sie bekommen Geld dafür.« Dieses Thema wäre damit abgehakt. Kommen wir zu meinen letzten Bedenken. »Bleibt noch der Duke of Barndon.«

»Was ist mit ihm?« Sie greift nach ihrem Handy und tippt darauf herum. Wahrscheinlich sucht sie ein Bild des Duke. »Wow, also der ist doch ganz ansehnlich. Groß, schlank, aristokratische Nase, volle Lippen. Und erst diese Kleidung. Egal welches Foto man betrachtet, er ist immer gut angezogen. Der Typ ist der Wahnsinn. Er guckt ein wenig grimmig. Das würde ich allerdings auch, wenn mich Wildfremde einfach so fotografieren.«

»Sein Aussehen ist mir egal. Es geht darum, was er repräsentiert und wer er ist.«

»Du hast ein Problem mit Schotten?«

Frustriert schließe ich die Augen und atme mehrmals tief durch. Ich mag Lindsay, doch manchmal bringt sie mich zur Weißglut. »Das ist doch Blödsinn. Es geht um … Ich zeig's dir.« Umständlich ziehe ich mein Handy aus der Hosentasche und entsperre es. Da ich weiß, was ich suche, finde ich den Artikel bei Google schnell. »Hier.«

Lindsay greift nach meinem Handy und liest. Dabei legt sie die Stirn in Falten. Nachdem sie fertig ist, sieht sie schließlich zu mir. »Seit wann glaubst du, was die britische Klatschpresse schreibt? Nur weil die behaupten, er habe seiner Geliebten Geld bezahlt, damit sie sein uneheliches Kind verschweigt, heißt das noch lange nicht, dass es auch so war.«

»Warum hat er ihr dann das Geld gezahlt? Oder dementiert die Schlagzeilen nicht, sondern verweigert jeden Kommentar? Da ist was faul.«

»Selbst wenn, ist das doch völlig zweitrangig. Was kümmert es dich, ob er ein uneheliches Kind hat? Er zahlt wenigstens dafür, anders als dieser Dreckskerl, der deine Schwester geschwängert hat. Oder eure Dads. Dieser Kayden Devlin scheint zumindest den Anstand zu besitzen, für seine Fehltritte geradezustehen. Das spricht für und nicht gegen ihn.« Sie nickt entschieden. Bei ihrer Wortwahl zieht sich allerdings alles in mir zusammen. Kinder sollten nie als *Fehltritt* bezeichnet werden. Weder an Kirsten, Emily, mir oder der Tochter des Duke of Barndon ist etwas falsch. Wir sind nicht das Problem. Auch wenn unsere Väter das anders sehen. Da ich Lindsay so lange kenne und weiß, dass sie es gut meint, schlucke ich einen Kommentar dazu hinunter.

»Es spricht sehr wohl gegen ihn, wenn er nicht zu seinem Kind steht. Ich bin mit einem Vater aufgewachsen, der uns im Stich gelassen hat, und Emily blüht das gleiche Schicksal. Ein Mann, der so etwas tut, ist bei mir unten durch. Egal welche Qualitäten er sonst aufweist.« Meine Meinung zu diesem Thema ist klar, und davon lasse ich mich nicht abbringen.

»Du machst dir zu viele Gedanken. Ganz ehrlich, nichts in diesem Bericht hat etwas mit dir zu tun. Nimm den Job an und nimm das Geld. Danach hast du immer noch genug Zeit, den Moralapostel zu spielen.«

»Aber …«

»Kein Aber. Es sei denn, er ist ein Serienkiller oder so was in der Art.« Sie legt den Kopf leicht schief. »Ist er ein Serienkiller?«

Gegen meinen Willen muss ich grinsen. »Nein, natürlich nicht. Allerdings wohl ziemlich skrupellos. Laut Internet hat er es während des Studiums ordentlich krachen lassen, da kommt auch das Kind her. Danach war er bei einer dieser Firmen beschäftigt, die andere Firmen aufkaufen, zerschlagen und gewinnbringend verkaufen. Bis er vor einem Jahr den Titel geerbt hat.«

»Ja und? Daran ist nichts ungesetzlich. Warum reitest du so darauf herum? Du bist keine Kandidatin der Show, also kann dir der Kerl vollkommen egal sein.«

»Ich müsste ziemlich eng mit ihm arbeiten. Eine meiner Aufgaben wäre es, ihn zu betreuen.«

»Ich sehe da immer noch kein Problem. Dann arbeitest du eben ein paar Wochen mit ihm. Du hast Erfahrung darin, mit Leuten klarzukommen, die du nicht leiden kannst. Das machst du sowieso jeden Tag beim Sender.«

Da ist was Wahres dran. Seit zwei Jahren arbeite ich bei SW-Channel 3 und kümmere mich um die Promis und Sternchen, die es zu diversen Kurzauftritten nach Seattle verschlägt. Ich weiß, dass Lindsay recht hat. Ich wusste auch, dass sie mir genau diesen Rat geben würde. Deshalb bin ich zu ihr gekommen. Jedoch bleibt ein letzter Rest Zweifel. Ich habe wenige Prinzipien, aber eines lautet: Kein Kontakt zu Männern, denen ihre Kinder egal sind. Wenn es für einen Tag wäre, hätte ich sicherlich weniger Probleme damit. Doch Wochen?

»Wie funktioniert das mit der Ausstrahlung? Ist das live?« Wie immer spürt Lindsay mein Unbehagen, legt mir beruhigend eine Hand aufs Knie und wechselt das Thema.

»Nein. Wir haben fest installierte Kameras am Set«, erkläre ich. »Die laufen vierundzwanzig Stunden. Es gibt ein Team von drei Leuten, das im Schichtdienst das ganze Material überwacht und spannende Szenen kennzeichnet. Gesendet wird zweimal die Woche für anderthalb Stunden. Jeweils Samstag und Mittwoch, wobei die Entscheidung, welche Frauen weiterkommen, immer samstags sein wird.«

»Wow. Kameras den ganzen Tag? Fast wie *Big Brother*. Wirst du auch gefilmt?«

»Am Set natürlich schon. Ich werde sicherlich nur selten zu sehen sein. Sie filmen zwar den ganzen Tag, aber gezeigt werden nur ausgesuchte Szenen. Und es gibt kamerafreie Zonen. Zum Beispiel in den Zimmern der Crew, unseren Arbeits- und Schneideräumen oder den Gängen. Wir sind völlig uninteressant.«

»Was sind dann deine Aufgaben vor Ort?«

»Mich um das Wohlbefinden der Frauen und des Duke zu kümmern. Ihnen etwas zu bringen, wenn sie es brauchen, und ihnen jeden Wunsch von den Augen abzulesen.« Genau das, was ich normalerweise auch im Sender mache. Trotzdem bin ich skeptisch. »Du meinst also, ich sollte es machen?«

»Sicher meine ich das. Das kannst du dir einfach nicht entgehen lassen. Und Emily bleibt bei uns. Kein Problem.«

Ich nicke. »Dann werde ich also in den nächsten Wochen für *Noble Match* arbeiten.«

»*Yeah, baby.*«

An meinem Gürtel piept das Funkgerät. Der Wachmann am Eingang meldet sich und gibt durch, dass *Seine Gnaden* eingetroffen ist. Meint er das ernst? Müssen wir den Duke so ansprechen? Egal. Seine Ankunft ist mein Stichwort. Ich soll ihn willkommen heißen. Stella, meine direkte Vorgesetzte, hat mir eingehämmert, was für ein Riesenvorteil das für uns sei. Wenn wir Glück haben, hält er sich danach an mich und vertraut mir irgendwann. Natürlich hat Stella recht, aber ich fühle mich aus vielen Gründen unwohl dabei. Zum einen knabbere ich nach wie vor an der Sache mit seinem Kind. Er hat eine Tochter, nur wenig jünger als Emily, die er praktisch nie sieht. Gar nicht sehen möchte. Das macht mich traurig und wütend zugleich.

Ein anderer Grund ist Stellas Anweisung, den Duke mit Aufmerksamkeit zu überschütten und so zu tun, als wären wir Vertraute. In Wahrheit geht es nur darum, so viel wie möglich über ihn herauszufinden und es schließlich zu benutzen, um die Show aufregender zu gestalten. Hinter seinem Rücken natürlich. Um das zu gewährleisten, habe ich erst mal den Auftrag, ihm den Set zu zeigen. Jemanden auf diese Art zu hintergehen gefällt mir nicht, gehört dennoch zum Job.

Ich trete in die große Eingangshalle, in der überall Menschen herumwuseln und die letzten Arbeiten erledigen, bevor morgen der Dreh beginnt.

Mit einem strahlenden Lächeln öffne ich eine der breiten Flügeltüren dieses monströsen Bauwerks und sehe mich einem großen, dunklen Schatten gegenüber.

»Dieses Gebäude kann nur ein Scherz sein!«

Das klingt ziemlich arrogant.

Meine Augen gewöhnen sich an die Lichtverhältnisse und ich erkenne Kayden Devlin, den Duke of Barndon. Die Schnappschüsse und Porträtfotos werden ihm nicht gerecht. Nicht im Mindesten. Er ist um einiges größer, als ich gedacht hatte. Mit meinen ein Meter zweiundsiebzig bin ich selbst nicht gerade klein, aber er überragt mich um fast einen Kopf.

»Entschuldigung, das hier«, er macht eine kreisende Handbewegung, »ist eine lächerliche Mischung aus Highlandburg und wilder Fantasie. Geradezu absurd.«

Ich starre ihn weiterhin an, denn leider kann ich es nicht anders sagen: Der Anblick haut mich um. Sein Kinn ist weniger kantig als auf den Fotos, das Haar heller, was vielleicht daran liegt, dass der Duke heute weniger Gel verwendet hat. *Reiß dich zusammen, April. Das ist nicht der erste schöne Mann, dem du begegnest.*

Sein Blick richtet sich auf mich. »Ihr Interesse an meinem Aussehen schmeichelt mir, aber finden Sie diese Umgebung passend?«

Ertappt. Seine Rüge hat etwas Gutes: Ich löse meinen Blick von ihm und erinnere mich daran, warum ich hier bin. Zum Glück habe ich Erfahrung im Umgang mit arroganten Menschen und schaffe es, mein Lächeln beizubehalten.

»Absolut, Sir«, sage ich und ziehe die Mundwinkel ein wenig weiter nach oben. »Der Sender hat dieses Gebäude ausgewählt, weil es im schottischen Stil …«

Er hebt skeptisch die rechte Augenbraue und mustert mich, als wäre ich nicht ganz bei Trost.

»So stellen sich Amerikaner den Wohnsitz eines schottischen Duke vor«, verteidige ich die Wahl des Senders. Mir ist klar, dass diese Aussage pauschalisiert, doch im Grunde stimmt sie.

»Weil das Publikum Schottland nur aus *Outlander* kennt und alle Schotten für Highlander hält?« In seinem Ton liegt diese leichte Hochnäsigkeit, die allen Briten zu eigen ist. Bevor ich antworten kann, spricht er weiter. »Natürlich ist es so. Wir sind in Amerika.« Seufzend schüttelt er den Kopf. »Damit war zu rechnen. Ist nicht Ihre Schuld.« Der ernste Ausdruck verschwindet und macht einem Lächeln Platz. »Entschuldigen Sie, ich habe meine Kinderstube völlig vergessen. Ich bin Kayden Devlin. Angetreten, um meine Seele zu verkaufen.«

Oh? Ich suche in seinem Gesicht nach Anzeichen, dass er scherzt, das Lächeln ist jedoch verschwunden. Tatsächlich meine ich, einen bitteren Zug zu erkennen. Merkwürdig. »Die haben wir wohl alle längst geopfert.«

»Wie wahr, wie wahr!« Er neigt den Kopf leicht nach links und fährt sich kurz mit der Zungenspitze über die Lippen. Unwillkürlich wiederhole ich die Geste. Seine Augen sind eine Mischung aus Blau und Grün und scheinen direkt in mich hineinzublicken. Dieser Mann ist eine echte Herausforderung für mein inneres Gleichgewicht. »Und was ist Ihre Funktion?«

Praktisch, dass sein wahnsinnig gutes Aussehen durch seine blasierte Art zunichtegemacht wird.

»Ich bin das Mädchen für alles und werde all Ihre Wünsche erfüllen.« Was als Scherz gemeint war, klingt laut ausgesprochen ziemlich schräg.

»All meine Wünsche?« Ein sinnlicher Zug erscheint um seine Lippen. »Passen Sie auf, was Sie anbieten.« Er sieht mir weiter in die Augen, während er seine Finger von den braunen Lederhandschuhen befreit, die er trägt.

»Nur das, wofür der Sender mich bezahlt«, beeile ich mich zu antworten. Souveränität sieht anders aus, aber ihm scheint meine Antwort zu gefallen, denn seine Züge entspannen sich.

»Dann sollte ich meinen Vertrag noch mal genau lesen.«

Was meint er damit? Flirtet er? Inzwischen hat er den linken Handschuh ausgezogen und greift nach dem rechten Daumen. Fasziniert beobachte ich, wie er an jedem einzelnen Finger zupft und das Leder langsam löst.

»Wie geht es weiter?«

»Das Wichtigste zuerst: Wie spricht man einen Duke an?« Die Frage ist ein wenig unglücklich formuliert, doch ich will ihn nicht falsch ansprechen.

Seine Mundwinkel heben sich. »Wie jeden anderen auch, hoffe ich?«

»Also muss ich nicht *Euer Gnaden* sagen?«

»Das wäre in diesem Rahmen wohl kaum angebracht. Machen wir es einfach: Ich bin Kayden und wir sagen *Du*?«

Er streckt mir die Hand entgegen und mir fällt auf, dass er sich schon zum zweiten Mal vorstellt, während ich ihm meinen Namen immer noch nicht gesagt habe. Ein wenig überrascht über seinen Vorschlag mit dem *Du* ergreife ich seine Finger. Der Händedruck ist warm, kurz und fest. »Gut. Ich bin April Woods.«

»April«, wiederholt er meinen Namen mit diesem Akzent, von dem ich nicht weiß, ob er lächerlich oder anziehend ist. Auf jeden Fall sorgt er dafür, dass mein Körper überall kribbelt. Nicht darüber nachdenken. »Dann zeige ich dir mal, wo du für die nächsten Wochen wohnen wirst. Direkt im Anschluss hast du einen Termin mit den Dyers. Sie wollen besprechen, wie die Ankunft der Ladys abläuft. Danach stelle ich dich den beiden Teams vor. Jedes kümmert sich jeweils um zehn Damen. Und zusätzlich natürlich um dich.«

»Das machst nicht du?«

»Doch, auch. Ich bin Associate in Stellas Team.«

»Okay.« Er nickt. »Das mit den Bezeichnungen ist mir noch unklar. Stella ist wer?«

»Stella und John sind Production Manager. Ich bin Production Associate.«

»Dann werde ich also von einer Hilfskraft begrüßt? Nett.«

Schönes Gesicht hin oder her, die Arroganz dieses Kerls bringt mich an meine Grenzen. Ich verenge die Augen zu Schlitzen. »Diese Hilfskraft«, ich deute auf mich, »wird heute genau wie in den kommenden Tagen dafür sorgen, dass du bekommst, was du willst. Ist das Okay für dich?« Das war den Umständen entsprechend höflich.

»War nur eine Feststellung.« Er schenkt mir ein Lächeln, das er sicherlich für entwaffnend hält. Wirkt aber bei mir nicht. »Wie immer finde ich den Umgang in den USA insgesamt sehr erfrischend.«

Aha. Was auch immer er damit zum Ausdruck bringen möchte. Ich übergehe die Bemerkung und mache weiter im Programm. »Morgen früh wird dein Eintreffen gedreht. Komm mit, ich zeige dir dein Zimmer.« Ich laufe los und greife seinen Kommentar vom Anfang auf, um die Stille zu füllen. »Du wohnst also in Schottland nicht in so einer Burg?«

»Nein. Unser Anwesen ist …« Er stockt und sieht sich um. »Britischer.«

»Britisch ist also anders als schottisch?«

»Ja und nein. Wie ich bereits erwähnte, ist das hier rudimentär an Burgen in den schottischen Highlands angelehnt. Ich komme aus den östlichen Lowlands, fast an der Grenze zu England. Das ist etwas völlig anderes.«

»So als ob man aus Washington oder Florida kommt?«

»Möglich. Ich bin Schotte durch und durch, aber eben kein Highlander und auch kein Clan Chief. Meine Vorfahren waren Engländer, bevor sie den Titel vor etwas mehr als zweihundert Jahren verliehen bekommen haben. Das muss man wissen, um zu verstehen …« Er winkt ab. »Nicht so wichtig. Das hier ist das Showbusiness und da kommt es auf den Schein an. Ich gewöhne mich sicher daran.«

So viel Verständnis hätte ich ihm gar nicht zugetraut. »Passt wenigstens die Innenausstattung?«, frage ich, da wir den Eingangsbereich durchqueren. Nach seiner vernichtenden Kritik betrachte ich die Dekoration mit ganz neuen Augen. Boden und Wände sind aus unverputztem grauen Stein, was der Eingangshalle die Atmosphäre einer mittelalterlichen Burg verleiht. Links und rechts gehen dunkle Holztüren ab und vor uns befindet sich eine dieser riesigen Doppeltreppen, wie man sie eher in einem noblen alten Herrenhaus erwartet. Die Stufen sind mit dunkelrotem Teppich ausgelegt und in der Mitte steht eine Statue von Atlas, der die Weltkugel auf seinen Schultern trägt.

»Jedes Stück zeigt deutlich, dass weder Kosten noch Mühen gescheut wurden«, antwortet er diplomatisch. Kurz sieht er aus, als wolle er noch mehr sagen, schüttelt dann den Kopf und seufzt.

»Na, immerhin etwas.« Ich deute auf die Statue. »Vor diesem Kollegen wirst du morgen stehen und deine Damen begrüßen. Hier findet auch die Vergabe der Anhänger statt. Das hat man dir erklärt?«

»Die Frauen bekommen Armbänder überreicht und später zusätzlich Anhänger, wenn sie bleiben dürfen.« Seinem Tonfall meine ich zu entnehmen, dass er die Idee für wenig originell hält. Doch da es so im Skript steht, nicke ich lediglich. »Deine Zimmer sind im ersten Stock. Den Rest der Tour machen wir, sobald dein Meeting mit den Dyers vorüber ist.« Immer zwei Stufen auf einmal nehmend, stürme ich die Treppe auf der linken Seite nach oben. Ich kann nur hoffen, dass er mir folgt. Schon fast oben angekommen, höre ich ihn fragen: »Warum Atlas?«

Ich stoppe und drehe mich zu ihm um. Er steht auf dem kleinen Absatz und betrachtet die Statue. Ich habe keinen Schimmer, was er will. »Was?«

»Atlas.« Er deutet auf den Titanen. »Man hätte jede beliebige Figur hinstellen können. Warum ausgerechnet Atlas?«

»Vielleicht steht die Innenarchitektin auf Muskelprotze?«

Sein Lachen erfüllt den Raum und sorgt dafür, dass sich einige Köpfe in unsere Richtung drehen. Und sich die Härchen an meinen

Armen aufrichten. Wer hätte gedacht, dass unser Duke so ein sympathisches Lachen hat.

»Das wäre natürlich eine Erklärung.« Er deutet auf die Statue. »Andererseits ist er ein Symbol dafür, was passieren kann, wenn man auf der falschen Seite steht.«

Und schon zerstört er mit seinem belehrenden Tonfall den guten Eindruck direkt. Denkt er, ich habe keine Ahnung, was Atlas passiert ist? Da muss ich ihn enttäuschen. In meiner Jugend habe ich die Romane über Percy Jackson verschlungen. Ich weiß verdammt viel über griechische Mythologie. Atlas ist einer der Titanen, der Zeus entgegentrat – und verlor. Zur Strafe muss er für alle Zeiten die Weltkugel auf seinen Schultern tragen.

Ich kann der Versuchung nicht widerstehen, ihm zu zeigen, dass ich verstehe, worauf er anspielt. »Dann sollten wir uns wohl nicht gegen Zeus stellen. Besser, man steht auf der richtigen Seite.«

Sein tiefer Seufzer überrascht mich. »Wenn man nur vorher wüsste, welche die richtige ist.« Er wendet sich von Atlas ab und sieht zu mir. »Das wäre praktisch, nicht wahr?« Mit zwei großen Schritten ist er neben mir. So nah, dass mir sein Duft in die Nase steigt: Zitrone und Zedernholz. Kein Aftershave, das ich je zuvor gerochen habe. Durchaus anziehend.

Ich ignoriere seinen letzten Kommentar und deute mit dem Kopf in Richtung Flur. »Komm mit!« Wäre doch gelacht, wenn mich ein arroganter Duke aus der Ruhe bringen könnte.

»Ich bin in einer halben Stunde zurück und zeige dir den Rest.« Lächelnd nicke ich Kayden zu, höre seine Antwort aber nicht mehr, da mein Funkgerät piept.

»Ja?«

Ein Knacken ertönt, dann die Stimme meiner Chefin Stella: »Ich habe ein paar Minuten Zeit für ein Briefing. Bring Kaffee mit.«

»Alles klar. Wo treffen wir uns?«

»Bin im Haus der Frauen. Für mich viel Zucker und fettarme Milch.« Ein erneutes Knacken ertönt und zeigt an, dass sie fertig ist.

Natürlich muss ich den Kaffee besorgen und auf ein *Bitte* werde ich bei ihr wohl vergeblich warten. Aber ich wusste, worauf ich mich einlasse. Irgendwie hat Kayden recht. Als Associate bin ich kaum mehr als eine *Hilfskraft*. Ich hole Kaffee und Essen, erfülle Wünsche, lasse mich anschreien oder spende Trost und versuche später, sowohl Kayden als auch die Damen in eine Richtung zu lenken, die im Sinne des Senders ist. Ob das bei Kayden gut funktioniert, wird sich zeigen. Nach den wenigen Minuten mit ihm bin ich bereits überzeugt, dass er seine ganz eigene Vorstellung von allem hat und versuchen wird, die durchzusetzen.

In der Crewküche im Erdgeschoss angekommen, befülle ich zwei Becher mit Kaffee und gehe mit ihnen über das Gelände zu der kleinen Villa, in der die Frauen wohnen. Sie befindet sich auf dem Drehgelände und ist durch einen Zaun vom Hauptgebäude getrennt.

Im Gegensatz zum Haupthaus ist die Villa offen und luftig. Sie gleicht eher einem Südstaatenanwesen. Zwei große Säulen schmücken den Eingang, eine kleine Treppe führt hinauf zur Tür und links und rechts geht eine breite Terrasse ab, die um das Haus herumführt.

Das Innere hat nichts mehr mit einer altehrwürdigen Südstaatenvilla gemein. Direkt hinter der Eingangstür öffnet sich das weitläufige Wohnzimmer, dessen Kernstück eine große dunkelgraue Couch bildet. Sanft streiche ich mit der Hand über das weiche Veloursleder. Genau so eine Couch wünsche ich mir auch. Gern kleiner, schließlich müssten auf meiner keine zwanzig Frauen Platz finden.

Eine Bewegung aus den Augenwinkeln zieht meine Aufmerksamkeit auf sich. Ich rechne mit Stella, doch es ist nur ein weißer, fast durchsichtiger Vorhang, der sanft in der Frühlingsbrise weht. Dahinter erahnt man die Terrasse, die den Blick auf das einige Kilometer entfernte Meer freigibt.

»Ah, mein Kaffee!« Ich drehe den Kopf. Aus der offenen Küche kommt mir Stella entgegen. Wie jedes Mal, wenn ich sie sehe, bin ich begeistert von ihrem Siebziger-Look. Ihr Schrank ist ausschließlich mit Vintage aus diesem Jahrzehnt gefüllt. Heute trägt sie ein langes Kleid mit Carmenausschnitt und Blümchenmuster. »Genau zur rechten Zeit.« Sie nimmt den Pappbecher entgegen und zeigt durch den Raum. »Alle Kameras sind an ihrem Platz und funktionieren.« Mit einem wohligen Seufzen setzt sie sich und bedeutet mir, ihr zu folgen. »Hier sind die Akten der Frauen, für die wir zuständig sind.«

Ich setze mich zu ihr auf die Couch, sie öffnet die erste Mappe, wirft einen schnellen Blick darauf und dreht sie dann zu mir. »Rosalie. Ihr gehört *Freegan Cosmetics*, die Firma stellt vegane Cremes, Make-up und so weiter her. Sie hat zu Hause in ihrer Küche angefangen und *Freegan Cosmetics* mauserte sich durch Instagram zum Geheimtipp für Stars und Sternchen.« Ich betrachte das Foto genauer. Die Frau ist mir auf Anhieb sympathisch. Eine Afroamerikanerin mit kurzen Haaren und einem freundlichen Lächeln.

»Die nächste ist Dana.« Eine weitere Akte, ein weiteres Bild. Diesmal von einer blonden Frau, an der jeder Zoll Cheerleader und Ballkönigin schreit. »Sie war vor fünf Jahren Miss California, hatte kleinere TV-Auftritte und hat schon mal bei einem ähnlichen Format mitgemacht. Sie ist die Erfahrenste. Das kann ein Vorteil oder ein Nachteil für uns sein. Denn dadurch wird sie am schwersten zu lenken. Dafür bekommen wir alles, was Amerika sehen will: die hübsche Ex-Cheerleaderin, Ballkönigin, dann Schönheitskönigin und inzwischen Sternchen am TV-Himmel und Social-Media-Liebling.« Stella tippt mehrfach mit dem Zeigefinger auf das Foto. »Sie ist das Vorbild Tausender Mädchen, die zuschauen. Wenn sie den Duke bekäme, würde das all ihre Träume erfüllen.«

Na, wenn sie meint. Meine Träume sehen anders aus.

»Hier haben wir Shanaya. Das genaue Gegenteil. Ihre Mutter ist Koreanerin, ihr Vater ist Colonel bei den Marines. Sie ist oft umgezogen, hat ein paar Jahre mit der Familie im Ausland gelebt und nie irgendwo Wurzeln geschlagen. Nach der Show will sie ihr eigenes Tattoostudio eröffnen. Sie ist keine Option für einen Duke, wird jedoch Schwung in die Sache bringen. Wir sollten zusehen, dass wir sie erst kurz vor unserer Abreise zu den Familienbesuchen verlieren.«

Sie deutet auf die weiteren Akten. »Ganz ehrlich: Bei denen lohnt es sich nicht mal, sich die Namen zu merken. Die sind Füllmaterial, und die meisten werden im ersten Monat ausscheiden.« Mit einem Schulterzucken packt sie die Mappen zur Seite. »Wenn eins unserer Mädchen gewinnen soll, dann Rosalie oder Dana. Vielleicht sogar durch Shanayas Hilfe. Sie kann die beiden aus der Reserve locken. Sie ist frech und sagt, was sie denkt. Wenn es stimmt, was man über unseren Duke so hört, ist er kein Kostverächter und steht auf Exotisches. Wir konzentrieren uns also auf die drei. Shanaya für die Exotik und Rosalie oder Dana als potenzielle Duchess.«

Beim Wort *Exotik* hebe ich die Brauen, doch Stella ignoriert mich und spricht ungerührt weiter. »Denn am Ende ist er wie alle Männer: Egal worauf er steht, geheiratet wird standesgemäß, wie es von ihm erwartet wird.«

»Da könntest du recht haben. Hast du von der Geschichte mit seinem Kind gehört?«

»Mittelschichtfrau, die er mit Geld abgespeist hat, oder?«

»Ja, das habe ich auch gelesen.« Ich hätte noch viel mehr zu dem Thema zu sagen. Zum Beispiel, dass ich es unmöglich finde, einen Mann zum Star zu machen, der sich so verantwortungslos gegenüber seiner Familie verhält. Merkt eigentlich niemand, dass dabei auf den Gefühlen von Frauen herumgetrampelt wird, die von genau solchen Männern verarscht worden sind? Anscheinend nicht. Also zügele ich mich, denn es soll professionell bleiben.

»Ist das ein Problem für dich, Schätzchen?«

Da ist mein Pokerface wohl verrutscht. Weil ich mich davon abhalten will, doch etwas Schlechtes über den Duke zu sagen, schüttle ich den Kopf und verschränke die Arme vor der Brust.

Stellas Blick wird ernst. »April, ich sage das nur einmal: Du musst dich zügeln. Ich will diese Prämie. Zwanzigtausend, wenn eines meiner Mädchen gewinnt, und die Hälfte für dich. Bist du bereit, dafür deine persönlichen Gefühle hintanzustellen?«

Diesmal nicke ich. Keine Ahnung, was mich so wütend macht. Ich soll schließlich nur mit ihm arbeiten und keine persönliche Beziehung zu ihm aufbauen.

»Dann umschmeichelst du jetzt unseren Duke und versuchst, so viel wie möglich über ihn herauszufinden. Wie entspannt er, welche Musik hört er, was sind seine Vorlieben bei Frauen? Welche Stellung hat er am liebsten? All die kleinen Dinge, die er bei keinem Interview erwähnt.« Sie wedelt mit der Hand durch die Luft. »Maggy hat mir anvertraut, dass wir für Sex ebenfalls einen Bonus bekommen. Du siehst, jede noch so kleine Information hilft. Und April: Das Wichtigste ist, dass du ihn bei Laune hältst.«

»Das bekomme ich hin.« Wäre doch gelacht, wenn ich es nicht schaffe, diesen Kerl auf Kurs zu halten.

»Gut. Wie ist er so?«

»Sehr britisch und von sich selbst überzeugt«, antworte ich, ohne darüber nachzudenken, und füge schnell hinzu: »Aber damit komme ich klar.«

»Das solltest du, denn die Konkurrenz schläft nicht. John und Don haben sich sicherlich auch einen Plan zurechtgelegt. Unser größter Vorteil bist du. Und die Tatsache, dass die beiden heute beim Sender Verpflichtungen haben und ich deswegen dich als Begrüßungskomitee vorschicken konnte.« Sie zeigt auf mich und ein selbstgefälliges Lächeln erscheint auf ihrem Gesicht. »Du kannst nämlich gut mit Menschen. Und du bist vom Business noch unverseucht, das gibt dir eine Unschuld, die man nicht vortäuschen kann. Deshalb habe ich dich ausgesucht. Also nutze das.« Sie wirft einen Blick auf ihre Armbanduhr. »Du solltest zurückgehen. Die Dyers werden gleich mit ihm fertig sein.« Sie ballt die Faust zu einer Siegerpose und setzt ein motivierendes Lächeln auf. »Hol uns die Infos, die uns an die Spitze katapultieren.«

»Schon auf dem Weg«, antworte ich mit deutlich mehr Enthusiasmus, als ich verspüre.

Wenn ich ehrlich bin, ist mir nach wie vor unwohl dabei, andere Menschen auszuspionieren und ihre Schwächen auszunutzen. Andererseits ist es so, wie Lindsay gesagt hat: Niemand wird zu etwas gezwungen. Der Duke und die Ladys sind freiwillig hier und bereit, ihre Seele zu verkaufen, wie Kayden es vorhin so schön formulierte. Dann kann sich auch keiner beschweren, wenn genau das geschieht. Am wenigsten der Duke of Barndon.

Kayden

Ein Lichtblick am Horizont

Wir haben vollstes Vertrauen in Sie, Kayden. Auf gutes Gelingen!« Dwayne Dyers joviales Grinsen stellt mich vor eine echte Herausforderung. Zum Glück bin ich viel gewohnt und habe Höflichkeit praktisch in die Wiege gelegt bekommen. »Ich freue mich auf die Zusammenarbeit und werde mein Bestes geben, dass die Show ein Erfolg wird!« Ich setze mein Geschäftslächeln auf und drücke Dwayne und Maggy die Hand.

»Dann steht einem Emmy ja nichts mehr im Wege.« Dwayne grinst weiterhin und ich wende mich zur Tür. Männer wie ihn kenne ich gut. Zu viel Macht und leicht verdientes Geld geben ihnen ein Gefühl von Überlegenheit, das völlig ungebührlich ist. Ich weiß, dass ich gegenwärtig überall die Position des Bittstellers einnehme. Keine Rolle, die mir sonderlich liegt, doch ich musste lernen, mit solchen Situationen umzugehen. Betrachtet man meine bisherigen Erfolge, bin ich gar nicht mal schlecht darin. Mein Besitz gehört mir noch und ich musste niemanden entlassen. Fürs Erste eine positive Bilanz.

Meine Befindlichkeiten sind zweitrangig. Was zählt, ist, dass die Dyers glauben, ich sei der richtige Mann für diese Show. Wichtig ist am Ende nur die Summe, die auf mein Konto fließt. Auch wenn das bedeutet, mit einem Lächeln über diese Highlanderburg hinwegzusehen. Ich habe von Anfang an gewusst, dass *Noble Match* harte Arbeit wird. Ein öffentlicher Dauerauftritt ohne Privatsphäre.

Und natürlich hätte ich es schlechter treffen können. Welcher Mann träumt nicht davon, mit zwanzig Frauen in einer Luxusvilla eingesperrt zu sein und auch noch Geld dafür zu bekommen?

Ich trete durch die Tür, halte jedoch direkt wieder inne. Mein Blick fällt auf April. Sie sitzt gegenüber auf der Fensterbank und sieht in den Garten. Ihre weizenblonden Locken fallen ihr weich über die Schultern.

Mir ist bereits bei unserer ersten Begegnung aufgefallen, wie hübsch sie ist: der lange Hals, die fein geschwungene Nase und ihre natürliche Figur, an der mit Sicherheit jeder Zentimeter echt ist. Ich muss gestehen, sie gefällt mir. Leider hatten wir keinen guten Start. Mein Kommentar über diese Burg war eigentlich nicht an sie gerichtet gewesen. Selbstgespräche sind eine schlechte Angewohnheit, die ich dringend ablegen muss. Egal wie sehr es mir hilft, meine Emotionen in den Griff zu bekommen. Am Set sind schließlich überall versteckte Kameras und Mikrofone.

April zuckt zusammen, als die Tür hinter mir ins Schloss fällt, und sieht mich mit großen Augen an. Mit einem geübten Handgriff bindet sie sich das Haar zusammen. Schade.

»Hey«, sagt sie und lächelt. »Ich dachte, ihr braucht länger.«

»Ich werde noch genug Zeit mit den Dyers verbringen, da muss ich es nicht gleich am Anfang übertreiben. Es gibt angenehmere Gesellschaft« Ich hoffe, damit meinen Fauxpas von vorhin wieder gutmachen zu können.

Das Lächeln auf ihrem Gesicht wird breiter. »Sie bezahlen mein Gehalt, also schweige ich zu dem Thema.«

»Ein weiser Entschluss.« Ich nicke zum Fenster. »Gibt es dort draußen etwas Interessantes zu sehen?«

»Den Irrgarten. In einer Folge wirst du dort Frauen jagen.«

Die Idee hat Dwayne mir eben bereits vorgestellt. Ich soll als schottischer Clankrieger à la *Outlander* die Ladys durch das Labyrinth jagen, meine Favoritin in die Mitte lotsen, um ihr dort einen Kuss zu stehlen und einen Anhänger zu überreichen. Ich hoffe, er hat verstanden, dass das außer Frage steht.

»Darüber haben wir gerade gesprochen. Die Idee ist …« Da mir kein passendes Wort einfällt, das nicht beleidigend oder ausfallend wäre, zucke ich mit den Schultern.

»Überwältigend und genial?« Der Schalk in ihren Augen bringt mich zum Lachen.

»Indiskutabel trifft es eher. Ich werde das nicht machen.«

Ihre Stirn legt sich in Falten. »Sie werden sicher noch Schlimmeres von dir verlangen. Mit so etwas musst du doch gerechnet haben?«

»Nein«, antworte ich ehrlich. »Grundregeln von Sitte und Anstand hatte ich leichtsinnigerweise vorausgesetzt.«

Sie kneift die Augen zusammen, zieht die Nase kraus und schüttelt den Kopf. »Willkommen in Amerika.«

»Großbritannien ist in dieser Hinsicht ähnlich, fürchte ich.« Es gelingt mir, ein Schnauben zu unterdrücken, und ich deute den Gang entlang. Zwecklos, darüber zu diskutieren. »Die große Tour für mich? Fangen wir an? Ich möchte mich danach zurückziehen und von der Reise erholen.«

»Natürlich. Wir beginnen ganz oben und arbeiten uns durch bis in den Keller.«

»Ihr seid noch da?«, erklingt eine Stimme hinter uns.

Ich drehe mich zu Maggy Dyer um. An ihr ist alles perfekt. Zu perfekt. Allerdings völlig anders, als das zu Hause der Fall wäre. Die perfekte britische Adlige ist elegant und auf eine Art zurückhaltend gekleidet und gestylt, die Maggy fehlt. Jedes Detail ihres Äußeren ist ein Hauch zu viel: angefangen beim akkurat geschnittenen Bob über das enge Etuikleid bis hin zu den hohen Absätzen. Mir fällt kein besseres Wort ein als: *amerikanisch.*

»Kayden, *Darling*, wir brauchen dich in anderthalb Stunden zur Kostümprobe«, trällert sie in meine Richtung. Und um einiges kühler an April: »Halte ihn nicht zu lange auf, aber sei gründlich. Schließlich soll er sich nicht verlaufen.«

»Natürlich, Mrs Dyer. Wir wollten gerade los.«

»Sie hat mir den Irrgarten gezeigt.« Aus irgendeinem Grund habe ich das Gefühl, ich sollte April zur Seite stehen. »Ihn von oben zu sehen verschafft einen besseren Überblick. Nur falls wir doch …«

»Oh, das ist eine ganz wundervolle Idee, *Darling*.«

Ist sie mir gerade ins Wort gefallen? Offensichtlich.

»Ich hoffe, das hilft dir, zu erkennen, wie phänomenal unsere Idee ist. Wir sehen uns in anderthalb Stunden.« Mit diesen Worten wendet sie sich ab und schwebt den Gang hinunter.

Damn, dieser Kampf ist also noch nicht ausgestanden. Ich wende mich wieder April zu, die die Szene mit ausdruckslosem Gesicht verfolgt hat. Was sie wohl von all dem hier hält? Sie scheint nett zu sein und nur ihre Arbeit zu machen. Ihr Anblick eben am Fenster hat mich wirklich berührt. Keine Ahnung, was es konkret war, aber sie geht mir nicht mehr aus dem Kopf, und wenn ich sie jetzt betrachte, spüre ich ein leichtes Ziehen in der Brust. *God-damn*, die erste Frau seit Jahren, die mich auf Anhieb interessiert, und ich treffe sie ausgerechnet hier. An dem Ort, an dem ich zwanzig andere Frauen daten soll. Inakzeptabel.

Diese Show ist buchstäblich meine letzte Chance. Das bedeutet im Klartext: volle Konzentration. Und das heißt wiederum: professionelle Distanz zu allen. Besonders zu ihr. Im Prinzip ist sie lediglich eine Angestellte, und so sollte ich sie auch behandeln.

Wir gelangen in das oberste Stockwerk, den ersten Teil unserer Führung. »Hier wohnt die Filmcrew«, erklärt sie.

»Du auch?«, frage ich beiläufig. So viel zu professioneller Distanz.

»Klar. Ich fahre nur alle zwei Wochen nach Hause.«

»Hast du Familie?« Eine viel zu intime Frage.

»Ich kümmere mich um meine kleine Nichte.«

»Sie lebt bei dir?« Das geht mich nichts an.

»Meine Schwester ist gestorben und unsere Mutter hat es inzwischen nach Florida verschlagen. Wir wollten Emily in ihrer vertrauten Umgebung lassen. Da wir uns vorher schon zu dritt ein Apartment geteilt hatten, lag es nahe, dass Emily einfach bei mir bleibt.«

Das klingt wie ein Vortrag, den man einstudiert hat, um den immer gleichen lästigen Fragen auszuweichen. So höre ich mich an, wenn ich über meine Familie oder meinen Titel spreche. Was sind wohl ihre Gründe?

Wir gehen die Stufen nach unten in den ersten Stock. Dort liegen meine Zimmer und die Büros der Dyers. Weil April offensichtlich nicht über Emily reden will und Diskretion zu meinen Stärken gehört, wechsle ich das Thema. »Die Frauen wohnen woanders?«

Ihre Mundwinkel heben sich ein wenig. Meine kleine Geste ist also angekommen. »Richtig, sie leben nebenan in einer Extravilla. Wenn wir ans Ende des Flurs gehen, kannst du das Haus sehen. Dort laufen die Kameras vierundzwanzig Stunden am Tag.«

»Wenn das bei mir so wäre, hätte ich nicht zugestimmt. Keine Aufnahmen in meinem Zimmer.« Das war eine meiner Bedingungen.

»Bei dieser Show geht es darum, die ganze Zeit im Rampenlicht zu stehen. Deshalb bist du doch hier?«

Natürlich denkt sie das. Alle denken das. Und ich kann es verstehen. Vor ein paar Jahren hätten sie damit auch richtiggelegen. Damals habe ich es genossen, im Mittelpunkt zu stehen. Bis ich entdeckt habe, dass so ein Leben mehr Schattenseiten als Licht birgt. Weder die Medien noch die Konsumenten der Klatschpresse sind an der Wahrheit interessiert. Es ist ihnen egal, was sie anrichten, solange eine Story dabei herauskommt.

Kurz regt sich der Gedanke, dass April wahrscheinlich ähnlich ist. Sie gehört zur Crew der Show und die wollen Einschaltquoten. Das haben die Dyers eben mehr als deutlich gemacht. Wer sagt, dass April nicht nur versucht, mir auf den Zahn zu fühlen? Ich sollte auf der Hut sein und aufpassen, was ich von mir preisgebe – zumindest, bis ich weiß, wo sie steht. Also antworte ich: »Jeder hat wohl seine Gründe, hier zu sein, nicht wahr?«

»Mit dem Unterschied, dass du der Star der Sendung bist. Du bekommst eine Sonderbehandlung.«

»Dich zum Beispiel?« Warum sage ich so etwas? Wenigstens mildert mein leicht ironischer Tonfall die Worte ab. Ich sollte Distanz wahren. Andererseits kann es nicht schaden, mich mit ihr gutzustellen.

Sie kräuselt die Nase und mustert mich aufmerksamen aus blauen Augen. »Nur um Missverständnissen vorzubeugen: Ich bin genauso für dich zuständig wie Don, der andere Assistent. Wir sorgen dafür, dass sowohl du als auch die Frauen überall pünktlich erscheinen und eure Wünsche erfüllt werden. Wir schlichten Streitigkeiten, falls es welche geben sollte, und so weiter.«

»Kein leichter Job.«

»Habe ich nie behauptet.« Sie deutet nach unten. »Wir haben noch das Erdgeschoss, den Keller und den Garten vor uns.« Mit diesen Worten marschiert sie weiter und ich hinterher.

»Stimmt es, dass auch die Crew ihre Handys abgeben muss?« Dieser Umstand hat mich ziemlich überrascht.

»Die Dyers sagen, niemand darf Kontakt zur Außenwelt haben, damit wir uns hier sicher fühlen und vollkommen frei bewegen können.«

»Wie passt das mit den Kameras überall zusammen?«

»Es geht eher darum, dass keine Info vorzeitig nach draußen gelangen soll. Außerdem ist da noch der Hype, den die Sendung auslösen wird. Die Resonanz in den sozialen Medien könnte den Frauen zu Kopf steigen. Oder dir.«

»Ich bin das gewohnt, aber ich verstehe, was du meinst. Einflüsse von außen sind unberechenbar.«

»Ganz genau.« Sie dreht kurz den Kopf in meine Richtung. »Was erwartest du dir von der Teilnahme an dieser Show?«, fragt sie völlig unvermittelt.

Mit dieser Frage habe ich nicht gerechnet. Nicht von ihr. Natürlich habe ich eine offizielle Antwort. Die sollte ich ihr geben. »Ich führe ein Leben, das sich viele wünschen, doch mit dem Titel habe ich auch große Verantwortung übernommen.« Der Teil entspricht der Wahrheit. »Ich bin ruhiger geworden, fokussiere mich auf das, was im Leben zählt.« Auch das ist wahr. »Die bedeutsamste Entdeckung, die der Tod meiner Eltern mir geschenkt hat, ist, wie wichtig es ist, den Menschen im Leben zu finden, mit dem man glücklich wird. Das Gesicht meines Vaters, als er mir sagte, dass er meine Mutter bald wiedersehen wird, werde ich nie vergessen. Was gibt es Erstrebenswerteres, als am Ende sagen zu können: Es war schön, diesen Weg gemeinsam zu gehen.« Das ist ziemlich dick aufgetragen. Mein Vater hat so etwas nie gesagt. Er und meine Mutter haben ihr Leben in einträchtiger Gleichgültigkeit nebeneinander verbracht. Sie ist ein Jahr vor ihm gestorben, und ich kann nicht behaupten, dass es ihn bekümmert hätte.

»Du willst mir also ernsthaft weismachen, dass du *hier* nach der großen Liebe suchst?«

Das ging daneben, sie glaubt mir offensichtlich kein Wort. An der Ansprache muss ich wohl noch feilen.

»Was spricht dagegen? Dieser Ort ist so gut wie jeder andere.« Damit komme ich der Wahrheit wieder sehr nah. »Ich bin schon mein Leben lang von Menschen umgeben, die mich mit meinem Titel gleichsetzen. Warum sollte ich das nicht in die Waagschale werfen und zu meinem Vorteil nutzen?«

April kneift die Augen zusammen. »Ich glaube, das war der ehrlichste Satz in deinem ganzen Vortrag. Damit kann ich arbeiten.«

Überrascht hebe ich die Brauen. »Arbeiten? War das ein Verhör?«

Sie bleibt mir eine Antwort schuldig. Mein Kommentar war scherzhafter Natur, denn natürlich ist das hier Arbeit. Bin ich ihr irgendwie zu nahe getreten? Oder habe ich ins Schwarze getroffen? Wir haben inzwischen das Erdgeschoss erreicht. Die Eingangshalle kenne ich schon. April zeigt mir den Speisesaal und einen großen Ballsaal, in dem Dekorateure am Werk sind.

»Hier findet übermorgen die Cocktailparty statt. Und später andere Events. Die restlichen Räume im Erdgeschoss sind für die Crew. Gehen wir weiter in den Keller. Dort gibt es einen großen Fitnessbereich und eine Sauna, die dich vielleicht interessieren.«

Ich folge ihr und überlege, ob ich meine Frage von vorhin wiederholen soll, doch sie kommt mir zuvor. »Verhör ist ein zu hartes Wort.«

»Und was wäre das richtige Wort?«

»Mein Job ist es, dir den Aufenthalt so angenehm wie möglich zu machen. Das kann ich am besten, wenn ich weiß, wer du bist und was du denkst. Meine Mutter sagt immer: Kenne die Menschen, für die du arbeitest, und vieles wird leichter. Ich denke, sie hat recht. Wenn man den Menschen ihre Wünsche erfüllt, bevor sie ihnen bewusst werden, ist vieles einfacher.«

Das mit dem *Wünsche erfüllen* hat sie schon mehrfach erwähnt, und mit jedem Mal werden meine Vorstellungen, was ich mir von ihr wünschen könnte, konkreter. Leider sind diese Gedanken nicht ansatzweise jugendfrei. Weil das unter gar keinen Umständen infrage kommt, sage ich noch einmal: »Pass auf, was du anbietest, April.«

April

Die Ankunft der Damen

Guten Morgen, April. Willst du mal was Nettes sehen?« Stella steht vor den Monitoren in unserem Ü-Raum. Das Ü steht wahlweise für Übertragung, Überwachung, Überraschung, Überarbeitung oder Überforderung. Es ist der Ort, an dem wir die Aufnahmen aller Kameras in Echtzeit sehen können und eine Tafel mit den Namen und Bildern der Frauen aufgestellt haben, um den Überblick (noch ein Wort mit *Ü*) zu behalten.

Außer Stella befindet sich noch der Assistent im Raum, der im Moment für die Sichtung der Videos zuständig ist.

Stella hält den Blick auf einen Bildschirm ganz oben links gerichtet. Dort sieht man Kayden, der aus dem Bad kommt. Völlig nackt. *Heilige Scheiße!* So ein Körper sollte verboten werden.

»Da sind Kameras in seinem Zimmer?«, platze ich heraus.

»Natürlich, hier sind überall Kameras.« Bei Stella klingt das, als wisse Kayden davon.

»Er hat mir gestern gesagt, dass es in seinem Zimmer keine gäbe. Das habe man ihm vertraglich zugesichert.«

Stellas Lachen klingt falsch, hat eine hinterhältige Note. »Im Vertrag steht, dass in seinem Zimmer keine Bilder für die Show aufgezeichnet werden. Wir können das also nicht senden, aber sehr wohl für unsere Zwecke nutzen.«

Ob ihm das bewusst ist? Das klang gestern anders. Mein Blick huscht zum Bildschirm. Oder weiß er, dass er gefilmt wird, und präsentiert sich absichtlich hüllenlos?

Stella zeigt mit dem Kaffeebecher auf Kayden. »Hübsches Kerlchen, unser Duke.« Dann dreht sie sich zu mir. »Also, gehen wir noch mal durch, was wir über unseren Adonis wissen.«

Wenn er gern Haut zeigt, können wir das vielleicht ausnutzen. Ich muss das bei Gelegenheit überprüfen. Erst mal zähle ich Stella auf, was ich herausgefunden habe.

»Kayden hat ein Gespür dafür, wenn Menschen über etwas nicht reden wollen. Er hasst die Irrgartenidee und ist sehr von sich eingenommen. Die Location sieht ihm zu sehr nach *Highlander* aus. Und …« Ich zögere einen kleinen Moment. »Entweder hasst er Kameras oder er liebt sie heimlich. Ich bin mir noch unsicher.«

»Egal, das hilft uns nicht weiter.« Seufzend stellt Stella ihren Kaffeebecher ab. »Du musst tiefer bohren.«

»Warum steht ihr hier rum und trinkt Kaffee?«, unterbricht Maggy Dyer unsere Unterhaltung. Ihr Blick fällt auf den Monitor und bleibt auf Kayden hängen, der sich gerade anzieht. »Na, was haben wir denn da? Diese Bauchmuskeln müssen wir unbedingt in Szene setzen. Irgendwer eine Idee?«

Stella setzt gerade zu einer Antwort an, als John und Don hereinkommen. »Ideen haben wir viele. Worum geht's?«

»Darum, diesen Traumkörper in Szene zu setzen.« Maggy zeigt auf den Bildschirm. »Das Team, das ihn dazu bringt, heute noch oben ohne vor die Kamera zu treten, bekommt eine Stunde Exklusivzeit mit dem Duke!« Mit diesen Worten scheint für sie alles gesagt, denn sie rauscht wieder aus dem Raum.

Stella reibt sich die Hände und winkt mich zu sich. Auch John und Don beraten sich leise.

»Das ist unsere Chance, April. Du hast bereits einen Draht zu ihm. Meinst du, du könntest ihn dazu bringen, die Hüllen fallen zu lassen? Vielleicht dreht er ein paar Runden im Pool? Heute nach dem Dreh, sobald die Frauen angereist sind. Ich sorge dann dafür, dass unsere Favoritinnen ans Set gelangen. Vielleicht steht zufällig die Tür zum Pool offen und wir geben einen kleinen Tipp? Da fällt uns schon etwas ein. Zwei Fliegen mit einer Klappe.«

Eine vage Idee formt sich in meinem Kopf. Das kann ich schaffen. »Klar, wird gemacht.«

»Sehr gut. Dann los. Wir drehen gleich seine Ankunft, und er hat dich angefordert, für sein leibliches Wohl zu sorgen. Gute Arbeit.« Sie klopft mir auf die Schulter und geht mit einem falschen Lächeln im Gesicht auf John zu.

Ich mache mich auf den Weg zu Kaydens Räumen und klopfe an die Tür. Sein »Herein« erfolgt sofort und ich trete ein. Er hat mehrere Zimmer für sich allein, die sich deutlich von denen der Villa der Damen unterscheiden. In ihrem Haus stehen Leichtigkeit und Verspieltheit im Vordergrund. Bei Kayden ist es männliche Eleganz. Die Möbel sind aus dunklem Holz, genau wie die Dielen. Luftige Gardinen sucht man vergebens. Sie sind aus schwerem Stoff und ordentlich drapiert. Trotz der geöffneten Balkontür bewegen sie sich nicht. Selbst das breite Sofa zeigt sich in dunkelbraunem Leder. Aufgelockert wird das Ganze durch wenige helle Akzente und ein paar Pflanzen.

Kayden ist im Schlafzimmer. Ich kann ihn durch die offene Tür sehen. Er steht am Bett und schließt gerade den letzten Knopf seines Hemdes. Es liegt eng an und verbirgt kaum, was ich eben noch hüllenlos gesehen habe. Außerdem trägt er ein altmodisches Paar Hosenträger zum Anknöpfen. Eleganz pur, muss ich zugeben – und auch, dass mir das gefällt.

»Ah, April, wunderbar. Ich habe eine Aufgabe für dich. Es geht um meinen Tee. Auf dem Schreibtisch steht ein Päckchen Assam. Weißt du, wie man ordentlichen Tee zubereitet?«

»Ich kann Tee vom Büfett holen, der …«

»Kommt gar nicht in Frage.«

»Du hast ihn doch gar nicht probiert.« Schon während ich spreche, ist mir klar, dass ich diesen Satz auch zu Emily sagen würde. Ich werfe einen schnellen Blick zum Duke. Es sieht nicht so aus, als hätte er bemerkt, dass ich mit ihm spreche wie mit einer Siebenjährigen.

Stattdessen seufzt er theatralisch und greift nach einer dunkelroten Krawatte. »Lass mich raten: Ihr habt verschiedene Teebeutel im Angebot und einen Automaten, der heißes Wasser spendet?«

»Ja, so kann jeder …«

»Ich bin nicht jeder«, unterbricht er mich barsch.

Ja, das ist mir schon aufgefallen. Doch ich schweige, lächle und höre ihm weiter zu.

»Ihr Amerikaner habt zweifellos eure Stärken, die Kunst, ordentlichen Tee zuzubereiten, gehört sicher nicht dazu.«

Kaydens Krawatte sitzt inzwischen an Ort und Stelle und er greift nach einer grauen Weste. »Und deshalb werde ich dir beibringen, wie man ordentlichen Tee kocht. Damit bist du offiziell dafür zuständig, dass ich morgens und nachmittags je eine frische Kanne bekomme. Wichtig ist, dass es morgens Assam ist und zur *Teatime* Earl Grey.«

Das wird Stella sicher gefallen. Auf eine Sache muss ich ihn allerdings hinweisen. »Und wenn ich woanders gebraucht werde oder freihabe?«

»Dann werde ich meinen Tee ausnahmsweise selbst zubereiten.« Inzwischen hat er auch die Weste zugeknöpft und geht auf den Schreibtisch zu. »Im Prinzip ist es ganz einfach. Du kochst Wasser im Wasserkocher auf. Und mit *kochen* meine ich *kochen*, nicht heiß machen. Nimm dafür immer frisches Wasser! Niemals welches, das vorher bereits aufgekocht war.«

Was erwartet er von mir? Soll ich gleich anfangen, oder kommt da noch was?

»Vielleicht willst du Wasser holen?«, fragt er und deutet auf das Bad.

»Ich soll sofort …?«

»Ja, ich wäre einer Tasse Tee nicht abgeneigt. Deshalb demonstriere ich dir hier und jetzt, wie es geht.« Und das tut er. Über zehn Minuten lang.

Ich hätte niemals gedacht, dass man aus so etwas Simplem wie Teekochen eine Wissenschaft machen kann. Zu meiner Verteidigung muss ich sagen, dass ich durch und durch Kaffeetrinkerin bin. Tee nehme ich nur im Notfall. Aber jetzt weiß ich, wie unser Duke ihn mag und wie wichtig die richtige Kanne, die richtige Wassertemperatur, die richtige Ziehzeit und die richtige Milch sind. Mir war nicht mal klar, dass es Menschen gibt, die Milch in ihren Tee geben. Aber nur fettarme und immer vor dem Tee. Da war er deutlich. Ich halte Milch schon bei Kaffee für ein Verbrechen, behalte meine Meinung allerdings für mich, folge seinen Anweisungen und schließlich hält er seine – hoffentlich perfekte – Tasse Tee in Händen.

Fasziniert beobachte ich, wie er vorsichtig an dem Gebräu nippt, dann genüsslich die Augen schließt und völlig entspannt und zufrieden lächelt. »Das nenne ich einen ordentlichen Tee«, sagt er leise, trinkt einen weiteren Schluck und stelle die Tasse ab.

»Eine Sache noch: Bitte serviere mir unter keinen Umständen Tee in einem Pappbecher. Sollte keine passende Tasse zur Hand sein, trinke ich lieber Kaffee.«

»Ach, Kaffee geht auch?« Hätte ich nicht gedacht.

»Selbstverständlich. Ich mag Kaffee. Nur nicht zum Frühstück oder zur *Teatime.*« Er leert seinen Tee, drückt mir die Tasse in die Hand und greift nach seinem Jackett. »Nimm bitte die Kanne mit. Wenn ich das richtig sehe, haben wir keine Zeit mehr für ein ausgiebiges Frühstück?« Ohne auf meine Antwort zu warten, spricht er weiter. »Mein Fehler, der Jetlag macht mich müde. Könntest du mir eine Kleinigkeit besorgen? Und mich auf dem Weg nach unten informieren, was heute noch ansteht?« Mit diesen Worten ist er auch schon an der Tür. Bevor er nach draußen tritt, schließt er den obersten Knopf seines Jacketts. Bei ihm sieht das auf charmante Weise elegant aus. Ob ihm das bewusst ist?

»Kommst du?«, fragt er und macht eine ungeduldige Bewegung.

»Klar«, antworte ich schnell, fülle Milch in die Tasse und schnappe mir die Teekanne, bevor ich zur Tür gehe. Er hält sie für mich auf und tritt erst nach mir in den Flur.

»Also, wie ist der Ablauf für heute?«, fragt er noch einmal.

»Erst drehen wir deine Ankunft. Die läuft im Prinzip so ab wie gestern, nur dass nicht ich dich begrüße, sondern die Dyers. Danach gibt es Mittagessen und du hast Zeit, dich umzuziehen. Ab vierzehn Uhr kommen die Frauen an. Du begrüßt sie, redest kurz mit jeder einzelnen und übergibst die Armbänder. Im Anschluss gehen die Frauen zum Interview mit Maggy oder Dwayne und beziehen ihre Villa. Den Rest des Abends habt ihr frei. Du könntest draußen schwimmen gehen, der Pool und der Bereich darum sind beheizt.« Mal sehen, ob das schon reicht, um ihn oben ohne ins Bild zu bekommen.

»Ich nehme mal an, dass die Kameras am Pool angeschaltet sein werden.«

»Natürlich. Dann haben alle was davon.«

Wir sind inzwischen bei der Treppe angekommen und gehen nebeneinander nach unten. »Ich bin Schotte, Kälte macht mir nichts aus, und eine Runde im Pool könnte nach so einem Tag tatsächlich genau das Richtige sein.«

»Wunderbar.« Das heißt für mich, ich muss nur noch dafür sorgen, dass Maggy mitbekommt, wer Kayden dazu gebracht hat, seinen Körper am Pool zu zeigen.

»Also dann: Erst meine Ankunft, dann die der Damen und am Ende eine paar Runden im Pool«, fasst er zusammen. »Um fünf machen wir Pause und du servierst mir meinen Tee.« Sein Blick wandert durch die Eingangshalle, in der reger Betrieb herrscht. »Gibt es einen ruhigen Ort hier? Der Nachmittagstee ist mir wichtig, und ich möchte dabei vorzugsweise allein sein. Bekommst du das hin?«

»Klar.« Das sage ich ziemlich oft zu ihm. Liegt wahrscheinlich daran, dass er ständig an meinen Fähigkeiten zweifelt. Davon lasse ich mich nicht aus der Ruhe bringen.

Wir sind am Eingang angekommen. Dort empfängt ihn die Visagistin und sie verschwinden in Richtung Garderobe. Mit einem kurzen Blick zu mir zeigt er vielsagend auf den Tee in meiner Hand. Ich schenke ihm eine weitere Tasse ein – mit genau der richtigen Menge Milch und nur zu drei viertel gefüllt. »Sonst kann man nicht anständig daraus trinken«, hatte er mir vorhin erklärt.

Ich reiche ihm den Tee, während die Visagistin dabei ist, sein Gesicht abzupudern. Er nimmt ihn schweigend entgegen, trinkt einen Schluck und auf seinem Gesicht erscheint dieses Lächeln, das ich sonst nicht an ihm sehe. Es scheint für den perfekten Tee reserviert. Keine Ahnung, ob diese Information irgendetwas wert ist.

Er wollte eine Kleinigkeit zum Frühstück. Also mache ich mich auf zum Büfett und überlege, was geeignet wäre, um es schnell vor dem Dreh zu essen. Ein Donut sollte gehen. Ich schnappe mir einen mit Zucker und gehe zurück zur Maske.

Die Visagistin ist gerade fertig mit Kayden und ich trete an seinen Stuhl. »Ein schnelles Frühstück für den Herrn.« Mit einer kleinen Verbeugung reiche ich ihm den Donut.

Seine Brauen heben sich skeptisch. »Ein Doughnut?«

»Magst du die etwa nicht?«

»Doch, aber sie sind … klebrig. Und meine Kleidung …«

»Ist durch dieses Papierdings der Visagistin geschützt. Lass es an, bis du gegessen hast.«

»Mmh.« Er sieht auf den Donut in meiner Hand und dann auf den Wagen mit den Schminkutensilien der Visagistin. Entschlossen greift er nach einem der Schutztücher, breitet es auf seiner Hose aus und nimmt dann das Teilchen entgegen. »Eine Tasse Tee sollte noch da sein. Wärst du so nett?«

Ich bringe ihm, was er verlangt, und beobachte ihn völlig fasziniert beim Essen. Den Oberkörper leicht nach vorn gebeugt, hält er den Donut nur mit den Fingerspitzen, als wäre er stachelig – oder eklig. Dennoch beißt er mit offensichtlichem Genuss hinein. Mit drei Bissen ist das Teil aufgegessen. Im Anschluss wischt er sorgfältig seine Finger ab, befreit sich vom Papier und steht auf. Erneut fällt mir auf, dass er bei seinem Jackett sofort den obersten Knopf schließt. Keine Ahnung, warum mich diese Geste so einnimmt. Wenn man es logisch betrachtet, zeigt sie nur, dass er es gewohnt ist, Anzug zu tragen.

»April?«, höre ich seine Stimme und sehe auf. »Es wäre absolut großartig, wenn du zum Tee heute Nachmittag Gurkensandwiches besorgen könntest.«

»Äh, ja, das sollte kein Problem sein.« Ich habe keine Ahnung, was er sich unter einem Gurkensandwich vorstellt, aber das lässt sich herausfinden.

»Gut, dann machen wir uns mal an die Arbeit.« Er nickt mir zu und verschwindet dann zu Maggy und Dwayne, die bereits auf ihn warten.

Ich werfe einen Blick auf die Uhr. Eine Stunde haben die Dyers für diese Szene angesetzt. Genug Zeit, um mich mit den Damen vertraut zu machen. Auch mit denen aus Johns Team. Schließlich muss man die Konkurrenz kennen, wenn man gewinnen will.

Auf dem großen Whiteboard im Ü-Raum haben Stella und John inzwischen die wichtigsten Kurzinfos zusammengetragen. Auch John hat seine Damen in die Kategorien Heiratsmaterial, gut für die Quote und Lückenfüller eingeteilt – jede einzelne Frau ist gekennzeichnet.

Stella und John werden sich nach der Ankunft direkt um die Frauen kümmern. Sie zeigen ihnen die Zimmer und machen mit ihrer Gruppe einen kurzen Rundgang. Bis dahin sind wir Associates für das leibliche Wohl zuständig. Also stelle ich eine Liste zusammen, um später jeder Dame das passende Getränk reichen zu können. Wie zu erwarten, ist Danas Wunsch der mit Abstand ausgefallenste: mit Rosenblüten versetztes Kokoswasser. Rosalie will einfach nur einen Milchkaffee. Das macht sie mir noch sympathischer als ihr Foto. Shanaya hätte gern einen *Sex on the Beach* und die anderen Frauen Champagner. Ich persönlich bin kein Fan von Alkohol am Set. Es ist schon schwer genug, alle unter Kontrolle zu halten, solange sie nüchtern sind. Wenn Alkohol dazukommt … Das ist leider nicht meine Entscheidung. Ich darf es nur ausbaden.

Natürlich werden die Getränke gereicht, wenn die Frauen gerade nicht im Bild sind.

Ein Piepen an meinem Funkgerät informiert mich darüber, dass der Dreh gleich fertig ist. Hinter mir geht die Tür auf. Ich drehe den Kopf und sehe Don hereinkommen.

Er ist wie ich Mitte zwanzig, aber von Ehrgeiz zerfressen. Während es mir lieber wäre, zusammenzuarbeiten, ist ihm einzig und allein eine Sache wichtig: zu gewinnen und bei der nächsten Show selbst Production Manager zu werden.

Er kommt zu mir. »Unser Duke scheucht dich ganz schön durch die Gegend.«

»Hält sich in Grenzen. Seine Wünsche sind nicht allzu ausgefallen.«

Er kommentiert meinen Satz mit einem abfälligen Schnauben.

»Schon eine Idee, wie du ihn dazu bringst, die Hüllen fallen zu lassen?«

»Die eine oder andere.« Während ich das sage, wird mir klar, dass mein Versuch, ihn an den Pool zu locken, viel zu leicht ist. Maggy wird nie glauben, dass ich das veranlasst habe. Er könnte auch von allein schwimmen gegangen sein – oder sie denkt, Don und John hätten ihre Finger im Spiel. Ich brauche einen besseren Plan.

»Lass mich raten: Du hast vorgeschlagen, dass er heute Abend an den Pool gehen soll, um eine Runde zu schwimmen?« In gespieltem Mitleid zieht er einen Mundwinkel nach oben. »Weil ich dir eine faire Chance geben will, verrate ich dir etwas: Ich bin dir meilenweit voraus.« Er legt eine Hand auf meinen Arm. »Du bist echt nett, aber nicht für diesen Job gemacht. Dir fehlt der nötige Biss.« Mit einem selbstgefälligen Lächeln nimmt er die Hand weg und wendet sich den Bildschirmen zu. »Die scheinen fertig zu sein. Dann lass uns mal zurück zur Arbeit gehen.«

Verdammt, warum treffen mich seine Worte? Wahrscheinlich, weil er recht hat. Es wird nicht reichen, dafür zu sorgen, dass Kayden nach dem Dreh am Pool erscheint. Nicht, wenn ich will, dass mein Team die Extrastunde bekommt. Ich kann nie beweisen, dass ich es war, die ihn dazu gebracht hat. Und außerdem hat Don etwas vor. Ich muss mir was einfallen lassen, und zwar schnell. Weil ich keine Ahnung habe, was das sein könnte, nicke ich nur lächelnd und steuere auf die Tür zu. Dort laufe ich Stella in die Arme.

»April, genau die Frau, die ich suche. Mitkommen.« Sie ignoriert Don und fordert mich mit einer herrischen Handbewegung auf, ihr zu folgen.

»Ich hoffe, du lässt dich von seinem Gift nicht einschüchtern?« Ohne eine Antwort abzuwarten, spricht sie weiter. »Denn eine Sache ist sicher: Der Duke mag dich. Was auch immer du tust, mach weiter. Bevor der Dreh losging, hat er darum gebeten, dass du in der Mittagspause zu seiner freien Verfügung stehst. Also«, sie bleibt stehen und hebt einen Finger in die Luft, »sieh zu, dass du ihn bei Laune hältst. Bist du schon weiter, was seinen Auftritt im Adamskostüm angeht?«

Von völlig nackt war nie die Rede. Man muss mir die Verwirrung ansehen, denn sie sagt lachend: »Schau nicht so schockiert. Ganz nackt könnten wir sowieso nicht senden.«

»Ich bin dran. Bis heute Abend hast du deine Aufnahmen.« Die Zuversicht in meiner Stimme überrascht mich. Denn um der Wahrheit die Ehre zu geben, habe ich keinen Plan, wie ich das hinbekommen soll.

»Gut.« Inzwischen sind wir in der großen Halle angekommen und sie sieht in Richtung Eingang. Dort setzen sich die Dyers und Kayden gerade in Bewegung. Der Gang zu seinem Zimmer wird gefilmt. Wie immer bewundere ich den Kameramann mit seinem mobilen Gerät. Wie eine Babytragetasche hängt die Kamera in einem Schultergurt vor seiner Brust. Er trägt sicher ein ordentliches Gewicht mit sich rum. In diesem Moment bleibt Kayden vor der Atlasstatue stehen und spricht mit Dwayne. Ich bin zu weit entfernt, um zu hören, was sie sagen, bin allerdings sicher, dass es nicht darum geht, auf der richtigen Seite zu stehen.

Stella verabschiedet sich mit einem Kopfnicken von mir und ich folge dem Tross nach oben bis vor Kaydens Tür. Dort bekomme ich gerade noch mit, wie Maggy trällert: »Und an dieser Stelle verabschieden wir uns vom Duke of Barndon, da wir natürlich seine Privatsphäre respektieren.«

Sollte ich sie für so viel Dreistigkeit bewundern oder verachten?

»Doch wir sehen uns gleich wieder, wenn die zwanzig wunderschönen Damen ankommen, die in den kommenden Wochen im Mittelpunkt stehen werden.«

Von irgendwoher schreit jemand »Cut!«, und das Lächeln verschwindet aus den Gesichtern der Dyers.

Dwayne dreht sich kommentarlos um und verschwindet, Maggy wendet sich an Kayden: »Du ziehst dich um, isst eine Kleinigkeit und dann ab in die Maske. In einer Stunde geht es am Eingang weiter, *Darling*.«

Ohne auf ihn zu achten, stolziert sie den Gang hinunter. Kayden hebt kurz die Brauen, zuckt dann mit den Schultern und betritt sein Zimmer.

Vorsichtig schlängele ich mich durch die Kamera- und Tonmenschen, klopfe an die Tür und trete ein. Ich höre Kayden im Schlafzimmer vor sich hin murmeln. Er steht vor seinem Bett und sieht auf den Anzug, der dort liegt. Seine hochgezogene Braue spricht Bände.

»Ist an dem Anzug irgendetwas falsch?« Ich stelle mich neben ihn und begutachte ebenfalls die Kombination aus Jackett und Hose.

»Der kommt von der Stange und passt nicht«, antwortet er stirnrunzelnd.

»Du hast ihn doch gar nicht anprobiert, woher …«

»Muss ich nicht. Teile von der Stange sitzen bei mir nie richtig. Es geht nichts über maßgeschneiderte Kleidung. Und das da«, seine Miene ist so voller Verachtung wie sein Tonfall, »das ist … ich habe, ehrlich gesagt, keine Ahnung, was das ist.«

Er scheint ernsthaft schockiert. Er hat ein Problem mit Klamotten *von der Stange*? Wie blasiert geht es bitte? Keine Ahnung, ob ich vor ihm schon einmal einen Mann in einem Maßanzug gesehen habe.

Zugegeben, seine Anzüge stehen ihm und unterstreichen seinen Typ und seine Statur, aber viel Unterschied kann das doch nicht ausmachen. Die Kombination auf dem Bett ist gewagt, so viel gebe ich zu. Ein dunkelbraun karierter Anzug mit hellblauem Hemd und einer blau-weiß gestreiften Krawatte.

»Hier passt gar nichts zusammen«, erklärt er und wendet sich seinem Schrank zu. »Das werde ich auf gar keinen Fall tragen. Ich werde wohl gegenüber den Dyers noch einmal deutlich machen müssen, dass ich meine eigene Kleidung bevorzuge.« Energisch öffnet er die Schranktüren, holt einen dunkelgrauen Anzug heraus und legt ihn aufs Bett.

Neugierig trete ich einen Schritt näher. Als Nächstes folgen ein hellgraues Hemd und eine einfarbige Krawatte im gleichen Ton wie der Anzug. »Diese Kombination ist angemessen. Und jetzt gehen wir essen.«

»Wir?«

»Ja, wir. Wenn ich das richtig verstanden habe, bist du so etwas wie meine persönliche Assistentin. Und nach dieser peinlichen Karikatur eines Anzugs und der Ankündigung der Dyers, mich in einem Kilt durch den Irrgarten zu jagen, habe ich das dringende Bedürfnis, zu klären, wozu ich in dieser Show bereit bin und wozu nicht.« Er ist bereits auf dem Weg zur Tür. »Kommst du?«

»Ähm, Kayden?«

Er bleibt stehen und sieht mich fragend an. »Ja?«

»Ich bin nicht deine persönliche Assistentin. Sobald die Damen ankommen, muss ich mich um sie kümmern. In deiner Mittagspause muss ich die Getränke für die Frauen vorbereiten, dafür sorgen, dass in ihren Zimmern alles in Ordnung ist und mich auf sie vorbereiten, damit ich ihnen – genau wie dir – den Aufenthalt so angenehm wie möglich mache.« Sicher hätte man ihm das diplomatischer klarmachen können, aber besser, er versteht das sofort. »Außerdem bin ich nicht diejenige, die bestimmt, was du in dieser Show tun oder lassen wirst. Ich habe keinerlei Einfluss darauf. Auch nicht auf deine Anzugwahl.«

Er hört mir aufmerksam zu und nickt. »Verstehe. Dann lasse ich dich deinem Tagewerk nachgehen. Es bleibt bei Tee und Gurkensandwiches um fünf.« Schwungvoll öffnet er die Tür und deutet nach draußen. »Nach dir.«

Was sagt man dazu? Ob er beleidigt ist? Keine Ahnung. Seine Miene und der Tonfall sind nach wie vor freundlich, doch ich bilde mir ein, während meines Vortrags eine kleine Zornesfalte auf seiner Stirn entdeckt zu haben. Inzwischen ist er an mir vorbeigestapft. Ich gehe absichtlich langsamer, damit ich meine Gedanken ordnen kann.

Denn irgendwie habe ich das Gefühl, mir mit meinen Worten gerade keinen Gefallen getan zu haben. Schließlich verlangt Stella, dass ich mich mit ihm gut stelle. Allerdings muss ich auch meine anderen Aufgaben erledigen, und das kann ich nicht, wenn ich mit ihm zu Mittag esse.

Kayden ist völlig anders, als ich ihn mir vorgestellt habe. Ich kann das nicht einmal an einer bestimmten Sache festmachen. Denn eigentlich ist er all das, was ich erwartet habe: selbstsicher und blasiert bis hin zur Arroganz, dazu wenig kompromissbereit. Aber er scheint weder rücksichtslos noch herzlos zu sein. Und, was mich besonders irritiert, ich fühle mich in seiner Gegenwart trotzdem wohl.

Seufzend gehe ich die Treppen nach unten. Anstatt mir über die Tugenden und Fehler unseres Duke Gedanken zu machen, sollte ich mir lieber überlegen, wie ich diese Extrastunde für eine unserer Damen verdiene. Und die Konkurrenz im Auge behalten. Wenn ich schon keine Idee habe, muss ich wenigstens dafür sorgen, dass Don und John nicht gewinnen.

Ich erreiche die Eingangshalle und sehe John im Gespräch mit Kayden. Höchste Alarmstufe. Gerade deutet John auf einen Raum und Kayden nickt grimmig. Mit schnellen Schritten geht er zur Tür, klopft und Maggy Dyer öffnet. Die beiden reden kurz und Kayden verschwindet ins Zimmer. Er ist also erst einmal beschäftigt. Das bedeutet, dass ich in Ruhe die Getränke vorbereiten kann. Solange Kayden mit den Dyers redet, kann ihn niemand dazu bringen, sich auszuziehen.

Eine halbe Stunde später stehe ich zusammen mit Don und den Getränken am Eingang. Kayden wartet vor der Treppe auf die Ankunft der Damen.

Er ist bei dem grauen Anzug geblieben und sieht hervorragend darin aus. Dazu trägt auch seine Haltung bei. Er steht aufrecht, mit geraden Schultern, die Arme hängen lässig herab. Ich an seiner Stelle wüsste sicher nicht wohin mit meinen Händen. Bei ihm wirkt es natürlich. Lässig und interessiert blickt er in die Runde, schenkt hin und wieder ein Lächeln und beobachtet.

Die Dyers treten neben ihn, aus dem Off ertönt die Ansage: »Drei, zwei …« und Maggy beginnt mit ihrer Anmoderation. Sie und Dwayne reden über die große Liebe, die in dieser Show gefunden werden soll, während sie Händchen halten und sich verliebt in die Augen sehen.

Dabei weiß jeder beim Sender, dass sie nicht mehr als nötig miteinander reden. Sie haben ständig wechselnde Affären, dennoch scheint es für die beiden irgendwie zu funktionieren.

Jetzt beginnt der wichtigste Teil des Tages. Die Damen fahren einzeln in einer schwarzen Limousine vor, werden vorgestellt und bekommen eine Minute exklusiv mit Kayden. Er überreicht jeder ein einfaches silbernes Armband mit einem einzigen Anhänger: einem Anker als Zeichen der Hoffnung.

Das sieht für den Zuschauer sehr intim und privat aus. In Wahrheit stehen überall Kameraleute, Licht- und Tonmenschen und die anderen Teilnehmerinnen, die genau beobachten, was passiert.

Die Frauen sind eine bunte Mischung. Für jeden Geschmack ist etwas dabei: von elegant bis rockig. Mir kommt in den Sinn, was Stella über Shanaya gesagt hat: *Exotik*. Sie hat nicht einmal gemerkt, wie rassistisch das war. Doch wie so oft, schweige ich lieber. Das gehört zum Job.

»Ich bin Dana!«, erklingt eine Stimme neben mir und lässt mich zusammenzucken. »Wo ist mein Kokoswasser?«

Die anderen Mädchen haben sich ihre Getränke selbst genommen, aber Dana lässt sich offensichtlich gern bedienen. Zum Glück bin ich einiges gewohnt, lächle und reiche ihr das Wasser. Sie nimmt es und verschwindet, ohne mich eines weiteren Blickes zu würdigen.

»Ich hätte nicht gedacht, dass man so klischeehaft amerikanisch sein kann.« Eine Frau mit kurzen Haaren schüttelt amüsiert den Kopf. Sie streckt mir die Hand entgegen und lächelt. »Ich bin Rosalie.«

»Freut mich. April.«

Sie nickt zu Kayden hinüber. »Wie ist er so?«

»Britisch«, antworte ich wahrheitsgemäß.

»Absolut.« Ihr Blick wandert zu ihm und sie fährt sich kurz mit der Zungenspitze über die Lippen. Dann prostet sie mir mit ihrem Kaffee zu. »Auf eine spannende Zeit.«

»Die werden wir haben.« Rosalie ist tatsächlich so sympathisch, wie ihr Foto vermuten ließ.

Die Nächste, die bei mir aufschlägt, ist Shanaya. Bei ihr scheint der Name des Getränks Programm. Sie strahlt pure Energie und rohen Sexappeal aus, redet kein Wort mit mir und nimmt schweigend ihren Drink. Allerdings nippt sie lediglich daran und lässt den Rest stehen. Also war das nur Show mit dem Cocktail? Das wird Stella interessieren.

Auch bei den anderen Damen hatte sie recht. Sie sind hübsch und langweilig. Auch der Champagner, den sie ziemlich schnell leeren, ändert daran nichts.

Nach der Ankunft und dem ersten Treffen mit Kayden geht es direkt weiter. Jede der Frauen kommt zum Einzelinterview mit Maggy oder Dwayne und erzählt, warum sie hier ist. Der Text ist vorher mit den Dyers abgesprochen, aber es sagt eh jede dasselbe: Ich will die große Liebe finden, den echten Menschen hinter dem Duke of Barndon kennenlernen, nein, das hat nichts mit der Aussicht auf den Titel einer Duchess zu tun, bla, bla, bla.

Die ganze Sache ist so eintönig, dass ich froh bin, als meine Armbanduhr um halb fünf piept. Zeit, um den Tee für den Duke vorzubereiten.

April

Teatime

Sobald ich mit den Vorbereitungen fertig bin, mache ich mich auf die Suche nach Kayden. Ich finde ihn im Ballsaal, wo er mit einem hilflosen Lächeln auf mich wartet. Ist er am Ende weit weniger selbstsicher, als er tut?

»Wenn ich jemals in meinem Leben eine *Teatime* gebraucht habe, dann jetzt. Wohin gehen wir?«

»Ich habe genau den richtigen Platz gefunden. Komm!« Er folgt mir kommentarlos nach draußen. Wir lassen den Pool hinter uns und überqueren den Rasen. Allerdings nicht in Richtung Irrgarten, sondern zu einer offenen, schmiedeeisernen Laube. Dort steht einer dieser winzigen weißen, verschnörkelten Metalltische. Ich habe eine weiße Decke darüber drapiert und alles für den Tee bereitgestellt. Der Tisch ist zu klein, weshalb ich einen Servierwagen in die Laube gebracht habe, auf dem ich das Getränk zubereiten kann. Den Strom für den Wasserkocher musste ich über ein Verlängerungskabel bis hierher ziehen, doch ich denke, das war es wert. Von diesem Standort aus hat man einen schönen Ausblick über den See und der Trubel des Sets tritt in den Hintergrund.

Ich drücke den Heizknopf am Wasserkocher und zeige auf die Gurkensandwiches. »Ich hoffe, die sind in Ordnung. Ich habe gegoogelt und …«

»Du hast Kontakt zur Außenwelt?« Er öffnet den obersten Knopf seines Sakkos, setzt sich und schlägt die langen Beine übereinander.

»Wir haben in unserem Crewraum einen Computer, der online ist. Für Notfälle.« Keine Ahnung warum, aber ich zwinkere ihm verschwörerisch zu. »Und wenn das kein Notfall war, weiß ich auch nicht.« Das Wasser kocht und ich beginne mit der Zubereitung des Tees. Kayden schweigt, schließt zu meiner Überraschung sogar die Augen. Ich hätte fest damit gerechnet, dass er mich überwacht. Stattdessen höre ich ihn seufzen. Die Lider fliegen erst auf, als der Kurzzeitwecker schrillt und anzeigt, dass sein Tee fertig ist.

Ich gieße zuerst die Milch ein, dann kommt der Tee hinzu. Schließlich nehme ich die Tasse, bevor ich mich auf dem Weg zu ihm mache. Er wählt genau diesen Moment, um zu sagen: »Ich habe mit den Dyers geredet. Du bist ab morgen meine persönliche Assistentin und damit exklusiv mir zugeteilt.«

»WAS?« Ich blicke von der Tasse auf, dabei übersehe ich das Verlängerungskabel und gerate ins Stolpern. Die Tasse rutscht mir aus den Fingern und der Inhalt ergießt sich über Kaydens Brust. Zu allem Überfluss verliere ich das Gleichgewicht und falle direkt vor ihm hin. Mit der Stirn knalle ich gegen sein Knie, da er im selben Moment mit einem Schmerzensschrei aufspringt und an den Knöpfen seines Hemdes nestelt.

»*Damn*!«, ruft er laut und ungehalten.

Durch den Stoß gegen den Kopf wird mir erst schwummrig, dann trübt sich mein Sichtfeld. Zu meinem Glück falle ich nicht in Ohnmacht, sondern liege im Gras, unterdrücke die Tränen und halte mir die Stirn. Meine Augen sind geschlossen und ich kämpfe nach wie vor gegen die leichte Übelkeit und den Schwindel.

»April, alles in Ordnung?« Er muss mir ziemlich nah sein, denn der angenehme Duft seines Rasierwassers vernebelt meine Sinne noch weiter. Probehalber öffne ich die Augen einen Spalt.

Sein Anblick lässt sie mich sofort wieder schließen. *Wow!* Nur wenige Zentimeter von meinem Gesicht entfernt sehe ich das wohl perfekteste Sixpack aller Zeiten. »Das sollte ich dich fragen«, flüstere ich heiser und versuche, durch halb geschlossene Lider einen zweiten Blick zu erhaschen. Diese Bauchmuskeln sind in echt noch faszinierender als auf dem Bildschirm. *Nicht ablenken lassen, April.* »Ich habe gerade kochend heißen Tee über dich geschüttet.«

»Nicht der Rede wert. Ich musste nur das nasse Hemd ausziehen.« Er sieht auf seinen Bauch und ich kann nicht anders, als dasselbe zu tun.

Mein Herzschlag zieht an, und ich muss mir wohl oder übel eingestehen, dass seine körperlichen Vorzüge dafür verantwortlich sind.

»Nichts passiert.«

Das sagt er so leicht. Meine Hormone laufen Amok und der Schlag gegen den Kopf tut sicher sein Übriges. Im letzten Moment kann ich mich davon abhalten, die Hand zu heben und über jeden einzelnen Muskel zu fahren. Nur um mich zu vergewissern, ob sie tatsächlich so fest sind, wie es den Anschein hat.

»Ich habe dich am Kopf erwischt, nicht wahr?«

Es fällt mir schwer, mich von diesem perfekten Bauch loszureißen und einen klaren Gedanken zu fassen.

»Ja, das ist …« Ein weiteres Mal steigt mir sein Aftershave in die Nase. Keine Ahnung, wann ich den Geruch eines Mannes zum letzten Mal so anziehend gefunden habe – oder ob überhaupt je. Ich blinzele und rücke ein Stück von ihm weg. »Es ist alles in Ordnung.« Langsam drehe ich mich zur Seite und stehe auf. »Viel schlimmer ist, dass ich deinen Anzug ruiniert habe.«

»Nur das Hemd und ein paar Tropfen auf der Weste. Ist nicht schlimm.« Nun erhebt auch er sich. »Bist du sicher, dass dir nicht schwindelig ist? Vielleicht solltest du …«

»Nein, wirklich, alles gut.« Ich bringe mehr Abstand zwischen uns. »Gib mir deine Sachen und wir gehen zurück, um …«

»Nein«, sagt er bestimmt. »Die Tasse ist bei der ganzen Aktion nicht zerbrochen und ich möchte gern meinen Tee genießen. Wärst du so nett?«

Er deutet zuerst auf die Tasse, dann auf den Teewagen, breitet das Jackett so auf dem Stuhl aus, dass es die Lehne bedeckt, und setzt sich wieder. Oben ohne, als sei das die natürlichste Sache der Welt.

»Es ist kalt und …«

»Es sind knapp zwanzig Grad. Das halte ich aus.« Er sieht zum Teewagen. »Würdest du bitte einschenken, bevor der Tee kalt wird?«

Ich werde aus diesem Mann einfach nicht schlau. Gerade war er noch die Fürsorglichkeit in Person, und mit einem Mal ist er wieder der arrogante Kerl, der denkt, ich wäre seine … *Scheiße!* Mir fällt ein, warum ich aus dem Tritt gekommen bin. »Hast du gesagt, ich sei ab heute deine persönliche Assistentin?«

»Ja.«

Das ist alles? *Ja?* Mir liegen eine Menge Worte auf der Zunge, von denen ich keines aussprechen darf. Wenn ich seine Assistentin werde, heißt das, ich bekomme keinen Bonus, wenn eines von Stellas Mädchen gewinnt. Genau genommen habe ich dann keine Mädchen mehr, sondern nur noch Mister *Ich trage ausschließlich Maßanzüge.* Ich fülle seine Tasse und gehe langsam zu ihm. Diesmal achte ich auf die Kabel und stelle den Tee vorsichtig neben ihm ab. Ich weiß, dass ich den Mund halten sollte, kann mir aber einen Kommentar nicht verkneifen. »Schon mal auf den Gedanken gekommen, dass ich gar nicht exklusiv für dich arbeiten will?«

Er runzelt tatsächlich die Stirn. »Um ehrlich zu sein: nein.« Sein Blick geht zur Villa. »Ich habe die Frauen kennengelernt. Alles ist besser, als deren Kindermädchen zu sein. Exklusiv für mich zu arbeiten ist sogar deutlich besser.«

So viel Arroganz verschlägt mir glatt die Sprache. Sexy Bauchmuskeln hin oder her, ich bin kurz davor, etwas zu sagen, was ich später bereuen würde. Also straffe ich die Schultern. »Wenn sonst nichts mehr ist, gehe ich zurück. Du hast gesagt, ich würde ab morgen deine PA sein, was bedeutet, dass ich heute noch für die Damen zuständig bin.«

Ohne seine Antwort abzuwarten, mache ich mich auf den Weg zurück zum Haus. Es fällt mir schwer, dabei langsam zu gehen. Das soll nicht aussehen wie eine Flucht – auch wenn es eine ist.

Kayden

Traue niemandem

Mit gerunzelter Stirn sehe ich April hinterher. Wo genau liegt ihr Problem? Sie sollte sich darüber freuen, ausschließlich mir zugeteilt zu sein. Wenn ich das richtig sehe, nimmt ihr der Job als meine persönliche Assistentin Arbeit ab. Es ist sicherlich lästiger, für die Damen *und* mich zuständig zu sein.

Laut meinen Angestellten bin ich ein äußerst fairer und verständnisvoller Arbeitgeber. Ich bezweifle, dass man das Gleiche von den Kandidatinnen oder den Dyers behaupten kann.

Ein Tag hat gereicht, mir ein erstes Bild von April zu machen. Ich mag sie, weil sie nicht in diese Umgebung passt. Das Showbusiness kennt weder Anstand noch Moral, sie schon. Was ich bei unserer ersten kurzen Begegnung gestern ahnte, ist in den letzten vierundzwanzig Stunden zur Gewissheit geworden: April weckt meinen Beschützerinstinkt. Vielleicht ist das Wort nicht das beste, um diese Stimmung zu beschreiben, mir fällt allerdings kein besseres ein. Manchmal begegne ich Menschen, bei denen ich das Gefühl habe, sie vor der Welt schützen zu müssen. April ist einer dieser Menschen. Ich habe nie herausgefunden, was genau diese Gefühle in mir hervorruft, doch aus Erfahrung weiß ich, dass ich nicht dagegen ankomme. Wenn ich es versuche, wird der Drang zu helfen nur schlimmer. April ist dem Haifischbecken hier am Set nicht gewachsen. Nicht dass ich sie für schwach halte. Eher für ehrlich und integer, was bei so einer

Show gefährlich sein kann. Deshalb habe ich dafür gesorgt, dass sie in meiner Nähe arbeitet.

Langsam trinke ich den letzten Schluck Tee. Er schmeckt köstlich, April bekommt ihn perfekt hin. Ich bezweifle, dass ich es besser gekonnt hätte. Ein weiterer Grund, warum ich sie in meiner Nähe haben will.

Du warst schon immer gut darin, dir selbst etwas vorzumachen, höre ich meine innere Stimme, doch ich bin fest entschlossen, sie zu ignorieren. Stattdessen sollte ich mir überlegen, wie ich April davon überzeuge, dass ich die beste Wahl für sie bin.

Kopfschüttelnd stelle ich meine Tasse ab. Ein Problem nach dem anderen. Erst mal zurück in mein Zimmer, um meine Brust zu versorgen. Ich habe geflunkert. Mein Bauch ist unversehrt, weil der Tee auf meiner Brust gelandet ist. Es sind keine schlimmen Schmerzen, so langsam beginnt die Haut allerdings zu brennen. Ich sollte sie kühlen und versorgen.

Also ziehe ich das Jackett über, lasse den Knopf allerdings offen, da es sonst zu eng anliegt, was Schmerzen verursacht. Ich nehme mein Hemd, Krawatte und Weste und mache mir eine geistige Notiz, nachzufragen, wer für die Wäsche verantwortlich ist.

Vielleicht erwische ich noch jemanden in der Eingangshalle, der mir diese Frage beantworten kann. Die Interviews mit den Damen sollten noch laufen.

Sobald ich mich dem Haus nähere, ernte ich neugierige Blicke. Damit war zu rechnen. Ich bin mir der Wirkung meines Körpers sehr wohl bewusst, auch wenn ich ihn nicht gern zur Schau stelle. Ohne zu prahlen, kann ich behaupten, dank des regelmäßigen Boxtrainings gut in Form zu sein. Ich blende den Gedanken aus und mache mich auf den Weg ins Innere. Als ich den Ballsaal betreten will, höre ich eine laute männliche Stimme: »April, diese kleine hinterhältige Schlange! Vor weniger als zwei Stunden hat sie noch so getan, als hätte sie keine Ahnung, wie sie den Schotten dazu bringen kann, die Hüllen fallen zu lassen, und dann das!«

Unwillkürlich bleibe ich stehen.

»Die Extrastunde mit dem Duke geht damit an Team Stella und April«, antwortet eine andere Männerstimme. »So viel Raffinesse hätte ich der Kleinen nie zugetraut.«

Das sind offensichtlich Leute aus dem gegnerischen Team, die sich da unterhalten. Eine Extrastunde mit mir? Wofür? Irgendein wichtiges Detail ist mir entgangen.

»So ein gerissenes Biest, die Unschuldsnummer hat sie voll drauf.« Ein Schnauben untermauert die Worte des ersten Mannes.

»Ich habe sie ihr abgekauft, genau wie du.«

Ich auch. *Damn!*

»Der Fehler passiert uns nicht noch mal. Die Idee mit dem Tee war ein echter Geniestreich. Und wie sie *aus Versehen* gestolpert ist, bühnenreif.«

Der Tee, natürlich. Ich schließe die Augen und atme mehrmals tief durch. Sie hat mich ausgetrickst. Ihr Sturz war kein Unfall, sondern ein abgekartetes Spiel. Es sind überall Kameras und alles wird gefilmt. Was habe ich eigentlich erwartet? Wenn ich die beiden richtig verstanden habe, ging es einzig darum, meinen Körper in Szene zu setzen – und eine Belohnung gab es noch dazu.

Und ich mache mir Gedanken darüber, sie beschützen zu müssen. *Bloody hell!*

Ich merke, wie ich die Hände zu Fäusten balle, öffne sie langsam und zwinge mich zur Ruhe. Die Stimmen entfernen sich, doch ich habe genug gehört. Die jahrelang antrainierte Disziplin hilft, den Weg zu meinem Zimmer scheinbar ruhig und gelassen hinter mich zu bringen.

Natürlich drehen sich mehrere Köpfe in meine Richtung und ich höre Getuschel hinter meinem Rücken.

Ich habe es nicht besser verdient. Wenn ich daran denke, dass ich Vollidiot nichts Besseres zu tun hatte, als April auch noch zu meiner PA am Set zu machen, möchte ich gern etwas zerschlagen. Mein neues Wissen setzt das Gespräch mit den Dyers in ein völlig anderes Licht. Dwayne war zuerst wenig begeistert gewesen von meinem Vorschlag. Er meinte, es fehle dann jemand zur Betreuung der Damen. Doch Maggy unterstützte die Idee begeistert. Zu begeistert, wie mir jetzt klar wird. Die beiden haben mich tatsächlich mit ihrem *Guter-Cop-böser-Cop*-Getue hinters Licht geführt und mir einen Maulwurf untergejubelt.

Ich erreiche meine Tür, schließe sie hinter mir und lasse dann eine Reihe lauter Flüche los, bei denen mein Vater sich bestimmt im Grabe umdreht. Verzweifelt sehe ich mich um. Etwas Training wäre genau das, was ich brauche, um mich abzureagieren. Hier gibt es leider weder einen Punchingball noch einen Sandsack, geschweige denn einen Ring oder einen Sparringspartner. Auch im sogenannten *Fitnessraum* findet sich kein Boxzubehör. Dort haben sie ausschließlich Trainingsmaschinen, ein Laufband und Hanteln. Was machen Amerikaner eigentlich, wenn sie sich abreagieren müssen?

In diesem Zimmer kann ich nicht einmal etwas aufräumen oder sortieren. Das ist der zweite Weg, mich zu beruhigen, wenn ich emotional oder erregt bin und nicht trainieren kann: Ich führe laut Selbstgespräche und räume dabei auf. Leider ist das Zimmer bereits ordentlich. Irgendwer hat das Bett gemacht und den unmöglichen Anzug entfernt. Im Grunde bin ich ein unordentlicher Mensch und schätze es, wenn andere für mich aufräumen. Doch heute hätte ich das gern selbst getan.

Da meine üblichen Bewältigungsstrategien ausfallen, muss ich mich darauf beschränken, mit großen Schritten auf und ab zu gehen, während ich meine Gedanken ordne. Wenigstens kann ich dabei laut sein. Inzwischen bin ich von unflätigem Fluchen zu bitteren Selbstvorwürfen übergegangen.

Mein Blick fällt auf das zerknüllte Hemd am Boden kurz hinter der Eingangstür und ich spüre die Verbrennung an meiner Brust. Immer noch wütend – hauptsächlich auf mich selbst – ziehe ich das Jackett aus, werfe es aufs Bett und mache mich daran, die Rötung zu versorgen. Im Spiegel ist kaum etwas zu sehen. Ein wenig kaltes Wasser sollte die Haut beruhigen.

Ich stelle mich kurz entschlossen unter die Dusche. Dank des kalten Wasserstrahls bekomme ich langsam einen klaren Kopf. Eigentlich sollte ich über die Entwicklung froh sein. Diese Episode macht deutlich, dass ich am Set keinen Verbündeten habe – und die schlimmste Schlange bleibt in meiner Nähe, wo ich sie kontrollieren kann.

Mir kommt ihr Unmut darüber, exklusiv für mich zu arbeiten, in den Sinn. Wahrscheinlich war auch das gespielt und sie freut sich in Wahrheit diebisch über den dämlichen Kerl, der ihr ins Netz gegangen ist. *Damn!* Es ist lange her, dass ich mich so in einem Menschen getäuscht habe. Wobei allein der Gedanke lächerlich ist. Im Grunde kenne ich April nicht. Ich sollte mich also glücklich schätzen, dass ich jetzt weiß, woran ich mit ihr bin.

Ihr Vorschlag, nach dem Dreh eine Runde im Pool zu schwimmen, kommt mir in den Sinn. Ob sie es auch da lediglich auf Bilder von mir in der Badehose abgesehen hatte? Egal, denn ein paar Runden im Pool werden mir helfen, runterzukommen.

Außerdem bekommt der Sender mich oben ohne. Und zwar ausschließlich, weil ich das will.

Also ziehe ich Badekleidung an – ich schwimme immer in einer richtigen Badehose, Shorts kann ich nichts abgewinnen. Den flauschigen Bademantel, den mir die Show zur Verfügung stellt, lasse ich im Bad und ziehe stattdessen meinen eigenen über. Er ist aus blauer Seide. Dazu trage ich Lederslipper. So gerüstet trete ich auf den Flur und gehe hinunter zum Pool.

Schon bevor ich ins Freie trete, höre ich weibliche Stimmen von rechts. Ich setze ein Lächeln auf, von dem man sagt, es sei unwiderstehlich, und sehe zwei Kandidatinnen durch den Ballsaal auf mich zukommen. Wie lauten noch mal ihre Namen? Die kleine Latina ist Lola, wenn ich mich recht erinnere. Neben ihr geht eine große blonde Frau – Dana, die Miss California.

Was machen sie hier? Es hieß doch, sie können nicht in diesen Teil des Sets ohne meine Einwilligung. Unwichtig. Sie sind hier, und das bietet mir die Abwechslung, die ich brauchen kann. Also warte ich lächelnd, bis sie bei mir sind. Sie tragen Handtücher über der Schulter und Badekleidung. »Wie ich sehe, wollt ihr auch eine Runde im Pool drehen«, spreche ich das Offensichtliche aus.

»Wir dachten, das wäre genau der richtige Abschluss nach so einem Tag«, sagt Lola und wirft ihr Haar zurück.

»Du siehst das wohl ähnlich«, fügt Dana hinzu.

»Ich schwimme gern am Abend noch eine Runde.« Lächelnd breite ich die Arme aus. »Gehen wir doch zusammen.« Die Damen haken sich links und rechts von mir ein und ich halte Small Talk. »Wie hat euch der erste Tag am Set gefallen?«

Die beiden überschlagen sich damit, alles zu loben. Den Set, die Villa, das Essen, die Begrüßung. Ich lächle und schweige. Sicher wäre niemandem geholfen, wenn ich meine Meinung über das Setting mit den Damen teile. Am Wasser angekommen, lässt Lola meinen Arm los, zieht ihr Shirt über den Kopf, geht provokant langsam zum Beckenrand und lässt sich hineingleiten. Sie weiß ihre Reize einzusetzen.

Dana hingegen tritt vor mich und schiebt frech ihre Hand unter meinen Bademantel. »Zieh das aus und komm zu uns ins Wasser«, sagt sie mit einem lasziven Augenaufschlag.

Sie gehört wohl zu denen, die für fünf Minuten Ruhm bereit sind, alles zu tun. Was mir früher geschmeichelt hat, langweilt mich inzwischen. Trotzdem lächele ich. Denn genau solche Szenen wollen die Dyers. Und ich bin bereit, sie zu liefern.

Bewusst langsam greife ich nach dem Gürtel meines Bademantels und lasse ihn nach unten gleiten. Dabei achte ich darauf, dass ich Dana nicht berühre. Durch die Bewegung rutscht ihre Hand nach unten und streift meinen Schritt. Das war pure Absicht.

Gut nur, dass mein Körper unbeeindruckt bleibt. Ich schenke ihr erneut ein Lächeln, welches ihr zeigt, dass ich es durchaus bemerkt habe. Sie fährt sich lasziv mit der Zungenspitze über die Lippen und wendet sich ebenfalls dem Pool zu.

Im selben Moment öffnet sich das Tor zur Villa, und die restlichen Damen strömen an den Pool. Es dauert nicht lange und sie umschwärmen mich. Von irgendwo kommt auf einmal Musik, einige haben Champagner dabei und das Ganze verwandelt sich in eine Poolparty.

Aus dem Augenwinkel sehe ich April mit einer weiteren Kiste Champagner nach draußen kommen. Don folgt ihr mit einem Stapel Sektkühler in der Hand. Sie öffnen die Flaschen und verteilen sie um den Pool herum. Ich runzle die Stirn und zwinge mich zu einem Lächeln. Schon bei der Begrüßung der Damen ist mir aufgefallen, dass die meisten alkoholische Getränke bevorzugten. Kein sehr intelligentes Verhalten. Nicht an einem Ort wie diesem. Ich habe aus bitterer Erfahrung gelernt, dass man seine Sinne immer beisammenhaben sollte, weil sonst Dinge geschehen, die …

»Champagner?« Ich zucke zusammen, weil April es geschafft hat, unbemerkt neben mich zu treten. »Sorry, ich wollte nicht …« Sie unterbricht sich und deutet auf meine Brust. »Du hast gesagt, es sei alles in Ordnung. Aber deine Haut ist … sie ist ziemlich rot auf der rechten Seite. Ist das meine Schuld?«

Die Wut, die ich für verschwunden gehalten hatte, kehrt mit voller Wucht zurück und ich sage mühsam beherrscht: »Nun, es hat doch zum gewünschten Ergebnis geführt, nicht wahr? Die kleine Rötung ist sicher ein geringer Preis.« Ihre Augen weiten sich, sie sieht allerdings eher erstaunt aus, weniger als würde sie sich ertappt fühlen.

»Ja, klar. Du hast deinen Tee zur *Teatime* bekommen, das ist natürlich das Wichtigste.« Sie räuspert sich. »Ich muss mich dann um die Damen …«

»Ich erwarte dich pünktlich morgen früh um sieben in meinem Zimmer.« Und weil ich sehe, dass sie widersprechen will, füge ich direkt hinzu: »Wir müssen besprechen, wie die Zusammenarbeit zwischen uns abläuft. Ich finde deine Philosophie, zu wissen, was ich will, bevor es mir bewusst wird, interessant. Wir sollten daran arbeiten, dass das funktioniert.«

»Klar, wenn du meinst. Du bist der Star der Sendung, und du bekommst, was du willst.« Ihr Lächeln wirkt gequält. »Jetzt muss ich meinen Job für diesen Abend machen. Und du hast eine Poolparty zu feiern. Zwanzig Damen wollen von dir beglückt werden.« Sie marschiert davon, ohne mich eines weiteren Blickes zu würdigen.

Soll mir recht sein – solange sie morgen pünktlich erscheint und ihre Arbeit erledigt. Nächster Punkt auf der Liste: Poolparty. Damit kenne ich mich aus, sie eignen sich hervorragend, das Eis zu brechen und sich besser kennenzulernen.

Am besten, ich beginne gleich damit. Also klatsche ich mehrmals laut in die Hände und warte, bis ich die volle Aufmerksamkeit habe. Das geht zum Glück schnell. »Meine Damen! Ich freue mich, alle begrüßen zu dürfen, und habe mir überlegt, dass es eine ganz famose Gelegenheit ist, sich besser kennenzulernen.« Ich greife mir einen der Wasserbälle mit dem Logo der Show darauf, lasse mich ins Wasser gleiten und rufe: »Wer hat Lust auf ein Spiel?«

Sofort herrscht ein wildes Durcheinander und die Frauen stellen sich im Kreis um mich auf, ihre neugierigen Blicke sind auf den Ball in meinen Händen gerichtet. Offensichtlich erwarten sie von mir, dass ich die Regeln erkläre. Da ich eigentlich ein wenig den Ball hin- und herwerfen wollte, muss ich mir spontan etwas einfallen lassen, was aufregender ist. Kein Problem, ich bin ganz gut im Improvisieren. »Hier die Regeln: Ich werde einer von euch den Ball zuwerfen und dabei eine Frage stellen. Ihr gebt eine Antwort, sobald ihr den Ball in der Hand habt, und werft ihn danach zu mir zurück. Dann wieder von vorn.«

Die Frauen nicken, einige kichern. Sie scheinen zu akzeptieren, was ich vorhabe. Wichtig ist es, gleich zu beginnen, keine Dame auszulassen und unverfängliche Fragen zu stellen: Name, Beruf, Lieblingsessen, Lieblingstier und so weiter – und ihnen keine Zeit zu lassen, mir Fragen zu stellen.

Es funktioniert und macht sogar Spaß. Auch wenn ich mir kaum merken kann, wer was gesagt hat. Deshalb beende ich das Spiel nach einer halben Stunde und betreibe Small Talk. Zuerst im Becken, dann davor.

Zwanzig Frauen bei Laune zu halten, zu jeder nett, freundlich und aufmerksam zu sein, strengt an. Zumal mich das Gefühl überkommt, als seien sie Klone voneinander. Unterschiedlich gekleidet und mit unterschiedlicher Herkunft und jede für sich einen Hauch zu perfekt. Fast fühlt es sich so an, als wäre ich zurück auf unserem Familiensitz bei einer der Gesellschaften, die meine Mutter regelmäßig organisiert hat, um mich mit potenziellen Heiratskandidatinnen in Kontakt zu bringen. Seit meinem achtzehnten Geburtstag bis zu ihrem Tod vor zwei Jahren habe ich diese Prozedur jedes Jahr über mich ergehen lassen. Fünf endlos lange Gartenpartys.

Wer hätte gedacht, dass sich diese Show genauso anfühlt. Ich ergebe mich meinem Schicksal und verabschiede mich kurz vor Mitternacht.

»Schließlich beginnt der Tag morgen wieder in aller Frühe!«, schließe ich meine Rede, als Dana an meine Seite tritt.

»Hast du morgen etwas anderes vor als die Cocktailparty am Abend?«, fragt sie.

Wenn ich ehrlich bin, habe ich keine Ahnung, was geplant ist. »Ich bin ein Morgenmensch und bevorzuge es, den Tag früh zu beginnen.«

»Na, dann gönne ich dir deinen Schlaf.« Und ehe ich mich's versehe, drückt sie mir einen Kuss auf die Wange. Dann ist sie verschwunden und die nächste Dame steht vor mir. So wie es aussieht, komme ich nur weg, wenn ich mich von jeder einzeln verabschiede.

Zwei Frauen machen mir eindeutige Angebote – und ich mir eine geistige Notiz, dass sie zu den ersten gehören, die den Set verlassen werden. Denn auch wenn mir bewusst ist, dass diese Sendung von der Anziehung zwischen mir und den Frauen lebt, möchte ich nicht den Eindruck erwecken, dass es mir nur um das Eine geht. Gegen ein hübsches Gesicht und einen schönen Körper im Bikini ist grundsätzlich nichts einzuwenden. So einfach lasse ich mich allerdings nicht zu einem Kuss oder anderen Intimitäten verführen. Dazu gehört für mich mehr. Nicht unbedingt die große Liebe – wenn es die überhaupt gibt. Aber bevor ich Nähe zulasse, muss es eine Verbindung zwischen der Frau und mir geben. Und wenn ich ehrlich bin, spüre ich diese Art von Verbindung bisher nur bei einer: April. Zumindest *habe* ich das.

Keine Ahnung, wie ich mit ihr umgehen soll. Rational betrachtet sollte ich tun, was von Anfang an der Plan war: sie wie eine Angestellte behandeln. Und eine Angestellte würde ich darauf ansprechen, was sie getan hat, und ihr verdeutlichen, dass ich so ein Verhalten in keinem Fall toleriere. Danach würde ich sie wahrscheinlich feuern. Diese Option habe ich mir selbst verbaut. Ich kann sie unmöglich austauschen, nachdem ich sie erst angefordert habe. Doch ich kann ihr klarmachen, was ich von ihr erwarte.

April

PA des Duke

Die vergangene Nacht war eindeutig zu kurz und die nächste wird lang werden. Die letzten Damen verschwanden erst gegen drei Uhr morgens in ihren Betten. Bei mir wurde es vier.

Der Duke hat darauf bestanden, dass ich um sieben Uhr bei ihm auf der Matte stehe, was bedeutet, ich hatte nur zwei Stunden Schlaf und bin entsprechend mies drauf. Nicht mal für einen Kaffee hat die Zeit gereicht.

Mit wenig Enthusiasmus klopfe ich an seine Tür und warte. Keine Antwort. Wenn der noch schläft, werde ich …

»Guten Morgen, April«, höre ich seine Stimme hinter mir und drehe mich langsam um. Er kommt offensichtlich vom Training und trägt eine graue Jogginghose und ein weißes T-Shirt, das ihm am Körper klebt. Sein normalerweise streng nach hinten gekämmtes Haar hängt ihm in die Augen. Dieser Anblick erwischt mich eiskalt. *Scheiße, ist das heiß!* Ich blinzele mehrmals über diesen Gedanken und schreibe ihn meinem übernächtigten Zustand zu.

»Du siehst müde aus.« Kayden mustert mich von oben bis unten.

Ach, wirklich? »Ich bin erst gegen vier ins Bett gekommen, wegen der Poolparty.«

Seine Antwort besteht aus einem Nicken. Er geht an mir vorbei und öffnet die Tür. »Komm, ich muss duschen und brauche dann meinen Tee. Aber vorher …« Mit einer Handbewegung bedeutet er mir, durch die Tür zu gehen. »Vorher informierst du mich über den Ablauf des heutigen Tages. Dana hat gestern etwas von einer Cocktailparty gesagt?«

Ist das sein Ernst? Er hat keine Ahnung vom Drehplan? Den wollten die Dyers doch mit ihm durchgehen. »Ja, heute steht die Cocktailparty am Abend an. Sie beginnt um sechs und ist bis in die frühen Morgenstunden angesetzt.«

Er nickt und greift nach einer Flasche Wasser. »Okay, danke. Da soll ich mit jeder Frau Konversation betreiben, um sie besser kennenzulernen, richtig?« Fasziniert beobachte ich, wie er die Flasche an die Lippen hebt und trinkt. Sein Adamsapfel hüpft auf und ab und ich sehe deutlich, dass er sich noch nicht rasiert hat. Irgendwie sexy. Ich mache mir eine geistige Notiz, nie wieder unausgeschlafen in Kaydens Nähe aufzuschlagen – oder wenn ich einen Schlag gegen die Stirn bekommen habe. Denn das führt offensichtlich dazu, dass ich mich in einen sabbernden, hormongesteuerten Teenager verwandle.

Ein leichtes Kopfschütteln klärt meine Gedanken. »Genau. Die Zeit bis dahin hast du zur freien Verfügung.«

Er stellt die Flasche zurück und nickt. »*Splendid.* Ich gehe gleich unter die Dusche und du bereitest meinen Tee zu. Und dann«, er macht eine bedeutungsschwere Pause und sucht meinen Blick, »müssen wir uns unterhalten.« Seine Stimme hat eine Schärfe, die meinen Magen zu einem Klumpen schrumpfen lässt. Gleichzeitig erscheint eine steile Falte zwischen seinen Brauen, die mein Unbehagen verstärkt. Wenn ich raten müsste, würde ich sagen, er ist wütend – und ich bin der Grund dafür.

»Ist irgendetwas nicht in Ordnung?«, traue ich mich trotzdem zu fragen, denn immerhin bin ich mir keiner Schuld bewusst.

»Wir reden gleich.« Er unterstreicht seine Worte mit einem Nicken, geht zum Kleiderschrank und verschwindet mit einem Bündel frischer Kleidung ins Bad.

Ich starre ihm sprachlos nach. Was hat er denn? Ist er sauer wegen des Unfalls? Gestern meinte er noch, es sei kein Problem.

Egal, erst mal muss ich mich um den Morgentee kümmern. Ich schnappe mir den Wasserkocher und will gerade damit ins Bad, als ich höre, wie die Dusche angeht. Da kann ich unmöglich rein. Das

Wasser muss ich wohl woanders herbekommen. Bei der Gelegenheit kann ich mir auch gleich einen Kaffee holen. Vielleicht hilft der, meinem Körper klarzumachen, was mein Kopf ganz genau weiß: Der Duke of Barndon ist kein Mann, mit dem man sich einlässt. Nicht nach allem, was ich von ihm weiß. Zugegeben, er ist anders, als ich ihn mir vorgestellt hatte. Aber nur weil er vielleicht nicht ganz der Arsch ist, für den ich ihn gehalten habe, muss ich ihn nicht gleich anhimmeln.

Dann sorg dafür, dass du mal wieder mit jemand anderem als dir selbst Spaß hast, höre ich Lindsays Stimme leise in meinem Kopf. Das sagt sie mir seit einem Jahr. Seit ich mit Jeff Schluss gemacht habe, weil er sich nach sechs Monaten immer noch nicht Emilys Namen merken konnte. Ich verstehe, was sie meint, doch gleichzeitig ist so ein Kommentar verletzend und gemein. Denn sind wir mal ehrlich: Sex, selbst wenn er gut ist, tröstet nicht über offensichtliche Charakterschwächen hinweg. Ich bin kein Mensch für die schnelle Nummer nur zum Spaß.

Endlich erreiche ich die kleine Crewküche. Eine Tasse wirklich starker Kaffee wird mich zur Vernunft bringen. Der Automat wird nie ausgeschaltet, weshalb ich mir direkt einen doppelten Americano ziehe. Während der Kaffee läuft, fülle ich die Kanne des Wasserkochers am Wasserhahn und frage mich, was Kayden mit mir besprechen will. Will er mich darüber belehren, dass ich in Zukunft vorsichtiger sein muss und keinen heißen Tee mehr über ihn gießen soll? Habe ich nicht vor.

Die Kanne ist voll und der Kaffee durchgelaufen. Wunderbar. Ich stelle das Wasser ab und nehme einen kräftigen Schluck Americano. Dabei verbrenne ich mir zwar den Gaumen, das ist es allerdings wert. Genüsslich schließe ich die Augen.

»Ist es so gut, für den Duke zu arbeiten?« Das ist Stella.

Mit immer noch geschlossenen Augen antworte ich: »Ich genieße meinen Kaffee, den ich nicht so dringend bräuchte, wenn ich nach wie vor für dich arbeiten würde.«

»Also nein?« Sie greift nach einem Becher und stellt ihn in den Automaten. »Übrigens, gute Arbeit gestern. Ich habe entschieden, wer die Extrastunde bekommt. Dana ist die richtige Wahl. Der Duke wird heute mit ihr zu Mittag essen. Dreizehn Uhr. Teilst du ihm das mit? Das gehört zu deinen neuen Aufgaben, wenn mich nicht alles täuscht?«

»Schätze schon.« Ich nehme einen weiteren Schluck aus meinem Becher. Meine Sorge, sie könnte sauer über meinen Weggang sein, ist wohl unbegründet. Das ist doch schon mal etwas. »Hast du einen bestimmten Ort dafür im Auge?«

»Mir hätte der Ballsaal vorgeschwebt, aber da der für die Party vorbereitet wird, habe ich mir etwas anderes ausgedacht: ein Picknick am See.« Ihr Cappuccino ist fertig und sie nippt vorsichtig daran. »Sorg dafür, dass er sich passend kleidet. Und April: Auch wenn du jetzt offiziell für ihn arbeitest, kann ich mich darauf verlassen, dass du nach wie vor im Team Stella bist?«

Überrascht starre ich sie an. »Dann bekomme ich den Bonus, falls wir gewinnen, auch wenn ich offiziell nicht mehr zum Team gehöre?«

»Nein, den bekommt der neue Production Associate. Du bekommst etwas viel Besseres: meine ewige Dankbarkeit.«

Ich will protestieren, halte mich jedoch im letzten Moment zurück. Es wäre unklug, Stella zu verärgern. Eigentlich hatte ich damit gerechnet, dass sie sauer auf mich ist. Kann es schaden, ihr ab und zu einen kleinen Tipp zu geben? Letztendlich kann mir egal sein, welches Team gewinnt. Was mir allerdings nicht egal ist, ist die Zeit nach dieser Show. Dann werde ich immer noch für den Sender arbeiten und Stella hat Einfluss. Ich bin zwar nicht mit jeder ihrer Entscheidungen einverstanden, sollte mich aber trotzdem gut mit ihr stellen. Also nicke ich.

»Das ist mein Mädchen.« Sie lächelt und lehnt sich an die Tischkante. »Ich brauche übrigens heute noch mal deine Hilfe. Dein Ersatz kommt frühestens morgen und deshalb musst du bei den Vorbereitungen für die Cocktailparty ran. Das ist doch kein Problem?«

»Ich kann nicht für Kayden sprechen, aber für mich geht das in Ordnung.«

»Sehr gut. Unser Duke scheint sich auch wieder eingekriegt zu haben. Er war ziemlich wütend, als er gestern von eurem kleinen Abenteuer am See zurück in sein Zimmer kam. Der hat Flüche drauf, sage ich dir. Da bin sogar ich rot geworden.«

Das klingt schlecht. Er ist also sauer auf mich. Dann kann ich mich ja auf was gefasst machen. *Shit!* Ich sollte so schnell wie möglich zurück nach oben und ihm seinen Tee zuzubereiten.

»Stella, ich muss zurück, er will seinen Tee und ist sicher gleich mit Duschen fertig. Ich will ihn schließlich nicht noch mehr verärgern.«

»Verständlich«, antwortet sie und wedelt mit der Hand in Richtung Tür. »Mach ihn glücklich, dann haben wir alle was davon.«

Ich nicke und setze mich in Bewegung. So schnell es mein Kaffeebecher und der Wasserkocher zulassen, mache ich mich auf den Weg zurück nach oben. Kayden ist noch im Bad, doch ich höre den Föhn durch die geschlossene Tür. Dann kann ich zumindest mit dem Teekochen anfangen. War ja schließlich nicht meine Schuld, dass ich zum Wasserholen nach unten musste.

Schnell leere ich meinen Kaffee. Wer weiß, ob ich noch dazu komme, wenn er wieder da ist. Das Koffein hilft ein klein wenig, wach zu werden, aber eigentlich bräuchte ich mehr davon. Kurz überlege ich, ob ich es in den drei Minuten, die sein Tee zieht, nach unten und zurück schaffe.

»Es gibt doch nichts Schöneres als eine anständige Tasse Tee nach einem ausgiebigen Training.« Mit diesen Worten betritt er das Zimmer. So viel zu meinem Kaffee.

»Er ist in zweieinhalb Minuten fertig.«

Seine rechte Braue hebt sich. Er ist der einzige Mensch, den ich je gesehen habe, der das wirklich macht – wenn man mal von Mister Spock absieht. Und der ist genau genommen kein Mensch.

»Warum dauert das so lange?«

»Weil ich Wasser von unten holen musste und dort Stella in die Arme gelaufen bin.«

Die Braue sinkt und er verzieht missbilligend das Gesicht. »Das will ich mal als Entschuldigung durchgehen lassen. Wir müssen uns jetzt einem viel unangenehmeren Thema widmen.«

Oha. Ob ich mich noch einmal entschuldigen soll? Ihm klarmachen, dass mir so etwas normalerweise nicht passiert? Ihm versichern, dass ich eigentlich nicht so tollpatschig bin? Das Klingeln des Kurzzeitweckers unterbricht meine aufkommende Panik. Ich entferne die Teeblätter und schließe die Kanne sorgfältig. Dann gebe ich Milch hinein, gieße vorsichtig Tee in die Tasse und lächle ihn an. »Fertig.« Es wäre mir lieber, wenn mein Lächeln selbstbewusst rüberkäme, aber das ist wohl Wunschdenken. Was auch immer er zu sagen hat, es wird mir sicher nicht gefallen.

»Nun, April!« Er sieht mich über die Teetasse hinweg an und hält den Blickkontakt, während er trinkt. Kein wohliges Augenschließen und auch kein Lächeln heute. Die Pause zieht sich und ich wische meine feuchten Hände an der Jeans ab.

Er hat die Tasse inzwischen zur Seite gestellt und quittiert meine Geste mit einem leicht ironischen Zug um die Lippen. Er hält mich mit Absicht hin. Also doch der Arsch, für den ich ihn hielt.

»Da du nun für mich arbeitest, gibt es eine Regel, die über allen anderen steht«, spricht er weiter. »Du bist einzig mir gegenüber loyal. Wenn das ein Problem darstellt, ist unsere Zusammenarbeit auf der Stelle beendet.«

»Selbstverständlich«, sage ich, obwohl ich es nicht so meine.

Lässig lehnt er sich gegen den Schreibtisch, schüttelt den Kopf und fährt sich mit der Hand durchs Haar. Mir fällt auf, dass er noch kein Gel darin verteilt hat. Überhaupt ist er für seine Verhältnisse geradezu leger gekleidet. Er trägt eine dunkelgraue, eng sitzende Anzughose und einen dieser langärmligen, dünnen Wollsweater mit Polokragen in der gleichen Farbe.

»Damit kommen wir direkt zu Punkt zwei.« Sein Blick ist nach wie vor auf mich gerichtet und durchbohrt mich regelrecht. »Ich dulde keine Lügen.« Er hat die Stimme nicht erhoben, das muss er auch gar nicht. Wie schafft er es nur, gleichzeitig lässig und vollkommen ernst und angespannt zu wirken? »Ehrlichkeit und Loyalität sind für mich die Grundpfeiler jeder Beziehung. Auch wenn es um die Arbeit geht. Das sollte dir klar sein, wenn du gut mit mir auskommen willst.« Seine Augen verengen sich ein klein wenig. »Ich kann doch davon ausgehen, dass du das möchtest?«

»Dass wir gut miteinander auskommen?« Der Satz gleicht mehr einem Krächzen, was mich ärgert. Aber der Ärger hilft. Kayden ist auch nur ein Mensch und nicht mehr oder weniger wert als ich. Außerdem war diese Zusammenarbeit seine Idee. Ich habe mir nichts vorzuwerfen. »Worum geht es eigentlich?«

»Das ist doch offensichtlich! Darum, dass du mich nie wieder anlügen sollst.«

»Habe ich nicht.« Was zur Hölle meint er?

»April, wir wissen beide, dass das eine Lüge ist, und ich habe gerade versucht, dir deutlich zu machen …«

»Das habe ich verstanden.« Weil ich vermute, einen entscheidenden Punkt verpasst zu haben, frage ich vorsichtig: »Wann habe ich deiner Meinung nach gelogen?«

Schnaubend schüttelt er den Kopf. »Spar dir die Unschuldsnummer. Ich weiß von deiner Aktion gestern und muss zugeben, dass ich fast darauf hereingefallen wäre. Um mich oben ohne zu zeigen, hätte es eine einfachere Lösung gegeben, als heißen Tee über mich zu schütten. Ich gebe zu, eine hinterhältige und manipulative Ader hätte ich dir nicht zugetraut, aber ich habe kein Problem damit. Nur wirst du dieses Talent ab heute für mich einsetzen. In Zukunft erwarte ich, dass du mir sagst, was sich der Sender wünscht, dann finden wir gemeinsam eine Lösung.«

In meinem Kopf überschlagen sich die Gedanken. Er glaubt, ich hätte ihm den Tee *absichtlich* übergeschüttet? Woher weiß er überhaupt, dass es um seinen nackten Oberkörper ging?

»Hat es dir die Sprache verschlagen? Muss es nicht. Technisch gesehen warst du gestern noch Stellas Mitarbeiterin, weshalb ich bereit bin, über diesen eigentlich unentschuldbaren Fauxpas hinwegzusehen. Solange du versprichst, in den nächsten Wochen nur mir gegenüber loyal zu sein.«

»Ich bin nicht … also ich habe nicht …« Ich breche ab, weil mir Zornestränen in die Augen schießen. Seine Anschuldigung ist so ungeheuerlich, dass ich schreien möchte. Um die aufsteigenden Tränen zurückzuhalten, beginne ich zu lachen. Es ist ein kurzes, schmerzhaftes Lachen, dennoch klärt es meinen Verstand so weit, dass ein Gedanke klar in den Vordergrund tritt: Er will Ehrlichkeit? Die kann er haben.

»Ich habe keine Ahnung, was du glaubst über mich zu wissen«, beginne ich meinen Angriff. »Eins möchte ich an dieser Stelle unmissverständlich klarstellen: Das mit dem Tee *war* ein Unfall.« Er schnaubt, schweigt aber. »Mein kläglicher Versuch, dich oben ohne zu zeigen, bestand darin, dich an den Pool zu schicken. Wenn dir das zu viel Manipulation ist, tut es mir leid.« Ich sehe, dass er zu einer Antwort ansetzt, lasse ihn jedoch nicht zu Wort kommen. »Ich habe nie darum gebeten, exklusiv für dich zu arbeiten. Das hat nichts mit dir persönlich zu tun, sondern mit meiner finanziellen Lage. Wenn eine Frau aus meinem ehemaligen Team gewinnt, hätte ich eine Prämie bekommen. Und die kann ich wirklich gut gebrauchen, denn ich muss Emily versorgen und nebenbei den Studienkredit meiner Schwester abbezahlen. Der Bank ist es nämlich scheißegal, dass sie gestorben ist. Also ja, ich gebe zu, dass ich dich in eine bestimmte Richtung lenken wollte.« Ich rede mich in Rage, ist mir allerdings egal. Schlimmer kann meine Situation sowieso nicht mehr werden. »Ich lasse mir allerdings nicht vorwerfen, dich belogen zu haben!«

»Deine Kollegen sind davon überzeugt, dass der Vorfall mit dem Tee fingiert war, und ich bin geneigt …«

»Du bist geneigt?« Meine Stimme überschlägt sich und ich atme einmal tief durch. »Eine Sache möchte ich unmissverständlich klarstellen: Wenn du von mir Loyalität und Ehrlichkeit forderst, dann verlange ich das ebenfalls von dir.« Ein weiterer tiefer Atemzug. »Und die Basis dafür ist Vertrauen.«

Er nickt. »Dem stimme ich zu.«

Erstaunlich. »Wir kennen uns kaum, und wir haben keine Ahnung, wer der andere ist«, rede ich weiter, ohne genau zu wissen, worauf ich hinauswill. »Wenn wir auf der Basis von Vertrauen zusammenarbeiten wollen, dann nur, wenn es beidseitig ist.«

Wie ich das mit meinem Versprechen Stella gegenüber vereinen soll, findet sich sicherlich irgendwie. Gerade überwiegt die Erleichterung darüber, niemanden mehr manipulieren oder anlügen zu müssen, da Kayden sich offensichtlich mehr als bewusst darüber ist, dass der Sender sich bestimmte Dinge von ihm wünscht.

Der Duke schweigt, hat aber inzwischen die Lippen geschürzt, als würde er nachdenken.

Daher führe ich meine Gedanken weiter aus. »Wenn du das genauso siehst, arbeite ich für dich. Wenn nicht, bemühe ich mich darum, meinen alten Job wiederzubekommen.«

»Das kommt nicht in Frage.« Er verzieht keine Miene. »Was ist das für eine Prämie, die du bekommen hättest?«

»Zehntausend Dollar extra.« Eine seiner vermaledeiten Brauen zuckt in die Höhe. »Für jemanden wie dich ist das sicher lächerlich, doch zusammen mit dem Gehalt für die Show hätte es bedeutet, endlich schuldenfrei zu sein.« Gegen meinen Willen seufze ich. »Dann dauert das eben etwas länger.«

»Das wusste ich nicht.« In seinen Worten liegt sogar ein Hauch Anteilnahme.

»Woher auch?« Frustriert fahre ich mir mit der Hand übers Gesicht. »Vielleicht sollte ich gehen. Das ist … merkwürdig.«

Ich greife nach meinem leeren Becher und will das Zimmer verlassen.

»Also Loyalität, Ehrlichkeit und Vertrauen auf beiden Seiten?« Seine Worte veranlassen mich dazu, mich zu ihm umzudrehen. »Das ist nur fair«, fügt er scheinbar an sich selbst gewandt hinzu. Danach nickt er, stößt sich vom Schreibtisch ab und kommt mit ausgestreckter Hand auf mich zu. »Abgemacht.«

Ich greife die Hand, und erneut stelle ich fest, dass sein Händedruck kurz, warm und fest ist. »Abgemacht. Dann bin ich also offiziell die Persönliche Assistentin des Duke of Barndon.«

Erst als ich die Worte ausspreche, merke ich die Erleichterung. Wenn ich sowohl ihm als auch Stella gegenüber ehrlich sein kann, werden die nächsten Wochen vielleicht nur halb so schlimm wie gedacht.

Kayden

Die ersten Schritte

Ich schüttle Aprils Hand und lächle dabei. Verblüffend. Keine Ahnung, wie sie es geschafft hat, mich zu überzeugen, doch ich glaube ihr.

»Sehr gut«, sage ich. »Meine erste Anweisung lautet: Du gehst auf dein Zimmer und schläfst dich erst mal aus. Da heute den Tag über nichts ansteht, sollte das kein Problem sein.«

»Es steht leider etwas an, sorry.« Sie hebt mit einer entschuldigenden Geste die Hände. »Hat mir Stella eben mitgeteilt. Es ist die Belohnung für …« Ihr Versuch, die Mundwinkel zu heben, misslingt kläglich. »Es ist die Belohnung für mein Missgeschick gestern.«

»Die begehrte Extrastunde mit mir?«, frage ich amüsiert.

»Ja, genau. *Sorry* noch mal deswegen, es war wirklich keine Absicht. Stella hat für heute Mittag ein Essen geplant, genau genommen ein Picknick am See. Du sollst dich entsprechend kleiden.«

Ich sehe an mir hinab. »Bin ich das nicht? Wer ist denn die Glückliche?«

»Dana.«

Ihrem Blick nach zu urteilen, erwartet sie eine bestimmte Reaktion von mir. »Die Blondine aus Kalifornien?« Da ich keine der Frauen wirklich kennengelernt habe, ist mir egal, welche von ihnen beim Picknick erscheint.

»Ja. Sie lebt den Traum aller amerikanischen Mädchen. Cheerleaderin, Schönheitskönigin, hatte in einigen Serien Gastrollen und sie besitzt eine gewisse, wie soll ich sagen, Extravaganz.«

Unsicher, was sie mir damit zu sagen versucht, frage ich: »Und damit hat sie genau das, was ein Duke an einer Frau sucht? Denkst du das?«

»Nicht ich, Stella. Oder besser die Prognosen. Sie ist eine der Favoritinnen auf den Sieg.«

Mein Lachen liegt irgendwo zwischen höhnisch und gequält. »So viel zum Thema, ich könne mir die Frau selbst aussuchen. Wenn wir schon dabei sind. Wie erklärt ihr dieses Einzeldate in der Sendung? Sicher nicht mit der Wahrheit.«

»Soweit ich weiß, wird den Zuschauern vermittelt, dass du dir nach der Ankunft und dem kurzen Gespräch eine der Frauen für das Picknick aussuchen durftest.«

»Ich glaube immer weniger daran, dass ich wirklich eine freie Wahl habe.«

»Hast du. Nur nicht bei diesem Picknick. Allerdings werden die vorher eingeschätzten Erfolgsaussichten einen Einfluss darauf haben, wen die beiden Teams versuchen zu pushen. Die Entscheidung am Ende liegt trotz allem bei dir.«

»Beruhigend.« So ganz nehme ich ihr das immer noch nicht ab. Ändern kann ich allerdings wenig. Aber ich werde versuchen, so viel Einfluss wie nötig zu nehmen. Schließlich muss ich am Ende mit der Dame Zeit verbringen. Ich werfe einen Blick auf meine Armbanduhr. »Es ist halb acht. Für wann ist das Essen geplant?«

»Um eins.«

»Passt doch perfekt. Du gehst und schläfst vier Stunden, dann kommst du wieder und wir besprechen, wie das Mittagessen ablaufen soll.«

»Wenn ich das wissen will, müsste ich vorher mit Stella sprechen. Ich mach das schnell …«

»Nein«, unterbreche ich sie. »Das wird nicht nötig sein. Es reicht, wenn du mir nachher deinen bisherigen Eindruck von Dana schilderst. Ihr habt doch sicher Informationen über die Frau? Was ist ihr Hobby, was bewegt sie, womit beschäftigt sie sich? Alles, was mir hilft, ein wenig Small Talk zu betreiben.«

Sie beginnt zu lachen und hält sich die Hand vor den Mund.

»Habe ich etwas Lustiges gesagt?« Ich gehe zurück zum Schreibtisch und nehme einen Schluck von meinem Tee. Ein wenig abgekühlt, aber noch genießbar.

»Stella hat vor zwei Tagen in etwa dasselbe zu mir gesagt. Nur ging es dabei um dich. Ich sollte jedes kleinste Detail über dich herausfinden. Dein Lieblingsessen, dein Lieblingstier, deine Lieblingsstellung.«

Damn! Ich verschlucke mich und räuspere mich mehrmals. »Meine Lieblingsstellung? Wie darf ich das bitte verstehen? Ich hoffe, wir reden von Yoga.«

Ihre Mundwinkel zucken und sie wird ein kleines bisschen rot. »Leider nein.«

»Also dann geht es um …?«

»Sex, worum sonst. Wenn du mit einer der Damen schläfst, gibt es ebenfalls einen Bonus. Und wenn wir wissen, welche Stellung du bevorzugst, könnte das …«

»Mehr will ich zu dem Thema gar nicht wissen.« Kopfschüttelnd schenke ich mir neuen Tee ein. Daran, dass die Crew über mein Sexleben redet, muss ich mich erst gewöhnen. Darauf war ich nicht vorbereitet. Insgesamt denke ich inzwischen, dass ein wenig mehr Vorbereitung sicher nicht geschadet hätte.

Die Frage ist nur, ob ich dann hier wäre.

»Gibt es sonst noch für irgendetwas einen Bonus?« Wenn, dann will ich das lieber gleich wissen.

»Nicht dass ich wüsste.« Sie unterdrückt ein Gähnen und ich erinnere mich daran, dass sie kaum geschlafen hat.

»Du gehst zu Bett und wir sehen uns in vier Stunden.«

Sie gähnt ein weiteres Mal und lächelt. »Okay, danke.«

»Nichts zu danken. Schließlich ist es meine Schuld, dass du so früh rausmusstest. Bis später.«

Immer noch lächelnd verlässt sie mein Zimmer. Na, das lief besser als gedacht. Ich hatte gehofft, dass wir zu einer Einigung kommen, mit der wir beide leben können. Wie unschuldig oder durchtrieben April wirklich ist, werden die nächsten Wochen zeigen. Zumindest bin ich vorgewarnt und werde wachsam bleiben.

»Dann lassen wir das Spektakel mal beginnen.« Eigentlich hatte ich diesen Satz nicht laut aussprechen wollen. Doch so wie sich Aprils Mundwinkel heben, habe ich es wahrscheinlich getan.

»Niemand erwartet ein Spektakel«, sagt sie schmunzelnd. »Ein wenig flirten und echtes Interesse an Dana reichen völlig aus.«

»Und wenn ich gar kein Interesse an ihr habe?«, seufze ich.

April sieht aus, als hätte sie Mühe, ernst zu bleiben. »Echt jetzt?«

»Was?«, frage ich, nicht wissend, ob ich genervt oder amüsiert bin.

»Du kennst sie doch gar nicht. Woher willst du wissen, ob sie interessant ist? Hast du auf dem College nie ein Date gehabt? Das ist nichts anderes.«

»Der Unterschied ist, dass ich mir normalerweise das *Mädchen*«, dieses Wort betone ich besonders – denn keine der Frauen würde ich als *Mädchen* bezeichnen, »selbst ausgesucht habe.«

»Noch nie ein Blind Date gehabt?«

Bestenfalls hätte man die Kuppelversuche meiner Mutter als Blind Date bezeichnen können, doch ich komme nicht mehr zu einer Antwort. Wir haben die Eingangshalle erreicht, in der Dana neben einem Weidenkorb mit zwei Klappdeckeln steht.

Begleitet wird sie von einem mobilen Kamerateam. So wie ich das verstanden habe, liefern diese Teams lebensnähere Bilder als die fest installierten Kameras.

Sei es, wie es sei, die beiden Herren werden also unsere Schatten bei diesem Picknick sein. Genau wie April.

Eine der Visagistinnen tritt zu mir und pudert mir das Gesicht – ohne mich um Erlaubnis zu bitten. Ich lasse es über mich ergehen und winke dann April zu mir heran.

»Sorgst du bitte dafür, dass die Visagistinnen mich in Zukunft fragen, bevor sie anfangen, mit ihren Pinseln und Quasten an mir zu herumzufuhrwerken? Ich finde diese Art des Eindringens in meinen privaten Raum höchst unangebracht.«

»Alles klar. Ich kümmere mich darum.« Sie mustert mich von oben bis unten. »Perfekt.« Ein strahlendes Lächeln erscheint auf ihrem Gesicht. »Ich wünsche dir ein perfektes erstes Date.«

»Wird schon schiefgehen.« Ich straffe die Schultern, entspanne meine Gesichtszüge, höre den Ruf: »Drei, zwei …« und atme einmal tief durch, bevor ich die letzten Schritte auf Dana zugehe.

Wenn ich mich recht erinnere, stammt sie aus Bakersfield, Kalifornien. Doch der Look, den sie für dieses Picknick gewählt hat, ist eher britisch. Sie trägt eine Reithose, hohe Stiefel, eine Tweedjacke und ein dunkelblaues Halstuch. Das blonde Haar zu einem Knoten im Nacken gebunden, sieht sie genau so aus, wie sich Amerika eine britische Adlige vorstellt. Mir ist das *too much*, aber wenn es das Publikum begeistert … Wahrscheinlich sollte ich froh sein, dass sie kein Tartanmuster trägt.

Mein kritischer Blick bleibt ihr nicht verborgen. »Ich hoffe, das Outfit ist dem Anlass angemessen?« Dabei lächelt sie so kokett, wie es keine britische Lady je tun würde – schon gar nicht in der Öffentlichkeit.

Dieses Lächeln macht sie mir direkt sympathisch. »Perfekt von der Garderobe bis zur Frisur«, antworte ich galant, nehme ihre Hand und hauche einen Kuss einige Zentimeter über ihren Handrücken.

»Sollen wir aufbrechen?« Ohne auf ihre Antwort zu warten, nehme ich den Korb. Er ist überraschend leicht.

»Sehr gern.« Langsam geht sie auf den Ballsaal zu und ich folge ihr. Die Türen sind geöffnet, sodass wir nebeneinander hindurchtreten können. Sobald wir die Terrasse erreicht haben, fragt sie: »Machst du so etwas öfter?«

Irritiert, was sie meint, hebe ich die Brauen.

»Ich meine picknicken.«

»Hin und wieder. Schottland ist nicht gerade für heiße Sommertage bekannt, weshalb wir jede Gelegenheit für Aktivitäten im Freien nutzen, wenn es die Temperaturen erlauben.«

»Das tun wir in Kalifornien auch. Allerdings mit leichterer Kleidung.« Sie zupft am Ärmel ihrer Jacke. »Wobei ich sagen muss, dass die Sachen bequemer sind, als es den Anschein hat.«

»Sie sind dafür entworfen, jeder Witterung zu trotzen und trotzdem maximale Bewegungsfreiheit zu gewähren.« Ich höre mich wie aus einem Werbekatalog für Tweedkleidung an, was soll's. »Und es steht dir ganz hervorragend.«

Wieder zeigt sie mir ihr kokettes Lächeln. Ich wüsste gern, ob es natürlich ist oder einstudiert. Eigentlich egal, es wirkt echt und verfehlt seine Wirkung nicht. Ich beginne, mich in ihrer Gegenwart zu entspannen. »Wie sieht ein Picknick in Kalifornien aus?«

»Das kommt drauf an, ob man am Strand oder in den Bergen ist. Am Strand wird meist eine Beachparty daraus, die mit langen Nächten am Lagerfeuer endet.« Sie streicht sich durchs Haar, als hätte sie vergessen, dass es aufgesteckt ist.

Bevor sie weitersprechen kann, erreichen wir unser Ziel. Auf dem Rasen vor uns ist eine große Decke ausgebreitet, sodass wir freien Blick auf den See und die kleine Insel in der Mitte haben. Dana stößt einen kurzen Ruf des Entzückens aus und lässt sich anmutig auf der Decke nieder.

Ich folge ihrem Beispiel. »Und in den Bergen? Oder in einem der Nationalparks? Wie sieht ein Picknick dort aus?«

Dana löst ihren Blick vom See und sieht auf den Korb neben mir. »Dort darf man nur an ausgewiesenen Stellen essen. Wegen der Bären.«

»Werden sie wirklich von Essensgeruch angezogen?«

»Allerdings. Das wird immer mehr zum Problem. Die Tiere kommen nah heran und die Menschen haben keinen Schimmer, wie sie reagieren sollen. Das führt zu Missverständnissen und …« Sie bricht ab und schüttelt den Kopf. »Entschuldige bitte. Mein Vater ist Ranger im Sequoia-Nationalpark. Wenn es um Bären geht, bin ich vorbelastet. Tierschutz ist mir wichtig.« Prinzipiell eine gute Sache. Was mich stört, ist der wichtigtuerische Tonfall, den sie dadurch zu mindern versucht, dass sie schüchtern den Blick senkt. Diese Tricks kenne ich.

»Du musst dich nicht dafür entschuldigen, dass dir Tiere oder die Natur wichtig sind«, sage ich dennoch und öffne den Picknickkorb. Darin sind mehrere Plastikdosen mit Essen, die ich auf der Decke verteile. »Wie kommt es, dass die Tochter eines Rangers Schönheitskönigin wird und bei *Noble Match* landet?«

»Gegenfrage: Wie kommt es, dass ein schottischer Duke in einer amerikanischen Reality-TV-Show landet?«

Ihre Worte erwischen mich eiskalt. Denn noch während sie spricht, wird mir klar, dass ich ihr dieselben dämlichen Fragen gestellt habe, mit denen man mich in der letzten Zeit ständig belästigt hat.

Bevor ich mich entschuldigen kann, fährt sie fort: »Die Antwort ist sicherlich ähnlich: Das Leben geht seltsame Wege, und wir alle versuchen, das Beste daraus zu machen.«

Mit dieser Einstellung kann ich mich anfreunden. »Wie wahr.« Eine Bewegung hinter uns lässt mich innehalten und den Kopf drehen. *Oh nein!*

Auch Dana sieht sich um, und im Gegensatz zu mir quietscht sie begeistert. Ihr Schrei geht im einsetzenden Pfeifen des Dudelsackes unter. Ich weiß nicht, welches Lied es ist, aber es kommt mir vage bekannt vor. Dana seufzt verzückt und lächelt. »Das ist der Titelsong von *Outlander*«, erklärt sie.

Natürlich. Was auch sonst. Hätte ich mir denken können. Während der Mann spielt und gemessenen Schrittes näher kommt, betrachte ich die Farbe seines Tartans. Roter Hintergrund mit grünen Karos. Es sind die Farben der Scotts. Ihr Clan Chief ist der Duke of Buccleuch. Sein Herzogtum stößt im Westen an unseres. Und in gewisser Weise trage ich auch Scott-Blut in mir. Der erste Duke of Barndon hat seinerzeit eine Scott zur Frau genommen, um die Verbindung zwischen den Clans zu stärken.

Der Mann ist bei uns angekommen und die letzten Klänge des Liedes verlieren sich. Ich war nie ein großer Fan von Dudelsackmusik und hoffe, dass er fertig ist. Bevor er neu ansetzen kann, erhebe ich mich und reiche ihm die Hand. »Sehr erfreut, Sie kennenzulernen. Ich bin Kayden Devlin, der …«

»Duke of Barndon, ich weiß.« Ein kurzer, fester Händedruck. »Mein Name ist Sean Scott. Mein Großvater hat immer gesagt, dass die Devlins zwar nur halbe Schotten seien, aber anständige Männer.« Ein Grinsen breitet sich auf seinem Gesicht aus. »Und Frauen natürlich.«

»Kayden?« Für einen Moment hatte ich Dana völlig vergessen. Sie ist inzwischen ebenfalls aufgestanden und steht neben mir.

»Sean – ich darf doch du sagen?« Ein Nicken. »Sehr gut, ich bin für alle Kayden, also auch für dich.«

»Da hatte mein Grandpa offensichtlich recht. Anständige Kerle, die Devlins. Mit einem Duke per Du und dann noch mit dem von Barndon. Da habe ich was zu erzählen.« Er lacht und ich falle ein.

Bei seinen ersten Worten hatte ich ihn für einen Amerikaner gehalten. Doch die letzten beiden Sätze klang er fast wie ein Schotte. Man muss mir meine Gedanken wohl am Gesicht angesehen haben, denn er sagt: »Unsere Verbundenheit zur Heimat ist eng. Mein Großvater ist erst ein paar Jahre vor dem Ersten Weltkrieg mit seiner Familie nach Amerika gekommen. Wenn ich will, kann ich schottisch klingen.« Er zwinkert und ich höre, wie Dana sich neben mir räuspert. Richtig, ich hatte sie vorstellen wollen.

»Also, Sean, das ist Dana. Dana, Sean.«

Er schüttelt ihr die Hand.

Sie strahlt. »Ich liebe den Dudelsack. Kannst du das Dudelsacklied spielen, das immer gespielt wird? Das, das jeder kennt?« Sie summt eine Melodie und ich schließe die Augen, damit man nicht sieht, wie ich sie verdrehe.

»Du meinst sicher *Scotland the Brave*. Natürlich kann ich das spielen. Ist schließlich unsere inoffizielle Nationalhymne, nicht wahr?« Zwinkernd bringt er den Dudelsack wieder in Position.

Ich verkneife mir den Kommentar, dass inzwischen *The Flowers of Scotland* bei offiziellen Anlässen, wie zum Beispiel Fußballweltmeisterschaften, gespielt wird. Aber wir sind in Amerika und ich kann mich glücklich schätzen, wenn jemand Fußball überhaupt kennt. Dana scheint in jedem Fall zufrieden, und das ist schließlich auch etwas.

Sean setzt das Mundstück an und die Pfeifen geben ihre einzigartigen Laute von sich. Ich lasse es über mich ergehen, lächle und unterhalte mich danach mit Dana. Die Stunde ist schnell vorbei und am Ende des Picknicks bestätigt sich, was April im Vorfeld über Dana gesagt hat: Sie ist hübsch, hat gute Manieren, kann hervorragend Konversation betreiben und ist sogar witzig und charmant. Dazu ihre natürliche Art vor der Kamera und das Engagement für Tiere. Ich verstehe, warum sie für den Sender eine der Favoritinnen ist. Sie würde eine wundervolle Duchess abgeben – wenn es darum ginge, unseren Reichtum zu zeigen, karitative Projekte zu unterstützen und zu repräsentieren. Mit so einer Frau könnte ich eine Ehe führen, wie meine Eltern es taten. Geprägt von gegenseitigem Respekt und gemeinsamen Zielen. Gefühle wären da optional, eher Nebensache.

Die Vorteile liegen klar auf der Hand. Für meine Eltern hat dieses Konzept erstaunlich gut funktioniert, und ich gebe zu, dass ich mir eine solche Beziehung durchaus vorstellen könnte. Wenn die Dinge anders liegen würden, als sie nun mal liegen.

Ich brauche niemanden, der mein Geld ausgibt, denn auch wenn ich es nicht offen zugebe, ist Geldmangel genau der Grund, aus dem ich hier bin.

Trotzdem muss ich dieses Date zu einem für alle befriedigenden Ende bringen. Ich weiß, was der Sender von mir erwartet. Das haben mir die Dyers deutlich gemacht. Am Ende eines Einzeldates bekommt die Dame einen Kuss oder einen Anhänger – gern beides. Zumindest in den ersten beiden Wochen. Nur wenn das Date ein offensichtlicher Reinfall war, darf ich darauf verzichten.

Und als Reinfall würde ich dieses Picknick nicht beschreiben. Allerdings verspüre ich auch keine Lust, Dana zu küssen. Also hole ich einen kleinen Anhänger aus meiner Hosentasche – es ist ein Cocktailglas – und verstecke ihn in der geschlossenen Faust. Lächelnd wende ich mich an Dana. »Darf ich dir das überreichen?« Ich öffne die Hand und präsentiere ihr den Anhänger.

Wenn ich mir ihre Reaktion ansehe, hat sie mit dieser Geste gerechnet, denn sie zeigt keinerlei Überraschung, sondern Befriedigung. Huldvoll neigt sie den Kopf und streckt mir die Hand mit dem Armband entgegen, an dem ich vorsichtig das stilisierte Cocktailglas befestige. Danach stehen wir auf und spazieren in Richtung Burg zurück. Kurz vor dem Pool bleibt sie stehen und deutet auf den Zaun, der die Villa der Frauen vom Set trennt. »Ich muss da lang.« Sie kommt einen Schritt näher und öffnet in einer eindeutigen Geste die Arme.

Gegen eine Umarmung ist nichts einzuwenden. Also ziehe ich sie an mich, drücke sie kurz und verabschiede mich. Sobald Dana durch das Tor verschwunden ist, stoppt das Kamerateam seine Arbeit und die beiden Männer verabschieden sich mit einem Nicken.

April und ich bleiben zurück. Sie sieht nachdenklich aus.

»Das Picknick ist gut gelaufen, nicht wahr?«, frage ich. Ist ihr geistesabwesendes Nicken positiv oder negativ? »Siehst du das anders?«

»Nein, alles gut gelaufen.« Endlich richtet sie ihre Aufmerksamkeit auf mich. »Bist du zufrieden?«

»Ja, sie scheint nett zu sein, und ich verstehe, warum ihr sie favorisiert.«

»Aber?«

»Nichts aber. Ich kenne sie nicht gut genug, um mehr sagen zu können.« Ich zucke mit den Schultern. »Jetzt habe ich bis sechs frei?«

»Genau. Brauchst du noch irgendetwas? Stella hat mich gebeten, heute ein letztes Mal bei den Frauen auszuhelfen, weil mein Ersatz erst morgen eintrifft. Ich würde in die Villa gehen und wäre um kurz vor fünf zum Tee wieder bei dir.«

Es spricht nichts dagegen, weshalb ich den Zorn unterdrücke, der in mir aufsteigt. Sie ist meine Assistentin und ich schätze es nicht sonderlich, wenn andere sie verplanen. Nüchtern betrachtet gibt es keinen Grund, warum sie den Nachmittag in meiner Nähe verbringen sollte. Außer dem, dass ich sie gern besser kennenlernen möchte, und das rechtfertigt den Ärger nicht, den ihr das mit Sicherheit einbringen würde. »Klingt gut. Wir sehen uns also um kurz vor fünf.«

Sie nickt und geht in Richtung Villa. Kurz frage ich mich, ob sie heute schon etwas gegessen hat. Das sollte wirklich nicht meine Sorge sein. Stattdessen sollte ich mich darum kümmern, noch ein paar Stunden Schlaf zu bekommen. Wenn die Party später tatsächlich bis in die frühen Morgenstunden geht, ist das sicher eine gute Idee.

April

In der Villa der Damen

Die Frauen haben sich im Wohnzimmer versammelt. Ich stehe abseits und beobachte, wie sie an Danas Lippen hängen. Sie hat ihre Tweedjacke abgelegt, sitzt entspannt auf einem kleinen Hocker und genießt es offensichtlich, im Mittelpunkt zu stehen. »Ihm gefiel meine Naturverbundenheit und Tierliebe«, sagt sie gerade. Der Satz könnte sympathisch wirken, wenn sie es schaffen würde, die Prahlerei aus ihrer Stimme zu lassen.

Und trotzdem seufzt etwa die Hälfte der Frauen gerührt. »Aww!« Die andere Hälfte reagiert gar nicht oder verzieht missbilligend das Gesicht.

»Und«, Dana legt eine dramatische Pause ein, »er hat mir das gegeben.« In einer triumphierenden Geste hält sie ihr Handgelenk so, dass alle ihren kleinen Cocktailanhänger sehen können.

Wieder ertönt aus vielen Kehlen das verzückte »Aww!«. Ob die Damen wohl auf jedes Detail über ein Treffen mit Kayden so reagieren? Besser nicht weiter darüber nachdenken, denn die Antwort könnte *Ja* lauten.

Hinter mir höre ich die Tür und dann Dons übertrieben fröhliche Stimme: »Ich bringe Champagner, und nach einem Gläschen holen wir das Beste aus euch Mädels heraus!«

Diesmal ist die Begeisterung echt. Einige springen auf und laufen zu Don, die anderen zeigen zumindest ein halbwegs echtes Lächeln. Anscheinend hat Champagner diesen Effekt auf die Frauen.

Nur zwei scheinen unbeeindruckt: Dana, der es missfällt, auf einmal nicht mehr im Mittelpunkt zu stehen, und Shanaya. Sie hat sich die ganze Zeit abseits gehalten und keine Miene verzogen.

Dana hat sich schnell gefasst und gesellt sich zu den Frauen um Don, der gerade Plastikkelche verteilt und einschenkt. Shanaya hingegen bleibt abseits und beobachtet weiter. Da ich auf Dons Gesellschaft wunderbar verzichten kann, geselle ich mich zu ihr. »Keine Lust auf Champagner?«

»Warum fängt man mittags schon mit dem Trinken an, wenn das eigentliche Hauptereignis des Tages noch bevorsteht?«

»Wenn ich mich recht erinnere, warst du diejenige, die gestern einen *Sex on the Beach* bestellt hat.«

Ihre Mundwinkel zucken. »Eigentlich wollte ich nur sehen, ob ihr einen serviert.«

»Ich hoffe, ich habe ihn zu deiner Zufriedenheit zubereitet.«

»Keine Ahnung, ich habe ihn nicht getrunken, wie dir sicher aufgefallen ist.«

Ja, das ist mir positiv aufgefallen. Also nicke ich und schenke ihr dann ein Lächeln, während ich beobachte, wie die anderen Frauen ihren Champagner mit viel zu viel Übermut hinunterkippen.

»Kommst du mit hoch und hilfst mir mit meinem Kleid?«

Überrascht sehe ich zu Shanaya. »Ja klar, dafür bin ich hier.« Sie nickt und macht sich auf den Weg. Ich folge, unbeachtet von den restlichen Frauen.

Shanaya verschwindet ins erste Zimmer. Ich trete hinter ihr durch die Tür und halte erstaunt inne. Im Raum scheint eine Boutique für Abendgarderobe explodiert zu sein.

»So sieht es aus, wenn fünf Frauen sich gegenseitig übertrumpfen wollen«, sagt Shanaya spöttisch. Dann deutet sie auf einen Stapel Kleider links. »Was meinst du? Soll ich schockieren oder lieber dezent bleiben? Das ist die Frage, die den ganzen Tag heiß diskutiert wird. Was kommt bei den Zuschauern besser an?«

Eine interessante Formulierung. »Du willst nicht wissen, was bei Kayden besser ankommt?«

»Ich denke, das ist zweitrangig. Man muss die Zuschauer auf seine Seite bekommen, dann seid ihr auf meiner, und das ist mehr als die halbe Miete. Oder liege ich falsch?«

»Ist was dran«, bestätige ich.

»Dachte ich mir. Morgen wird die erste Folge ausgestrahlt, was heißt, wichtig ist unser Einstiegsvideo, das Gespräch gestern mit Kayden und unser Eindruck heute.«

»Die Zuschauer sind wenig ausschlaggebend. Letzten Endes darf Kayden entscheiden, welche Frau bleibt und welche geht. Wenn er jemanden rauswählt, haben wir kein Veto.«

Shanaya tippt sich mehrfach mit dem Zeige- und Mittelfinger gegen den Mund. »Verstehe.« Sie beugt sich zum Bett hinunter und sortiert zwei Kleider aus. »Also sexy, aber nicht unanständig. Wie wäre das?« Sie hält sich ein Kleid vor den Körper, bei dessen Ausschnitt mir die Röte ins Gesicht schießt. Das Oberteil bilden zwei strassbesetzte Chiffonstreifen, die sich nicht mal am Taillenbund berühren. Der Rock besteht aus mehreren Lagen Chiffon und erinnert an einen Petticoat.

Ich sehe von dem Kleid auf ihre Brüste, die nicht gerade üppig, aber deutlich vorhanden sind. »Wie sorgst du dafür, dass deine …« Ich fasse mir kurz an den Busen. »Also, dass alles an Ort und Stelle bleibt?«

»Das ist leicht. Klebeband hält die Brust in Form und doppelseitiges Klebeband den Stoff hier und hier.« Sie fährt sich an der Körpermitte entlang und endet auf Höhe des Bauchnabels.

»Hast du vor, ihn mit diesem Fummel zu beeindrucken?« Ich drehe den Kopf und sehe eine von Johns Kandidatinnen hereinkommen. Ihr Name ist mir entfallen.

»Mit welchem Fummel ich ihn beeindrucke oder nicht, ist meine Sache«, antwortet Shanaya, ohne eine Miene zu verziehen, und wendet sich dann an mich. »Danke für deine Hilfe.« Sie zwinkert mir zu und macht sich daran, ihre anderen Kleider in den Schrank zu räumen.

Damit bin ich wohl offiziell entlassen. Shanaya lässt mich ratlos zurück. Sie geht die ganze Sache rational an, das gefällt mir. Allerdings habe ich meine Zweifel, dass sie die Richtige für Kayden ist. Ich habe natürlich keine Ahnung, wer zu ihm passt, doch er will sicher keine Frau, der er egal ist. Oder sie interessiert sich doch für ihn und ist nur zu höflich, um nach seinen Vorlieben zu fragen? Unwahrscheinlich. Sie scheint insgesamt sehr zielgerichtet.

»Wenn du ihr hilfst, hilfst du mir auch!« Unter normalen Umständen hätte mir allein ihr Tonfall genügt, um abzulehnen. Doch diese Option ist mir verwehrt, weshalb ich einfach lächle und zu der zweiten Frau im Zimmer schaue. Jetzt fällt mir auch ihr Name wieder ein: Alexa. Sie hat die Hände in die Hüften gestemmt und sieht mich mit gespitzten Lippen an.

»Gern. Wobei?«, frage ich lächelnd.

»Du bist so was wie Kaydens Assistentin, oder?« Sie gibt mir keine Zeit zum Antworten, sondern spricht direkt weiter: »Steht er mehr auf Rot oder Blau?«

Woher soll ich das wissen, will ich antworten, halte mich jedoch zurück. Sie zeigt auf zwei Kleider, die sich nur in der Farbe unterscheiden. Spontan würde ich sagen, dass Blau ihr besser steht. »Nimm das Blaue. Das unterstreicht die Farbe deiner Augen.«

Sie nickt und greift nach dem Kleid. »Danke. Ich denke auch, dass …«

»Du solltest in jedem Fall das Rote tragen, Schätzchen«, ertönt Dons Stimme in der Tür. »Das kracht und erregt Aufmerksamkeit. Und sind wir ehrlich, die kannst du brauchen.«

Unsicher sieht sie auf das rote Kleid. »Meinst du?«

»Alexa, Schätzchen, würde ich dich belügen?« Don klimpert mit den Augen und ich würde am liebsten würgen. Diesen affektierten Tonfall hat er nur, wenn die Frauen in der Nähe sind. Ich bin mir sicher, dass das eine Masche ist, weil Frauen dem schwulen Kerl vertrauen. Armselig. Soweit ich weiß, ist Don genauso hetero wie ich. Nicht dass das von Belang wäre. Mir geht es nur gegen den Strich, dass er sich so bei den Frauen einschleimt.

Da ich mit Sicherheit irgendwelche Gemeinheiten in seine Richtung schießen würde, wenn ich bleibe, verlasse ich das Zimmer. Inzwischen herrscht ein reges Treiben auf dem Flur. Frauen laufen zwischen den Zimmern und den Bädern hin und her, einige unterhalten sich, andere ignorieren sich demonstrativ.

»Hast du das Kleid von Rosalie gesehen?«, fragt eine hübsche Rothaarige ihre afroamerikanische Begleiterin.

»Gott, ja, was ein billiger Fetzen.« Sie beugt sich verschwörerisch zu der anderen Frau. »Unter uns, es ist auch egal, was sie trägt, sie wird es eh nicht lange machen.« In diesem Moment sieht sie mich und lächelt ertappt. Sie zuckt mit den Schultern, nimmt ihre Freundin an der Hand und verschwindet in Richtung Badezimmer.

Daran werde ich mich wohl gewöhnen müssen. Wir stehen noch am Anfang, der Krieg zwischen den Frauen hat allerdings schon begonnen. War nicht anders zu erwarten.

Für den Rest des Nachmittags konzentriere ich mich auf meine Aufgabe: Stellas *Mädchen*, wie sie die Frauen nennt, dabei zu helfen, Kayden für sich zu gewinnen.

Ich beantworte Fragen zu Kayden, und die meisten sind so abstrus, dass ich auf etwas Vages, möglichst Plausibles ausweiche. So beantworte ich die Frage, ob Kayden Tiere zum Spaß jagt, weil alle Briten das machen, mit einem unverbindlichen: »Ich bin sicher, dass er niemals Tiere zum Spaß leiden lassen würde.«

Knifflig wird es beim Anbringen der Mikrofone an den Kleidern. Denn natürlich sind hauchdünne, feine Abendkleider nicht dafür gemacht, einen kleinen schwarzen Kasten zu befestigen. Denn auch das Mikrofon hat ein gewisses Gewicht, was uns bei einigen Kleidern vor eine echte Herausforderung stellt. Doch wir meistern sie mit Bravour und ich bin zufrieden, als ich mich auf den Weg zu Kayden mache.

Kayden

Cocktailparty

Bringst du mir bitte die Manschettenknöpfe?« Wir stehen in meinem Schlafzimmer und ich mache mich für die Party fertig. Smokinghose und Hemd trage ich bereits.

Aprils Blick trifft mich und jagt mir einen Schauer über den Körper. Ich könnte schwören, dass ihr gefällt, was sie sieht, und das freut mich. Viel zu sehr.

»Weißt du, vielleicht solltest du so gehen? Die Ärmel hochkrempeln, den Kragen geöffnet, die Fliege als offenes Band um den Hals …« Sie schnalzt mit der Zunge.

Sie mag es also weniger förmlich. Das habe ich mir schon gedacht. Schade nur, dass mir das überhaupt nichts nützt. Denn sie ist die letzte Frau am Set, die ich beeindrucken sollte. April Woods verwirrt mich. Im einen Moment wirkt sie souverän und locker, fast frech. Im nächsten verletzlich und verloren. Eine irritierende Kombination. Frech und locker ist mir lieber, auch wenn souverän und formell besser für eine professionelle Zusammenarbeit wäre.

Vielleicht sollte ich mich erst einmal selbst daran halten. Ich sehe an mir herunter: »Nicht ganz die richtige Kleidung für eine Cocktailparty. Es sei denn zu später Stunde, wenn alle Gäste bereits entspannt sind und es legerer zugeht.«

»Also der Teil, bei dem es lustig wird?« Sie steht inzwischen vor mir und hält mir die Manschettenknöpfe hin.

»Je nach Gesellschaft, würde ich sagen.« Ich strecke ihr die geöffnete Hand entgegen, aber sie macht keine Anstalten, die Knöpfe hineinzulegen.

»Wie benutzt man die Dinger? Das habe ich mich schon immer gefragt. Gibt es in Schottland keine normalen Hemden?« Interessiert dreht sie den kleinen silbernen Knopf hin und her und hält ihn schließlich ins Licht. »K.S.D.«, liest sie laut vor. »Sind das deine Initialen? Und die Steine sind sicher kein Strass, oder?«

»Ziemlich viele Fragen auf einmal.« Ich nehme ihr die Manschettenknöpfe aus der Hand. Dabei berühren sich unsere Finger und ich ignoriere die warme Welle, die durch meinen ganzen Körper in Regionen fährt, in denen sie nichts verloren hat. »Sie funktionieren wie Knöpfe. Siehst du hier, den beweglichen Steg am Ende?« Ich klappe ihn zur Demonstration einmal hin und her. »Den stecke ich durch die Manschette«, ich zeige ihr wie, »und stelle ihn dann quer. Und so bleiben Manschetten und Knopf an ihrem Platz. Und natürlich gibt es zu Hause andere Hemden, aber ich trage ausschließlich Manschetten.« Ich hebe den Blick von meinen Ärmeln und bleibe an ihrem Gesicht hängen. Sie betrachtet immer noch meine Manschettenknöpfe und ist sichtlich fasziniert.

»Man trägt die doch sicher auch in Amerika?«

»Möglich«, murmelt sie und schüttelt dann den Kopf. »Ich bin in einem reinen Frauenhaushalt aufgewachsen und habe auch noch nie einen Anzugträger gedatet.«

»Anzugträger? Das klingt fies. So siehst du mich?«

»Ich habe noch nicht entschieden, wie ich dich sehe«, antwortet sie stirnrunzelnd.

Dann sind wir, zumindest was das angeht, auf derselben Seite. Ich habe auch noch nicht entschieden, was ich von ihr halten soll. Nicht, wenn es über die rein körperliche Anziehungskraft hinausgeht. Wenn ich nur nach der gehe, ist sie der absolute Wahnsinn und die Erfüllung all meiner Träume. Was denke ich da? Das entspricht gar nicht meiner Art.

»Was bedeutet das *S* in deinem Namen?«, fragt sie und ich runzle die Stirn.

Eine sehr private Frage. Um Zeit zu gewinnen, drehe ich mich von ihr weg und gehe zum Spiegel, um meine Fliege zu binden. »Ich verrate, wofür das *S* steht, wenn du versprichst, weder zu lachen noch einen der vielen möglichen Kommentare von dir zu geben, die mein mittlerer Name unweigerlich mit sich bringt.« Meine Worte überraschen mich selbst. Offensichtlich musste ich weniger darüber nachdenken als gedacht.

»Versprochen. Jetzt bin ich gespannt.«

Durch den Spiegel kann ich sehen, dass sie etwa drei Meter hinter mir steht. Ihre Mundwinkel heben sich in Vorfreude und sie nickt mir mit großen Augen zu.

Ich binde die erste Schleife meiner Fliege und sage langsam: »Das *S* steht für *Sherlock*.«

Sie zieht ihre Augenbrauen ein klein wenig weiter nach oben. Unsere Blicke begegnen sich im Spiegel und sie setzt sofort eine ernste Miene auf. Ihre Augen blitzen allerdings weiter. »Ein sehr britischer Name.«

Auch um meine Lippen erscheint ein Lächeln. Sie hält Wort, auch wenn es ihr offensichtlich schwerfällt. Die Fliege sitzt an Ort und Stelle und ich drehe mich zu ihr um. »Ich hoffe, meine Kleiderwahl findet auch in fertigem Zustand deine Zustimmung?«

»Klar. Ich habe nur gesagt, dass vielen der Damen die legere Variante sicher gefallen würde. Sie gibt dir etwas Verwegenes und darauf stehen Frauen.«

Du zum Beispiel? Diese Frage behalte ich natürlich für mich, auch wenn ich ihre Antwort darauf gern gehört hätte. Stattdessen setze ich mich aufs Bett und ziehe meine Schuhe an. »Ich werde das im Hinterkopf behalten.«

Und das tue ich. Schiebe es allerdings weit nach hinten, denn das ist nichts, worüber ich mir im Moment Gedanken machen sollte. Gerade muss ich mich erst mal auf meinen Job konzentrieren.

Sobald ich das Jackett zugeknöpft habe, gehe ich auf die Tür zu und öffne sie. »Dann ab in die Maske.«

Ich folge April in den Flur und auf der Treppe nach unten frage ich: »Was ist deine Aufgabe an diesem Abend?«

»Ich versorge euch mit euren Lieblingsgetränken. Man hat uns eine Liste gegeben.« Sie zeigt auf mich. »*Gin Tonic, alkoholfrei* mit drei Ausrufezeichen.«

»Das hier ist Arbeit«, erkläre ich mit einem Schulterzucken. »Da trinke ich nicht. Maggy meinte, es würde merkwürdig rüberkommen, wenn ich immer nur Wasser in der Hand habe. Wobei ich nicht verstehe, woran jemand erkennt, ob in meinem Glas Wasser oder Gin Tonic ist. Pack Gurke rein, einen Strohhalm dazu und niemand sieht den Unterschied.«

»Weißt du, dass du mich immer wieder überraschst, Kayden?«

»Nur positiv, hoffe ich.« Unwillkürlich beschleunigt sich mein Herzschlag. Zu wissen, dass er das nicht sollte, hilft nicht.

»Weitestgehend. Ich werde dir also den Abend über Gurkenwasser servieren, und wenn jemand fragt, ist das deine Spezialmischung.« Sie zwinkert und mein Herz gerät kurz aus dem Takt. Das hat sie noch nie getan – und um meines Seelenheils willen sollte sie das in Zukunft besser lassen. »Ich gehe mich mal umziehen. Wir sehen uns nach dem Dreh.«

Sie dreht sich um und verschwindet. Ich reiße mich von ihrem Anblick los und konzentriere mich auf das, was wichtig ist. Den Dreh, den Ballsaal und die Frauen.

»Würdest du mir bitte in die Maske folgen?« Ich drehe den Kopf und sehe eine Visagistin neben mir. Mein Blick fällt auf ihren Pinsel und sie lächelt. »Keine Angst, wir fragen, bevor wir ihn benutzen.«

»Danke«, sage ich und folge ihr. Die Prozedur dauert nur ein paar Minuten, aber sie hilft, meine Gedanken von April zu lösen. An diesem Abend geht es nicht um sie. Ich sollte sie aus meinem Denken streichen.

Etwa eine Viertelstunde später betrete ich den großen Ballsaal. Er ist im Stil einer Lounge hergerichtet. An mehreren Stellen stehen kleine Sofas und Tische. Große Grünpflanzen lockern das Ganze auf. An einer Wand sehe ich April in Begleitung der anderen Teammitglieder. Sie warten mit Tabletts voller Cocktails darauf, uns zu bedienen. Genau wie der Rest der Crew hat sie schwarze Kleidung an und eine pinke Schürze, auf der das Logo von *Noble Match* prangt: eine goldene Krone und der Showname, bei dem das *O* durch ein stilisiertes Armband ersetzt ist. Sie trägt ihr Haar offen, was ein Kribbeln in meinem Nacken auslöst, deswegen sehe ich schnell weg.

»Kayden, *Darling*, da bist du ja!« Maggy tätschelt mit ihrer Hand meinen Arm und ich schaffe es, ein Lächeln aufzusetzen.

»Wie gewünscht. Ich freue mich auf den Abend und hoffe, dass er ein voller Erfolg wird.«

»Da bin ich sicher, *Darling*. Rede mit jeder der Damen und fühl dich dabei völlig frei. Ignoriere die Kameras und verhalte dich, als würdest du sie auf einer Party zum ersten Mal treffen. Alles ganz natürlich. Unser Publikum soll einerseits sehen, was für ein Gentleman du bist, und andererseits erste Vermutungen haben, welche Frauen dir gefallen.«

»Alle auf Position!«, dröhnt Dwaynes Stimme durch den Raum.

»Dann mal los, *Darling*. Du stellst dich zwischen uns und wir heißen die Damen gemeinsam willkommen.«

Wir gehen zu Dwayne, der uns zunickt, einen Arm in die Luft hält und ruft: »Wir drehen in drei, zwei …!«

Als ob man einen Schalter umlegt, erscheint das Kameralächeln auf Dwaynes und Maggys Gesichtern. Und hoffentlich auch auf meinem.

Die Dyers erklären kurz den Ablauf, reden darüber, wie wichtig das erste Kennenlernen eines Paares ist, und rufen dann die Frauen herein. Sie strömen durch drei Türen zu unterschiedlichen Seiten in den Raum und verteilen sich überall. Dabei bilden sich kleine Grüppchen von je zwei oder drei Frauen. Nie mehr.

»Wir werden uns zurückziehen und den jungen Leuten das Feld überlassen.« Maggy streichelt Dwayne sanft über den Arm und er blickt ihr zärtlich in die Augen. Niemand würde glauben, dass sie privat so gut wie nie miteinander reden. »Wir wünschen dir viel Spaß, Kayden, und hoffen natürlich, dass ihr euch besser kennenlernt, bevor es dann morgen zum ersten Gruppendate geht.«

»Danke, Maggy. Ich freue mich sehr auf den Abend und bin gespannt, wie sich das, was ich bereits über die Damen erfahren durfte, vertiefen lässt. Und natürlich auf all die Überraschungen, die auf mich warten.« Ich schenke ihnen ein letztes Lächeln und gehe auf die erste Gruppe Frauen zu.

Zu meinem Glück bin ich gut darin, mir Namen und Gesichter zu merken. Das Spiel gestern am Pool hat geholfen, sie mir einzuprägen. So bleiben peinliche Momente aus, in denen ich nicht weiß, mit wem ich rede.

»Meine Damen, ich hoffe, ihr fühlt euch wohl?« Es handelt sich um eine Dreiergruppe, von der es mich nicht überrascht, dass sie zusammen sind. Die Damen heißen Susan, Linda und Tina. Gestern sind sie vor allem durch eine Sache aufgefallen: Sie gehörten zu denen, die ziemlich offensiv mit mir geflirtet haben. Linda hatte sogar offen angeboten, sofort mit mir an einen *ruhigeren Ort* zu gehen.

Auch jetzt haben die drei keine Hemmungen. Sie ziehen mich in ihre Mitte und ich sitze zwischen Linda und Tina eingequetscht. Mir gegenüber hat Susan Platz genommen, die immer wieder mein Knie berührt und streichelt. Wenn ich ehrlich bin, ist es mir egal, worüber die drei reden, ich will nur so schnell wie möglich weg. So ein Verhalten ist absolut unangemessen und inakzeptabel.

Aus dem Augenwinkel sehe ich April an uns vorbeigehen und ergreife meine Chance. »Danke für das Gespräch, mein Glas ist leer und ich besorge mir ein neues Getränk. Wenn mich die Ladys entschuldigen?« Ich will mich gerade erheben, als Linda ihre Hand auf mein Bein legt.

Sie lehnt sich zu mir und drückt ihren Oberkörper aufreizend an mich. Ihre Lippen streifen mein Ohr. »Wenn ich dir allein zu wenig bin, spricht nichts dagegen, das Angebot auszuweiten.«

Von der anderen Seite schmiegt sich Tina an mich und die beiden drücken mich auf die Couch. »Wir würden dich verwöhnen und dir zeigen, dass …«

Alles, was recht ist, doch genug ist genug. Ich befreie mich, stehe auf, glätte meine Hose und schließe das Jackett. »Das Angebot ist äußerst großzügig, ich stehe jedoch leider nicht zur Verfügung.« Eine knappe Verbeugung in ihre Richtung und ich bin weg.

Zielstrebig gehe ich auf April zu, greife mir das Glas mit den Gurken und nehme einen tiefen Schluck. Beinahe hätte ich es wieder ausgespuckt. Das ist tatsächlich Gin Tonic. *Bloody hell!*

»Der war nicht für dich.« Das ist mir aufgefallen.

»Wer kann auch ahnen, dass noch jemand Gin Tonic mit Gurken bevorzugt.« Ich nehme einen weiteren Schluck.

»Belle.« Sie dreht den Kopf und blickt zu einer Frau, die mit einer anderen auf der Hollywoodschaukel sitzt.

»Das neben ihr ist Shanaya?«

»Ja, genau. Du hättest ihren *Long Island Iced Tea* nehmen sollen. Der ist auch alkoholfrei.« Sie zwinkert mir zu und ich kann mir ein Lachen nicht verkneifen.

»Also ist das nur Cola auf Eis?«

»Mit einem Hauch Limette.« Sie zeigt auf das fast leere Glas in meiner Hand. »Läuft es so schlimm, dass du Alkohol brauchst?«

»Wie man es nimmt. Nach dieser Erfahrung eben konnte ich einen Drink vertragen. Hast du das mitbekommen?«

»Ich glaube, alle haben das mitbekommen.« Sie sieht aus, als müsste sie sich das Lachen verkneifen. »Jetzt wissen sie zumindest, dass du nicht für eine schnelle Nummer zu haben bist. Oder für einen Dreier.« Ihr freches Grinsen bringt auch mich zum Schmunzeln.

»Immer das Positive sehen, was?«

»Ganz genau. Sonst würde ich das hier mit Sicherheit nicht durchhalten.« Ihr Blick huscht zu den Frauen in der Hollywoodschaukel. »Belle und Shanaya sind nett. Du solltest zu ihnen gehen. Es könnte komisch wirken, wenn du bei mir stehen bleibst, meinst du nicht?«

Da hat sie natürlich recht. Trotzdem muss ich zugeben, dass ich mich in ihrer Gegenwart deutlich wohler fühle. Aber es hilft nichts. *The Show must go on.* Da kommt mir eine Idee. »Gib mir das Tablett, ich gehe damit zu den beiden und du bringst noch einen Tonic für mich und einen mit Gin für Belle.«

»Alles klar, wird gemacht.« Sie reicht mir das Tablett, ich stelle mein Glas darauf ab und nehme es entgegen. Dabei berühren sich unsere Finger leicht. Wie schon früher am Abend wühlt mich dieses kurze Streifen viel zu sehr auf. Schnell ziehe ich meine Hand zurück und mache mich auf den Weg zu den Frauen. Das wird ein langer Abend, und ich sollte mir April möglichst schnell aus dem Kopf schlagen.

April

Ein Tag im Spa

Für den Rest der Woche stehen vier Gruppendates auf dem Programm. Vier völlig unterschiedliche Programmpunkte, die Kayden mit jeweils fünf Frauen absolviert. Welche Frauen bei welchem Event dabei sind, haben die Dyers bestimmt. Ich bin sicher, sie haben sie so zusammengestellt, dass das größtmögliche Konfliktpotenzial vorhanden ist. Zum Glück haben wir immerhin die Cocktailparty gut hinter uns gebracht – was bedeutet, es gab keine handgreiflichen Auseinandersetzungen und Kayden hat sich mit jeder Frau unterhalten.

Ein Tag im Spa bildet das heutige Programm. Besonders an den Gruppendates ist, dass Kayden sich am Ende eine der Frauen aussuchen und sie für den Rest des Abends zu einem Einzeldate einladen soll. Heute wird das ein Dinner in der Whirlpoolgrotte des Spa sein.

Im Moment sitze ich zusammen mit zwei Kameramännern und Don im Wagen, der Kaydens Limousine folgt. Da Stella bisher keine neue Assistentin hat, springe ich ein letztes Mal ein.

Ich ignoriere Don, soweit es geht, und versinke in meinen Gedanken. Die bisherige Zusammenarbeit mit Kayden läuft besser als gedacht. Was mir allerdings Sorge bereitet, ist die ungewöhnliche Faszination, die er auf mich ausübt. Ich habe noch nicht entschieden, ob es gut ist, ständig in seiner Nähe zu sein.

Manchmal frage ich mich, ob ich aus meinem bisherigen Leben nichts gelernt habe. Wenn die Vergangenheit eines gezeigt hat, dann, dass sich die Frauen meiner Familie viel zu sehr von Äußerlichkeiten haben blenden lassen. Ich muss mich wohl damit abfinden: Ein schöner Körper und ein hübsches Gesicht reichen, um auch meine Hormone in Wallung zu bringen. Im Grunde bin ich wohl genau wie meine Mutter und meine Schwester. Doch immerhin weiß ich inzwischen, dass das rein körperlich ist, und kann diese Gefühle einordnen. Daher würde ich ihnen nie nachgeben. Ich halte mich von Kerlen fern, die nicht bereit sind, die Konsequenzen ihrer Taten zu tragen.

Meine Überlegungen sind müßig, ich hätte sowieso keine Chance bei Kayden. Warum sollte sich ausgerechnet ein Duke für mich interessieren, wo er zwanzig wunderschöne Frauen hat, die alles für ihn tun würden. Offensichtlich sogar einen Dreier.

Warum ich dennoch darüber nachdenke, ob er mich mögen könnte, ist mir schleierhaft. Verdammt, ich habe wirklich nichts aus meinem Leben gelernt.

Zum Glück hält der Wagen und unterbricht meine wirren Gedanken. Sobald Kayden alles hat, was er will, muss ich mit Don zusammen die Grotte für das Einzeldate vorbereiten. Ein Whirlpool in einer Felsgrotte, beleuchtet nur durch das Licht im Pool und die gut fünfzig Kerzen, die wir aufstellen werden. Der Weg zum Becken wird mit Rosenblättern bestreut und romantische Musik im Hintergrund sorgt für die richtige Stimmung. Zumindest wird es der Zuschauer so sehen.

In echt wird da noch das Kamerateam sein, das in der relativ kleinen Grotte kaum Platz findet und quasi auf dem Rand des Pools sitzt, um ja nichts zu verpassen. So viel zum Thema romantische Zweisamkeit. Vielleicht ist der Raum auch größer, als er auf den Fotos aussieht, die Stella mir vorhin gezeigt hat.

Meine Mitfahrer steigen aus, schnallen sich direkt ihre Kameras um und filmen die Ankunft Kaydens und der Frauen. Er taucht zuerst aus der Limousine auf und ihm folgen: Belle und Ann aus Stellas Team sowie Lola, Summer und Peggy aus Johns Team.

»Dann lassen wir die Spiele mal beginnen«, raunt mir Don ins Ohr. »Auf dass das bessere Team das Date bekommt!« Schon dreht er sich weg und ist im Inneren des Spa verschwunden. Ich folge ihm und kümmere mich erst einmal um Kayden.

Er hat eine eigene Kabine, die mit schicken Loungemöbeln aus dickem Bambus einladend wirkt. Auf dem Tisch steht eine Schale mit gemischtem Obst und zwei Flaschen Wasser liegen auf Eis.

Seufzend wische ich mir den Schweiß von der Stirn. Auf einmal fällt mir ein, warum ich weder Spa noch Schwimmbäder sonderlich mag. Die schwüle Hitze ist unerträglich.

Und da ich das völlig verdrängt hatte, habe ich keine Kleidung zum Wechseln dabei, um mir den Aufenthalt ein wenig angenehmer zu machen. Also bleibt nur Hilfe zur Selbsthilfe. Die Hosenbeine und die Ärmel meines T-Shirts hochkrempeln. Schuhe aus, Socken aus und – *Mist!* – feststellen, dass ich meine Fußnägel das letzte Mal vor fünf Tagen lackiert habe. Klasse. Der Lack ist überall abgesprungen und die Fersen könnte ich auch mal wieder eincremen. Läuft ja wie geschmiert.

Andererseits, *hey*, was soll's. Ich bin schließlich keine Kandidatin und werde nicht vor der Kamera zu sehen sein, also ist es egal, wie ich aussehe. Kurzerhand öffne ich mein Haar, schüttle es und binde es weit oben am Kopf zu einem Messie Bun, als die Tür aufgeht und Kayden eintritt.

Ich schaue zu schnell hoch und sehe Sternchen. Wahrscheinlich schwanke ich sogar, denn im nächsten Moment greifen zwei warme Hände nach meinem rechten Arm und stützen mich. Sofort durchzuckt es mich heiß und ich gerate noch mehr ins Schwanken. Diesmal ist allerdings nicht fehlende Nahrung der Grund, sondern Kaydens Nähe. *Verdammt.* Memo an mich: *Mehr essen, weniger Kaffee und dir wird nicht so schnell schwarz vor Augen.*

»Alles in Ordnung?«

Diese Stimme und dieser Akzent treiben mich in den Wahnsinn. Genau deshalb mache ich mir solche Gedanken wie eben auf der Herfahrt. Jeder Teil meines Körpers vibriert und ich befreie mich grob aus Kaydens Griff.

»Ja, ich habe nur vergessen zu essen.«

»Warum hast du nichts gesagt? In Zukunft frühstücken wir gemeinsam.« Suchend sieht er sich um. »Wie wäre es mit einer Banane?« Er geht zum Obstkorb und greift nach der Frucht und einer Flasche Wasser. »Leider gibt es nur Obst und Wasser.«

Dankbar greife ich nach der Banane. Nicht gerade professionell, aber was muss, das muss. Um von meinen Unzulänglichkeiten abzulenken, frage ich: »Brauchst du irgendetwas? Sonst gehe ich schon mal vor und sehe mir die Location an, während du dich umziehst.«

Kayden schenkt mir einen merkwürdigen Blick, schüttelt dann den Kopf und dreht sich wortlos um.

Da wir nichts mehr zu besprechen haben, gehe ich. Oder flüchte eher. Draußen lehne ich mich an die Wand und atme mehrmals tief durch. Wieder sehe ich Sternchen. *Iss die Banane, April, und mach deine Arbeit.* Das tue ich, und tatsächlich hilft das Essen. Seufzend mache ich mich auf die Suche nach einem Mülleimer. Mit nackten Füßen tapse ich über den kühlen Boden und erstarre für einen Moment. *So eine Scheiße!* Meine Socken und Schuhe stehen nach wie vor bei Kayden. Ich werde da jetzt allerdings nicht reingehen. Das mache ich später, wenn er mit den Damen bei einer Behandlung ist.

Seufzend schmeiße ich die Bananenschale in einen Mülleimer und grinse. Dafür, dass ich mich bewusst für diesen Job entschieden habe, seufze ich ziemlich viel in letzter Zeit.

Die Frauen teilen sich eine Umkleide, die der von Kayden ähnelt. Sie sind bereits umgezogen, als ich eintrete, und eine sieht umwerfender aus als die andere. Während ich überprüfe, ob ihre Mikrofone sicher angebracht sind, betrachte ich jede einzelne. In dem knappen Einteiler erscheinen Summers Beine endlos. Die wesentlich kleinere Lola besitzt zwei andere Vorzüge, die das Push-up-Oberteil ihres Bikinis zu sprengen drohen.

Ich bin da mehr bei Belles Wahl: Sie hat die Haare zu zwei Zöpfen gebunden und sich für ein Badekleid entschieden. Die Unschuld in Person.

Peggys Outfit steht dazu in krassem Gegensatz. Nur ein Quadratzentimeter weniger Stoff und sie wäre nackt. Dagegen wirkt Ann in ihrem gewöhnlichen Badeanzug erschreckend normal. Alle Kleidungsstücke sind schwarz und mit dem goldenen Logo von *Noble Match* versehen. Ich bin gespannt, wie Kayden gekleidet sein wird.

Die Hitze, die in mir aufsteigt, während ich an ihn in Badehose denke, hat sicher nichts mit seinem Aussehen zu tun. Das liegt an der unerträglichen Wärme und meiner unzureichenden Kleidung. Ich schüttle die Gedanken ab und frage: »Braucht noch jemand etwas?«

»Ich habe mich um alles gekümmert, meine Liebe.« Don. Den hatte ich fast vergessen.

»Okay.« Ich versuche unauffällig, zu Ann und Belle zu sehen. Don traue ich glatt zu, dass er irgendwelche Gemeinheiten vorhat. Doch den beiden scheint es an nichts zu fehlen.

Ein Klopfen an der Tür lässt die Frauen aufquietschen. Das kann nur Kayden sein. Und tatsächlich tritt er schwungvoll ein. Das breite Lächeln auf seinem Gesicht erscheint mir falsch.

»Wow«, sage er. »Eine schöner als die andere! Ganz entzückend.«

Es gelingt mir, sowohl ein Augendrehen als auch ein Schnauben zu unterdrücken. Das war zu plump, als ob Frauen auf so was stehen. Das verlegene Gekicher der Damen lässt allerdings vermuten, dass dem genau so ist.

Was stimmt nicht mit denen? Oder bin ich es, die das Problem hat? Andererseits kann ich es irgendwie verstehen. Kayden trägt eine schmale Badehose wie Schwimmprofis und sieht darin zum Anbeißen aus.

»So, meine Lieben«, ertönt aus dem Flur Maggys Stimme. Sie klatscht in die Hände, die Scheinwerfer gehen an und die Kameras richten sich auf Kayden und die Damen. »Lichtprobe. Der Duke zu Dwaynes Linker und die Damen zu meiner Rechten.«

Wie die Schafe trotten alle zu den ihnen zugewiesenen Plätzen.

»Gut, fangen wir an«, sagt Dwayne. »Ab jetzt sind die Kameras ständig auf euch gerichtet. Wir drehen den ganzen Tag und schneiden daraus die Folge zusammen. Wir beginnen in: drei, zwei …« Dort, wo die Eins käme, hält er den Zeigefinger hoch und ballt dann die Hand zur Faust. Auf seinem Gesicht zeigt sich sein Entertainerlächeln und es geht los.

Die Begrüßung ist ähnlich einfallslos wie die letzten Male, dann kommt allerdings der spannende Teil: Maggy verkündet das Programm des Tages und Kayden sieht alles andere als glücklich aus. Er hat beim morgendlichen Tee erwähnt, dass Wellness ihn langweilt. Wird ein harter Tag für ihn, denn es steht eine *sinnliche Reise der Seele zur inneren Gelassenheit* auf dem Programm.

»Unsere Damen und den Herrn erwartet eine Symphonie der exotischen Düfte, ein Farb- und Klangerlebnis der besonderen Art«, führt Maggy aus. »Wir starten mit der Reinigung der Haut und der Seele. Ein Meersalz–Zitronenpeeling zu den zarten Klängen einer Panflöte. Zum erfrischenden Ganzkörperpeeling geht es hier entlang, meine Damen.« Die Frauen treten vor und werden von einem Spa-Mitarbeiter zu ihrem Raum geführt. »Der Duke wird in wenigen Minuten folgen.«

Dwayne klopft Kayden gönnerhaft auf die Schulter. »Wie gefällt dir die Aussicht, gemeinsam mit diesen wunderschönen Damen verwöhnt zu werden?«

»Ich bin begeistert, Dwayne.« Fällt nur mir auf, dass der Satz hölzern rüberkommt?

»Das denke ich mir! Und aus diesem Grund haben wir eine ganz besondere Überraschung für dich. Diese Runde wirst du nicht am Spa-Programm teilnehmen.« Er zwinkert Kayden zu. »Mal ganz unter uns, so ein Peeling ist nicht das Richtige für uns Männer.«

Kayden hebt seine Braue und nickt vorsichtig. Dabei huscht sein Blick zu mir. Da ich keine Ahnung habe, was Dwayne vorhat, schüttle ich nur den Kopf.

Es ist Maggy, die weiterspricht: »Das ist Sybille.« Sie zeigt auf eine Spa-Mitarbeiterin in weißem Outfit. »Sie wird dir zeigen, wie man ein Peeling aufbringt, und dann wirst du es bei deinen Damen tun.«

Das Lächeln gefriert auf Kaydens Zügen. Verständlich, es würde mir ähnlich gehen. »Wenn ich bitten darf«, sagt Dwayne. »Ich wünsche einen wundervollen und entspannenden Aufenthalt.«

»Danke, Dwayne.« Kayden hat sich gefangen und folgt Sybille in den Raum, in den eben die Damen verschwunden sind. Das ist mein Stichwort. Ich werde währenddessen mit Don die Grotte schmücken. Wenn ich recht überlege, bin ich nicht sicher, wer es schlimmer getroffen hat: Kayden oder ich.

Kayden

Die erste Woche

Hoffentlich ist das verkrampfte Lächeln nicht auf meinen Zügen festgefroren. Ich schwanke noch, was schlimmer gewesen wäre: selbst das Peeling über mich ergehen zu lassen oder es an den Damen durchzuführen.

Den Sinn verstehe ich. Durch das Peeling berühre ich die Frauen auf eine Art und Weise, die durchaus sinnlich ist. Das entspricht allerdings überhaupt nicht meinem Stil und ich muss mich zwingen, lächelnd weiterzugehen.

Da meine Situation ist, wie sie ist, und ich dem ganzen zugestimmt habe, mache ich gute Miene zum bösen Spiel. Ich werde die Sache schon hinter mich bringen. Vielleicht macht der ganze Spa-Kram am Ende mehr Spaß, als ich ahne.

Zumindest der Raum, in dem die Anwendungen stattfinden, ist gemütlich. Zu meiner Linken stehen sechs Liegen und rechts ist ein runder, abgedeckter Pool. Das Kamerateam ist uns gefolgt, stört jedoch nicht, da es genug Platz gibt.

Die Damen sitzen auf ihren Liegen und unterhalten sich. Hinter vieren steht je eine Spa-Mitarbeiterin. Sobald wir den Raum betreten, drehen sich alle Köpfe in unsere Richtung und das Gespräch kommt zum Erliegen.

Sybille führt mich zu Belles Liege. »Bekommst du kein Peeling?«

»Nein. Ich komme in den Genuss, bei euren Peelings helfen zu dürfen.«

Ein aufgeregtes »Uhhh« erklingt aus fünf Kehlen. Womit feststeht, dass den Damen gefällt, was kommt.

Sybille tritt vor und klatscht – genau wie Maggy vorhin – in die Hände, um die Aufmerksamkeit zu bekommen. »Wir beginnen mit den Anwendungen. Ich werde dem Duke zeigen, wie die Sache funktioniert, und er wird dann jede von euch für eine kurze Zeit verwöhnen.«

Das Wort *verwöhnen* klingt aus ihrem Mund unanständig. Das ist sicher gewollt, und ich akzeptiere es. Was bleibt mir auch anderes übrig.

Ich sehe zu Belle und mein erster Eindruck von ihr bestätigt sich, denn rein äußerlich ähnelt sie April. Beide sind blond, kurvig und auf eine sehr anziehende Art bodenständig. Unschuldig und natürlich. Keine Ahnung, ob die beiden sich vom Wesen her gleichen, das werde ich sicherlich noch herausfinden.

Allerdings kann ich Belle noch weniger einschätzen als April oder die meisten der Damen. Im Gegensatz zu den anderen ist sie ruhig und zurückhaltend. Sie ist mit gerade mal zwanzig die Jüngste hier, besucht eine Kosmetikschule und redet wenig. Auch während der Behandlung ist sie meistens still. Ich reibe ihre Beine mit dem Peeling ab und bin fast sicher, ihr ist die Situation genauso peinlich wie mir.

Die zweite Frau, der ich meine Aufmerksamkeit zuwende, ist Peggy. Sie ist das genaue Gegenteil von Belle. Ebenfalls blond, doch ich könnte schwören, dass bei ihr Bleiche im Spiel ist. Sie genießt meine Behandlung offensichtlich. Ich streiche über ihren Rücken und sie wölbt sich jeder meiner Berührungen entgegen. Ein- oder zweimal stöhnt sie sogar leise.

Froh, mit ihr fertig zu sein, widme ich mich Ann und dann Summer. Das Gespräch fließt oberflächlich dahin, da kein Einzelgespräch aufkommt, sondern ich mehr oder weniger mit allen Damen gleichzeitig rede. Die letzte, der ich ein Peeling verpassen darf, ist Lola. Nach ihrem aufreizenden Auftritt am ersten Poolabend hatte ich erwartet, dass sie gezielt ihre körperlichen Vorzüge einsetzen würde, um mich für sich zu gewinnen. Doch zu meiner Überraschung ist das nicht so. Sie trägt zwar eindeutig einen Push-up, wirkt darin aber natürlich. Schon bei der Cocktailparty gestern ist mir aufgefallen, dass sie zum Plappern neigt, was in ihrem Fall recht anziehend ist.

Sie strahlt dabei einen Enthusiasmus aus, dem ich mich nur schwer entziehen kann. Auch jetzt erzählt sie ohne Punkt und Komma von ihren bisherigen Spa-Erfahrungen, und ich kann mich entspannen, da sie die komplette Konversation übernimmt. »In so einem noblen Schuppen war ich noch nie. Natürlich mach ich Peelings, um meine Haut geschmeidig zu halten. Ist in meinem Business irgendwie das A und O. Du weißt, dass ich Schauspielerin bin? Auf jeden Fall stellt meine *Abuela* das beste Peeling gegen raue Stellen her. Mit Zitrone. Der Duft hier erinnert mich ein wenig daran. Allerdings muss ich das selbst auftragen und …«

Die Tür geht auf und Maggy steckt den Kopf hinein. »Kayden, meine Damen, es geht weiter! Wir kommen rein und führen euch zum nächsten Ereignis. Es wird himmlisch, versprochen!«

Aufgeregtes Gemurmel setzt ein und verstummt erst, als Dwayne zu sprechen beginnt: »Das war der erste Teil unserer Spa-Anwendung, im nächsten geht es ruhig weiter, und diesmal darf sich auch der Duke of Barndon entspannen.« Lächelnd deutet er auf den Pool, an dem Maggy steht. »Wärst du so nett und zeigst, was sich darunter verbirgt?«

»Natürlich, *Darling*!« Wer hätte gedacht, dass sie in der Lage ist, ihr *Darling* noch falscher klingen zu lassen, als wenn sie mich so nennt. Vielleicht bin ich nur voreingenommen, da ich weiß, wie die beiden ohne Kameras miteinander umgehen.

Viel wichtiger ist sowieso, was unter der Plane zum Vorschein kommt. »Willkommen zum *himmlischen Milchbad mit zartem Puderduft*«, kommentiert Maggy.

Orientalische Musik setzt ein und von den Damen erklingt ein erneutes »Ohhh«.

»Dann überlassen wir euch die nächsten zwanzig Minuten diesen himmlischen Düften und der totalen Entspannung, bis wir uns zur Abschlussbehandlung wiedersehen.«

Das ist das Stichwort für die Frauen. Sie stehen auf und eilen zum Becken. Für sie scheint es kein Problem zu sein, sich in diesen Pool gleiten zu lassen. Mich kostet es einiges an Überwindung, in die milchige Brühe zu steigen, mit der das Becken bis an den Rand gefüllt ist.

Wider Erwarten ist das Bad weniger klebrig und unangenehm, als es auf den ersten Blick aussah. Ich setze mich zwischen Belle und Lola, da für mich schon feststeht, dass eine der beiden mein Date für den Abend sein wird. Zu meinem Leidwesen hat Peggy ihre Versuche, mich körperlich zu erregen, nicht aufgegeben. Ihr Fuß streift mehrfach mein Knie, und als ich das ignoriere, wird sie aggressiver. Mit ihren Zehen streicht sie meinen Oberschenkel entlang. Das Lächeln auf ihren Lippen, das sinnlich wirken soll, zeigt deutlich ihre Absichten.

Ich habe nicht vor, sie öffentlich zu demütigen, doch ich muss klarstellen, dass so ein Verhalten inakzeptabel ist. Von jeder Frau. Also richte ich mich, soweit es geht, zum Sitzen auf und sage: »Meine Damen, ich muss euch ein Kompliment aussprechen.«

Verhaltenes Lächeln ist die Antwort und Lola fragt: »Wirklich? Was haben wir getan?«

»Oder nicht getan?«, ergänzt Belle.

»Als ich mich für diese Show gemeldet habe«, beginne ich meine Ausführungen, »hatte ich Bedenken hinsichtlich der Freizügigkeit, die einige von euch an den Tag legen könnten.« Ich blicke lächelnd in die Runde. »Denn ich suche schließlich nicht nach irgendeiner Frau, sondern nach der einen fürs Leben, meiner zukünftigen Duchess. Sie muss gewisse Standards erfüllen und …« Irritiert halte ich inne, irgendetwas lenkt mich ab. Ich sehe mich um und entdecke April, die an der Seite von Don den Raum betreten hat. Sie tragen Körbe mit Getränken, die sicher für uns bestimmt sind. April sieht unglücklich aus. Ich habe schon mitbekommen, dass sie mit Don nicht sonderlich gut auskommt. Kein Wunder. Der Kerl hat etwas an sich, was mich vom ersten Moment an gegen ihn aufgebracht hat. Ich will schon aufstehen und sie fragen, ob alles in Ordnung ist, als sich Lola neben mir bewegt. »Was braucht deine Duchess noch außer Schönheit?«

Natürlich. Es geht hier nicht um April, sondern um die Damen im Becken. Wie konnte mir das entfallen? Lolas Schulter streift meine und ich richte meine Aufmerksamkeit wieder auf die fünf um mich herum. Peggy spielt weiterhin mit ihren Zehen an meinem Oberschenkel. Ich muss mich fokussieren, um so etwas in Zukunft zu verhindern.

Langsam drehe ich den Kopf in Lolas Richtung. »Die Stellung als Duchess bringt gewisse repräsentative Pflichten mit sich. Dazu gehört selbstverständlich ein einwandfreies sittliches Verhalten.«

Ein verschlagenes Lächeln breitet sich auf Peggys Gesicht aus. »Nun, aber ich gehe mal davon aus, dass deine Duchess dir im Schlafzimmer durchaus Angebote weniger sittlicher Art unterbreiten darf?«

Ich bilde mir ein, April hinter mir schnauben zu hören. Das entlockt mir fast ein Lächeln. Doch ich bleibe ernst und richte den Blick auf Peggy. »Was im Schlafzimmer passiert, bleibt im Schlafzimmer und geht ausschließlich mich und meine Partnerin etwas an. Privates bleibt privat und Körperliches ebenfalls.«

Meine Worte haben die erwünschte Wirkung. Der Fuß verschwindet und ich sehe, wie Peggy nickt. Mit meiner Rede habe ich hoffentlich dafür gesorgt, dass die öffentlichen Avancen aufhören. Und da ich fest entschlossen bin, mit keiner der Damen, die mir auf diese aggressive Art ihre Zuneigung zeigen, nur eine Minute allein zu verbringen, sollte sich das erledigt haben. Denn eins steht fest: Sie werden die erste Runde nicht überstehen.

»Ladys und Gentleman, das war's!« Dons zu laute und zu affektierte Stimme lässt mich die Augen zusammenkneifen. »Wir haben Getränke für euch, danach geht es unter die Dusche und zum Mittagessen. Anschließend erwartet euch eine weitere Anwendung und dann …«, er macht eine dramatische Pause, »kommen wir zum Höhepunkt des heutigen Tages und Kayden wählt diejenige, mit der er den Abend verbringen wird.«

Auch April ist inzwischen am Becken erschienen und reicht Ann und Belle je ein Wasser. Da die Frauen keine Wünsche mehr zu haben scheinen, wendet sie sich mir zu. Sie gibt mir ebenfalls eine Flasche, die ich dankend annehme. Bevor ich daraus trinke, stehe ich auf und deute eine Verbeugung in Richtung der Damen an. »Wir sehen uns in einer Stunde wieder. Ich wünsche einen guten Appetit.« Mit diesen Worten steige ich aus dem Pool, bedeute April mit einer Handbewegung, mir zu folgen, und mache mich auf den Weg zu meiner Umkleidekabine.

Dort angekommen, öffne ich die Flasche und leere sie fast in einem Zug. »Das war nötig. Ich gehe dieses Zeug abduschen. Wärst du so nett, dich in der Zeit um das Essen zu kümmern? Was gibt es denn?«

»Äh, Kayden …« Versucht sie ernsthaft, ein Lachen zu unterdrücken?

»Was ist so lustig?«

»Ich glaube, du hast da etwas falsch verstanden. Du solltest zusammen mit den Damen duschen und zu Mittag essen.«

»Bitte? Ich dachte …« Keine Ahnung, was ich dachte. Offensichtlich das Falsche.

»Ist mir aufgefallen. War es so schlimm?« Augenscheinlich amüsiert sie mein Verhalten. Und merkwürdigerweise macht es mir nichts aus, sondern führt dazu, dass sich meine Laune ebenfalls hebt.

»Hast du das nicht gesehen? Das Verhalten einiger Frauen ist … wie sage ich das, ohne ausfallend zu werden? Aufdringlich?«

Ihr Lachen geht mir unter die Haut. Ich muss dringend herausfinden, was mich an ihr so fasziniert. Dann kann ich vielleicht etwas dagegen unternehmen.

»Aufdringlich ist wirklich das netteste Wort dafür. Hast du zur Vorbereitung keine Sendung mit ähnlichem Format gesehen? Die Damen sind noch harmlos und du mit Sicherheit einer der zurückhaltendsten Junggesellen, die mir je untergekommen sind.«

»Ich nehme das mal als Kompliment.«

Sie nickt. »So war es gedacht.«

»Und nein, ich habe kein ähnliches Format gesehen. Mir war wohl bewusst, dass ich kneifen könnte, wenn ich gewusst hätte, was mich erwartet.«

Sie wird ernst. »Ganz ehrlich, was bewegt einen Mann wie dich dazu, hier mitzumachen?«

»Einen Mann wie mich?«

»Reich, smart, gut aussehend und mit der nötigen Blasiertheit ausgestattet, alles zu ignorieren, was deinem Stil nicht entspricht.«

»Mit smart und gut aussehend kann ich mich anfreunden, aber blasiert …« Ungläubig schüttle ich den Kopf. »Im britischen Englisch ist das kein positives Wort.«

»Ich glaube nicht, dass sich britisches und amerikanisches Englisch da groß unterscheiden. Es ist deine ganze Art. Du bist so …«, sie zuckt mit den Schultern und hebt einen Mundwinkel zur Andeutung eines Lächelns, »entsetzlich britisch.«

Will sie mich aufziehen? Das kann ich auch. »So, wie du amerikanisch bist?«

»Ach, bin ich das? Amerikanischer als deine Ladys?«

»Weder sind sie mein noch sind es Ladys, wenn man es genau nimmt. Lady darf sich eigentlich nur eine Frau nennen, die …«

»Genau das meine ich«, fällt April mir lachend ins Wort. »Geh duschen, dann bringe ich dich zum Mittagessen mit den …« Sie macht eine kleine Pause und grinst. »Frauen?«

»Touché«, antworte ich und grinse zurück. Auf dem Weg zum Bad drehe ich mich noch einmal um. »Dann hast du nichts gegen ein bisschen Blasiertheit?«

Ich flirte mit ihr, aber *god-damn*, es fühlt sich so richtig an, dass es mir für den Moment egal ist.

»Möglicherweise«, antwortet sie mit einem Lächeln, das meine Laune weiter hebt. Zum ersten Mal an diesem Tag fühle ich mich gut, und da wird ein wenig flirten wohl erlaubt sein. Auch wenn es die falsche Frau ist. Im Geist mache ich mir eine Notiz, dass ich das bei der nächsten Anwendung wettmache, indem ich meinen ganzen Charme versprühe und mit den Damen flirte.

Das ist schwerer als gedacht, denn die nächste Anwendung ist eine Ganzkörpermassage mit verschiedenen Ölen. Im Gegensatz zu Peelings und Milchbädern habe ich dagegen nichts einzuwenden. Es gibt kaum etwas Besseres, als nach einem harten Training von einem guten Masseur durchgeknetet zu werden. Heute gab es zwar kein Training, die Massage fühlt sich trotzdem gut an.

Nur reden kann man dabei kaum. Und danach stehen schon Maggy und Dwayne bereit, die mich auffordern, eine der Frauen für den Abend in der Grotte auszuwählen.

»Zunächst möchte ich mich für diesen wirklich einmaligen Tag bedanken.«

Unisono ertönt ein »Ohh«. Peggy und Ann falten sogar die Hände unter dem Kinn.

»Doch ich kann nur mit einer den Rest des Tages verbringen, und das ist …« Pause, Pause, Pause. »Belle!«

In vier Gesichtern verschwimmt das Lächeln, kehrt jedoch schnell zurück. Belle hingegen hüpft in die Luft, klatscht in die Hände und stößt einen Quietschlaut aus, der mich an meine Schwester in jungen Jahren denken lässt. Einen ähnlichen Laut hat sie von sich gegeben, als sie damals ein Katzenbaby zum sechsten Geburtstag bekommen hat. In dem Augenblick wird mir klar, was mir außer der Ähnlichkeit mit April an Belle gefällt: Sie erinnert mich an meine kleine Schwester. Beides nicht unbedingt die besten Datingvoraussetzungen. Aber gut, ich habe sie gewählt und werde diesen Whirlpoolabend mit ihr absolvieren. Könnte schlimmer sein.

Es ist endlich später Abend, die Damen sind in ihrer Villa und ich allein. Eigentlich habe ich mich den ganzen Tag darauf gefreut, doch jetzt fühle ich mich unwohl. Vielleicht sollte ich runter in den Fitnessraum, um mich auszupowern. So ein Tag im Spa ist nichts für mich. Anstatt entspannt bin ich angespannt. Ein Klopfen an der Tür lässt mich den Kopf drehen. Eigentlich erwarte ich niemanden, doch zu meiner Freude steht April dort.

»Hey«, sage ich lächelnd.

»Hey«, antwortet sie und hebt ebenfalls die Mundwinkel. »Ich wollte mich zurückziehen und vorher fragen, ob du noch irgendetwas brauchst.«

»Da gibt es tatsächlich etwas, was du für mich tun kannst.« Bevor ich mich über meine Spontaneität wundern kann, rede ich schnell weiter. »Der Tag war sehr ruhig und Bewegung würde mir guttun. Hättest du Lust, mich auf einen kleinen Spaziergang übers Gelände zu begleiten?«

»Ich?« Sie sieht sich um, als würde sie erwarten, dass noch jemand hinter ihr stehen würde.

»Warum nicht? Wir werden in den nächsten Wochen viel Zeit miteinander verbringen, da sollten wir uns besser kennenlernen.« Keine starke Argumentation, doch zu meiner Überraschung stimmt sie zu.

»Okay. Ein wenig Bewegung ist nie verkehrt und lenkt mich vielleicht ab.«

»Wovon?«

»Dass ich Emily seit vier Tagen nicht gesehen habe. Ich vermisse sie.«

»Das tut mir leid. Kann ich irgendwas für dich tun?«

Ihr Lächeln lässt mein Herz schmelzen.

»Das ist lieb. Lass uns einfach spazieren gehen.«

»Stets zu Diensten.« Ich zeige auf den Flur, um ihr zu bedeuten, dass wir direkt loskönnen. »War es schwer?« Weil sie mich verwirrt anblinzelt, erläutere ich: »Der Tod deiner Schwester. Du hast gesagt, es sei zwei Jahre her. Genau wie der Tod meiner Mutter. Und mein Vater ...« Ich schüttle den Kopf. »Das weißt du ja. Wenn ich mir vorstelle, dass meine Schwester gestorben wäre ...« Ich will gar nicht daran denken. »Sie hinterlassen eine Lücke, die schwer zu füllen ist.«

Sie sieht mich auf eine merkwürdige Art an und lässt sich Zeit mit einer Antwort. »Ja, es ist, als ob ein Stück von dir herausgeschnitten wird. Eines, das nie ersetzt werden kann.«

Ich nicke, verstehe es. Denn obwohl meine Eltern und ich nie eine besonders innige Beziehung hatten, waren sie ein Teil meines Lebens. Sie haben mich großgezogen, geliebt und ihr Bestes gegeben.

April lächelt traurig und nickt ebenfalls. »Es sind die Kleinigkeiten, die fehlen. Als Kirsten noch gelebt hat, hatten wir zum Beispiel immer Ketchup im Haus.« Jetzt ist ihr Lächeln wehmütig. »Ich schwöre dir, sie hat auf alles Ketchup gekippt. Weder Emily noch ich mögen ihn und ich muss immer daran denken, welchen zu kaufen, wenn Besuch kommt.«

»Ja, die Kleinigkeiten.« Ich seufze. »Bei mir ist es der Geruch von Vaters Tabak. Er hat Pfeife geraucht, und sobald ich nach Hause kam, erkannte ich diese ganz bestimmt Vanillemischung. Wenn ich jetzt nach Hause komme, ist da nur noch ein Hauch dieses Geruchs.« Ich schließe die Augen, weil allein darüber zu reden ein Verlustgefühl in mir auslöst, das ich kaum beschreiben kann.

Eine sanfte Berührung an der Hand sorgt dafür, dass ich die Augen öffne und hinuntersehe. April hat ihre Finger über meine gelegt und drückt sanft zu, bevor sie sie wegnimmt.

Keine Ahnung, was eben passiert ist, aber dieses kurze Gespräch hat uns einander auf eine Art nähergebracht, die mir gefällt. Ich genieße dieses Gefühl von Nähe einfach und nehme mir vor, den Abend nicht zu zerdenken.

Inzwischen haben wir die Treppe erreicht und mir fällt etwas anderes ein, was ich sie schon länger fragen wollte. »Du kennst dich mit griechischer Mythologie aus?«

Den Blick, den sie mir daraufhin zuwirft, versuche ich besser nicht zu deuten. Vermutlich würde das Wort *blasiert* erneut Verwendung finden. Was habe ich denn jetzt schon wieder Falsches gesagt?

»Gib es zu, als du über Atlas gesprochen hast, dachtest du, dass eine dumme kleine Amerikanerin nie verstehen würde, wovon du redest.«

Bloody hell! Ich bleibe stehen und halte sie am Arm zurück. »Das ist nicht wahr. Ich habe einfach vor mich hin geredet und habe nie … wie kommst du auf so was?«

Sie zuckt mit den Achseln und geht weiter. »Wäre nicht das erste Mal, dass ein reicher, blasierter Kerl mich für dumm hält.« Ich hoffe inbrünstig, dass sie scherzt.

»Könntest du bitte davon Abstand nehmen, mich ständig blasiert zu nennen? Ich bin unsicher, ob wir dasselbe darunter verstehen.« Wir gehen weiter die Treppe hinunter.

»Wäre dir arrogant lieber?« Warum reitet sie so sehr darauf herum?

»Weder noch. Smart und gut aussehend hat mir entschieden besser gefallen.«

»Genau das meine ich.« Sie zeigt auf mich und wir treten gemeinsam durch eine der breiten Türen in den Ballsaal. »Meiner Erfahrung nach sind alle Männer mit großer Brieftasche und großem Ego arrogant. Oder in deinem Fall blasiert, weil das britischer klingt.«

Es ist schon eine ganze Weile her, dass ich zum letzten Mal sprachlos war. Gerade ist es so weit. »Das ist …«, fange ich an, ohne zu wissen, wie der Satz weitergehen soll.

Doch ich komme sowieso nicht dazu, mehr zu sagen, da sie mich unterbricht.

»Erfahrungen müssen sich nicht wiederholen. Ich ziehe in Erwägung, dass ich mich in dir getäuscht haben könnte.« Mit diesen Worten öffnet sie die Tür zur Terrasse und macht deutlich, dass ich hindurchgehen soll.

Ich stutze aus mehreren Gründen. Zum einen weil sie zugibt, sich vielleicht in mir getäuscht zu haben, zum anderen hat mir bisher noch nie eine Frau die Tür aufgehalten.

»Wir leben nicht mehr im Mittelalter«, fährt sie mich in dem Moment an. »Jetzt geh schon durch diese Tür und lass mich mein Urteil nicht gleich wieder zurücknehmen.«

Wer bin ich, ihr da zu widersprechen? Wir treten ins Freie. Die Luft ist angenehm klar, aber kühl. Mir ist das egal, bei April bin ich mir nicht so sicher. Ich sehe, dass sie fröstelt und die Hände in der Bauchtasche ihres Hoodies vergräbt.

»Kühler, als ich dachte. Wenn wir ein ordentliches Tempo vorlegen, sollte es gehen.«

»Kein Problem für mich.« Ich zucke mit den Schultern und sehe mich um. »Wohin gehen wir?«

»Weg von den Kameras. Sobald wir den Poolbereich verlassen haben, sind sie für die Nacht ausgeschaltet. Niemand glaubt, dass sich nachts irgendwer auf dem Rest des Geländes herumtreibt.«

»Ach, und am Pool schon? Mehr Aufnahmen von mir oben ohne?« Um den Worten die Spitze zu nehmen, zwinkere ich ihr zu und zeige dann auf den Zaun, der in einigen Metern Entfernung die Villa der Frauen vom Set trennt. »Oder denken sie, dass sich eine der Damen hierherschleicht?«

»Dafür müssten sie über den Zaun klettern, und der ist mit zweieinhalb Meter recht hoch. Aber du könntest eine von ihnen einladen. Von dieser Seite lässt sich die Tür öffnen. Von ihrer gibt es kein Durchkommen.«

Ich runzle die Stirn. »Mich irritiert immer noch, dass sie in dieser Villa eingesperrt sind.«

»Genau wie wir alle.« Sie zuckt mit den Schultern. »Sie haben ihren eigenen Pool, ebenfalls ein kleines Fitnesscenter und mehr als genug Platz.«

»Wenn man es so sieht.«

April beschleunigt ihre Schritte und steuert den Irrgarten an.

Skeptisch bleibe ich stehen. »Wir gehen da nicht rein!«

»Angst? Oder nur keine Lust, mich zu jagen?« Ihre Worte schicken einen heißen Schauer durch meine Brust. *Damn!* Und ob ich Lust dazu hätte. Wenn ich allerdings ehrlich bin, ist schon dieser Spaziergang ein Spiel mit dem Feuer. Wir sollten nicht hier sein, ich sollte mich ihr nicht nahe fühlen, und ich sollte sie nicht näher kennenlernen wollen. Ich muss das unterbinden.

»Damit das klar ist«, sage ich barscher als beabsichtigt, »ich werde niemanden durch dieses Labyrinth jagen!«

Sie zuckt zusammen, dann bricht sie in Gelächter aus. »Ganz ruhig, das sollte ein Witz sein. Ich lasse mich sicher nicht von dir jagen. Weder in diesem Labyrinth noch sonst wo. Wir haben ein rein geschäftliches Verhältnis. Und meine Aufgabe ist es, deine Wünsche zu erfüllen. Du wolltest jemanden, der mit dir eine Runde spazieren geht, und hier bin ich.«

Wenn das keine deutliche Abfuhr war, weiß ich auch nicht. Es sollte mich nicht treffen, tut es trotzdem. »Ich entschuldige mich in aller Form, wenn ich einen falschen Eindruck erweckt habe.« Meine Worte unterstreiche ich mit einer leichten Verbeugung. »Wir hatten keinen guten Start, und ich hoffe sehr, dass wir das ändern können.«

»Das hoffe ich auch.«

Erleichterung darüber, dass sie mein Angebot annimmt, breitet sich in mir aus. »Meinst du, wir schaffen es, unsere Vereinbarung umzusetzen und vertrauensvoll miteinander umzugehen? Wir sollten nie davon ausgehen, dass der andere uns das Schlechteste wünscht.«

Langsam dreht sie den Kopf in meine Richtung. »Ich versuche es.« Sie kaut auf ihrer Unterlippe herum. »Jemandem zu vertrauen fällt mir schwer.«

Interessant, dass sie das zugibt. Schließlich war sie es, die Vertrauen überhaupt erst ins Spiel gebracht hat. »Ist in Ordnung. Der Versuch reicht, denn mehr kann ich auch nicht bieten.«

Das Schweigen, das sich zwischen uns ausbreitet, ist sonderbar. Einerseits gleicht es einer Wand, die zwischen uns steht und jegliche Kommunikation verhindert. Andererseits habe ich das Gefühl, als würde diese Wand uns unwiderstehlich zueinanderziehen wie zwei Pole eines Magneten.

Wir haben den Irrgarten inzwischen erreicht, umrunden ihn. Dabei zieht April das Tempo an, was mir recht ist. Genau das wollte ich. Ein wenig körperliche Betätigung in Gesellschaft.

Merkwürdigerweise ist Schweigen mit ihr nicht unangenehm. Erst als wir uns dem Pool wieder nähern, bleibt sie stehen und fasst mich kurz am Arm. Diesmal könnte ich schwören, den Blitz leuchten zu sehen, der dabei durch meinen Körper fährt.

»Ich denke, wenn es um die Arbeit geht, sind wir ein ganz gutes Team.« Dabei lächelt sie, und auch ich spüre, wie meine Mundwinkel sich heben.

»Das denke ich auch.«

Sie löste ihre Hand. »Dann lass uns schlafen gehen. Die kommenden Tage werden anstrengend.«

Ich nicke, und wir gehen erneut schweigend nach drinnen. Auf meiner Etage verabschiedet sie sich und steigt weiter nach oben.

Erst als sie aus meinem Blickfeld verschwindet, wird mir bewusst, dass ich ihr hinterherstarre. Kopfschüttelnd drehe ich mich um und gehe zurück in mein Zimmer.

Diese Woche voller Gruppen- und Einzeldates war weniger schlimm, als ich sie mir vorgestellt habe. Da ich mir aussuchen konnte, welche der Damen ich zu einem Einzeltreffen einlade, konnte ich langweilige oder peinliche Dates vermeiden. Die Gruppendates verliefen im Grunde ähnlich wie die Partys und Empfänge in London oder bei meinen Eltern. Mit dem Unterschied, dass ich mich hier von den Damen trennen kann, die mich langweilen oder zu aufdringlich werden. Eigentlich ein ganz hervorragendes Konzept. Es wird mir auf die Dauer einiges an unangenehmer Konversation ersparen. Ich wünsche keiner Kandidatin etwas Schlechtes. Doch es ist wenig zielführend, wenn ich meine Zeit mit einer Frau verschwende, die nur an Sex interessiert ist oder bei der die Chemie nicht stimmt.

»Bereit für das große Wochenfinale?« April tritt mit einer Flasche Wasser in der Hand neben mich, die ich dankend annehme. Wir haben im Laufe dieser Woche eine Balance gefunden, die die Arbeit mit ihr angenehm macht. Ich fühle mich immer noch zu ihr hingezogen, aber das ignoriere ich bewusst, und da ich so langsam die anderen Frauen besser kennenlerne, ist genug Ablenkung geboten.

»So bereit man dafür sein kann.« Mein Blick geht zu den beiden Herren der Security, die am Eingang stehen. »Erwartet ihr Probleme?«

»Sagen wir so: Wir sind auf jede Eventualität vorbereitet.«

»Meine Damen und Herren, alle auf ihre Plätze!«, schrillt Maggys Stimme durch die Halle.

Seufzend reiche ich April die Flasche zurück. »Dann mal los.« Ich stehe auf und rufe ihr im Gehen zu: »Wir sehen uns danach kurz auf meinem Zimmer, um den morgigen Tag zu besprechen.« Ihre Reaktion bekomme ich nicht mehr mit, da in diesem Moment die Scheinwerfer angehen und alles außer den Damen und dem Tisch mit den Anhängern im Dunkeln verschwindet.

In Momenten wie diesem wird mir der Unterschied zwischen dem, was gedreht wird, und dem, was sich im Hintergrund abspielt, besonders deutlich bewusst. Während wir die Vergabe der nächsten Anhänger drehen – kleine Cocktailgläser –, herrscht überall um uns herum hektische Betriebsamkeit.

Noch einmal geht mein Blick zur Security. Bisher habe ich keinen Gedanken daran verschwendet, wie es sein wird, wenn die ersten Damen abreisen. April hat erzählt, dass alle Frauen ihre Koffer packen müssen und die beiden Production Manager bereitstehen, um das Gepäck zu holen. Die Damen dürfen nicht noch mal in die Villa.

Maggy gibt mir ein Zeichen, dass ich mich neben sie stellen soll. Sobald ich da bin, hebt sie drei Finger in die Luft, zählt herunter und Dwayne beginnt zu sprechen. »Eine ereignisreiche Woche für den Duke und die bezaubernden Ladys findet ihren Ausklang. Doch das Leben besteht nicht nur aus Cocktailpartys, Spa-Besuchen und Ausflügen aufs Land, sondern auch aus der harten Realität.« Seufzend greift er nach Maggys Hand. »Das bedeutet, dass wir uns heute Abend von fünf wundervollen Damen verabschieden müssen.«

Mein Stichwort. Ich trete vor, lächle und halte Small Talk. Dann beginne ich, die Damen aufzurufen. Fünfzehn Frauen verbleiben. Vier haben bereits bei Einzeldates einen Anhänger von mir bekommen, bleiben also elf. Ich rufe eine nach der anderen auf, bis ich den letzten Anhänger in der Hand habe und lediglich sechs Damen übrig sind. In den Gesichtern der Verbliebenen ist eine Mischung aus Anspannung und verkniffener Fröhlichkeit zu sehen, die wohl nur eine Show wie diese hervorbringen kann. Ein Name noch, dann ist auch dieser Teil des Abends geschafft.

»Die letzte Lady, die ich heute frage, ob sie die nächste Woche in meiner Gesellschaft verbringen will, ist …«, eine Pause für die Spannung, »… Rosalie.«

Sie tritt vor, hält mir ihren Arm hin und ich befestige den Anhänger. Ein kurzes Lächeln und das Scheinwerferlicht über den ausgeschiedenen Damen erlischt.

Während Maggy ihre Abmoderation hält, ich mich zwischen die verbleibenden Damen stelle und für die Zuschauer die heile Welt gezeigt wird, sieht es hinter den Kameras anders aus.

John und Stella geleiten die fünf Ausgeschiedenen schnellstmöglich zum Ausgang. Es sind die Damen, die sich mir auf eine unsittliche Art genähert haben, die inakzeptabel ist. Draußen steht die Limousine bereit, in der sie das Grundstück verlassen und ein letztes Mal interviewt werden.

Man kann deutlich sehen, dass die fünf enttäuscht sind. Natürlich hat keine mit der Ablehnung gerechnet. Bei zweien sehe ich sogar Tränen glitzern. *Damn.* Das geht mir näher, als ich gedacht hätte. Natürlich war es die richtige Entscheidung, diese fünf gehen zu lassen, doch für sie ist es sicherlich schmerzvoll. Wahrscheinlich wird es in den nächsten Wochen noch schlimmer.

Endlich sind wir fertig mit dem Dreh, und einige der verbliebenen Kandidatinnen laufen zu ihren Kolleginnen an der Tür, um sich zu verabschieden.

Peggy, eine der ausgeschiedenen Frauen, drückt die Schultern durch und streckt das Kinn vor. »Wo kann ich sagen, was ich von all dem hier halte?«

John tritt neben sie, lächelt und führt sie Richtung Tür. »Draußen wartet deine Limousine. Auf der Heimfahrt bekommt jede von euch Gelegenheit, ein paar Worte zu sagen.« Mit ausgestreckten Armen treibt er die Frauen vor sich her.

Wie es aussieht, läuft alles glatt und keine macht einen Aufstand. Das wird mit Sicherheit nicht jedes Mal so reibungslos ablaufen. Sobald die Frauen eine emotionale Bindung zu mir aufgebaut haben, dürfte sich die Abreise schwieriger gestalten. Mit Sicherheit auch für mich.

Doch darüber muss ich mir erst in einer Woche Gedanken machen. Für heute möchte ich nur ins Bett. Ich verabschiede mich von den

Dyers, die mir zu dem gelungenen Abend gratulieren, und mache mich auf den Weg nach oben. Auf der Treppe holt mich April ein.

»Das lief ganz gut.«

»Ja, ich bin gespannt, was die nächsten Tage auf dem Programm steht.« Auf meine Worte hin neigt sie den Kopf und schüttelt ihn dann. »Was?« Offensichtlich passt ihr etwas nicht.

»Ich dachte, die Dyers seien das Programm mit dir durchgegangen. Mir ist schon aufgefallen, dass du entweder keinen Drehplan hast oder ihn nicht liest. Soll ich dir einen besorgen?«

»Ich habe einen.« Wir sind an der Tür angekommen, und wie jedes Mal halte ich sie auf, doch sie geht nicht hindurch. Das macht mich wahnsinnig. Dagegen werde ich sofort etwas unternehmen. »Eine Sache musst du mir versprechen, wenn das mit unserer Zusammenarbeit weiter funktionieren soll.«

Sie sieht mich mit großen Augen an. Keine Ahnung, ob es das schummrige Licht im Flur ist oder pure Übermüdung, aber dieser Blick sorgt dafür, dass ich sie am liebsten in meine Arme ziehen würde, um sie vor der Welt zu beschützen. Mehr als alles andere. Was für ein irritierender Gedanke.

»Was soll ich versprechen?«, fragt sie und sieht mich ängstlich an, was die Situation verschlimmert. Wann versteht sie, dass ich ihr nichts Böses will?

»Dass du dir von mir die Tür aufhalten lässt und einfach durchgehst«, sage ich leise. »Und zwar, ohne dass ich dich jedes Mal explizit dazu auffordern muss.«

»Oh!« Erleichterung zeichnet sich auf ihrem Gesicht ab und sie huscht an mir vorbei. »Das kann ich tun.«

Ich stoße den Atem aus und schließe die Augen. Ich will sie nach wie vor in die Arme ziehen und um den Verstand küssen. Ob meinen oder ihren, weiß ich nicht genau. Was auch immer gerade mit mir nicht stimmt, kann hoffentlich durch ausreichend Schlaf wieder eingerenkt werden.

»Wenn du den Drehplan hast, warum weißt du nie, was wann passieren wird?«

Richtig. Der Drehplan. Ich schüttle den Kopf, bevor ich die Augen wieder öffne. »Ich dachte, ich gehe die Show spontan an. Entscheide aus dem Bauch heraus. Hat bisher gut funktioniert.« Bemüht, meine Gedanken übers Küssen zu verbergen, schließe ich die Tür und gehe zu April hinüber. Sie lehnt am Schreibtisch und ich setze mich auf den Stuhl, sodass ich zu ihr aufsehen muss. »Andererseits wäre es vielleicht an der Zeit, das zu ändern. Nachdem ich die Frauen nun kennengelernt habe, ist strategisches Vorgehen sicherlich besser. Für heute bin ich allerdings am Ende meiner Kräfte.«

Sofort löst sie sich vom Schreibtisch. »Ich gehe auch zu Bett. Etwas Schlaf kann uns nicht schaden. Für morgen ist wenig geplant. Ein lockeres Zusammensein im Garten. Es wird gegrillt, gibt ein paar Freizeitaktivitäten wie Federball, Frisbee oder Faustball. Entspannen und kennenlernen ist angesagt.«

»Keine Einzeldates?« Gegen meinen Willen gähne ich.

»Nein, du darfst dich allerdings gern mit einer der Frauen abseilen. Die Dyers und Stella scharren bereits mit den Hufen. So langsam soll der erste Kuss her.«

Ich wüsste, wem ich den sofort geben würde. Allein die Vorstellung macht mich unruhig. Ich springe förmlich auf und bringe möglichst viel Abstand zwischen uns. »Darüber mache ich mir morgen Gedanken. Wir sehen uns zum Frühstück?«

»Ich werde um acht hier sein. Schlaf gut, Kayden.« Sie lächelt mich warm an und geht in Richtung Tür.

Ich glaube, es ist das erste Mal, dass sie meinen Vornamen ausspricht, und es macht alles nur komplizierter. Jetzt will ich ihre Lippen erst recht auf meinen spüren. *Du gehörst eindeutig ins Bett, wenn du dir Gedanken darüber machst, ob und wie eine Frau deinen Namen ausspricht.* Das bringt mich zum Schmunzeln. »Gute Nacht, April.«

Darauf sagt sie nichts mehr und ich beobachte, wie sie mein Zimmer verlässt. Was hat diese Frau bloß an sich?

April

Wähle eine Seite

Ich habe mir gerade den Drehplan für diese Woche angesehen und bin nicht sicher, wie ich das finde.«

Kayden und ich sitzen gemeinsam auf seinem Sofa und frühstücken. Also ich frühstücke und er wedelt mit dem Drehplan vor meiner Nase herum.

»Einen Einkaufsbummel durch die Mall, gemeinsames Kochen und ein Lesenachmittag?« Er stellt seine Teetasse ab und deutet auf den Zettel in seiner Hand. »Fühlt sich an, als würden wir mehrere Gänge zurückschalten. Warum?«

»Fehlt dir das Abenteuer?« Ich lege eine gehörige Portion Humor in den Satz und seine Mundwinkel heben sich.

»Das nicht, aber der Plan liest sich langweilig. Also noch mal meine Frage: Warum?«

»Weil gezeigt werden soll, wie ein ganz normaler Tag in deinem Leben aussehen könnte. Also ein Tag, den du mit deiner Duchess verbringst. Oder in dem Fall mit drei Frauen. Deshalb stehen diese Woche nur Aktivitäten auf dem Programm, die Pärchen eben in ihrem Alltag erleben.«

»Gut, das verstehe ich. Und das lockere Zusammensein jeden Abend mit den Frauen soll das vertiefen?«

»Genau. Ihr trefft euch auf der Wiese, am Pool oder im Ballsaal.« Ich trinke meinen letzten Schluck Kaffee und stelle ebenfalls meine

Tasse weg. »Zusätzlich gibt es einen Extraraum, in den du dich mit einer Frau zurückziehen kannst, falls du ein privateres Gespräch führen willst.«

Eine seiner Brauen hebt sich. Inzwischen habe ich mich an diese Geste gewöhnt, doch sie sorgt weiterhin dafür, dass kleine Schauer durch meine Adern jagen. Je mehr ich darüber nachdenke, umso charmanter finde ich diese Geste. Überhaupt muss ich mir eingestehen, dass Kayden es geschafft hat, mich in der letzten Woche für sich einzunehmen.

Sein Blick ruht auf mir und ich sehe schnell weg, bevor er merkt, was er in mir auslöst. »Probleme mit privaten Gesprächen?« Ich nehme mir einen Minimuffin, drehe ihn zwischen meinen Fingern und betrachte ihn interessiert. So muss ich zumindest Kayden nicht ansehen.

»Keineswegs. Es ist nur so: Nach allem, was ich bisher über die Damen weiß, wird keine es zu schätzen wissen, wenn ich mich mit einer anderen zurückziehe. Ehrlich gesagt, will ich die Rivalität unter den Damen nicht noch befeuern.«

»Das nennt man *One-by-one-time* und du verteilst sie natürlich im Lauf der Woche auf alle Frauen.«

»Okay. Bringt nichts, sich darüber aufzuregen. Liegt sowieso außerhalb meines Einflussbereiches.« Auch er greift nach einem kleinen Muffin. »Meine Mum hat die früher immer gebacken.« Mit einem Lächeln steckt er sich die Leckerei in den Mund. »Ihre waren bedeutend besser.«

»Deine Mom hat gebacken?« Diese Vorstellung kollidiert mit dem Bild, das er bisher von seinen Eltern gezeichnet hat.

»Sie war eine Mum. Selbstverständlich hat sie gebacken.«

»Eine Duchess backt selbst? Das passt irgendwie nicht mit meiner Vorstellung vom britischen Adel zusammen. Ihr hattet keine Köchin?«

Er nimmt sich einen weiteren Muffin und lächelt melancholisch. »Keine Köchin, nein. Meine Mutter hat selbst gebacken und gekocht. Das vermisse ich.« Seine Augen verdunkeln sich und ich kann den Schmerz darin sehen. Einen Schmerz, den ich zu gut kenne. Er kriecht immer an die Oberfläche, wenn man feststellt, dass gewisse Dinge nie wieder geschehen werden.

»Es ist merkwürdig, wie uns solche Erinnerungen manchmal überfallen, oder?« Unbewusst greife ich nach seiner Hand und drücke sie. Das warme Prickeln, das dabei meinen Arm hinaufschießt, ist mir dafür umso bewusster.

»Das ist das Schlimmste. Wie unvorbereitet man auch nach all der Zeit noch ist und nie weiß, was den Schmerz auslöst.« Er drückt ebenfalls meine Finger leicht. Das Prickeln vergeht und macht etwas Platz, das ich nicht einordnen kann. Oder will. Zum ersten Mal in seiner Gegenwart genieße ich einfach den Augenblick. Wir müssen nichts sagen, um zu wissen, dass der andere es versteht. Es ist nicht das erste Mal, dass so etwas zwischen uns passiert. Schon komisch, dass ich in seiner Gegenwart so fühle. Solche Momente habe ich selten erlebt. Schon gar nicht, wenn es um Kirstens Verlust geht.

Seufzend löst er sich von mir und erhebt sich. Ein Hauch seines Rasierwassers weht zu mir herüber. Noch etwas, was mich völlig verwirrt und meinen Herzschlag beschleunigt. Ich sollte schnellstmöglich von hier verschwinden. Also springe ich auf. »Du wirst in der Maske erwartet, bevor es ins Einkaufszentrum geht.«

Geschäftig stelle ich das Geschirr zusammen und lade es auf ein Tablett. Alles nur, um zu vermeiden, ihn noch einmal ansehen zu müssen. Denn sicherlich steht mir mein Gefühlschaos ins Gesicht geschrieben. Was macht der Mann nur mit mir? Einerseits kann ich das Verhalten seinem Kind gegenüber unmöglich tolerieren. Andererseits spricht er so liebevoll über seine Eltern, und ihr Verlust geht ihm sichtlich nahe. Familie bedeutet ihm offensichtlich etwas. Wie passt das zusammen? Egal, es spielt sowieso keine Rolle. Er ist nur ein Job, und am Ende dieser Show wird er sich mit einer anderen verloben.

»Dann beginnen wir die zweite Woche.« Er wendet sich ab und verschwindet ins Bad. Genug Zeit für mich, um nach unten zu fliehen.

Die Show läuft seit zwei Wochen und mein erster freier Tag neigt sich dem Ende zu. Ich war mit Emily im Zoo und wir kommen gerade bei Lindsay an.

»Du rufst mich, bevor du fährst?« Emilys Blick huscht zu Billy, der an der Treppe auf sie wartet.

»Natürlich«, antworte ich. »Ich würde nie gehen, ohne Auf Wiedersehen zu sagen.«

Meine Nichte quittiert diesen Satz mit einem Nicken und rennt zu ihrem Freund. Die beiden fallen sich in die Arme, als hätten sie sich seit Tagen nicht gesehen, und verschwinden nach oben.

Sie hat die ersten zwei Wochen ohne mich weit besser weggesteckt, als ich gedacht hatte.

»Siehst du, es geht ihr gut und sie verkraftet das locker.« Lindsay zieht mich in eine Umarmung.

»Ja, scheint so.« Ein Lächeln schleicht sich auf meine Lippen. »Meine Befürchtung, sie könnte ihre Verlustängste nach Kirstens Tod noch nicht überwunden haben, waren wohl unbegründet.«

»Du hast ihr in den letzten zwei Jahren deutlich gezeigt, dass du immer für sie da bist. Außerdem ist sie tougher, als du denkst.«

»Ja, wahrscheinlich.« Mit einem Seufzer stelle ich die Reisetasche ab, die von meiner Schulter hängt. »Hast du mit meiner Mutter telefoniert? Klappt das mit dem Flug?«

»Ich bin dran. Ich habe bereits eine Idee, wie wir das hinbekommen.«

Aus einem Impuls heraus nehme ich Lindsay erneut in den Arm. »Danke. Ich wüsste echt nicht, was ich ohne dich machen sollte.«

»Das ist doch selbstverständlich. Und jetzt erzähl mir jedes schmutzige Detail!«

»Eine Stunde habe ich noch, bevor ich an den Set muss.« Ich deute in Richtung Wohnzimmer.

»Ich hab hundert Fragen, nachdem ich die ersten Folgen gesehen habe.«

Das glaube ich ihr gern. »Die Show scheint selbst die Erwartungen der Dyers zu übertreffen.« Wir gehen an der großen Küche vorbei, in der Roy an seinem Tablet sitzt. »Hey, Roy«, begrüße ich ihn.

»Hey, April.« Er sieht auf und streckt den Daumen der rechten Hand nach oben. »Nette Show. Nicht ganz mein Ding, aber meine Kolleginnen sind hingerissen von eurem Duke.«

»Danke, er ist auch ein ganz anständiger Kerl.« Roy ist schon wieder mit seinem Tablet beschäftigt, Lindsay bekommt jedoch große Augen.

»Du musst mir alles erzählen!« Wir setzen uns auf das grüne Familiensofa, das schon bessere Zeiten gesehen hat, aber mit seinen vielen Kissen und Decken zu meinen liebsten Plätzen in diesem Haus gehört.

»Klar, willst du etwas Bestimmtes wissen? Du weißt ja, dass jedes Wort …«

»Geheim ist. Meine Lippen sind versiegelt.« Grinsend tut sie so, als würde sie ihren Mund abschließen und den Schlüssel wegwerfen. Nur um dann zu fragen: »Der Duke, wie ist er? Ist er in Wirklichkeit auch so wahnsinnig attraktiv und so britisch?«

»Ja und ja. Und ich arbeite inzwischen exklusiv für ihn.« Zu meinem Leidwesen schießt mir die Hitze ins Gesicht.

Lindsay bemerkt es entweder nicht oder ist so nett, es zu ignorieren. Sie stößt lediglich einen kleinen Schrei des Entzückens aus. »Waaas? Heißt das, du bist die ganze Zeit in seiner Nähe?«

»Genau das heißt es. Ich bin vierundzwanzig Stunden am Tag, sieben Tage die Woche für ihn zuständig.« Und ich genieße es viel zu sehr.

»Dann kannst du mir zuerst die wichtigsten Fragen beantworten: Sind die Bauchmuskeln echt? Und warum sitzt er ohne Hemd am See und trinkt Tee?« Sie hebt die Hand, bevor ich antworten kann, und spricht weiter. »Die Szene war heiß, ich habe mich allerdings gefragt, warum er das macht.«

»Kann ich dir verraten. Das hängt irgendwie auch damit zusammen, warum ich für ihn arbeite.« In wenigen Worten erzähle ich, was am Set vorgefallen ist und worauf Kayden und ich uns geeinigt haben. »Die Zusammenarbeit läuft gut, Stella gibt mir hin und wieder Anweisungen, die ich an Kayden weitergebe. Viele der zufälligen Treffen mit den Frauen sind gar nicht so zufällig. Und die schwelende Rivalität wird hauptsächlich von außen befeuert.«

»Den Teil verabscheust du immer noch?«

»Es ist nicht so schlimm, wie ich befürchtet hatte, und die meisten Frauen sind nett. Aber die Dyers haben deutlich gemacht, dass sich das in den nächsten Wochen ändern muss. Die Damen müssen anfangen, um ihn zu kämpfen. Und sowohl John als auch Stella werden alle Register ziehen – hoffentlich kann ich mich da raushalten.« Ich schnappe mir eines der Kissen auf dem Sofa, drücke es zwischen meinen Fingern zusammen und lasse es wieder aufspringen. »Ich habe Angst, zwischen die Fronten zu geraten.«

»Wenn du für den Duke arbeitest, stehst du doch auf keiner Seite.«

»So einfach ist es nicht.« Vorsichtig streiche ich das Kissen glatt. »In erster Linie arbeite ich für den Sender, und damit für die Dyers. Wenn ihnen nicht passt, was ich tue, sieht es schlecht für mich aus. Ich hätte gern nach der Sendung auch noch einen Job.« Seufzend schüttele ich den Kopf. »Bisher ist nichts Schlimmes vorgefallen, doch es wird sicher bald Situationen geben, in denen ich mich entscheiden muss, wem gegenüber ich loyal bin.«

»Wenn du an deine Zukunft denkst, kann es da nur eine Antwort geben.«

»Ich weiß! Aber Kayden ist …« Ich stocke, denn ich hatte *ein anständiger Kerl* sagen wollen. Im Prinzip stimmt das auch. Wenn ich außer Acht lasse, was ich über ihn im Internet gelesen habe. »Kayden ist in Ordnung und weit weniger arrogant, als ich zunächst angenommen habe.«

»Das sind ja ganz neue Töne.« Ein schmales Lächeln zeichnet sich auf Lindsays Gesicht ab. »Kein Problem mehr mit seinem unehelichen Kind? Oder damit, dass er überhaupt bei dieser Show mitmacht? Haben seine Bauchmuskeln etwa Eindruck auf dich gemacht?«

Lindsay muss immer gleich übertreiben. Sie dichtet mir gern mal Empfindungen an, wo keine sind. »Daran hat sich nichts geändert. Nur weil er nett ist, heißt das nicht, dass ich ihn auf einmal supertoll finde.«

»Ja, klar.« Jedes ihrer Worte trieft vor Ironie.

»Ob du es glaubst oder nicht: Ich kann da unterscheiden. Emilys Vater ist – wenn man es oberflächlich betrachtet – auch ein netter Kerl. Außer wenn er Verantwortung übernehmen soll. Und mein Dad ist … okay, der ist immer ein Arsch. Kirstens Dad ist in Ordnung – solange er nicht für irgendetwas bezahlen soll oder Verantwortung übernehmen muss.« Ich merke, wie ich mich in Rage rede. Das passiert jedes Mal, wenn das Thema auf Väter zu sprechen kommt, die ihre Kinder im Stich lassen. Wütend drücke ich das Kissen fest zusammen.

Lindsay schürzt die Lippen und nickt nachdenklich. »Du hast also das Gefühl, dass Kaydens Worte über Loyalität nur Geschwätz sind?«

»Nicht, wenn es um Loyalität ihm gegenüber geht.« Das ist unfair und zynisch, ändert aber nichts an meinen Gefühlen. »Es geht hier in erster Linie darum, dass ich gut mit ihm auskomme. Er ist freundlich, zuvorkommend und die Arbeit mit ihm macht Spaß. Und das ist es, was zählt. Sein Privatleben außerhalb dieser Show ist mir egal. Wir müssen nicht die gleichen Werte teilen, um für diese Show gut miteinander auszukommen.«

»Die Einstellung gefällt mir. Und wer weiß, vielleicht überrascht er uns ja. Gib es zu, du magst ihn.«

»Vielleicht. Einigen wir uns darauf, dass ich dabei bin, das herauszufinden. Während ich versuche, es allen anderen recht zu machen.« Die Anziehung, die Kayden auf mich ausübt, verschweige ich. Wie soll ich etwas erklären, was ich selbst kaum verstehe? Zumal es keine Rolle spielt, denn es ändert nichts daran, wie ich über Kayden denke.

Mitfühlend legt Lindsay eine Hand auf mein Knie. »Schaffst du den Drahtseilakt?«

»Ja, geht schon. Auch wenn ich nach wie vor angefressen bin, dass Kayden mich meine Boni gekostet hat. Allein dafür sollte ich mit Stella zusammenarbeiten.« Frustriert verstecke ich mein Gesicht hinter den Fingern. »Was mich zu einer fiesen, missgünstigen, geldgeilen *Bitch* macht. So bin ich doch gar nicht. Aber diese Schulden machen mich fertig.«

»Sei nicht so streng mit dir, April. Gib dein Bestes und mach, was dir richtig erscheint. Am Ende des Tages geht es darum, dass du mit deinen Entscheidungen leben kannst.«

Mir fällt wieder ein, was Kayden bei unserer ersten Begegnung über Atlas und die richtige Seite gesagt hat: »Wenn man nur vorher wüsste, welche Seite die richtige ist.« Denn genau darin liegt mein Dilemma: Kämpfe ich an der Seite von Zeus oder Kronos? Und wer ist in meinem Fall wer?

»Du triffst schon die richtige Entscheidung, April. Da bin ich sicher.« Ihre Hand liegt nach wie vor auf meinem Knie und sie drückt es leicht.

»Danke für dein Vertrauen. Es hilft tatsächlich.«

»Vielleicht ein kleiner Tipp, welche drei Frauen gleich die Show verlassen müssen? So unter Freundinnen?« Sie wirft mir einen Blick zu, der eines Welpen würdig wäre, und ich muss lachen.

»Ich kenne dich, das würde dir den ganzen Spaß verderben.«

»Du hast ja recht. Trotzdem platze ich vor Neugierde.«

Das Piepen meiner Armbanduhr erinnert mich daran, dass es Zeit zum Aufbruch ist. »Ich muss mich von Emily verabschieden.«

Lindsay steht auf und nimmt mich noch einmal in den Arm. »Du findest den richtigen Weg, davon bin ich fest überzeugt.«

Mein Lächeln fällt enthusiastischer aus, als ich mich fühle.

Um kurz nach zehn Uhr abends komme ich wieder am Set an. Da ich Kayden versprochen habe, mich bei ihm zu melden, sobald ich zurück bin, mache ich mich als Erstes auf den Weg zu seinem Zimmer. Doch noch bevor ich die Treppe erreicht habe, fängt Stella mich ab.

»Falls du den Duke suchst, der sitzt draußen in der Hollywoodschaukel – zusammen mit Belle.«

Sie war auch seine Wahl für das Date im Whirlpool. Ausgerechnet eine von denen, die Stella als *Füllmaterial* bezeichnet hat. »Ah, ja, Belle. Er versteht sich gut mit ihr?«

»Das versuche ich gerade herauszufinden.« Sie bedeutet mir, ihr zu folgen. Gemeinsam betreten wir den Ü-Raum, der bis auf Stellas neue Assistentin Kiara und den obligatorischen Assistenten im hinteren Teil leer ist. Ich grüße Kiara und sie winkt mir freundlich zu. Viel weiter ging unser Kontakt bisher nicht.

Stella deutet auf den großen Bildschirm. »Siehst du, da sind sie.« Tatsächlich, Kayden sitzt ungewohnt lässig neben Belle. Ein Bein liegt auf der Sitzfläche der Hollywoodschaukel, das andere baumelt locker herab.

Der Platz in der Mitte ist frei und am anderen Ende lehnt sich Belle gegen die Lehne. Sie hat die Beine nach oben gezogen und erklärt gerade irgendetwas mit ausladenden Gesten. Ein bisschen albern. Ich kann es nicht benennen, aber Belle hat etwas an sich, das mich nervt.

»Worüber unterhalten sie sich?«, frage ich, da der Ton abgestellt ist.

»Als wir das letzte Mal reingehört haben, ging es um Fische. Zierfische, um genau zu sein.« Stella schüttelt amüsiert den Kopf und sieht zu dem Kerl im hinteren Bereich. »Sie reden immer noch über

Fische?« Der Mann nickt und Stella wendet sich wieder mir zu. »Belles Eltern gehört eine große Zuchtanlage für die Viecher, irgendwo in – Alabama?« Die Frage ist an Kiara gerichtet.

»Arkansas«, antwortet Kiara.

»Richtig. Arkansas.« Stella lässt sich auf einen Stuhl fallen. »Und wie es aussieht, hat unser Duke in seinem Schloss ein Meerwasseraquarium. Die reden schon den ganzen Abend darüber.«

»Erstaunlich«, kommentiere ich nur. Ich kenne mich weder mit Aquarien noch mit Fischen aus und habe auch nicht geahnt, dass Kayden das tut.

»Hast du mich deshalb hergerufen?« Ich setze mich neben Stella.

»Nein, es kann jedoch nicht schaden, dass du die neue Favoritin im Spiel kennst.« Sie streckt ihre langen Beine aus und fährt sich über das hochgesteckte Haar. »Ich habe dich hergerufen, weil ich dich über die neuen Wochenaufgaben informieren will.«

»Plural? Es gibt mehrere?«

»Offiziell nicht.« Ein hinterhältiges Lächeln lässt sie aussehen wie ein Filmbösewicht. »Für Kayden gibt es nur eine Aufgabe: Er soll mit den zwölf verbliebenen Frauen Zeit verbringen und am Ende mit einer von ihnen eine romantische Ruderbootsfahrt bei Sonnenuntergang unternehmen. Idealerweise mit heißen Küssen.«

War klar, dass sie das irgendwann sehen wollen. Damit ist die Schonfrist offiziell beendet.

Stella setzt sich wieder auf. »Er muss liefern, April! Inzwischen haben ihn die Zuschauer kennengelernt und die Gentlemannummer kommt gut an. Doch wenn jetzt kein Sexappeal und Drama reinkommt, verlieren wir unser Publikum.« Sie schnippt mit den Fingern. »Kannst du ihm das klarmachen?«

»Ich werde es versuchen«, sage ich vorsichtig, da ich inzwischen überzeugt bin, dass der *Gentleman* keine Nummer ist. Kayden ist einfach so.

»Erklär ihm, wie wichtig die dritte und vierte Woche für die Quoten sind. Wenn die ausbleiben, kann es passieren, dass wir die landesweite Ausstrahlung verlieren, und das wäre eine Katastrophe. Im schlimmsten Fall wird die Show gecancelt, dann gucken wir in die Röhre.«

»Was schwebt dir vor?« Zumindest anhören kann ich mir Stellas Idee.

»Er könnte zwei Frauen favorisieren. Du sagst mir welche und ich sorge dafür, dass die Mädels das spitzkriegen. Dann ist der *Bitch War* garantiert.« Sie kaut auf ihrer Unterlippe. »Mach nicht so ein Gesicht. Wir brauchen eine gesunde Rivalität zwischen den Mädchen. Und das ist noch nicht alles. Es gibt nämlich eine zweite Wochenaufgabe. Eine nur für die Mädchen.« Sie macht eine dramatische Pause und lehnt sich zu mir. »Sie sollen das perfekte Date mit dem Duke vorbereiten. Da kommst du ins Spiel. Du bist sozusagen mein Joker.«

Ich? »Die Frauen können ihn doch fragen, was er mag.«

»Komm schon, April, so leicht ist das nie. Sie dürfen ihn natürlich nicht fragen, sonst werden sie disqualifiziert.«

»Er hat also keine Ahnung?«, rate ich mal ins Blaue.

»Genau.« Sie lehnt sich zurück und zeigt auf mich. »Die Mädchen dürfen ihn vielleicht nicht fragen, worauf er bei Dates steht, du schon. Warte auf einen günstigen Augenblick ohne Mikrofone und hol die Info aus ihm raus. Ich sorge dann dafür, dass meine Mädchen die perfekten Datevorschläge liefern.«

»Ich weiß nicht.« Irgendwie kommt es mir falsch vor, sein Vertrauen so missbrauchen. »Das wäre Betrug.«

»Du bist süß!« Stella lacht schallend und klatscht in die Hände. »Im Ernst, Kleine, sieh zu, was du aus ihm rauskriegst, und sag mir Bescheid.« Ihr Blick geht zum Bildschirm. »Ah, er bringt Belle zurück zur Villa. Das ist dein Einsatz. Ich will wissen, was ihm an diesem grauen Mäuschen gefällt.« Sie schüttelt den Kopf. »Mit diesem Messie Bun, dem weiten Pulli und den Leggins erinnert sie mich ein wenig an dich.« Ihr kritischer Blick wandert an mir herunter. »Du könntest echt was aus dir machen, wenn du dich um dein Aussehen bemühen würdest.«

Ich sehe ebenfalls an mir herunter, kann allerdings nichts Ungewöhnliches erkennen. Mit meiner Stretchjeans, deren Gummibund Stella durch das weite, lange Shirt nicht mal sehen kann, ist alles in Ordnung. »Jeder hat es beim Autofahren gern bequem. Das ist mein Freizeitlook.«

»*Star Wars*?« Sie zeigt auf den goldenen Aufdruck. »Wie alt bist du? Zwölf?«

»*Star Wars* ist nicht nur für Kinder«, empöre ich mich, auch wenn ich weiß, dass jedes Wort verschwendet ist.

»Wie du meinst, Liebes.« Sie wedelt ein weiteres Mal mit der Hand, diesmal zum Ausgang. »Krieg raus, was er an ihr findet, und erstatte mir Bericht. Wir sehen uns morgen in alter Frische.«

Ich nicke, stehe auf und gehe zur Tür. »Bis morgen.«

Nachdenklich verlasse ich den Ü-Raum. Eine merkwürdige Stimmung macht sich in mir breit. Hatte ich mich bei meiner Ankunft noch gefreut, Kayden zu treffen, wäre ich jetzt froh, es auf morgen verschieben zu können. Ich habe zwar keine Gefühle für ihn, wie Lindsay denkt, ihn manipulieren oder hintergehen will ich trotzdem nicht. Dafür bedeutet er mir inzwischen zu viel. Rein freundschaftlich natürlich.

Erst mal muss ich mir Gedanken darüber machen, was ich bereit bin für Stella zu tun. Gerade noch habe ich Lindsay mein Leid geklagt, dass dieses Arrangement mit Kayden mich an meine Grenzen bringen würde. Und schon ist es so weit.

Kann ich vielleicht allen gegenüber mit offenen Karten spielen? Stella wird jedes Mittel einsetzen, um ihre Favoritin zu pushen. Sie wird Zwietracht säen, so wie John es bei Lola und Dana getan hat, um eine von ihnen herauszufordern und sie zur Höchstleistung anzutreiben. In dem Fall ist Lola natürlich seine klare Favoritin. Ihm passt es nicht, dass sie sich mit einer aus Stellas Team angefreundet hat. Wie auch immer er es angestellt hat, die anfängliche Freundschaft der beiden Frauen ist zerbrochen. Sie ziehen übereinander her, wann immer sich eine Gelegenheit bietet.

Kayden und Belle sind nach wie vor im Garten und ich überlege, ob ich hier auf ihn warte oder nach draußen gehe. Wenn ich die beiden gemeinsam erwische, muss ich wenigstens nicht mit ihm allein reden und kann meine Entscheidung, wie ich weiter vorgehe, verschieben. Ich melde mich nur kurz bei ihm zurück, und dann nichts wie ab in mein Zimmer. Gute Idee.

Schnell mache ich mich auf den Weg und finde die beiden fast am Tor zur Villa. Schon bei den Aufnahmen eben habe ich bemerkt, dass Kayden sich in Belles Gegenwart wohlfühlt. Deswegen zögere ich, mich bemerkbar zu machen, denn wie soll er eine Verbindung zu den Frauen aufbauen, wenn irgendjemand vom Set ständig dazwischenfunkt?

Andererseits, muss es unbedingt Belle sein? Und mehr als kurz Hallo sagen will ich sowieso nicht. Belle lacht laut über etwas, was Kayden gesagt hat, und streift mit der Hand seinen Unterarm. Vielleicht hat mich mein Eindruck vorhin getäuscht, denn ich könnte schwören, dass er zusammengezuckt ist.

»Hey, ihr zwei.« Ich komme neben Kayden zum Stehen. Sofort erscheint ein Lächeln auf seinem Gesicht, das mein Innerstes in Aufruhr versetzt. *Du magst ihn, gib es zu*, höre ich Lindsay sagen. Nun, zumindest mag ich es, wenn er mich so anlächelt.

»Willkommen zurück, April.« Er macht einen Schritt auf mich zu. »Darf ich dir das Gepäck abnehmen?«

»Nein danke.« Seine zuvorkommende Art ist mir zu viel. Hier sind überall Kameras, die uns ständig filmen. Außerdem steht Belle direkt neben ihm, was soll sie von uns denken? »Ich will gar nicht stören, nur Bescheid geben, dass ich zurück bin, und fragen, wann wir morgen anfangen.«

»Acht Uhr reicht vollkommen«, antwortet er und fügt mit einem kurzen Seitenblick auf Belle hinzu: »Wir reden morgen beim Frühstück? Ich habe vor, danach mit Rosalie einen Spaziergang um den See zu machen.«

»Gern.« Ich schaue zu Belle und sehe, wie ihr Gesichtsausdruck von grimmig zu übertrieben freundlich wechselt. Was hat die denn für ein Problem? »Ich wünsche einen schönen Abend und eine ruhige Nacht.« Noch ein kurzes Lächeln und ich mache mich auf den Weg in mein Zimmer.

Dort angekommen, setze ich meine Kopfhörer auf, schnappe mir Block und Stift und versuche, meine Gedanken zu ordnen. Eine Liste, wer was von mir erwartet, hilft mir sicher, eine Lösung zu finden, mit der alle Beteiligten zufrieden sind.

Leider ist das nicht so leicht, da meine Gedanken immer wieder zu Kayden wandern. Er hat sich darüber gefreut, mich zu sehen. Das habe ich mir sicher nicht eingebildet. Und wenn ich ehrlich bin, habe ich mich auch gefreut. Ich sollte keinen Adrenalinschub bekommen, nur weil er mich anlächelt und mein Gepäck tragen will. Das führt zu nichts. Kayden ist tabu. Er ist ein Mann, der freundlich zu allen ist, gut aussieht, Manieren besitzt, nur leider nicht bereit ist, Verantwortung zu übernehmen. Letzteres ist allerdings genau das, was ich will. Einen Mann wie Lindsays Roy. Einen, der bei seiner Familie bleibt, mit den Kindern spielt und bereit ist, ein weiteres Kind aufzunehmen, falls es nötig ist. Mein eigener kleiner Traum einer Familie. Und dafür ist Kayden in vielerlei Hinsicht der falsche Mann.

Kayden

Wenn Küssen keine Option ist

Heute ist ein wundervoller Tag. Ich kann nicht ausmachen, woher meine gute Laune kommt, bin allerdings fest entschlossen, jede Sekunde davon zu genießen. Denn zu meinem Leidwesen muss ich mir eingestehen, dass mich die ständige Präsenz vor der Kamera mehr fordert, als ich vermutet hätte. Die letzten beiden Tage war meine Laune auf einem absoluten Tiefpunkt. Zum einen lag es sicher daran, dass bei der großen Show am Freitag Tränen geflossen sind. Ich musste drei Damen nach Hause schicken und eine weinte bitterlich. Ihr Name war Cosima und ich konnte keine Verbindung zu ihr aufbauen. Eigentlich dachte ich, das hätte auf Gegenseitigkeit beruht, da habe ich mich wohl getäuscht.

Es ist schwer zu ertragen, dass eine Frau meinetwegen weint. Deswegen hätte ich gern noch einmal mir ihr geredet, doch Dwayne hat mir versichert, dass das keine gute Idee sei. Die Frauen wussten, worauf sie sich einlassen. Nur eine kann am Ende gewinnen, und im Vertrag ist genau geregelt, wie die Abreise vonstattengeht. Das bedeutet: Kein Kontakt mehr zu mir, ist man erst einmal ausgeschieden.

Nach diesem Desaster bin ich frustriert auf mein Zimmer gegangen, um mit April zu reden, nur um festzustellen, dass sie bereits abgereist war. Sie hatte ihren freien Tag.

Stirnrunzelnd betrachte ich mein Spiegelbild. Könnte meine gute Laune damit zusammenhängen, dass sie zurück ist? Nein, das wäre lächerlich.

Durch die geschlossene Badtür höre ich ein leises Poltern, das nur Aprils Ankunft bedeuten kann. Entweder ist sie physisch nicht in der Lage, eine Tür leise zu schließen – oder sie will, dass ich sie höre, und weiß, dass ich nicht mehr allein bin. Dann wäre es allerdings effektiver, meinen Namen zu rufen. Wie dem auch sei, sie wird mir gleich meinen Tee reichen und den Tag mit mir durchgehen.

Schwungvoll öffne ich die Tür und das *Wunderschönen guten Morgen* verliert sich auf dem Weg zu meinen Stimmbändern. Sie steht mitten im Raum, Stöpsel im Ohr, singt aus vollem Herzen *S.O.S.* von Abba und tanzt dazu.

Das goldene Licht der Morgensonne fällt durch die Balkontür und lässt sie strahlen wie einen Engel. Ihr Haar ist offen und fließt in leichten Wellen ihren Rücken hinab. Ich bleibe stehen und nehme jede Bewegung in mich auf. Sie hält den Wasserkocher in der Hand und tut so, als sei er ihr Mikrofon. Dabei wiegt sie sich sanft hin und her, dreht sich schließlich mit erhobenen Armen in meine Richtung und erstarrt mitten in der Bewegung.

Langsam senkt sie die Arme, errötet, sieht zu Boden und schließlich zu mir.

»Uh, Kayden, ich … Ich dachte … Also, ich dachte, du wärst beim Training.« Damit wäre dann die Sache mit der knallenden Tür geklärt.

»Bin bereits fertig.« Nicht nur ihre, auch meine Stimme klingt atemlos. April steht nach wie vor in den Sonnenstrahlen, die ihrem Haar einen Goldton verleihen, wie ich ihn noch nie gesehen habe. Ich kann nicht aufhören, sie anzustarren, und als schließlich ein zartes Lächeln auf ihrem Gesicht erscheint, spüre ich es auch auf meinem. Unsere Blicke treffen sich, sie öffnet leicht die Lippen und fährt sich mit der Zungenspitze darüber. *Bloody hell!* Sie ist so wunderschön. Mein Herz hämmert in wildem Takt gegen meine Brust, und es kostet mich größte Mühe, einfach stehen zu bleiben. Ich möchte sie in die Arme ziehen, ihren Körper spüren und sie küssen. Keine Ahnung, wann mich eine Frau zum letzten Mal so angezogen hat.

Dieser Gedanke führt dazu, dass ich den Kopf schüttle und den Blick abwende. *Damn!* Es ist wohl doch sie, die für meine Laune verantwortlich ist. Das ist nicht gut. Ich muss das schnellstmöglich unterbinden.

Ein erster Schritt wäre es, nicht herumzustehen und sie anzugaffen. Ich schüttle mich erneut, wende mich dem Bett zu und sage: »Du kannst Wasser holen.«

Ihre Reaktion sehe ich nicht, allerdings höre ich sie ins Bad gehen. Weil ich eine peinliche Stille vermeiden will, frage ich: »Geht es Emily gut?«

Es dauert einen kleinen Moment, bis sie antwortet. »Ja, alles bestens. Sie vermisst mich, aber die Zeit mit ihrem besten Freund gleicht das aus, denke ich.«

Ich stehe inzwischen vor dem Bett und bin unsicher, was ich hier überhaupt will. Eigentlich nichts. Doch die Pause hat mir geholfen, mich zu fangen. Ich sollte mich umdrehen und ganz normal mit ihr reden. Das war bisher kein Problem und wird es auch in Zukunft nicht sein! Mich hat lediglich der Moment überrascht. Genau! Der ist jetzt vorbei und alles ist wieder beim Alten. Im anderen Zimmer nimmt der Wasserkocher hörbar seine Arbeit auf.

»Das freut mich.« Langsam schlendere ich wieder zurück zu ihr. »Ich erinnere mich noch gut daran, wie es war, wenn meine Eltern uns für längere Zeit allein gelassen haben.«

»Du hast deine Schwester schon einmal erwähnt. Bis dahin wusste ich nicht, dass du Geschwister hast.«

»Das wissen die wenigsten. Meine Schwester scheut die Presse und ist in vielerlei Hinsicht anders als ich.«

Der Kocher springt aus und sie gießt das Wasser in die Kanne. »Älter oder jünger?«

»Vier Jahre jünger. Sie wird bald zweiundzwanzig.« Weil ich genauso wenig über meine Familie reden will wie sie, wechsle ich das Thema. »Du kennst meine *Aufgabe* für diese Woche?« Ich kann einen leicht ironischen Unterton nicht verhindern.

»Dich mit den Frauen anfreunden, mit einer Auserwählten eine Bootstour unternehmen und sie idealerweise küssen«, betet sie herunter, während sie den Tee in die Kanne gibt. »Küssen solltest du übrigens gern, oft und ausgiebig. Auch mehr als eine.«

Unweigerlich bleibt mein Blick an ihren Lippen hängen. Die Worte *Küssen* und *ausgiebig* aus ihrem Mund wecken den dringenden Wunsch in mir, genau das zu tun. Jetzt und hier mit ihr.

»Hast du schon eine Favoritin?«

Dich! Doch das verschweige ich natürlich. »Im Prinzip könnte ich jede von ihnen küssen. Sie sind alle hübsch und willig.« Das klang irgendwie abfällig. Ich hebe den Kopf, um zu sehen, was sie denkt.

»Aber?« Ihr offener Blick trifft mich mitten ins Herz und ich wende mich ab. Täte ich es nicht, könnte ich für nichts garantieren.

»Aber ich habe schon vor Jahren festgestellt, dass flüchtige Küsse ohne Gefühle genau das sind: flüchtig. Ich suche etwas anderes.«

»Dir ist klar, dass es bei *Noble Match* nicht darum geht, was *du* suchst, sondern darum, was das amerikanische Publikum sehen will?«

Sie hat recht. Im Prinzip weiß ich das. »Du meinst also, es würde gut ankommen, wenn ich meine Dates küsse? Zumindest zur Begrüßung oder zum Abschied?«

»Mindestens, ja.« Der Kurzzeitwecker klingelt und sie nimmt das Teesieb aus der Kanne. Dann schenkt sie Milch und Tee ein und ich strecke die Hand aus.

Unsere Fingerspitzen berühren sich, als ich nach der Untertasse greife. Wir sehen uns kurz an und dieses Gefühl, sie unbedingt in meine Arme schließen zu wollen, ist wieder da.

Damn! Was soll das? Weil ich keine Antwort darauf weiß und sie auf keinen Fall merken soll, was ich denke, sage ich: »Gibt es eine Frau, die der Sender bevorzugt? Oder eine, von der ich die Finger lassen sollte?« *Außer dir.*

»Wen triffst du heute? Rosalie am Vormittag, das weiß ich. Sie wäre schon einmal eine Kandidatin, gegen die niemand etwas einzuwenden hat.«

»Die anderen beiden sind Katrina und Summer.«

»Dann küss Rosalie. Katrina und Summer sind Johns Mädchen, und du würdest mir das Leben einfacher machen, wenn du deine Aufmerksamkeit einer aus Stellas Team zeigst.«

»Gut, dann soll es Rosalie sein.« Ich stelle meinen Tee ab. Damit habe ich einen Plan. Der hilft mir sicher, diese irritierenden Gedanken an April loszuwerden. Wahrscheinlich ist es sogar eine gute Idee, Rosalie zu küssen und so ein wenig Druck abzubauen. Und April gegenüber sollte ich angemessene Distanz wahren. »Wärst du so nett und holst mir Frühstück? Nur Toast und Ei bitte. Und für den Dreh wie üblich Wasser. Zum Mittagessen kannst du mir dann sagen, wie ich mich geschlagen habe.«

Sie nickt und macht sich auf den Weg. Sobald die Tür ins Schloss gefallen ist, atme ich hörbar aus und schiebe jeglichen Gedanken an April und ihren zauberhaften Mund zur Seite. Es ist Zeit, mit der Arbeit zu beginnen.

Eine Stunde später treffe ich Rosalie in der Eingangshalle. Zu meiner Überraschung trägt sie offene Sandalen mit hohem Absatz und einen Bleistiftrock. Nicht unbedingt die passende Kleidung für einen Spaziergang um den See.

»Ich habe eine Überraschung für dich, Kayden«, begrüßt sie mich und zieht mich in eine kurze Umarmung, gibt mir Küsschen auf die Wangen.

»Jetzt bin ich gespannt.«

Sie strahlt übers ganze Gesicht und fährt sich durch das kurze Haar. »Du weißt, dass das Herstellen von nachhaltiger Naturkosmetik meine Berufung ist. Also dachte ich mir: Ich zeige dir, wie ich angefangen habe, und wir stellen eine Rasiercreme für dich und eine Körpercreme für mich her. Hier in der Küche.«

Ich suche Aprils Blick und sehe ihre Verwirrung. Sie schüttelt leicht den Kopf und hebt die Schultern. Nun gut, nicht zu ändern. Da es äußerst unhöflich wäre abzulehnen, deute ich eine leichte Verbeugung in Rosalies Richtung an. »Ich bin sehr gespannt, wie das funktioniert. Du hast deine Firma tatsächlich in deiner Küche gegründet?«

»Oh ja! Um genau zu sein, an der Kochzeile in meiner WG.« Wir setzen uns in Bewegung und das Kamerateam folgt uns.

»Beeindruckend.« Ich halte ihr die Tür in den großen Ballsaal auf. Nur ist es kein Ballsaal mehr, sondern ein Kochstudio. Diese Aktion war offensichtlich geplant. Wieder huscht mein Blick zu April. Sie schüttelt ungläubig den Kopf und geht zu Stella.

»Wir haben ein bisschen was vorbereitet.« Ein breites Lächeln überzieht Rosalies Gesicht. »Die Zuschauer wollen sicher auch wissen, wie sie ihr Leben nachhaltiger gestalten können.«

Ihre Worte irritieren mich. Ich dachte, es ging darum, *sie* näher kennenzulernen und nicht ihre Produkte. Oder ist das in ihrem Fall dasselbe? Ist sie so sehr Geschäftsfrau, dass sie diese Dinge verbindet? Wenn ja, ist das ein Punkt, der sich als nützlich erweisen könnte. Eine Frau mit Geschäftssinn wäre in meiner Situation genau das, was ich brauche.

»Dann zeig mal, wie man Naturkosmetik herstellt.«

»Sehr gern.« Rosalie tritt hinter die Küchenzeile und deutet auf die Zutaten. »Wir machen eine Bodycreme in zwei Varianten: einmal für Herren mit Bergamotte, Zitrone und Zeder und einmal für Damen mit Rosenduft.«

Meine Vorliebe für Bergamotte ist ihr also aufgefallen. »Wegen des Tees?«

»Der Duft ist doch sehr typisch und du trinkst gern Earl Grey«, antwortet sie mit einem Zwinkern. »Was wäre also passender?«

Da ich keine Ahnung habe, wie Bergamotte in einer Creme riecht und ob mir der Duft gefallen wird, nicke ich. »Was sind die anderen Zutaten?«

»Die Hauptzutaten sind Sheabutter, Kokosöl und Mandelöl. Wichtig ist, unraffinierte Öle zu benutzen, weil sie am Ende besser einziehen und damit keinen unschönen Film auf der Haut hinterlassen.« Sie hält ein Schälchen mit einer gelblichen Masse in die Kamera. »Das ist die Sheabutter. Unraffiniert behält sie diesen beigen Farbton, raffiniert ist sie weiß. So erkennt man den Unterschied.«

»Interessant.« Als Nächstes bittet sie mich, zwei große Schüsseln mit heißem Wasser zu füllen.

»Darin schmelzen wir die Öle«, führt sie aus. »Du die für meine Creme, ich die für deine.«

Wir arbeiten Seite an Seite und sie erklärt jeden Schritt. Dabei bestätigt sich, was ich bereits über Rosalie wusste. Ich fühle mich wohl in ihrer Gesellschaft. Meine Skepsis für ihr Naturkosmetikprojekt schwindet mit jedem Handgriff. Es macht Spaß, und wenn das Produkt am Ende so gut wirkt, wie es riecht, werde ich in Erwägung ziehen, in Zukunft meine eigene Creme herzustellen.

»Jetzt muss das Ganze langsam abkühlen.« Sie nimmt ihre Schüssel und kippt das warme Wasser in den Ausguss. Ich folge ihrem Beispiel. »Damit es schneller geht, nehmen wir dafür Eiswasser. Und in der Zwischenzeit habe ich noch eine weitere Überraschung für dich.«

Meine Schüssel ist befüllt und ich folge Rosalie in die Eingangshalle. »Du machst es spannend.«

»Wir gehen dafür nach unten und du musst die Hüllen fallen lassen.« Bei diesen Worten lacht sie keck. »Keine Angst. Ich werde dich nur massieren. Bevor ich mit der Kosmetik durchgestartet bin, habe ich damit mein Geld verdient. Ich wage zu behaupten, dass ich ganz gut darin bin.« Wir erreichen die Treppe und dieser Moment könnte ziemlich intim sein, wenn nicht vor uns der Mann mit der Kamera laufen würde. Und hinter uns April.

Doch davon darf ich mich nicht irritieren lassen. Ich soll Rosalie küssen, und für diesen Plan spielt mir ihr Massagevorschlag in die Karten. Mir schwebt da auch schon etwas vor. »Du steckst voller Talente, und ich nehme das Angebot gern an.«

»Sehr gut. Im Ruheraum des Saunabereichs ist alles vorbereitet. Es reicht, wenn du das Hemd ausziehst. Wir wollen ja jugendfrei bleiben.« Ihr Blick sagt allerdings etwas anderes. Perfekt.

Die Dyers wollen mehr Sexappeal, das können sie haben. Noch im Gehen lockere ich die Krawatte und knöpfe das Hemd auf. Sobald wir im Ruheraum angekommen sind, ziehe ich beides aus und reiche es April. Dabei vermeide ich Blickkontakt. Das würde mich nur ablenken.

Die Atmosphäre in dieser kleinen Oase der Ruhe ist wie geschaffen für einen ersten Kuss. Der Boden mit seinen warmen Holzdielen und die rustikal verputzten Wände in hellen Farbtönen strahlen Ruhe aus. Große Palmen und das sanfte Plätschern eines Springbrunnens runden das Ambiente ab. Dort, wo normalerweise mehrere Liegen zum Verweilen einladen, steht jetzt eine Massagebank. Auf die lege ich mich und warte auf Rosalies Berührung.

Sie hat nicht zu viel versprochen und versteht ihr Handwerk. Sanft und doch beharrlich knetet sie meinen Rücken. Erst durch ihre Hände wird mir bewusst, wie verspannt ich bin.

Während sie mich bearbeitet, erzählt sie von ihrem Job. »Als ich angefangen habe, war ich für den ganzen Ablauf zuständig: Produktion, Abfüllen, Verpackung, Vertrieb, Marketing. Ich habe praktisch ein Jahr lang nicht geschlafen, bis ich meine erste Mitarbeiterin eingestellt habe.«

»Du hast ein Jahr alles von der WG-Küche aus gemacht? Beeindruckend.«

»Meine Mitbewohner fanden das weniger.« Ihr Lachen ist ansteckend. Es lässt nicht alles in mir vibrieren wie Aprils, aber es erzeugt ein winziges Echo, das sich vervielfacht und mich entspannen lässt.

»Hatten sie was gegen den Duft? Ich fand ihn sehr angenehm.«

»Den Duft fanden sie gut. Gestört hat sie die Tatsache, dass die ganze Wohnung mit Produkten und Zutaten vollgestellt war. Allein die Versandkartons haben ein Durchkommen im Flur beinahe unmöglich gemacht.«

Ich versuche mir die WG vorzustellen, in der sie ihr Vorzeigeunternehmen gestartet hat. »Du hast deine Mitbewohner sicher mit deinem Charme und Gratismassagen bei Laune gehalten.«

»Ich habe es zumindest versucht.« Ein letztes sanftes Streichen über meinen Rücken und sie beendet die Massage. »Das war's.«

Ich rolle versuchsweise mit den Schultern. Mein Nacken war schon lange nicht mehr so locker. Langsam richte ich mich auf und setze mich so, dass meine Füße den Boden berühren. Rosalie dreht sich im selben Moment und steht auf einmal zwischen meinen Beinen. Mit ihren Fingern streift sie meinen Oberschenkel und ich lege meinen rechten Arm um ihre Hüfte. Sie sieht mich an, lehnt sich nach vorn und lächelt einladend.

Das ist der perfekte Zeitpunkt für einen Kuss. Also ziehe ich sie näher zu mir, stelle die Füße auf den Boden und berühre sanft ihre Lippen. Sie öffnet sie sofort und ich komme nur schwer gegen den Drang an, sie wegzuschieben.

Du sollst sie nur küssen, Kayden, da ist nichts dabei. Entschlossen ziehe ich sie noch näher und lasse meine Zunge in ihrem Mund tanzen. Schließlich weiß ich, wie das geht. Man hat mir sogar gesagt, ich wäre ein formidabler Küsser.

Rosalie scheint zufrieden zu sein, denn sie schmiegt sich enger an mich. Im Stillen zähle ich bis sechzig und beende den Kuss. Das sollte für ein paar nette Aufnahmen reichen.

Rosalie fährt mir noch einmal mit der Hand über die Hüften. »Unsere Creme sollte abgekühlt sein.« Dann dreht sie sich weg, greift nach meinem Hemd und reicht es mir. »Ich gehe schon mal nach oben und bereite alles für die weitere Verarbeitung vor.«

Ich bedanke mich, ziehe das Hemd über und sehe den Kameramann mit Rosalie zusammen den Raum verlassen. Dabei gehen sie an April vorbei, die mit verschränkten Armen und leicht gekräuselter Nase an der Wand steht und mich beobachtet. Ihr Gesicht zeigt einen Ausdruck, den ich noch nie an ihr gesehen habe. Irgendwie sieht sie überhaupt nicht zufrieden aus. Was habe ich denn jetzt schon wieder falsch gemacht?

April

Wenn Küssen zur Option wird

Meine Güte, geht es noch klischeehafter? Erst macht er so einen Aufstand, dass er keine der Frauen küssen will, und dann reicht ein wenig Körperkontakt?

Andererseits ist es mit Sicherheit genau das, was die Dyers sehen wollen. Ein endlos langer Kuss nach einer semierotischen Massage. So leicht lässt sich Kayden also rumkriegen. Mir persönlich gibt so eine Massage ja nichts, aber wenn es ihm gefällt.

Rosalie strahlt auf ihrem Weg nach oben wie eine Katze, die den Sahnetopf leer lecken durfte. Was in gewisser Weise auch stimmt. Sie durfte als Erste von der Sahne kosten.

Wenn ich ehrlich bin, sieht Kayden zum Anbeten aus, wie er dasteht und gewissenhaft sein Hemd zuknöpft. Von daher ist Rosalies Zustand alles andere als verwunderlich. Von ihm hätte ich allerdings mehr erwartet. Hat er nicht die ganze Zeit betont, dass ihm ein schönes Gesicht nicht reicht, um Intimitäten zuzulassen? Andererseits habe ich ihn ziemlich bedrängt, was diesen Kuss angeht, also sollte ich lieber still sein.

Er schaut in meine Richtung und sieht verwirrt aus. »Stimmt was nicht?«

»Hat es dir wirklich *so* gut gefallen?« Ich stoße mich von der Wand ab.

»Falls du die Massage meinst: absolut.« Er ist fertig mit dem Hemd und steckt es sorgfältig zurück in die Hose. »Wenn du von dem Kuss sprichst …« Er macht eine abschätzende Handbewegung.

»Sah nicht nach«, ich kopiere seine Handbewegung, »aus.«

»Dann habe ich ja alles richtig gemacht.« Ein letzter Handgriff an seiner Krawatte. »Kannst du mir das Wasser geben?«

Ich gehe auf ihn zu und halte es ihm hin. »Küssen macht durstig?«

Er greift danach, und dabei berühren seine Fingerspitzen sanft meine. Das ist heute Morgen schon einmal passiert. Und genau wie zuvor bringt es meinen Herzschlag einen winzigen Moment aus dem Takt. Nur kann ich es diesmal nicht darauf schieben, dass ich mich vor ihm blamiert habe. Vielleicht sollte ich endlich akzeptieren, dass ich mich rein körperlich von ihm angezogen fühle. Trotzdem ziehe ich meine Hand zurück, als hätte ich mich verbrannt.

»Unter anderem.« Er schraubt die Flasche auf und ich drehe mich weg, um ihm nicht beim Trinken zuzusehen – und es sexy zu finden.

»Ich geh schon mal hoch«, sage ich, ohne dass ich oben irgendwas zu tun hätte. Hauptsache fort von ihm und dieser Situation.

»Ich komme mit.« Da ist er wieder neben mir. »War das gutes Material oder nicht? Ich will mich nicht selbst loben …«

»Für den Anfang ganz okay.« Er hat es provoziert. »Vielleicht das nächste Mal mit mehr Leidenschaft?« Das ist unfair von mir, ihn aufzuziehen ist allerdings die einzige Art, mit dem Chaos in meinem Inneren umzugehen.

»Mehr Leidenschaft?« Er hebt eine Braue und sieht dabei so britisch aus, dass ich mich einmal mehr frage, ob ich es zum Aus-der-Haut-Fahren oder anbetungswürdig finde. Ich sollte aufhören, ihn zu reizen, doch es macht Spaß und lenkt von dieser vermaledeiten Anziehung ab, die von ihm ausgeht.

»Ich hatte den Eindruck, als hättest du ein Programm abgespult.« Bevor er etwas erwidern kann, spreche ich weiter. »Versteh mich nicht falsch. Es war kein schlechtes Programm und Rosalie sah ziemlich zufrieden aus. Nur habe ich irgendwie das Gefühl, du kannst das besser.« Oh Gott, ich rede mich um Kopf und Kragen.

Inzwischen haben wir die Treppe hinter uns gebracht und um uns herum herrscht Trubel. Fast bin ich froh, dass John mich abfängt. Er lächelt Kayden an. »Darf ich mir April für einen Moment ausleihen?«

Das hält mich wenigstens davon ab, weiter Unsinn zu reden. Außerdem muss ich so nicht zurück in die Küche und dabei sein, wenn Kayden gleich Rosalie wieder trifft.

»Kein Problem. Wir sehen uns zum Mittagessen?«

Ich nicke und folge John. Er führt mich in den leeren Ü-Raum, schließt die Tür und stellt sich mit verschränkten Armen davor. Das verheißt nichts Gutes. Ich kann nur hoffen, dass der Kerl, der die Kameras überwacht, gleich wiederkommt. In der Hoffnung, so meine Nervosität zu verbergen, setze ich mich und verschränke die Arme.

»Wie arbeitet es sich so mit dem Duke?« Dank Johns falschem Lächeln fühle ich mich noch unwohler.

»Gut.«

Er nickt. »Ich könnte um den heißen Brei herumreden, aber dazu ist unsere Zeit zu kostbar. Also komme ich gleich zum Punkt: Du hast etwas, was ich will.«

»Integrität?«, rutscht es mir heraus, und im selben Moment könnte ich mir auf die Zunge beißen. Er ist mir ohnehin nicht wohlgesonnen. Da sollte ich ihn nicht auch noch provozieren.

»Sehr witzig.« Er öffnet die Arme. »Es hat damit zu tun.« Lauernd beugt er sich in meine Richtung. »Du gibst Informationen an Stella weiter und verschaffst ihr damit einen Vorteil.«

»Ich …«

»Leugnen ist zwecklos. In Zukunft wirst du diese Informationen auch mir zukommen lassen. Und wir fangen mit seinen Datingvorlieben an.«

Kämpferisch strecke ich das Kinn nach vorn. »Warum sollte ich das tun?«

»Das ist leicht. Kayden mag dich, das sieht jeder.«

»So ein Quatsch.«

John verzieht seine Lippen zu einem diabolischen Grinsen. »Mich kannst du nicht verarschen, Prinzessin. Außer den Chefs wissen alle, dass du ihn fickst.«

»WAS?« Wäre ich eine Comicfigur, wären mir in diesem Moment die Augen aus dem Kopf gesprungen – oder ich wäre geplatzt. Da ich leider ein Mensch bin, sitze ich weiter mit verschränkten Armen und Beinen auf diesem Stuhl und bin fassungslos ob dieser lächerlichen Anschuldigung.

»Du hast mich genau verstanden, Kleine.« Er stößt sich von der Tür ab und schlendert gelassen zu mir herüber. »Ich mache es dir gern noch mal deutlich: Wenn du mir nicht gibst, was ich will, stecke ich den Dyers, dass du den Duke vögelst. Und dann war's das mit deiner Karriere beim Fernsehen.«

»Deine Behauptung ist völlig haltlos.« Hoffentlich kommt der Satz so locker rüber, wie er klingen sollte. Ich fürchte allerdings, dass er sich eher so anhört, wie ich mich gerade fühle: hilflos und gedemütigt.

»Das interessiert doch keinen.« Er zuckt mit den Schultern. »Am Ende steht dein Wort gegen meins.«

»Und seins.« Diesen Einwurf quittiert er mit einem kalten Lachen.

»Sein Wort interessiert in diesem Fall auch niemanden, Schätzchen. Jeder weiß, dass der Gentleman genießt und schweigt. Er würde dich nie auf diese Art und Weise bloßstellen, völlig egal, ob ihr was miteinander habt oder nicht.« Fragend hebt er die Hände. »Was denkst du, wem sie glauben? Mir, dem alten Hasen, der seinen Wert für den Sender schon bewiesen hat? Oder dem Frischling? Die werden kein Risiko eingehen und dich sicherheitshalber feuern. Einfach so.« Er schnippt mit den Fingern.

Denk nach, April. Du darfst nicht zulassen, dass er dich unter Druck setzt. Seine Anschuldigungen sind lächerlich und halten keiner Prüfung stand. »Was hast du davon, wenn ich weg bin? Dann kann ich dir nicht mehr helfen.«

Sein Lachen ist gespielt. »April, April, was bist du naiv. Wenn du weg bist, hat Stella keinen Vorteil. Dann ist der Status quo wieder hergestellt. Du siehst also, egal wie du dich entscheidest, ich gewinne in jedem Fall.«

Verdammt. Mir schießen die Tränen in die Augen und ich stehe schnell auf. Denn ich möchte ihm nicht die Genugtuung geben, mich heulen zu sehen. Letztendlich ist es nämlich egal, ob er beweisen kann, was er behauptet, oder nicht. Mir würde es schaden, wenn er so etwas überall herumerzählt. Also atme ich tief durch und sage so ruhig wie möglich: »War es das? Kayden wartet auf mich.«

Ohne auf seine Antwort zu warten, stürme ich an ihm vorbei und höre ihn sagen: »Morgen früh habe ich die erste Info, oder die Dyers bekommen zum Frühstück eine kleine Überraschung.«

Darauf reagiere ich nicht und gehe auf direktem Weg in den Ballsaal. Dort angekommen, wird mir klar, dass ich die Tränen kaum noch zurückhalten kann. Also flüchte ich erneut. Diesmal in mein Zimmer. Einer der wenigen Orte in dieser Burg, an denen keine Kameras sind. Zumindest habe ich keine entdeckt. Das war das Erste, was ich gecheckt habe, nachdem ich von denen in Kaydens Zimmer erfahren habe.

Es gelingt mir, die Tränen zurückzuhalten, bis die Tür hinter mir ins Schloss fällt. Ich schaffe nicht mal die drei Schritte bis zum Bett. Eine Mischung aus Zorn, Scham und Selbstmitleid überkommt mich. Warum sind Menschen so?

Weil mir darauf keine Antwort einfällt, verwerfe ich die Frage und erlaube mir für einen Moment, einfach nur zu weinen. Wenn Kirstens Tod für irgendetwas gut war, dann dafür, dass ich gelernt habe, mit meinen Gefühlen umzugehen. Sie so bald wie möglich rauszulassen. Die Tränen fließen zu lassen, bis sie versiegen. Danach kann ich die Dinge rational angehen.

Ich habe keine Ahnung, wie lange ich weine, doch der Fluss ist fast versiegt, als es an meiner Tür klopft.

»April? Bist du da?«

Shit! Das ist Kayden. Ich werfe einen Blick auf die Uhr und stelle fest, dass wir vor einer halben Stunde zum Mittagessen verabredet waren. Ein Schluchzen kommt aus meiner Kehle, direkt gefolgt von Kaydens Stimme: »Alles in Ordnung?«

»Ja!«, rufe ich, würde mir das aber selbst nicht abnehmen.

»Lässt du mich rein? Ich habe Sandwiches und Cola.«

Er bringt *mir* Essen? Irgendwie süß – könnte nur leider falsch verstanden werden. *Shit!* Will ich ab jetzt wirklich bei jeder von Kaydens Handlungen abwägen, was John daraus machen könnte? Sicher nicht. Dann kann ich meinen Job gleich freiwillig an den Nagel hängen.

»Moment«, rufe ich und schniefe. »Ich muss nur …« Was eigentlich? Dafür sorgen, dass ich wie durch Magie plötzlich nicht mehr so aussehe, als hätte ich die letzten vierzig Minuten geheult? Hoffnungslos. Da kann ich ihn genauso gut gleich reinlassen. Also schlurfe ich zur Tür, öffne sie und versuche mich an einem Lächeln. Das fällt mir leichter als gedacht, denn Kayden steht mit betroffener Miene da, ein Tablett vom Büfett in der Hand. Darauf stapeln sich jede Menge Sandwiches und daneben stehen zwei Flaschen Cola. »Hast du vor, eine ganze Kompanie satt zu bekommen?« Ich ziehe geräuschvoll die Nase hoch.

Seine Mundwinkel heben sich leicht. »Ich wusste nicht, was du magst, und habe von allem etwas mitgebracht.« Er sieht auf das Essen hinab. »Unter den Broten sind auch noch Doughnuts. Die mit Zuckerguss. Die magst du doch?«

Keine Ahnung warum, aber diese Geste treibt mir erneut die Tränen in die Augen. In seinem Gesicht sehe ich einen Anflug von Panik. »Nicht weinen. Ich mache dir gar keine Vorwürfe, bitte …«

»Das ist das Netteste, was an diesem Set je irgendwer für mich getan hat. Vergiss die Tränen. Gerade fließen sie, weil ich mich freue.« Mit einer einladenden Handbewegung trete ich einen Schritt zurück und stoße dabei an mein Bett. »Ich hab nur wenig Platz.«

Kayden nickt und kommt rein. Mit dem Fuß tritt er die Tür zu und steht verloren vor mir. »Du hast keinen Tisch«, sagt er überflüssigerweise.

»Wenn man es genau nimmt, habe ich gar nichts, außer einem Bett und einem kleinen Fenster.« Ich deute auf das zwanzig mal zwanzig Zentimeter große Fenster in der Decke. »Unsere Zimmer sind im Grunde nur Verschläge, die gerade mal zu Schlafen reichen.«

»Du hast nicht mal ein eigenes Badezimmer?« Bei ihm klingt das, als sei es eine Menschenrechtsverletzung.

»Ich schlafe hier nur.«

Stirnrunzelnd stellt er das Tablett auf dem Boden ab und deutet aufs Bett. »Wollen wir uns setzen?«

»Wir können auch woanders hingehen. Es ist ziemlich eng.«

Langsam schüttelt er den Kopf. »Keine Kameras in den Zimmern der Crew, nicht wahr?«

»Ich denke nicht.«

»Dann bleiben wir.«

Ich setze mich im Schneidersitz ans Bettende mit dem durchgeweinten Kissen und er nimmt das Fußende.

Er räuspert sich kurz. »Darf ich dich was fragen?«

»Was denn?«

»Gibt es versteckte Kameras in meinem Zimmer?«

Schuldbewusst lasse ich den Kopf sinken. »Woher weißt du es?«

Er greift nach einem Sandwich. »Schinken und Käse. Magst du?«

Nickend nehme ich es entgegen und sehe ihn fragend an.

»Ich habe es geahnt.« Auch er nimmt eines der Brote und betrachtet es. »Du wusstest es von Anfang an, habe ich recht?«

Gegen meinen Willen werde ich rot und beiße in mein Sandwich. Das sollte Antwort genug sein.

»Habt ihr mich am ersten Tag beobachtet, als ich nach dem Duschen nackt durchs Zimmer gelaufen bin?« Er wird bei dieser Bemerkung nicht einmal rot.

»Hast du das absichtlich gemacht?«

»Ob ich ein heimlicher Exhibitionist bin? Nein.« Er greift nach einer Cola, nimmt einen Schluck und blickt dann zu mir. Ich kann sehen, dass er nachdenkt, und erkenne den Moment, in dem er zu einem Entschluss kommt. Nur welcher das ist, bleibt mir verborgen. »Ist es okay, wenn ich meine Füße auf dein Bett …?«

Was soll das denn jetzt? Sein Verhalten verwirrt mich. Er scheint seltsam sprunghaft und unkonzentriert. Also zucke ich mit den Schultern und deute mit einer Geste an, dass er machen soll, wozu er Lust hat.

Fasziniert beobachte ich, wie er die Schuhe abstreift und sich ebenfalls in den Schneidersitz setzt. »Besser«, murmelt er und sieht zu mir. »Um meine Antwort zu präzisieren: Ich habe mich nicht absichtlich vor den Kameras entblößt. Aber ich kann eins und eins zusammenzählen. Dein Blick, als du an dem Morgen reingekommen bist, die Tatsache, dass es am selben Tag eine Belohnung dafür gab, mich oben ohne vor die Kameras zu bekommen. Da lag es nah, dass man mich gesehen hat. Sicher war ich natürlich nicht.« Er beißt noch einmal von seinem Brot ab. »Sind da auch Mikrofone?«

»Soweit ich weiß, schon. Du wirkst recht entspannt. Stört dich das nicht?«

»Doch!« Er seufzt frustriert. »Ich habe mir nur meinen Vertrag noch einmal genau durchgelesen und leider kann ich nichts tun, solange die Bilder nicht gesendet werden. Der Teufel steckt im Detail. Wer achtet schon auf so was?« Ein kleines Lächeln erscheint auf seinem Gesicht. »Ich bin auch nicht sicher, ob ich mit dir tauschen wollte. Kameras oder kein eigenes Badezimmer. Schwere Entscheidung.«

»Wirklich? Da müsste ich nicht lange überlegen.« Ich nehme mir ein neues Sandwich. »Allein der Gedanke, dass mich jemand beobachtet, während ich meine Ruhe haben will …« Ein Schauer überläuft mich. »Da teile ich mir lieber mit zehn Leuten das Bad.«

»Ich kann ja zu dir kommen, wenn ich das Bedürfnis nach Privatsphäre verspüre.« Dieser Satz löst widersprüchliche Gefühle in mir aus. Zum einen freut es mich, zum anderen verstärkt es meine Sorgen. Schon die Tatsache, dass Kayden hier ist, würde Johns Anschuldigungen untermauern.

»Das ist keine gute Idee«, murmele ich und beiße in mein Sandwich.

»Beengt, doch für ein wenig Privatsphäre nimmt man einiges in Kauf.« Er streckt den Rücken durch und rollt mit den Schultern. »Weißt du, wie lange es her ist, dass ich im Schneidersitz auf einem Bett gesessen und mich unterhalten habe?«

»Gehört sich so etwas für einen Duke?«

»Vermutlich nicht. Ich kann mir beim besten Willen nicht vorstellen, dass meine Eltern so etwas je getan haben. Schon gar nicht mit Sandwiches und Cola.«

»Wie waren sie so? Deine Eltern, meine ich.«

»Mmm.« Er lässt die Hand mit dem Sandwich sinken, schüttelt den Kopf und zieht die Unterlippe zwischen die Zähne. »Meine Mutter war wie die Queen, würde ich sagen. Nicht was das Aussehen angeht, aber von der würdevollen Ausstrahlung her. Sie war groß, blond und ein herber, kühler Typ.« Sein Blick geht an mir vorbei. Da war sie wieder, diese Trauer. »Und ihre Art, Dinge zu regeln, war sehr royal: Sie sah ihren Titel als Verpflichtung gegenüber den Menschen, die für uns arbeiten. Sei es in der Brennerei, auf dem Gestüt, auf den Feldern oder im Haus.«

»Arbeiten viele Leute für euch?« Zu meiner Überraschung mag ich es, wenn er über seine Familie spricht.

Seufzend fährt er sich durchs Haar. »Für mich arbeiten im Moment sechshundertdreiundsiebzig Menschen.«

»Warum klingt das bei dir wie eine schwere Bürde?«

»Wahrscheinlich, weil ich in dieser Hinsicht meinen Eltern ähnlich bin und die Verantwortung ernst nehme.« Ein erneuter Seufzer.

»Lass uns über etwas anderes reden. Wie war dein freier Tag und wie geht es Emily?«

Hinter seinen Worten steckt mehr, das kann ich spüren. Doch er will nicht darüber reden, und das akzeptiere ich. »Wir hatten einen wundervollen Tag im *Woodland Park Zoo*. Emily liebt Tiere. Besonders die Wallabys.« Die Erinnerung, wie wir den kleinen Kängurus beim Spielen zugesehen haben, bringt das Lächeln auf mein Gesicht zurück.

»*Mission completed*«, sagt Kayden und ich sehe verwundert zu ihm.

»Was?«

»Du lächelst wieder.« Mit der Colaflasche zeigt er auf mich. »Was könnte es Wichtigeres geben?«

Bei seinen Worten wird mir warm ums Herz. »Danke.«

»Habe ich gern gemacht. Und ich habe es ernst gemeint: Wir essen jetzt immer bei dir. Zumindest, wenn wir für uns sein wollen.«

Diesmal schießt die Hitze wie ein Strahl durch meinen Körper und sammelt sich in meiner Mitte. *Wenn wir für uns sein wollen.* Doch schon wenige Sekunden später verschwindet mein Lächeln, genau wie die Wärme, und ein schwerer Klumpen droht sich in meinem Magen einzunisten. Denn wenn Kayden und ich eins nicht sein sollten, dann ein *wir*.

»Falls du über das reden willst, was dich aus der Bahn geworfen hat, stehe ich jederzeit zur Verfügung.« Warum muss er immer das Richtige sagen?

Das hilft mir im Moment überhaupt nicht. »Danke. Aber es ist nicht leicht.«

»Das ist es nie.« Seufzend steht er auf und schlüpft in seine Schuhe. »Wenn ich behilflich sein kann, hab keine Scheu zu fragen. Denn das ist es, was Vertrauen und Loyalität bedeuten.« Er lächelt mir noch einmal zu, geht zur Tür und lässt mich verwirrt zurück.

April

Erpressung

Inzwischen ist es Abend, und zu meiner Schande muss ich gestehen, dass ich Kayden aus dem Weg gegangen bin so gut es ging. Sein Verhalten am Mittag hat mich überrascht und sprachlos gemacht. Außerdem hat sich die Gesamtsituation durch unser improvisiertes Lunch nicht gerade verbessert. Wenn irgendwer mitbekommen hat, dass er bei mir im Zimmer war, würde das die Gerüchte nur befeuern.

Ich sollte John geben, was er will. Das ist sicher die einfachste Lösung. Dafür muss ich allerdings erst einmal herausfinden, was Kaydens Datingvorlieben sind. Und dafür wiederum müsste ich mich ihm nähern, was zu Situationen führt, die falsch gedeutet werden könnten. Wenn man dazu noch die Tatsache zählt, dass ich mich tatsächlich von ihm angezogen fühle, ist das Chaos perfekt.

Es ist zum Aus-der-Haut-Fahren. Wenigstens ist der Dreh für heute beendet und Kayden hat sich auf sein Zimmer zurückgezogen. Er respektiert, dass ich allein sein will, denn er hat mich kommentarlos in den Feierabend entlassen.

Verloren stehe ich in der Eingangshalle und zermartere mir das Hirn, wie ich John zufriedenstellen könnte.

»Gut, dich zu sehen, April!« Maggy Dyer taucht wie aus dem Nichts neben mir auf und drückt mir ein Telefon in die Hand. »Ein dringendes Gespräch für den Duke. Geh zu ihm und nimm ihm das

Ding danach wieder ab. Es reicht, wenn du es mir morgen zurückgibst. Gute Nacht.«

Schon ist sie wieder verschwunden. Völlig verwirrt sehe ich auf das kleine Klapphandy. »Hallo? Kayden?«, höre ich eine weibliche Stimme und fühle mich verpflichtet zu antworten.

»Hier ist April, ich bin Kaydens Assistentin und bringe Sie zu ihm.«

»Oh, ich wusste gar nicht, dass er am Set eine Assistentin hat. Hier ist Diana, seine Schwester.«

»Hi, Diana.« Ich nehme zwei Stufen auf einmal. »Wir sind gleich da.« An seinem Zimmer angekommen, klopfe ich und er öffnet umgehend.

»April! Was für eine angenehme …«

»Deine Schwester ist am Telefon.« Sein Lächeln verschwindet und er greift mit ernster Miene nach dem Handy. Eigentlich will ich nichts lieber als sofort gehen. Andererseits muss ich das Handy wieder mitnehmen. »Ich warte draußen, bis du fertig bist.«

»Blödsinn. Komm rein.« So schnell, dass ich gar nicht weiß, wie mir geschieht, greift er nach meinem Arm und zieht mich ins Zimmer. Also schließe ich die Tür und er bedeutet mir, mich zu setzen. Das hat mir gerade noch gefehlt. Jetzt bin ich doch bei ihm.

»Hi, Diana.« Da er ruhelos durch den Raum wandert und sich halblaut unterhält, bekomme ich seine Seite des Gesprächs mit. Wenn ich das richtig verstehe, sprechen sie über die Show.

Er hört zu und schüttelt mehrfach den Kopf. »Diana, es macht mir nichts aus und …« Sie unterbricht ihn, denn er hört einen Moment zu, bevor er stocksteif stehen bleibt. »Es ist wirklich nicht so schlimm. Wenn du die ersten Folgen gesehen hast, weißt du, dass die Damen nett sind.«

Wieder eine Pause. »Bis auf welche?« Warum klingt er dermaßen angespannt? Er beginnt wieder, im Raum auf und ab zu gehen, und antwortet schließlich leise: »Ja.« Dabei klingt er so hilflos, wie ich mich fühle. »Sie ist meine Assistentin.«

Sprechen die über mich?

»Ich will nicht darüber reden, okay? Du rufst sicher wegen des Gutachters an? Der Keller? Wie schlimm ist es?«

Keller? Keine Ahnung, worum es geht, Hauptsache nicht mehr um mich. Kayden ist wieder stehen geblieben, hat die Augen geschlossen und reibt sich die Stirn. Er ist ganz leise geworden. »Die Schlechte. Keine Schonung. Ich muss wissen, wie es aussieht.«

Ich kann sehen, wie er die Luft anhält und bei ihrer Antwort langsam entweichen lässt. »Und die gute Nachricht?« Er lauscht aufmerksam, seine Reaktion ist allerdings eher resigniert. »Was nicht heißt, dass uns dort keine Überraschungen erwarten.«

Es folgt eine längere Pause, in der das Lächeln auf seine Lippen zurückkehrt. »Ich lerne die Damen erst mal besser kennen, und dann sehen wir weiter. Mach's gut, Diana, und melde dich, sobald es mehr gibt.«

Er nimmt das Handy vom Ohr, klappt es zu, schüttelt mehrfach den Kopf und fährt sich dann mit der Hand durchs Haar. »Das klang sicher merkwürdig für dich.«

»Wie das eben so ist, wenn man nur eine Hälfte des Gesprächs mitbekommt.«

»Es ging um … *Damn!*« In einer kräftigen Bewegung schlägt er die Hand mit dem Telefon gegen seine geöffnete linke. »Ich muss mich bewegen. Läufst du mit mir um den See?«

»Joggen?« Das kann er vergessen.

»Würde sicherlich helfen, dabei würde ich mich jedoch so verausgaben, dass ich nicht reden kann. Ich will aber mit dir reden.« Er sieht auf das Telefon in seiner geschlossenen Faust, kommt zu mir herüber und hält es mir hin. »Nimm es, bevor ich es aus Versehen zerstöre.«

Ich lasse es in die Tasche meines Hoodies gleiten. »Ich soll es dir sowieso nach dem Gespräch abnehmen, hat Maggy gesagt.«

»Als ob ich damit was anfangen könnte. Mit so einem Modell kann man sowieso nur telefonieren. Nicht dass Internetzugang mir helfen würde. Wenn sich der Verdacht bestätigt, kann mir gar nichts mehr helfen. Nicht einmal die Teilnahme an dieser gottverdammten Show.«

Das sind ja völlig neue Töne. Seine Schultern sinken nach vorn und zum ersten Mal, seit ich ihn kenne, kommt er mir nicht vor wie ein Duke, der über den Dingen steht. Gerade im Moment sieht er aus wie ein junger Mann, der an seine Grenzen stößt und eine Verantwortung trägt, der er sich nicht gewachsen fühlt. Als wäre er Atlas, der unter dem Gewicht der Weltkugel zusammenbricht. Genau so habe ich mich nach Kirstens Tod gefühlt.

Vorsichtig lege ich eine Hand auf seinen Arm. »Kann ich irgendetwas tun?«

Sein Blick fällt auf meine Hand und wandert dann zu meinem Gesicht. »Gehst du mit mir eine Runde um den See?«

Ich nicke und lass ihn los. Dort, wo meine Finger ihn berührt haben, spüre ich nach wie vor eine angenehme Wärme.

»Am See sind keine Kameras?«, fragt er und greift nach seinem Jackett.

»Auf der Seite am Haus schon, weiter draußen wahrscheinlich nicht. Der Weg um den See ist fast sechs Kilometer lang. Ich glaube kaum, dass die Dyers den komplett mit Kameras gespickt haben.« Kayden ist inzwischen an der Tür angelangt und hält sie mir auf. Während ich hindurchgehe, rede ich weiter. »Auf der Insel in der Mitte sind Kameras, aber die sind im Moment ausgeschaltet, weil dort niemand ist.«

»Das ist der Ort, zu dem ich mit meiner Favoritin rudern soll?«

»Genau.«

»Was ist dort?« Nebeneinander gehen wir die Stufen hinunter. Ohne die Menschen wirkt der Set fast gespenstisch und unwirklich. Wenn überall Crewmitglieder herumwuseln, fällt die Technik in dem historischen Ambiente kaum auf. Doch an diesem Abend wirkt sie anachronistisch, als wären wir aus der Zeit gefallen.

»Ich habe keine Ahnung, was genau auf dieser Insel ist«, beantworte ich seine Frage. »Vermutlich wird ein Liebesnest aufgebaut. Schließlich sollst du deine Angebetete dort um den Verstand küssen – oder mehr.« Die Worte waren lediglich dahingesagt, doch ich spüre, wie sie zwischen uns hängen.

Kaydens Miene verfinstert sich weiter und er vergräbt die Hände in den Hosentaschen. »Ist das Ruderboot schon da?«

»Sicher, es ist am Steg vertäut. Was hast du vor?«

»Es ist Jahre her, dass ich gerudert habe. Das war zu meiner Zeit in Oxford. Die Anstrengung würde mir sicher helfen, ruhiger zu werden.«

»Du willst auf die Insel rudern? Im Dunkeln?« Ich halte das für keine gute Idee. »Man würde uns sehen und das …«

»Wie sollen sie uns im Dunkeln sehen?«, fragt er. »Und selbst wenn, was ist schon dabei?«

Wir haben inzwischen die Eingangshalle und den Ballsaal durchquert und betreten die Terrasse. Sofort springen die Bewegungsmelder an und tauchen alles in ein warmes Licht.

Seine Frage ignoriere ich. Was soll ich auch sagen? Ihm erzählen, dass es Gerüchte über uns gibt? Er scheint extrem aufgewühlt von dem, was seine Schwester erzählt hat. Das muss ich nicht noch schlimmer machen.

»Siehst du den Mond?« Überflüssigerweise zeigt er in den Himmel. »Der ist hell genug. Und ich muss nur geradeaus rudern, um die Insel zu erreichen. Wenn ich nicht alles verlernt habe, müsste ich das hinkriegen. Nach dem, was ich über Kameras weiß, sollten wir im Dunkeln kaum zu sehen sein. Es sei denn, ihr habt Nachtsichtkameras oder so etwas.«

»Nicht dass ich wüsste.« Der Pool liegt inzwischen hinter uns und damit auch die künstliche Beleuchtung. Kayden hat recht. Es ist zwar dunkel, aber nicht so stockfinster, dass man über seine eigenen Füße stolpert. Ich muss sowieso irgendwann mit ihm reden, wenn ich Stella und John geben soll, was sie wollen. Warum also nicht bei einer nächtlichen Bootsfahrt über den See?

Ich drehe den Kopf, um seinem Vorschlag zuzustimmen, und bemerke erst jetzt, wie nah er mir inzwischen ist. Unsere Arme berühren sich fast beim Laufen, und mir wird gleichzeitig heiß und kalt.

»Also?«, fragt er leise.

»Zur Insel«, antworte ich ebenso leise. Keine Ahnung, warum wir flüstern. Es scheint einfach der Situation angemessen.

»Dann zeig mir, wo der Steg ist.« Ich nicke und steuere an der kleinen Laube vorbei, in der er seinen Tee getrunken hat. Der Halbmond steht tief, und bisher sind nur wenige Sterne am Himmel zu sehen. Mit jedem Schritt weg vom Haus fällt ein wenig der Anspannung von mir ab. Selbst wenn sie uns sehen, können sie uns nicht hören. Das ist schon mal was.

Während die Spannung schwindet, baut sie sich an anderer Stelle auf. Allerdings auf eine völlig neue Art. Kaydens Arm berührt beim Gehen immer wieder meinen und seine Wärme scheint auf mich überzuspringen. Von Kälte keine Spur mehr. Überhaupt habe ich dieses Gefühl oft in seiner Nähe: eine angenehme Wärme, die meinen ganzen Körper erfasst und zum Schwingen bringt. Ganz leicht wie eine Frühlingsbrise, die einen Vorgeschmack auf heiße Sommertage liefert. Ich sollte so etwas nicht fühlen, nicht einmal denken. Kayden ist tabu. Aus so vielen Gründen. Vielleicht ist dieser Ausflug doch keine gute Idee. Noch weniger mit John im Nacken.

Dennoch bleibe ich und deute auf den See. »Dort vorn ist der Steg.«

Kayden nickt und hat einen grimmigen Gesichtsausdruck aufgesetzt. Seine Hände sind erneut in den Hosentaschen vergraben. Diese merkwürdigen Stimmungsschwankungen sind mir den ganzen Tag an ihm aufgefallen. Ob das mit den schlechten Nachrichten zusammenhängt, die seine Schwester ihm übermittelt hat? Es klang, als hätte er ihren Anruf erwartet.

»Setz dich, ich löse das Boot und dann rudern wir in die Freiheit«, sagt er und fügt und etwas leiser hinzu: »Soweit es die für mich gibt.«

Ich bin unsicher, ob der letzte Satz für meine Ohren bestimmt war, und lasse mich wortlos auf der schmalen Bank nieder.

Keine Minute später hat auch Kayden Platz genommen, hakt die Ruder ein, stößt uns vom Steg ab und bringt das kleine Boot in die richtige Richtung. »Dann wollen wir mal sehen, ob ich es noch kann.« Mit kräftigen Bewegungen beginnt er zu rudern. Dabei gerät das Boot ins Schwanken und ich halte mich an der Sitzbank fest.

Kayden ignoriert es. Sein Blick ist auf einen imaginären Punkt hinter mir gerichtet und seine Bewegungen sind fast mechanisch präzise. Er hat sein Jackett ausgezogen und bei jedem Zug sehe ich deutlich, wie sich die Muskeln seines Oberkörpers anspannen und entspannen. Sein Atem geht im gleichen Rhythmus wie die Ruderschläge. Schnell und kräftig. Ich schlucke, weil mein Mund auf einmal ganz trocken ist. Gleichzeitig ergreift mich eine Erregung, die ich so noch nie erlebt habe. Ich weiß, welche Wirkung er auf mich hat, und bin trotzdem hier. Offensichtlich stehe ich auf Folter. Anders kann ich mir mein Verhalten nicht erklären. Unser Boot nimmt an Fahrt auf, wird jedoch bald wieder langsamer. Wir haben die Insel fast erreicht.

»Weißt du, ob es auf dieser Seite auch einen Steg gibt?«

»Sollte es. Irgendwo musst du ja mit der Frau ankommen. Ich kann mir kaum vorstellen, dass es der Plan ist, euch durch den kalten See waten zu lassen.«

»Ich traue denen grundsätzlich alles zu. Vielleicht soll ich die Dame auf meinen Armen ins Trockene tragen. Würde zu dem passen, was ich bisher in dieser Show erlebt habe.« Er hebt die Ruder aus dem Wasser, senkt dann eines wieder hinein und ändert die Richtung. »Wir fahren auf die andere Seite. Wenn du recht hast, sind wir dort vom Haus aus nicht mehr zu sehen. Ich habe es so satt, ständig unter Beobachtung zu stehen, und brauche Zeit für mich.«

Ich verkneife mir die Frage, warum ich dann hier bin.

»Für uns«, höre ich ihn murmeln, bin allerdings unsicher, ob ich ihn richtig verstanden habe. Eher nicht. Denn es gibt kein uns, wenn man von diesem PA-Ding absieht.

Bilde dir das nur weiter ein. Warum klingt die Stimme in meinem Kopf genau wie Lindsay, wenn sie mir Gefühle einreden will, wo keine sind? Kayden ist immer noch der Duke of Barndon. Der Mann, der seine kleine Tochter verleugnet und deren Mutter mit Geld abgespeist hat. Der Kerl, der sich für diese Show hergibt und zwanzig Frauen dazu bringt, sich wie wild gewordene Teenager um ihn zu prügeln.

Oder der Mann, der zu jeder der Damen nett und höflich ist, sie kennenlernt, keines ihrer offensichtlichen Angebote annimmt und den einzigen Kuss auf mein Drängen hin verteilt hat. Der Mann, der mich mit Essen versorgt, mich zum Lachen bringt und nicht weiter fragt, was mit mir los ist, wenn er spürt, dass ich nicht darüber reden will.

Ich gebe zu, dass ich diesen Mann gern näher kennenlernen möchte. *Genau deshalb sitzt du doch hier, oder?* Deshalb, und weil John und Stella wollen, dass ich ihn aushorche.

Vorsichtig sehe ich zu Kayden, der das Boot inzwischen angehalten hat und gerade dabei ist, sich die Socken auszuziehen. Überrascht registriere ich, dass wir ziemlich nah am Ufer sind. Hinter uns liegt ein kleiner Kiesstrand, den er offensichtlich zum Anlegeplatz auserkoren hat.

Jetzt krempelt er die Beine seiner Hose hoch. »Bleib, wo du bist, und halte dich fest. Ich zieh dich an Land.«

»Ich könnte …«

»Schon gut, ich brauche die körperliche Anstrengung.« Mit einem Satz springt er aus dem Boot. Das Wasser reicht ihm fast bis an die Knie. Zügig zieht er das Boot auf den kleinen Strand.

»Bitte schön, die Dame. Wir haben unser Ziel erreicht.« Er deutet eine leichte Verbeugung an und reicht mir die Hand, um mir beim Aussteigen zu helfen.

»Das ist völlig verrückt«, entfährt es mir, als ich seine Hand ergreife und auf den Strand hüpfe.

»Ja, das ist es«, sagt er leise und hält meine Hand einen Moment zu lange fest. Ich bin es, die sie ihm entzieht und Abstand zwischen uns bringt.

Mit dem Rücken zu ihm und dem Blick auf die Insel gerichtet frage ich: »Was nun?«

Kayden

Die Insel und ein Kuss

Was mache ich hier eigentlich?

Mit einem starken Ruck trifft das Boot auf den Kiesstrand.

Was will ich mit April auf dieser Insel?

Noch einmal kräftig ziehen, und sie kann trockenen Fußes an Land gehen.

Ich hätte sie vorhin abwimmeln sollen, in den Fitnessraum gehen und mich abreagieren, bis ich todmüde ins Bett gefallen wäre.

Stattdessen überrede ich sie zu diesem Ausflug, setze sie meinen Stimmungsschwankungen aus. Und warum das alles? Weil ich sie eigentlich nur im Arm halten und so lange küssen will, bis sich all meine Sorgen auflösen. Aus irgendeinem Grund glaube ich, dass mir das die Ruhe verschaffen würde, die ich dringend brauche.

Im Prinzip ist das meine Kapitulation. Ich gebe es auf, mich gegen meine Gefühle zu wehren. Zumindest für heute fehlt mir die Kraft.

Ich schaue zu ihr und sehe, wie sie versucht, in dem wackligen Boot aufzustehen, ohne das Gleichgewicht zu verlieren. Grinsend verbeuge ich mich leicht. »Bitte schön, die Dame. Wir haben unser Ziel erreicht.« Dabei reiche ich ihr die Hand und könnte schwören, Funken fliegen zu sehen, als sie mich berührt.

»Das hier ist völlig verrückt«, murmelt sie, den Blick auf unsere Hände gerichtet.

»Ja, das ist es.« Ich weiß, dass ich sie loslassen sollte, doch ich kann nicht. Der Drang, sie zu streicheln, diese sanfte Berührung an meinen Fingerspitzen zu spüren, ist zu groß.

Sie springt an Land, löst sich von mir und bringt Abstand zwischen uns. Das tut sie ständig. Und es treibt mich in den Wahnsinn, weil ich nicht weiß warum.

»Was nun?«, unterbricht sie meine Gedanken.

Ja, was nun? »Wir könnten schauen, was die Insel zu bieten hat?«

»Bäume und Gestrüpp, würde ich sagen.«

Mein Blick folgt ihrer Handbewegung, und ich muss ihr recht geben. Fast sieht es so aus, als gäbe es von diesem kleinen Strand kein Fortkommen. Die Lichtverhältnisse tragen nicht gerade zur Übersicht bei. Rechts von uns liegt ein umgestürzter Baum, der sich als Bank eignen würde. »Wir könnten uns dort hinsetzen und uns unterhalten.«

»Worüber?« Abweisend verschränkt sie die Arme vor der Brust.

»Vielleicht erzähle ich dir Anekdoten aus meinem Leben. Es gibt einige Geschichten aus meiner Kindheit, in denen ich nicht gerade gut wegkomme. Vielleicht hilft dir das, wieder zu lächeln?«

Sie kneift die Augen zusammen, schüttelt den Kopf und geht auf den umgefallenen Baum zu. Schnell greife ich mir mein Jackett, Schuhe und Socken aus dem Boot und folge ihr. Die Kieselsteine sind unangenehm unter den Füßen, ich schaffe es trotzdem vor ihr zum Baum und breite mein Jackett für sie aus.

Sie hält inne, löst die Arme und schüttelt erneut den Kopf. Mit einem kleinen Seufzer lässt sie sich auf meiner Jacke nieder.

Ich setze mich neben sie und ziehe mir Socken und Schuhe an. Vielleicht fällt mir dabei etwas ein, was ich ihr erzählen könnte.

»Warum bist du so?«, fragt sie völlig unvermittelt.

Überrascht sehe ich zu ihr hoch. »Wie bin ich denn? Außer blasiert?«

Sie ignoriert meinen letzten Satz. »Nett.«

Aha. »Warum klingt das bei dir, als wäre es etwas Schlechtes?«

»Weil …« Sie legt den Kopf in den Nacken und schließt die Augen. »Weil es einfacher wäre, wenn du das arrogante Arschloch wärst, für das ich dich anfangs gehalten habe.«

Ich bin fertig mit den Schuhen und krempele meine Hosenbeine herunter. »Warum wäre das einfacher?«

»Dann wäre ich nicht hier, und das wäre … besser.« Sie seufzt. »Was ich sage, ergibt keinen Sinn, oder?«

»Nicht wirklich.« Ich richte mich auf. »Das macht nichts. Wahrscheinlich ergibt mein Verhalten heute aus deiner Sicht auch nur wenig Sinn.«

Sie sieht zu mir herüber. »Du wirkst heute unkonzentriert. So als würde dich irgendetwas ablenken.«

Ob sie ahnt, dass sie es ist, die mich ablenkt?

»Hat es mit dem zu tun, warum deine Schwester angerufen hat? Das klang nach Problemen.«

Offenbar ahnt sie nichts.

Ich seufze ebenfalls und lege den Kopf in den Nacken. In der Dunkelheit kann man Hunderte von Sternen sehen. Ein Gespräch über Diana bietet mir einen Ausweg. Das ist unverfänglich und hilft vielleicht, dass ich mich wieder beruhige. Denn Aprils Nähe, ihre Wärme, ihre ganze Präsenz führen dazu, dass meine Gedanken sich einzig und allein damit beschäftigen, ob und wie ich es schaffe, sie in den Arm zu nehmen. Oder zu küssen. Ich bin überzeugt, dass ich nicht zählen müsste, wenn ich sie …

»Es geht ihr doch gut?« Ich blinzele verwirrt. »Deiner Schwester? Der Anruf?«

Richtig, Diana. Ich kneife die Augen zusammen, fahre mit der rechten Hand darüber und setze mich wieder gerade hin. Diana und unsere Probleme also. »Ja, ihr geht es fantastisch.« Leider klinge ich dabei zynischer als beabsichtigt. »Wenn man bedenkt, dass sie eigentlich ihr Studium absolvieren sollte, anstatt auf *Whitewater* festzusitzen und meine Arbeit zu erledigen.«

»*Whitewater*? Heißt so euer Haus?«

»Haus trifft es nicht ganz.« Ich schnaube. »Hast du je die BBC-Verfilmung von *Stolz und Vorurteil* gesehen?«

Sie nickt.

»Denk an *Pemberley* und du hast eine ungefähre Vorstellung davon, wie es in *Whitewater* aussieht. Nur mit weniger Personal und viel mehr Sorgen, wie wir für den Unterhalt aufkommen sollen.«

»Man kann tatsächlich in so einem Anwesen wohnen?« Sie dreht sich zu mir und schüttelt ungläubig den Kopf. »Wer braucht so viele Zimmer?«

Damit trifft sie ins Schwarze. »Die sind ein Teil des Problems. Seit über hundert Jahren wohnt in den meisten niemand mehr. Diana und ich prüfen gerade Möglichkeiten, das Anwesen für die Öffentlichkeit freizugeben. Meine Eltern haben das immer weit von sich gewiesen. Doch wenn wir *Whitewater* halten wollen, bleiben nur wenige Optionen. Sonst müssen wir an eine große Hotelkette verkaufen, die ein Golfhotel daraus macht. Dann würden allerdings viele Menschen ihr Einkommen verlieren. Das Gestüt und die Brennerei würden wahrscheinlich weichen müssen. Und natürlich die Felder.« Mein Seufzer klingt theatralisch, denn während ich rede, wird mir klar, dass ich eigentlich nicht darüber sprechen will. Das Thema *Whitewater* deprimiert mich. »Genug von mir«, sage ich deshalb. »Wir haben zum Glück festgestellt, dass ich nicht das arrogante Arschloch bin, für das du mich gehalten hast. Den Eindruck möchte ich nur ungern mit endlosem Geschwafel über mein ungeheuer großes Haus zerstören.«

Hoffentlich gelingt die Überleitung und verbirgt, dass ich schon viel zu viel gesagt habe. Denn auch wenn ich April anziehend finde und nichts lieber möchte, als ihr zu zeigen, wie gut ein blasierter schottischer Adliger küssen kann, bin ich nicht sicher, ob ich sie in all das mit hineinziehen möchte. Nicht, solange sie sich mir nicht öffnet.

Zumindest lacht sie, das ist schon mal ein gutes Zeichen. Doch sie wird schnell ernst. »Vielleicht sollte ich dir einfach erzählen, was mich bedrückt. Das ist wohl auch der Grund, warum ich überhaupt mitgekommen bin. Vertrauen und so«, sagt sie, streicht ihr Haar zurück und atmet hörbar tief ein. »Es ist ... John hat ... Mist! Ich weiß nicht, wo ich anfangen soll.«

John also. Ich hatte bisher wenig mit ihm zu tun, doch ist er mir ähnlich unsympathisch wie Dwayne. »Hat John dich bedrängt? Auf mich macht er nicht den Eindruck eines sehr angenehmen Zeitgenossen.«

Ihre Antwort ist ein bitteres Lachen. »Das ist die Untertreibung des Jahrhunderts. Er ist ein mieses Schwein, dem jedes Mittel recht ist, um seine Ziele zu erreichen. Und im Moment ist eines dieser Ziele, seine Mädchen zu den Einzeldates mit dir nächste Woche zu bekommen. Und dafür will er meine Hilfe, genau wie Stella. Beide wollen, dass ich aus dir herausbekomme, auf was du bei Dates so stehst, damit ihre Mädchen genau das vorbereiten können.«

Ich verstehe gar nichts. Daraus schließe ich, dass mir entscheidende Informationen fehlen. »Einzeldates?«

Sie schlägt die Hand vor den Mund. »Richtig, das wusstest du ja nicht. Und davon darfst du auch gar nichts wissen. Ahhhhh!« Das letzte Worte schreit sie laut heraus und springt gleichzeitig auf. »Das ist so frustrierend!«

Ich zwinge mich, ruhig sitzen zu bleiben. »Vielleicht hilft es, wenn du mir erklärst, worum es geht?« Sanft klopfe ich zweimal mit der Hand auf ihren Platz.

»Ich habe es eh verraten.« Mit einem lauten Seufzer setzt sie sich wieder neben mich. »Also, die Frauen haben für diese Woche die Aufgabe, ihr Traumdate mit dir vorzubereiten.«

»Traumdate?« Was auch immer ich mir darunter vorzustellen habe. Ich blicke zum See, der still und glatt vor uns liegt. Das kommt meinem Traumdate ziemlich nahe. Weniger wegen der Location, mehr wegen der Begleitung.

»Ja, genau. Am Auswahltag werden sie dich damit überraschen, dass jede dir in einem kurzen Pitch ihre Idee vorstellt. Du wählst sechs Frauen aus, mit denen du dann genau dieses Date in der folgenden Woche haben wirst. Drei weitere Frauen dürfen ebenfalls bleiben.«

So langsam ergeben ihre Worte Sinn. »Und du sollst für Stella und John bei mir spionieren, damit ihre Damen einen Vorteil haben?«

April nickt und sieht auf ihre Füße. »Ich habe Stella in den letzten Wochen hin und wieder kleine Tipps gegeben.« Im fahlen Mondlicht kann ich es nicht genau ausmachen, aber ich meine zu erkennen, wie ihr Gesicht rot anläuft. »Ich habe nichts gesagt, was dir schaden könnte, ehrlich. Nur erwähnt, dass du gern um sechs Uhr morgens trainierst oder wann du zum Pool willst.«

So etwas habe ich mir schon gedacht und kann nichts Schlimmes daran finden. Da mein Tagesablauf bei der Show ohnehin ziemlich durchgetaktet ist, sind das Dinge, die jeder durch Beobachtung leicht selbst hätte herausfinden können. Und den Damen nutzt es wenig, da sie nur aufs Gelände dürfen, wenn ich sie einlade. Ihr scheint es allerdings wirklich unangenehm zu sein.

»Ist doch nichts dabei«, beschwichtige ich.

Sie zuckt mit den Schultern. »Für diese Dates wollen sie mehr.« Sie reibt sich die Nase und dann die Augen.

Weint sie? »Was meinst du mit mehr?«

Jetzt schnieft sie eindeutig. »Es ist John, er hat gesagt ...« Ein Zittern geht durch ihren Körper.

»So schlimm?« Ich drehe mich zu ihr und streife ganz leicht ihre Fingerspitzen mit meinen. Wieder ist es, als würde Energie von ihr auf mich übergehen. Diesmal zuckt sie nicht zusammen und zieht die Hand auch nicht weg. Ich widerstehe dem Drang, sie fester zu umfassen, und lasse alles so, wie es ist.

»Ich weiß nicht.« Sie dreht den Kopf zu mir und es schimmern Tränen in ihren Augen. »Er hat mir gedroht.«

Unwillkürlich balle ich die Fäuste. »Wie bitte?«, knurre ich, und wundere mich über den unbändigen Wunsch, John mit einem gezielten Schlag außer Gefecht zu setzen.

»Er will den Dyers erzählen, dass wir beide ... du und ich ... miteinander schlafen.« Ihr Kopf sinkt nach vorn und ich kann hören, dass sie weint.

Darum geht es? Ein windiger Fernsehkerl droht damit, Lügen zu verbreiten, und denkt, dass er damit durchkommt? So ein hinterhältiger Schuft. Er wäre nicht der Erste, der bei mir auf Granit beißt. So etwas lasse ich einfach abperlen.

Mein Blick fällt auf die weinende April. Für sie gilt das offensichtlich nicht. Sicher hat sie so etwas noch nie erlebt und keinen Titel, hinter dem sie sich verstecken könnte. Ruf und Integrität sind in ihrem Beruf essenziell.

Genau die greift diese schmierige Anschuldigung an. Meine Gedanken rasen. Es gibt mehrere Möglichkeiten, dem einen Riegel vorzuschieben. Einige davon sind sehr verlockend – besonders die, bei denen meine Fäuste sein Gesicht treffen. Doch das wäre alles andere als zielführend. Ich muss das anders angehen.

Und April klarmachen, dass dieser Kerl nichts in der Hand hat. »Ich werde beschwören, dass das haltlose Lügen sind.«

»Er sagt, das wäre egal, weil man dir ebenso wenig glauben würde wie mir. Weil du ein Gentleman bist und niemals eine Frau bloßstellen würdest.«

Damn! Damit könnte er möglicherweise sogar richtigliegen. Das ändert allerdings nichts daran, dass seine Drohungen lächerlich sind. Selbst wenn sie wahr wären.

»Würde es helfen, wenn ich dir sage, was sie wissen wollen?«

Sie nickt und schüttelt schließlich den Kopf. »Für den Moment sicherlich. Aber was ist danach? Er könnte mich weiter erpressen, und allein der Gedanke macht mich wahnsinnig. Das, und die Vorstellung, alle denken, wir beide ...« Sie zeigt von sich auf mich und versteckt ihr Gesicht erneut hinter ihren Händen.

»Wäre das so schlimm?«, frage ich leise und verfluche mich für diese Worte. Sie sind völlig unangemessen und sollten zweitrangig sein. Oder besser, gar nicht relevant. Aber ich komme nicht dagegen an. Ihre offensichtliche Ablehnung verletzt mich. Wer hätte gedacht, dass die Vorstellung, wir könnten mehr als Kollegen sein, sie dermaßen trifft.

»Ob eine sexuelle Beziehung zwischen uns schlimm wäre?« Ihre Stimme überschlägt sich fast. »Das wäre eine Katastrophe. Damit würde ich alles verraten, woran ich glaube.«

Aha. »Eine Katastrophe, ja?« Das muss ich erst einmal verarbeiten. Den Blick auf den See gerichtet, schlucke ich schwer. »Dann weiß ich, wo wir stehen.«

»Wo wir ...« Sie bricht ab, und aus dem Augenwinkel kann ich erkennen, dass sie in sich zusammensackt.

»So habe ich das nicht gemeint, April.« Ich fahre mir mit der Hand über die Augen. »Und es geht auch gar nicht darum, ob oder was da zwischen uns ist. Es geht darum, dass John dich erpresst, und das ist falsch.« Den Fokus auf das lenken, was im Moment wichtig ist.

»Dann bilde ich mir das zwischen uns nicht ein?«, höre ich sie leise fragen.

Damn! Ich war gerade so weit, das Thema ad acta zu legen. Stattdessen sehe ich sie an, und mit meinen Fingerspitzen berühre ich dabei erneut ihre. Diesmal halte ich sie nicht still, sondern streiche leicht darüber. »Ganz und gar nicht.« Meine Stimme ist rau, als wäre ich ein Teenager bei seinen ersten Flirtversuchen.

April schweigt, aber ich spüre, wie sie ganz sanft meinen Handrücken streichelt. Federleicht, dennoch pulsiert es wellengleich durch meinen ganzen Körper und verstärkt sich mit jeder weiteren Berührung. Ganz langsam drehe ich den Kopf zu ihr, komme nicht dagegen an. Auch sie sieht mich an, und die Schwingungen zwischen uns werden fast greifbar. Meine Welt schrumpft zusammen, bis nur noch wir existieren. Wir beide in diesem Moment, auf diesem Baumstumpf, an diesem See. Gegen jede Chance und wahrscheinlich auch gegen jede Vernunft.

Meine Rechte streichelt immer noch sanft ihre Linke – oder ist es umgekehrt? Unwichtig. Ich hebe die freie Hand und berühre vorsichtig ihre Wange. Sie schmiegt sich sanft hinein. Das entlockt mir ein Lächeln und ich sehe, wie es sich auch auf ihre Züge stiehlt.

Wir kommen uns näher, ohne dass ich sagen könnte, wer von uns beiden sich bewegt. Ihre Lippen sind leicht geöffnet, gerade so als würden sie auf mich warten. Jetzt spüre ich ihren Atem, der sich mit meinem mischt. In ihren Augen liegt kein Zweifel, sondern die gleiche freudige Anspannung und Ungeduld, die auch mich beherrscht.

Das reicht mir. Ich schließe den Raum, der uns trennt, mit einer winzigen Bewegung, küsse sie sanft, obwohl ich so viel mehr will.

Es scheint genau richtig zu sein, denn sie erwidert den Kuss, bewegt dabei leicht ihre Lippen, und meine öffnen sich wie von selbst. *Das ist so viel besser als heute Morgen mit Rosalie*, denke ich und fühle nur noch ihre Hand, die sie in meinen Nacken legt. Ihre Zunge, die sich ihren Weg sucht, die zarte Haut ihres Halses unter meinen Fingern. Ihr Duft hüllt mich ein, genau wie ihre Wärme. So muss ein Kuss sein. Die Welt sollte sich auflösen und mit ihr alle Probleme, Sorgen und Ängste. Ich ziehe sie fester an mich, lege auch den anderen Arm um sie, spüre ihre Brüste, die gegen meine Brust drücken, ihren schnellen Herzschlag, der meinem ähnelt, und höre mich leise stöhnen.

Ohne Vorwarnung zieht sie sich zurück und stößt mich fast von sich. Bevor ich registriere, was passiert, springt sie auf und taumelt ein paar Schritte weg.

»Wir dürfen das nicht, Kayden!«

Ich höre sie, aber ihre Worte ergeben keinen Sinn. *Wir sollten das unbedingt tun*, will ich sagen, weiß jedoch, dass das aus irgendeinem Grund die falsche Antwort ist, und sehe sie nur verständnislos an.

Sie lässt den Kopf hängen, seufzt schwer. »Warum machst du das?«

Die Antwort auf diese Frage ist leicht, und ich will schon ansetzen, die Worte zu sagen, die mir so sehr auf der Seele brennen. Doch der körperliche Abstand sorgt dafür, dass auch meine Vernunft wieder einsetzt, und der Satz bleibt mir im Hals stecken. Stattdessen meldet sich mein zynisches Ich: *Ja, Kayden, warum machst du so etwas?*

April

Katastrophe

Schwer atmend schaue ich in den Sand und sehe vor meinem inneren Auge doch nur Kayden, wie er sich langsam zu mir hinüberbeugt und das tut, was mein Körper sehnlich erwartet und mein Verstand ablehnt.

Unwillkürlich hebe ich die Hand an die Lippen, die noch von seinem Kuss kribbeln. Die Frage hätte nicht lauten sollen: *Warum hast* du *das gemacht*, sondern *Warum habe* ich *es zugelassen*? Das passt nicht zu mir.

Ich blinzele und sehe gerade noch, wie Kayden sich mit den Fingern durchs Haar fährt und den Kopf schüttelt. »Weil es nicht anders ging.«

So simpel und doch so kompliziert. Denn er hat recht, es ging nicht anders. In dem Moment, in dem er sich mir genähert hat, war ich wehrlos. Ich wollte diesen Kuss viel zu sehr. Er war magisch, besser als alles …

Ich verbiete mir weiterzudenken. Kayden zu küssen macht unsere Situation nur komplizierter.

»Es tut mir …« Er unterbricht sich und steht ebenfalls auf. »Nein, es tut mir nicht leid. Diesen Kuss habe ich seit Tagen herbeigesehnt. Und weißt du, was? Er war so gut, wie ich gehofft habe, vielleicht sogar besser. Sag mir nicht, dass es anders wäre.« Am Ende seiner Ansprache steht er neben mir und sieht mit ernstem Blick zu mir hinab. »Ich weiß nicht, was zwischen uns ist. Ich weiß auch nicht, warum für dich die

Vorstellung, mit mir intim zu sein, einer Katastrophe gleichkommt. Aber ich weiß, dass das eben etwas Besonderes war.«

Keine Ahnung, was ich darauf erwidern soll. In seiner Nähe setzt mein Verstand aus. Das muss ich unterbinden. Er ist der Star dieser Show und soll in wenigen Wochen einer anderen Frau einen Heiratsantrag machen. Außerdem fange ich nichts mit einem Kerl an, von dem ich weiß, dass er mich und Emily im Stich lassen könnte. Und genau so ein Mann ist er. Zumindest laut Medien.

Allerdings ist er auch der Mann, der es schafft, dass ich endlich wieder Verlangen spüre.

Mein Schweigen lässt ihn die Lippen aufeinanderkneifen. »Verstehe. Es ist eine einseitige Angelegenheit«, interpretiert er mein Verhalten völlig falsch. »Damit muss ich wohl leben.«

Vielleicht ist es besser, wenn er das denkt. »Tut mir leid«, sage ich leise.

Kayden schweigt, geht zurück zum Baumstamm und nimmt sein Jackett. Er zieht es nicht an, sondern hängt es sich lässig über die Schulter. »Lass uns zurückfahren. Währenddessen gebe ich dir den einen oder anderen Tipp, womit man mich beeindrucken kann. Denn deshalb bist du doch hier?« Sein ätzender Tonfall trifft mich unvorbereitet. Genau wie die Tatsache, dass er, ohne mich anzusehen, in Richtung Boot geht.

Ich folge ihm und überlege, wie ich mich verhalten soll. Am besten wäre es sicher, wenn ich ignoriere, was eben vorgefallen ist. Einfach so tue, als wäre das nicht der beste Kuss meines Lebens gewesen. Ärgerlich nur, dass ich ihn nach wie vor schmecke, wenn ich mir mit der Zungenspitze über die Lippen fahre, seine Hände noch auf meiner Haut spüre.

Kayden steht am Boot und zieht sich die Schuhe wieder aus. Der Mond taucht sein Gesicht in ein fahles Licht und er sieht blass und unglücklich aus. Seine Worte kommen mir in den Sinn: *Ich weiß, dass das eben etwas Besonderes war.*

Und verdammt, er hat recht. Ich kann die nächsten Wochen nicht so tun, als sei dieser Abend nie passiert. Ich werde darüber nachdenken, es hin und her wälzen und irgendwann endgültig kapitulieren – oder einsehen, dass es ein Riesenfehler war. Aber ich kann es ganz sicher nicht ignorieren.

»Kayden«, sage ich leise, ohne einen Plan zu haben, was genau ich ihn fragen will.

Er sieht auf und hebt eine Braue, was mich zum Lächeln bringt. »Weißt du, dass du wahnsinnig britisch aussiehst, wenn du das tust?«

»Wenn ich was tue?«

»Diese eine Braue hebst. Dann bist du für mich der Inbegriff eines Duke – keine Ahnung warum.«

Ein lang gezogenes »Okay« ist seine Antwort.

Mit wenigen Schritten überwinde ich den Abstand zwischen uns und bleibe ganz nah vor ihm stehen. »Eventuell gewöhne ich mich an den Gedanken, dass dich zu küssen vielleicht keine Katastrophe ist.«

Seine Braue wandert noch weiter nach oben, und diesmal hebe ich die Hand, um sanft darüberzustreichen. Sofort glättet sich seine Stirn.

»Nur eventuell?« Seine Stimme ist kaum mehr als ein Wispern, und er schließt die Lücke zwischen uns.

»Lassen wir es auf uns zukommen?« Atemlos erwarte ich seine Antwort.

»Damit kann ich leben.« Er spricht immer noch leise und beugt sich langsam zu mir hinab. »Wenn du mir einen kleinen Vorschuss gibst.«

Mir bleibt kaum Zeit, um mich auf den Kuss vorzubereiten. Diesmal zögert er nicht, bittet nicht um Erlaubnis, sondern nimmt sich, was er begehrt. Seine Arme schließen mich ein, er hält mich, gibt mir Sicherheit. Wenn der erste Kuss einer sanften Sommerbrise glich, ist dieser ein Sturm. Eine Naturgewalt, die über mich hereinbricht und der ich mich bedingungslos ergebe. Zumindest für den Moment. Auch ich schlinge die Arme um ihn, halte mich an ihm fest, genieße jede seiner Bewegungen.

Diesmal ist er es, der sich von mir löst. Lächelnd lehnt er seine Stirn gegen meine. »Wir lassen es auf uns zukommen.« Er macht eine kleine Pause. »Das war ein Vorgeschmack darauf, was uns erwartet, wenn du dich für uns entschieden hast.« Dann lässt er mich los, beugt sich nach unten und krempelt seine Hosenbeine nach oben.

Wenn ich mich für *uns* entschieden habe? Das ist eher unwahrscheinlich. Mehr als diesen Kuss sollte es nicht geben. *Wird* es nicht geben.

»Steig ins Boot«, sagt er, und sobald ich sitze, schiebt er es ins Wasser und rudert ein kleines Stück vom Ufer weg, bevor er sich wieder Socken und Schuhe anzieht. »Ich habe mir überlegt, wie wir mit John umgehen.«

Ein viel besseres Thema als unser Kuss. »Du hast eine Lösung?«

»Lösung würde ich es nicht nennen, mehr ein Behelfsplan.« Er greift nach den Rudern. »Wir geben ihm, was er will.«

»Und dann? Dann erpresst er mich für die nächste Aufgabe wieder?« Mir läuft ein kalter Schauer über den Rücken. »Nur dass er dann sogar etwas in der Hand hat?«

»In der Hand hat er nur etwas, wenn es Filmaufnahmen gibt. Wir achten darauf, dass es nicht dazu kommt. Eigentlich ist es auch egal. Im Prinzip stimmt es, was er gesagt hat. Ob wir eine Beziehung haben oder nicht, ist letztendlich irrelevant.«

Wenn man es so sieht, ist unser Kuss zumindest in dieser Hinsicht keine totale Katastrophe.

»Es ist doch so: Ihm scheint es in erster Linie darum zu gehen, keinen Nachteil zu haben. Also wäre mein Plan, bei der Auswahl darauf zu achten, dass ich die richtigen Frauen wähle. Nämlich die, die Stella und John bevorzugen. Und wenn dann am Ende nur zwei übrig sind und ich eine davon auswähle, hat sich die Sache eh erledigt.«

»Ich weiß es, ehrlich gesagt, nicht. Er könnte immer noch behaupten, wir hätten ein Verhältnis gehabt, aber vielleicht wäre es dann weniger schlimm und sie würden mich nicht feuern.«

»Darum kümmern wir uns, wenn es so weit ist. Das ist etwas, was ich mir im letzten Jahr angeeignet habe: Erledige einen Punkt nach dem anderen und verschwende keine Ressourcen auf Probleme, die nicht akut sind.« Er sagt das mit einer Leichtigkeit und Überzeugung, dass ich ihm fast glaube. Vielleicht ist es wirklich die beste Taktik.

Zumindest ist es erst mal die einzige. »Also gut, was soll ich ihnen erzählen?«

»Boxen«, sagt er. »Keine Ahnung, wie euch das entgehen konnte. Ich boxe gern und sehe mir auch Kämpfe an. Wenn eine Frau mich zu einem Boxkampf einladen würde, wäre ich beeindruckt.«

»Boxen? Du meinst so richtig wie bei Rocky? Davon steht tatsächlich nichts in unseren Unterlagen.«

»Ist mir aufgefallen. Im Fitnessraum gibt es weder einen Sandsack noch einen Punchingball.« Ein letzter kräftiger Ruderzug und er zieht die Paddel ein, da wir uns dem Steg nähern. »Meinst du, es wäre möglich, so etwas zu bekommen?«

»Geh doch einfach zu den Dyers. Das sollte sicher kein Problem sein. Schließlich bist du der Star der Sendung und musst zufriedengestellt werden.«

»Nachdem ich dich als PA durchgesetzt habe, hatte ich nicht das Gefühl, um noch viel mehr bitten zu können.«

»Du musstest mich *durchsetzen*?«

Er hat uns inzwischen so nah an den Steg gebracht, dass er nach dem Pflock zum Anbinden des Bootes greifen kann. Dabei erhebt er sich leicht und wir geraten ins Wanken. Doch das ist schnell vorbei und er springt zum Vertäuen auf den Steg. »Sagen wir so: Danach hatte ich keine große Lust mehr, mit ihnen auch noch wegen eines Sandsacks zu verhandeln.«

»Warum war dir das so wichtig? Also, ich meine, ich. Warum wolltest du, dass ich exklusiv für dich arbeite?« Nun stehe auch ich auf und greife nach seiner ausgestreckten Hand. Ich versuche, völlig entspannt auf seine Antwort zu warten. Egal wie sie ausfällt, sie wird mich in Aufruhr versetzen. Was frage ich auch?

Beim Aussteigen gibt er mir so viel Schwung, dass ich stolpere und in seinen Armen lande. »Damit ich das tun kann«, flüstert er mir ins Ohr und gibt mir einen blitzschnellen Kuss auf den Hals. Mein Herz setzt einen Schlag aus und versucht offensichtlich, das mit mehr Tempo auszugleichen. »Kayden, du solltest nicht …«

»Ich weiß«, flüstert er. »Gerade deshalb macht es gleich doppelt so viel Spaß.« Er lässt mich los und steckt die Hände in die Hosentaschen. »Ein klassisches Candle-Light-Dinner. So etwas bekommt ein Mann nie von einer Frau, aber ich finde es ganz reizvoll.«

»Frauen bekommen so etwas von einem Mann? Dann kenne ich offensichtlich die falschen Männer.« Die Worte waren scherzhaft gemeint, sind aber wahr. Ich war tatsächlich noch nie bei einem Candle-Light-Dinner.

»Ist das die Art Mann, auf die du stehst? Rücksichtslose Rüpel ohne Sinn für Romantik? Deshalb hältst du mich für eine *Katastrophe*. Weil ich anders bin. Das wäre dann eigentlich etwas Gutes.«

Das scheint ihn wirklich getroffen zu haben. Ich werde ihm allerdings nicht sagen, dass er durch den Umgang mit seiner Tochter für mich in die Kategorie *rücksichtslos* und damit *falsch* fällt. Auch wenn er sonst nahezu perfekt scheint … perfekt ist – was weiß ich. »Wir können uns darauf einigen, dass du anders bist als jeder Mann, dem ich bisher begegnet bin.«

»Das will ich hoffen. Ich gehe davon aus, dass du noch nie einem Schotten begegnet bist.« Er zwinkert mir zu und setzt sich in Bewegung.

»Das könnte es natürlich sein. Dukes kenne ich Dutzende, nur keinen schottischen. Vielleicht sollte ich mein Datingverhalten dahingehend anpassen.« Ich schließe zu ihm auf, und obwohl wir uns nicht berühren, bin ich mir seiner Nähe sehr wohl bewusst.

»Wie sieht dein Datingverhalten denn aus?«

Kopfschüttelnd verdrehe ich die Augen. »Das geht dich nichts an.«

»Okay.« Er zuckt mit den Schultern. »Ich dachte, da du meins kennst, wäre es nur fair.«

»Ich kenne dich kaum und weiß nur wenig. Du magst Boxen und Candle-Light-Dinner und küsst Frauen nach Massagen. Du scheinst einerseits Verantwortung für die Menschen zu übernehmen, die für dich arbeiten, aber andererseits ist deine Tochter dir völlig egal. Du hast eine klassische Bildung genossen, bist ein Duke und Schotte, kein Clan Chief, und du magst Tee. Damit erschöpft sich mein Wissen über dich schon.« Da ich ziemlich schnell gesprochen habe, hole ich einmal tief Luft und sehe vorsichtig zu ihm hinüber. Dummerweise habe ich das Kind erwähnt, was ich eigentlich vermeiden wollte. Ich habe mich so sehr in Rage geredet, dass ich seine direkte Reaktion auf meinen Vorwurf leider verpasst habe.

Er bleibt stehen und hält mich am Arm zurück. Noch sind wir nicht an der Laube angelangt. Also sollten wir außerhalb der Mikrofonreichweite sein.

»Das Kind. Das ist es, was dir auf der Seele lastet?«

Als Antwort zucke ich leicht mit den Schultern, was dafür sorgt, dass er mich loslässt. Gleichzeitig versteinert seine Miene.

»Ich frage dich nicht, warum du dich um das Kind deiner toten Schwester kümmerst oder was mit dem Vater ist, und du fragst nie wieder nach Chelsea und ihrem Kind. Deal?«

Das ist alles, was er dazu sagt? Womit habe ich eigentlich gerechnet? Ich würde auch nicht damit hausieren gehen, dass ich mein eigenes

Kind verleugne. Also sage ich mit einer gehörigen Portion Trotz in der Stimme: »Wenn es das ist, was du willst.«

»Was ich will, war in dieser Angelegenheit noch nie von Belang und wird es auch nie sein. Alles, was ich von dir verlange, ist Vertrauen. Kannst du mir das in diesem Fall schenken?«

Fast bin ich versucht, Ja zu sagen. Seine Worte wirkten so ernst und aufrichtig. Doch ein letzter Rest Zweifel bleibt. Selbst wenn die Mutter keinen Kontakt wollte – wonach seine Ausführungen klingen –, gibt es Möglichkeiten für Väter.

»Ich erzähle dir gern alles darüber, wie Emilys nichtsnutziger Vater meine Schwester verführt und sitzen gelassen hat, ist aber wohl uninteressant für dich. Klar, du scheinst dich bestens damit auszukennen.« Ich verschränke die Arme vor der Brust und sehe ihn herausfordernd an. Doch meine Überzeugung bröckelt. Das passt alles nicht zusammen. Wie kann er so liebevoll sein, sich um seine Angestellten sorgen und dann seine Tochter verleugnen? Verbirgt er etwas anderes? Warum redet er nicht mit mir?

»Du scheinst wie immer fest entschlossen, das Schlimmste von mir anzunehmen.« Seufzend setzt Kayden sich in Bewegung. Nach drei Schritten dreht er sich zu mir um. »Ich bin kein Ungeheuer, April. Wenn du das eingesehen hast, reden wir. Bis dahin wünsche ich dir eine gute Nacht.« Weitere drei Schritte, und er dreht sich erneut um. »Wenn ich morgen Lola küsse, denke ich an dich.« Ein Zwinkern begleitet diesen Satz.

Ich sehe ihm nach und habe keine Ahnung, warum sich mein Pulsschlag schon wieder beschleunigt. Weil mich ängstigt, was er sagt, oder weil es mich euphorisch stimmt?

April

Die Stimmung zieht an

Verdammt! Er tut es tatsächlich. Er küsst Lola. Und diesmal sieht es aus, als würde er es genießen. John steht mir gegenüber und ist begeistert. Er grinst mich übers ganze Gesicht an, während Stella versucht, ihren Unmut hinter Ironie zu verbergen. »Er ist also doch wie alle Männer. Gib ihm Titten und einen Arsch, und er kann sich nicht mehr halten.« Ihr Flüstern ist so laut, dass es sicherlich jeder im Umkreis gehört hat. Wir stehen am Eingang des Irrgartens im Abendrot und das Ganze könnte kaum romantischer sein.

Der Tag war ein voller Erfolg für die Show. Kayden hat geflirtet, die Frauen immer wieder zufällig berührt und offensichtlich jedes Date genossen. Obwohl er sich ansehen musste, wie eine Miss sich auf ihre Auftritte vorbereitet. Das war Danas Date am Vormittag. Sie hat ihm verschiedene Gangarten gezeigt, ist fast eine Stunde mit einem Buch auf dem Kopf herumgelaufen und hat von ihrem Jetset-Leben erzählt, das sie allerdings noch nie aus den USA herausgebracht hat. Für mich ist ziemlich durchsichtig, dass sie Kayden als Sprungbrett für eine Karriere auch in Europa nutzen will.

Danach kam Alegra, die ihm das Haar gekürzt hat, und zum Schluss Lola. Mit ihr hat er den Spaziergang um den See gemacht, den er eigentlich gestern mit Rosalie machen wollte. Immer begleitet vom Kamerateam, Don und mir. Wir haben dafür gesorgt, dass die beiden eine romantische *Teatime* auf der anderen Seite des Sees hatten.

Lola kann ich nur schlecht einschätzen. Sie besitzt diese Mischung aus Sexappeal und Naivität, die auf Männer anziehend wirkt. Sie ist ziemlich intelligent und wenn sie anfängt, von ihrer Familie zu erzählen, möchte man sie am liebsten in den Arm nehmen. Sogar ich. Kein Wunder also, dass Kayden sie mag.

Die Zusammenarbeit mit Don lief recht gut, was mit Sicherheit daran lag, dass ich John gegeben habe, was er wollte, und er mich seitdem in Ruhe lässt. Die Frage ist, wie lange.

Aktuell beschäftigt mich der Kuss, in den Kayden und Lola versunken sind. Klar, ich hatte ihn um mehr Leidenschaft gebeten, aber das ist zu viel. Sie reibt sich förmlich an ihm, und für meinen Geschmack genießt er es viel zu sehr. Gestern erst hat er mich so geküsst und es war …

»Hat er vor, jedes Mal das letzte Mädchen zu küssen, das er datet?« Ich habe Stella gar nicht kommen hören, bin jedoch froh um ihren Einwurf. Der lenkt mich von diesem Kuss ab. »Wenn ja, müssen wir dafür sorgen, dass die Treffen gleichmäßig verteilt werden. Ist ja keinem geholfen, wenn er nur noch Johns Mädchen küsst.«

»Ich glaube nicht, dass das seine Absicht ist. Er mag Lola. Er wusste gestern bereits, dass er sie küssen wird.« Das hatte ich nicht sagen wollen, aber aus irgendeinem Grund ist es mir wichtig, das laut auszusprechen. Soll ruhig jeder wissen, dass er diesen Kuss geplant hat. Wenn ich nur wüsste, warum er … Kayden lässt Lola los und wirft mir einen Blick zu, der mir durch und durch geht. So hat er gestern kurz nach unserem letzten Kuss ausgesehen. Jetzt sieht er sie an, dann zurück zu mir und hebt vielsagend diese eine Braue.

Wenn ich morgen Lola küsse, denke ich an dich, das waren seine Worte gewesen.

Scheiße! Meine Wangen werden heiß und seine Lippen zucken. Dann wendet er sich erneut Lola zu. *O Gott!* Hoffentlich hat niemand diesen Blick bemerkt. Ich linse zu Stella, die nichts gesehen zu haben scheint. Ganz im Gegensatz zu John, der inzwischen neben Don steht und wissend lächelt. Er hat es gesehen und deutet es richtig. Mir wird schlecht. *Verdammt*!

Kayden und Lola schlendern auf den Zaun zu. Er wird also den Abend mit ihr beenden. Erleichterung durchflutet mich, obwohl sie das nicht sollte. Ich glaube, ich wäre durchgedreht, wenn er auch nur eine weitere Sekunde mit dieser Frau verbracht hätte.

Die beiden verabschieden sich, ein weiterer Kuss, und wir sind hier fertig. Das Kamerateam folgt Lola, genau wie Stella und John. Im Vorbeigehen zischt Letzterer mir zu: »Deine Tipps sind hoffentlich gut und führen zum Erfolg, sonst stecke ich Dwayne, was ihr gestern getan habt.«

Ich erstarre. Wie kann er das wissen? Doch er ist bereits hinter dem Zaun verschwunden und Kayden erscheint an meiner Seite. »Können wir gehen? Ich würde gern zu Abend essen.«

Es kostet mich große Mühe, meinen Blick vom Zaun loszureißen und mich auf Kayden zu konzentrieren.

»Kommst du?« Er winkt mich mit der Hand zu sich. »Hat John etwas gesagt?«

»War nach deiner Aktion zu erwarten!«, antworte ich deutlich ruppiger als beabsichtigt.

In einer Unschuldsgeste hebt er die Arme. »Was habe ich getan?«

Meine Antwort ist nur ein Schnauben, worauf ich ihn lachen höre. Sehen kann ich ihn nicht mehr, da ich mich bereits auf den Weg zum Büfett gemacht habe. Ich möchte so schnell wie möglich zu Abend essen, mich in mein Zimmer verkriechen, die Decke über den Kopf ziehen und diesen Tag hinter mir lassen. Ihn vergessen, unseren Kuss vergessen, wäre auch nett, doch das wird sicherlich nicht passieren. Er hat mich die ganze Nacht verfolgt und ein Teil von mir wünscht sich nichts sehnlicher als eine Wiederholung.

Um mich von solchen Gedanken abzulenken, fülle ich wahllos meinen Teller und bin damit beschäftigt, Kayden zu ignorieren, der versucht, Small Talk zu halten.

Mit unseren gefüllten Tellern steigen wir die Stufen nach oben, doch als ich auf seinem Stockwerk abbiegen will, hält er mich zurück.

»Wir essen bei dir.« Ohne meine Antwort abzuwarten, geht er weiter nach oben.

Bei mir? Das hieße, wir müssten zusammen auf meinem Bett sitzen und das … So viel zu *ihn vergessen*. Allein der Gedanke an ihn in meinem Bett sorgt dafür, dass mir an einigen ziemlich unanständigen Stellen heiß wird. Wie kann er nach allem, was zwischen uns vorgefallen ist, ernsthaft in Erwägung ziehen, mit mir allein zu sein?

Er hat den oberen Treppenabsatz bereits erreicht, allerdings hole ich schnell zu ihm auf. »Spinnst du?« Ziemlich unfreundlich von mir, aber irgendwie muss ich meinen wirren Gefühlen Ausdruck verleihen.

»Ich glaube nicht.« Ein breites Grinsen erhellt seine Züge. »Oder vielleicht doch? Finden wir es heraus.«

Inzwischen sind wir vor meiner Tür angekommen. Kurz zögere ich, ob ich das wirklich will. Die Alternativen wären, ihn wegzuschicken und allein zu essen. Oder mit ihm in sein Zimmer zu gehen. Beides besser, als sich mit ihm in meinen vier Quadratmeter großen Verschlag zu quetschen. Doch leider hat mein Verstand beschlossen, sich in den Feierabend zu verabschieden, und überlässt den Gefühlen die Herrschaft. Die scheinen gar nichts davon zu halten, mit Kayden vor laufenden Kameras zu Abend zu essen. Und noch weniger davon, ihn wegzuschicken.

Seufzend gebe ich nach und schließe mein Zimmer auf. Im Raum ist es angenehm kühl, da ich den Tag über das Fenster offen hatte. Ich stelle meinen Teller auf die Decke, steige aufs Bett, um die Dachluke zu schließen, doch Kayden hält mich davon ab. »Lass es offen. Abkühlung tut mir gut.«

Fragend hebe ich die Brauen, doch er lacht nur, zieht die Schuhe aus und setzt sich. Mein Blick geht zu meinen eigenen Füßen. Ich habe die Schuhe noch an, obwohl ich mitten auf meinem Kopfkissen stehe. Ganz toll.

Langsam, um den Inhalt meines Tellers nicht auch noch auf dem Bett zu verteilen, setze ich mich und ziehe ebenfalls die Schuhe aus. Als ich mich aufsetzen will, ist Kayden neben mir. Bevor ich reagieren kann, berühren seine Lippen mein rechtes Ohrläppchen und ich vergesse, was ich tun wollte.

Hauchzarte Küsse treffen meinen Hals. Streifen federleicht mein Schlüsselbein. Mit jeder Berührung hinauf zu meinem Kinn wird der Druck fester. Mein Kopf sinkt in den Nacken und meine Hände kralle ich in Kaydens Hemd. Ich sollte ihn abwehren, sollte das nicht genießen, und doch tue ich es. Jeder Kuss fließt wie warmes Licht durch meinen Körper, erweckt ihn aus seinem Kälteschlaf und erinnert mich daran, dass ich lebe.

Sein Gesicht ist auf gleicher Höhe mit meinem und seine Stimme kaum mehr als ein Wispern. »Du weißt, dass ich an dich gedacht habe?«

Ich nicke, da ich keine Worte habe, um das auszudrücken, was mit mir geschieht. Dabei verfangen sich unsere Blicke und seine Augen werden dunkel vor Verlangen. Er kommt noch ein Stücken näher, und bei seinem nächsten Satz kann ich seinen Atem auf meinen Lippen spüren. »Dann ist es gut.«

Ich schließe die Augen, kann den Kuss kaum erwarten. Alles in mir scheint ihm entgegenzufließen. Es braucht nur noch diese letzten Funken, um die Wärme in mir in ein loderndes Feuer zu verwandeln, das nicht mehr zu stoppen ist. Doch statt ein Feuer zu entfachen, verschwindet die Wärme. Die Matratze hebt und senkt sich.

Kayden zieht sich zurück. *Der Bastard!*

Ich drehe den Kopf und will ihn anfahren, damit er weitermacht, überlege es mir aber anders. Denn wenn ich ehrlich bin, hat er uns vor einem Riesenfehler bewahrt. Außerdem sieht er nicht so aus, als hätte ihn der Fastkuss eben beeindruckt. Er sitzt seelenruhig da, steckt sich eine gefüllte Peperoni in den Mund und tut so, als könne er kein Wässerchen trüben.

Was er kann, kann ich schon lange. Betont lässig greife ich nach meinem Teller, setze mich in den Schneidersitz und beginne zu essen. Dabei achte ich darauf, Kayden zu ignorieren.

Wir essen schweigend. Dabei sehen wir uns nicht an, obwohl ich immer wieder seinen Blick auf mir spüre. In den Momenten kribbelt es überall, und es ist, als würde mein Körper aus einem Tiefschlaf erwachen. Doch jedes Mal, wenn ich hochsehe, scheint er völlig in seine Mahlzeit vertieft.

Ich bin kaum besser, mache es genauso und beobachte ihn so lange, bis er den Kopf hebt. Das Ganze fühlt sich wie ein Spiel an, dessen Regeln vor langer Zeit festgelegt wurden. Diese Mischung aus Anbetung und Scham, dabei erwischt worden zu sein, ist eine explosive Mischung, die jederzeit in die Luft gehen könnte. Die Frage ist nur, ob er oder ich sie zünde.

Schließlich stellt er den Teller zur Seite, setzt sich auf den Bettrand und greift nach seinen Schuhen. Hat er tatsächlich vor, einfach zu verschwinden? »Du gehst?«, rutscht es mir heraus.

»Ich glaube nicht, dass wir weiter sind als gestern.«

Mein Hirn ist zu sehr damit beschäftigt, diesen Kommentar einzuordnen, um eine adäquate Antwort zu geben. Wie meint er das?

»Dachte ich mir.« Er sieht auf meinen Teller. »Bist du fertig? Dann nehme ich den mit.«

»Das ist eigentlich meine Aufgabe.«

»Stimmt. Ich bringe ihn auch nicht weg. Wüsste gar nicht wohin. Ich stelle ihn in mein Zimmer. Da ist mehr Platz.« Er zwinkert mir zu und greift den Teller.

Seelenruhig geht er zur Tür. »Ich wünsche dir eine gute Nacht, April.« Dann ist er verschwunden.

Und weg ist er. Die Explosion, die sich den ganzen Abend angebahnt hat, entlädt sich in diesem Moment. Allerdings nicht in wildem Sex oder wenigstens einer Knutscherei, wie ich trotz allem irgendwie gehofft hatte, sondern in bitterer Enttäuschung. Er kann doch nicht einfach gehen! *Offensichtlich schon*, sagt eine Stimme in meinem Kopf, die wieder verdächtig nach Lindsay klingt. *Du vertraust ihm nicht. Und solange du dazu nicht bereit bist, wird er sich fernhalten. Das hat er deutlich gemacht.*

Ja, hat er. Ich werde ihm so lange misstrauen, bis er mir erzählt, warum er seine Tochter verleugnet. Wenn ich es so betrachte, hat er sicherlich recht. Es hat sich nichts geändert. Ich will es wissen, er will nichts sagen. Wir haben uns in eine Sackgasse manövriert und mir fehlt eine Lösung, wie wir da herauskommen. Es würde sicher helfen, wenn seine Ablehnung weniger wehtun würde. Damit muss ich wohl leben.

Wenn man unsere Situation bedenkt, ist Abstand sicherlich die beste Option.

In den letzten Tagen ist die Stimmung am Set deutlich rauer geworden. Das bedeutet, dass die Frauen sich gegenseitig anzicken und ihre Krallen ausfahren.

Was nicht zuletzt daran, liegt, dass Kayden inzwischen fünf von ihnen geküsst hat. Sie sehen sich einerseits als exklusiven Club, andererseits als harte Konkurrentinnen.

Meist kann ich dieser explosiven Mischung entgehen. Heute allerdings hat Kayden beschlossen, noch zwei Stunden mit Belle zu verbringen. Er hat sie gestern geküsst, und ich bin dabei fast durchgedreht. Darüber will ich nicht weiter nachdenken. Offensichtlich hatten beide Spaß an der Sache. Und jetzt möchte er sie wiedersehen.

Für die Show ist das genau die richtige Entscheidung, er soll Nähe zu den Frauen aufbauen. Aber muss es dabei so echt aussehen? Oder noch schlimmer, ist es echt und das zwischen uns war nur eine kurze Episode? Wäre sicher die beste Lösung, auch wenn sie mir das Herz zerreißt. Er soll mich küssen, mir nahe sein! Und gleichzeitig wegbleiben, solange die offenen Fragen zwischen uns nicht geklärt sind.

Shit, ich muss endlich rausfinden, was ich will. Zu allem Überfluss schickt er auch noch mich, um Belle abzuholen. Was will er damit bezwecken? Mich eifersüchtig machen? Den Gefallen tue ich ihm nicht. Vielleicht blutet mein Herz, aber das bekommt er niemals zu sehen. Ich habe meinen Standpunkt klargemacht: Er erzählt mir alles, dann können wir weitersehen. Solange hat er jedes Recht, sich zu vergnügen. Obwohl mir bei dem Gedanken übel wird, halte ich daran fest, immerhin sind wir in keiner Beziehung.

Laute Stimmen aus dem Zimmer, an dem ich gerade vorbeigehe, lassen mich innehalten. Sind das Dana und Lola? Sie streiten unüberhörbar wegen irgendetwas. Um was es geht, kann ich durch die geschlossene Tür nicht hören. Ist wahrscheinlich besser so.

»Wir klären das jetzt und hier!«, ertönt Lolas Stimme und die Tür, an der ich vorbeigehe, fliegt auf. »April, dich schickt der Himmel!«

Das sehe ich anders. Denn wenn ich auf eins verzichten kann, dann, in den Streit zwischen den Frauen hineingezogen zu werden. Es ist schon schwer genug, dass Kayden und ich nicht mehr so richtig miteinander auskommen. Da muss ich nicht auch noch eine der Damen verärgern. Und dazu wird es unweigerlich kommen, wenn ich nicht höllisch aufpasse.

Bevor ich etwas sagen kann, zieht Lola mich am Arm ins Zimmer. Dort steht Dana, sieht mich triumphierend an und hält ein Kleid im Arm. »Sie soll entscheiden?«, fragt sie und deutet dabei auf mich. »Klingt gut, schließlich kennt sie ihn am besten.«

Es geht also um Kayden. War ja klar. *Augen zu und durch,* heißt die Devise. »Womit kann ich helfen?«

»Es geht um dieses Kleid.« Überflüssigerweise hält Dana es in die Luft. Es ist ein dunkelrotes Abendkleid mit Pailletten am Rock. »Wir möchten es beide zur Auswahlzeremonie tragen. Obwohl ich es zuerst gesehen habe.«

Das Kleid kann unmöglich beiden Frauen passen. Lola ist mehr als einen Kopf kleiner als Dana und hat im Gegensatz zu ihr Brüste und einen Hintern. Die Lösung dieses Problems sollte einfach sein.

»Ihr wollt, dass ich entscheide, wer von euch es später tragen sollte?«, frage ich zur Sicherheit.

»Genau darum geht es.« Lola steht inzwischen neben Dana, was den Unterschied zwischen den beiden noch deutlicher hervorhebt. »Dieses Kleid ist eindeutig für mich gemacht«, sagt sie und verschränkt die Arme vor der Brust.

»Das werden wir sehen.« Mit erhobenem Kinn verschwindet Dana ins Badezimmer.

Lola beugt sich verschwörerisch zu mir. »Sie ist sauer, weil Kayden mich geküsst hat und nicht sie.« Ein verträumtes Lächeln erscheint auf ihren Lippen. »Er ist ein hervorragender Küsser, und ganz unter uns«, sie senkt die Stimme, »ihn hat der Kuss auch nicht kaltgelassen, wenn du weißt, was ich meine.«

Oh. Mein. Gott. Ich weiß genau, was sie meint. Und ich weiß auch, dass Kaydens Küsse etwas Besonderes sind – und dass er gesagt hat, er würde bei dem Kuss an mich denken. Bedeutet das, dass seine Erektion durch den Gedanken an mich ausgelöst wurde?

Ein glühend heißer Strahl durchfährt meine Brust. Ich spüre meine Wangen warm werden und höre Lola geziert lachen. »Das muss dir nicht peinlich sein. Ihm war es das auch nicht.« Sie zwinkert mir zu und ich kann mir gerade noch ein Augenrollen verkneifen.

Zum Glück öffnet sich die Badezimmertür und Dana tritt ein. Das Kleid steht ihr. Es endet kurz oberhalb der Knöchel und setzt so die glitzernden Stilettos an ihren Füßen wundervoll in Szene. Das Kleid ist vorn hochgeschlossen, lässt dafür allerdings auf der Rückseite tief blicken. Ich kann mir beim besten Willen nicht vorstellen, wie es an Lolas üppiger Figur aussehen würde. Wenn ich ehrlich bin, glaube ich nicht mal, dass sie überhaupt hineinpasst.

»Umwerfend, oder?« Dana dreht sich einmal im Kreis. »Du bist dran.« Ihr höhnischer Blick trifft Lola. »Ich ziehe es schnell aus.« Schon ist sie wieder verschwunden.

»Sie denkt, sie könnte Kayden mit ihrer kühlen Ausstrahlung und ihrem androgynen Aussehen beeindrucken. Aber ich weiß, dass er auf Kurven steht.«

Darauf sage ich nichts, aus Angst, mich zu verraten. Denn insgeheim muss ich Lola recht geben. Er zeigt Begeisterung für Lola und Belle, die beide ihre Kurven haben.

Auch dieser Gedanke schmerzt. Kayden steht auf kurvige Frauen, na und? Ich bin selbst eine, was wahrscheinlich der Grund ist, warum er mit mir ... Durch ein Kopfschütteln versuche ich, die Gedanken an Kayden zu verscheuchen. Das ist alles andere als leicht. Vielleicht hilft es, mich auf meinen freien Tag zu konzentrieren. Bald werde ich Emily wiedersehen. Und Lindsay. *Mist!* Sie wird sofort merken, dass irgendetwas vorgefallen ist. Was eigentlich gar nicht so schlimm ist. Mit Sicherheit wäre es klug, mit jemandem über die ganze Sache zu reden. Ich drehe nämlich langsam durch.

In diesem Moment geht die Badezimmertür auf und Dana kommt zurück. »Dann zeig mal, wie das Kleid bei dir wirkt.« Sie schenkt Lola ein falsches Lächeln und die beiden wechseln die Plätze.

»Sie nimmt sich so wichtig, seit er sie geküsst hat. Und dabei war sie nicht mal die Erste«, flüstert Dana nun.

Ich nicke, versuche mich an einem Lächeln und schweige, genau wie ich es bei Lola getan habe. Keine Ahnung wie, aber Lola hat es in Rekordgeschwindigkeit in das Kleid geschafft. Als sie wieder eintritt, entfährt mir ein »Wow!«. An ihr strahlt das Kleid puren Sexappeal aus. Es berührt ganz knapp den Boden und absolut jede ihrer Kurven kommt zur Geltung. Im Moment trägt sie das Haar offen, was umwerfend aussieht. Mit einer Hochsteckfrisur wird es sensationell. Ich linse zu Dana, die die Augen zusammenkneift.

»Na, ich bin nicht sicher, ob Kayden auf so etwas steht.«

»Auf was steht Kayden nicht, Liebes?«, höre ich Stellas Stimme und keine Sekunde später steht sie in der Tür.

Alle Blicke richten sich auf sie. »Auf so viel offen zur Schau getragene sexuelle Ausstrahlung«, sagt Dana mit einem süffisanten Grinsen.

»Sag es ruhig, wie es ist, Liebes.« Stella steht neben Dana und taxiert Lola gnadenlos. »Keiner glaubt, dass der Duke auf billige Flittchen steht.«

Was? Mir war natürlich klar, dass auch Stella fies werden kann, irgendwie dachte ich allerdings … Ich schließe kurz die Augen. Irrelevant, was ich dachte, denn die Realität ist, wie sie ist.

Ihre nächsten Worte richtet Stella an Dana. »Wir finden ein besseres Kleid für dich. Du hast andere Qualitäten und musst dich nicht auf dieses Niveau herablassen.« Sie nimmt Dana beim Arm und führt sie aus dem Zimmer. Nicht ohne mir einen Blick zuzuwerfen, der mir durch und durch geht.

Ich sehe nichts Falsches an meinem Verhalten. Momentan arbeite ich weder für sie noch für John und darf meine eigene Meinung haben. Seufzend wende ich mich Lola zu, die diese ganze Szene überraschend ruhig beobachtet hat. Kess lächelnd sieht sie an sich herab. »Schade, wenn man feststellt, dass Menschen schlechte Verlierer sind. In diesem Kleid werde ich Kayden für mich einnehmen, egal was diese beiden Schreckschrauben sagen.« Sie streicht das Kleid über ihrer Taille glatt. »Ich zeige, was ich habe, und wem das nicht passt, der hat Pech gehabt. Nur weil sie so ein dünnes Klappergestell ist, das Stellas Blut in Wallung bringt, heißt das noch lange nicht, dass Kayden genauso tickt.« Mit hocherhobenem Kopf und nach vorn gerecktem Kinn nickt sie und marschiert dann ins Bad.

Ich bleibe irritiert zurück. Geht es in der Villa ständig so zu? Vielleicht sollte ich Kayden dankbarer sein, dass er mich davor bewahrt hat.

Wieder im Flur, atme ich tief durch und widme mich meiner eigentlichen Aufgabe: Belle für ein Stelldichein mit Kayden ans Set zu holen.

Ich weiß immer noch nicht, was Kayden mit Belles Anwesenheit bezwecken will. Sie sitzen seit zwei Stunden am Pool und unterhalten sich. Über Fische und anderes belangloses Zeug. Ich stehe im Hintergrund und versorge sie mit Getränken. Dabei richtet Belle sich ganz nach Kayden und trinkt koffeinfreie Cola light wie er. Gerade beugt sie sich zu ihm rüber. »Sagst du mir, was das *S* in deinem Namen bedeutet?« Dabei streift sie mit ihrer Hand wie zufällig seinen Oberschenkel.

Er ergreift sie und hält sie fest. »Nur wenn du versprichst, weder zu lachen noch einen dummen Kommentar darüber abzugeben.«

Dieser Satz ruft Erinnerungen wach. Fast dasselbe hat er auch zu mir gesagt. Es schmerzt, dass er ausgerechnet mit Belle über seinen zweiten Vornamen spricht. Bin ich ein böser Mensch, wenn ich mir wünsche, dass sie lacht und ihm das missfällt? Wahrscheinlich. Ändert aber nichts an meinen Gedanken.

Belle nickt und sieht ihn mit großen Augen an.

»Sherlock«, sagt Kayden und verzieht das Gesicht.

»Wie in Holmes?«, fragt sie und bricht in Gelächter aus. »Der war doch auch Brite? Hat der nicht Kriminalfälle gelöst?«

Ich halte mir die Hand vor den Mund, um ein Lachen zu unterdrücken. Keine Ahnung, welche Reaktion ich erwartet habe, doch Belles Antwort klang fast, als würde sie Sherlock Holmes für einen echten Menschen halten.

Kayden übergeht das. »Er ist Engländer. Und bevor du fragst: Meine Mutter war eine begeisterte Leserin der Bücher, und so kam es zu dem Namen.« Er steht auf und deutet eine Verbeugung an. »Vielen Dank für den schönen Abend. Wir sehen uns morgen.«

Da hat sich mein Wunsch wohl erfüllt und Genugtuung breitet sich in mir aus. Auch wenn es das nicht sollte. Die gute Belle hat wohl einen Fehler begangen. Schon als er mir den Namen verraten hat, war klar, dass er es hasst, wenn man sich darüber lustig macht. Er hat sie gewarnt. Ich hätte allerdings nicht geglaubt, dass er sie gleich wegschickt. Andererseits beschwere ich mich nicht.

Selbst Belle versteht, dass das Treffen beendet ist, und sieht unglücklich darüber aus. »Wenn du willst, könnten wir …«, setzt sie an, besinnt sich dann eines Besseren. »Du hast recht, wir sehen uns morgen, Sherlock. Ich mag den Namen.« Sie lächelt ihn an, beugt sich vor, haucht einen Kuss auf seinen Mund und verschwindet beschwingt in Richtung Zaun.

Kayden sieht ihr nach und dreht sich erst zu mir um, als sie hinter der Tür verschwunden ist. Seine Stirn ist gerunzelt. »Lass uns nach oben gehen«, sagt er, und ich folge ihm. »Du kannst meine Wäsche mitnehmen, bevor du dich zurückziehst.«

Seine Wäsche, soso. In seinem Zimmer angekommen, geht er schnurstracks ins Bad und winkt mich hinein. »Die Sachen sind hier.«

Hinter uns schließt er die Tür und stößt einen frustrierten Schrei aus. »Ich bin ein totaler Idiot!«

Da ich dem wenig hinzuzufügen habe, schweige ich und hebe nur fragend die Brauen.

»Weißt du, warum ich mich eben mit Belle getroffen habe?«

Ich schüttle den Kopf.

»Weil sie aussieht wie du.«

Wow! Mein Herz macht einen Satz. Meine Mundwinkel heben sich. Unter diesem Aspekt ergibt sein ganzes Verhalten in den letzten beiden Tagen Sinn.

Keine Ahnung, wie sich Schmetterlinge im Bauch anfühlen, aber ich bin sicher, durch meinen fliegt gerade ein ganzer Schwarm.

Er war mit ihr zusammen, weil sie ihn an mich erinnert. Ein wundervolles Kompliment. Oder eher merkwürdig? Ich runzele die Stirn, was er zum Anlass nimmt, sich durchs Haar zu streichen.

»Ja, das ist komisch, ich will nur … Keine Ahnung.« Kopfschüttelnd dreht er sich zur Tür. »Jetzt weißt du es. Die Wäsche ist dort im Korb.« Mit diesen Worten rauscht er aus dem Bad und lässt mich mit mehr Fragen als Antworten zurück.

Warum macht er das? Warum redet er nicht einfach mit mir? Warum gefällt es mir so sehr, dass er zugibt, eine andere Frau zu daten, weil sie mir ähnelt? Und die wichtigste: Was bedeutet das für die Zukunft?

Kayden

Spannungen

Das Verhältnis zwischen April und mir ist angespannt. Am ersten Abend nach unserem Bootsausflug habe ich sie auf ihr Zimmer begleitet und festgestellt, dass die Nähe in dem kleinen Raum meine Selbstbeherrschung auf eine harte Probe stellt.

Es hat nicht viel gefehlt, und ich wäre über sie hergefallen. Der ganze Schlafraum riecht nach ihr. Ihre Kleider liegen auf dem Boden, und wenn sie mir gegenübersitzt und unschuldig an ihrem Getränk nippt, fällt es mir schwer, mich zurückzuhalten.

An jenem Abend habe ich es geschafft zu gehen. Doch ich wusste, dass ich das kein weiteres Mal schaffen würde. Also bin ich auf Abstand gegangen. Bis auf den Moment im Bad, als ich ihr erklärt habe, warum ich mich mit Belle treffe. Das habe ich vor allem deshalb getan, weil mir Aprils Reaktion heute das Herz zerrissen hat. Während des Treffens mit Belle hat sie sich bemüht, gleichgültig zu wirken, doch es waren die kleinen Gesten, die sie verraten haben: ein Stirnrunzeln, ein Schnauben, ein schmerzlicher Zug um ihre Lippen.

Außerdem hatte ich die Hoffnung, dass sie durch meine Erklärung näher rücken und sich öffnen würde. Das ist bisher nicht geschehen. Ganz im Gegenteil, scheint es ihr beinahe ein willkommener Vorwand, eine Mauer zwischen uns zu errichten.

Natürlich ist mir klar, dass meine Gefühle für sie vollkommener Irrsinn sind. Ich muss diese Show beenden, mich mit einer der Frauen verloben und idealerweise zusammenbleiben, um die Publicity auszunutzen. Ich brauche jeden Penny, den ich kriegen kann. Schenke ich April mein Herz, bekomme ich kein Geld.

Darauf sollte ich mich konzentrieren, und auf die Frau, die vor mir im Boot sitzt. Ich habe Belle gewählt, um mit ihr zur Insel zu rudern. Sie sieht April ähnlich und in ihrer Nähe kann ich mir fast einbilden … O Gott, mir ist wohl offiziell nicht mehr zu helfen. Vorsichtig rudere ich das Boot an den Steg heran und vertäue es. Dann steige ich aus und helfe Belle. Ein weiteres Boot legt an. Darin befinden sich das Kamerateam und April. Es ist das erste Mal, dass ich wünschte, sie wäre weggeblieben.

Ohne uns zu beachten, verschwindet sie den schmalen Pfad entlang. Gut. Was sie kann, kann ich schon lange. Im Ignorieren von Menschen bin ich spitze. Ich wende Belle meine volle Aufmerksamkeit zu. Mit geröteten Wangen und offensichtlich nervös steht sie neben mir.

»Weißt du, wie es weitergeht?«, fragt sie und sieht April hinterher.

»Für uns steht Champagner am Strand bereit, und sobald es dunkel wird, sollen wir dem Pfad folgen und uns überraschen lassen.« Mehr weiß ich auch nicht. Ein weiterer Nachteil, dass April und ich kaum noch reden.

»Dann lassen wir die Dinge mal auf uns zukommen.«

Etwas anderes bleibt uns schwerlich übrig. »Wie ich diese Show kenne, wird es mit Sicherheit spektakulär.« Zumindest so viel steht fest. Ob mittelmäßig absurd oder völlig lächerlich, bleibt abzuwarten.

Wir haben den kleinen Tisch mit dem Champagnerkühler und den zwei Gläsern erreicht. Ich rücke Belle den Stuhl zurecht und schenke ein. Um ein Glas kann ich mich wohl nicht drücken. Dann soll es so sein. Wir stoßen an und ich frage sie, was sie von der historisierenden Kulisse des Sets hält.

»Ich finde sie hinreißend! Wie ein Blick in die Vergangenheit«, antwortet sie und trinkt einen Schluck. »Ich sage immer: Geschichte ist etwas, was man fühlen muss.« Sie leert ihr Glas und sieht fragend zu mir. »Etwas dagegen, wenn ich noch ein Glas trinke? Ich bin ziemlich nervös und habe festgestellt, dass nichts die Nerven besser beruhigt als ein oder zwei Gläschen.«

»Deshalb der Gin am Cocktailabend? Du magst ihn auch mit Gurke?«

»Richtig!« Sie lässt mir keine Zeit, ihr nachzuschenken, sondern übernimmt das selbst und beugt sich dann verschwörerisch über den Tisch. »Die Gurken sorgen dafür, dass der Kater wegbleibt.«

»Habe ich auch gehört.« Getestet habe ich es allerdings nie. Es ist Jahre her, dass ich über den Durst getrunken habe, wie man so schön sagt. Belle hingegen trinkt den Champagner wie Wasser. Ich kann nur hoffen, dass sie verträgt, was sie sich zumutet. »Geschichte muss man also fühlen?« Ich nippe an meinem Glas, als sie mir zuprostet.

»Ganz genau. Es ist dieses Gefühl, an einem Ort zu stehen und sich zu fragen, was dort wohl schon geschehen ist. Wie muss das erst in deiner Heimat sein? In Europa ist alles oft viele Hundert Jahre alt, manchmal über tausend. Sicher ein erhebendes Gefühl.« Sie ist bei ihrem dritten Glas und ich bin froh, dass die Sonne langsam untergeht.

»Man spürt an manchen Orten die Vergangenheit, da gebe ich dir recht.«

»Ist das auf deinem Gut so? Wie alt ist euer Haus? Oder nennt man es Manor?«

»*Whitewater Manor*. Erbaut ab 1645 und danach immer wieder umgestaltet und erweitert.«

»Sicherlich ein Traum, wenn man in so einem Anwesen aufwachsen darf.«

»Und eine große Verantwortung, ja.« Rechts von mir höre ich ein Geräusch und sehe April, die versucht, meine Aufmerksamkeit zu erlangen.

»Es ist alles bereit«, flüstert sie. Das ist unser Stichwort.

Ich stehe auf und reiche Belle die Hand. Ihre Wangen sind noch röter als bei unserer Ankunft und ihr Lächeln breiter.

»Ich bin sooo gespannt, was uns erwartet!« Sie umfasst entschlossen meine Hand und wir marschieren in die Richtung, die April uns gewiesen hat. Nach wenigen Metern macht der Weg eine Biegung und Fackeln sorgen für Licht. Belle stößt einen Laut des Entzückens aus. »Hach, das ist ja sooo romantisch!«

Darauf sage ich nichts. Ich fürchte nämlich, dass die Sache hier noch kitschiger wird. Eine weitere Wegbiegung später bewahrheiten sich meine schlimmsten Befürchtungen. Musik setzt ein und eine Frauenstimme beginnt zu singen. Es ist dasselbe Lied wie bei meinem Picknick mit Dana am See. Der Titelsong von *Outlander.*

Auch Belle scheint ihn zu erkennen, denn sie quietscht ähnlich wie Dana vor zwei Wochen. »Das ist *Outlander*!«

Eine letzte Biegung, und wir sind an unserem Ziel angekommen.

»Ein Steinkreis, genial! Wie Craigh na Dun.«

Fragend hebe ich eine Braue.

»Na, der Steinkreis in *Outlander*, durch den Claire …«

Das Auftauchen mehrerer Gestalten unterbricht sie. Frauen in langen weißen Gewändern, mit Blumenkränzen im Haar, halten Fackeln in der Hand und beginnen mit einem Tanz um die Steine.

»Das ist wie im Intro!« Belle klatscht begeistert in die Hände und wiegt sich im Takt der Musik. »Tanz mit mir, mein schöner Schotte!« Sie greift nach meinen Händen und mir bleibt keine Wahl, als ihrer Aufforderung nachzukommen.

Mein Blick geht zu April, die offensichtlich Mühe hat, sich ein Lachen zu verkneifen. Natürlich hat die Situation durchaus ihre komischen Seiten. Ich stehe auf einer wahrscheinlich künstlichen Insel in Washington in einem künstlichen Steinkreis und tanze zur Filmmusik einer Serie, die ich nie gesehen habe. Und das mit einer Frau, die meine zukünftige Duchess werden möchte, was unter keinen Umständen in Frage kommt.

Wenn ich nicht selbst der tragische Held dieser Geschichte wäre, fände ich es mit Sicherheit auch amüsant. Trotzdem könnte meine Situation viel schlimmer sein. Das sind Kleinigkeiten im Vergleich zu den Sorgen, die mich zu Hause erwarten. Aprils Grinsen erinnert mich daran, warum ich hier bin. Ich soll eine Show liefern, und das tue ich.

Belle und ich halten uns an den Händen, wiegen und drehen uns. Als die Musik schließlich verstummt, sinkt sie in meine Arme und kichert.

»Champagner und Musik. Mir wird ganz schwummrig.«

»Willst du dich setzen?«

Sie nickt. »Sehr gern.«

Suchend blicke ich mich um und sehe April, die auf einen umgekippten Stein zeigt. Langsam führe ich Belle dorthin, fürsorglich einen Arm um ihre Schultern gelegt. Kaum haben wir Platz genommen, lehnt sie ihren Kopf an meine Schulter und sieht zu mir auf. »Ist es so in deiner Heimat?«

In der Nähe von *Whitewater* gibt es keine Steinkreise, und vermutlich tanzen dort nirgendwo Frauen in weißen Gewändern zur Musik von *Outlander.* Da sie das mit Sicherheit nicht hören will, nicke ich. Dabei kommt mein Kopf ihrem nah, sie hebt ihr Gesicht und wir küssen uns. Sie schmeckt nach Champagner und Lippenstift. Ihre Arme schlingt sie um meinen Hals, sie bewegt sich und sitzt plötzlich auf meinem Schoß, beginnt ihre Brüste an mich zu pressen. Das ist mir eindeutig zu viel. Ich löse mich von ihr und schiebe sie weg.

Sie braucht einen Moment, um zu registrieren, was passiert. Sekunden später lächelt sie und krabbelt umständlich von meinem Schoß. Den Blick scheu auf den Boden gerichtet. »Die Magie des Augenblicks hat mich überwältigt.«

»Ist schon in Ordnung.« Unbeholfen streichle ich ihr über den Arm. »Darf ich dir diesen Anhänger geben?« Mein Versuch, die Stimmung zu retten, ist offensichtlich gelungen, denn sie strahlt, während ich den Anhänger an ihrem Armband befestige.

Bevor die Situation unangenehm wird, stehe ich auf und reiche ihr die Hand. »Lass uns zurückgehen. Es ziehen Wolken auf und es wird kühl.«

Sie nickt, lässt sich helfen und schmiegt sich an meine Seite. Dagegen kann ich nichts tun. Langsam gehen wir Arm in Arm zurück an den Strand.

Die ganze Zeit vermeide ich es bewusst, April anzusehen. Denn egal was ich sehen würde, ich könnte es nicht ertragen. Gleichgültigkeit täte weh, Betroffenheit ebenso. Also blende ich sie aus und kümmere mich um die leicht derangiert wirkende Belle. Ihr Zustand wundert mich. Klar, sie hat den Champagner ziemlich schnell getrunken, doch nach dem Cocktailabend hätte ich vermutet, dass sie deutlich mehr verträgt.

Wir sind inzwischen wieder auf dem Gelände und stehen vor der Verbindungstür zur Villa. Belle scheint sich gefangen zu haben und lächelt mich kokett an. »Du bist sicher, dass ich durch diese Tür gehen soll? Der Abend ist noch jung und …«

»An dieser Stelle zu Ende.« Ich greife ihre Hände und streichle sie vorsichtig. Es wird Zeit, dass ich einige Dinge klarstelle. »Ich bin kein Mann für eine schnelle Nummer. Mir geht es nicht nur um Spaß, sondern um echte Gefühle, und die müssen langsam wachsen. Ich könnte mit jeder von euch eine Nacht verbringen, aber das wäre nicht ich, verstehst du?«

»Ja, das verstehe ich. Das ist sooo romantisch.« Sie stellt sich auf die Zehenspitzen und gibt mir einen Abschiedskuss.

Hoffentlich gibt sie das an die anderen Frauen weiter. Ein letztes Lächeln, ihre Hand, die so lange wie möglich in meiner bleibt, und dann ist sie verschwunden.

Augenblicklich geht das Licht aus, das Filmteam packt zusammen und ich stehe verloren vor dem großen Zaun.

»Nette Ansprache«, höre ich April hinter mir sagen.

»Jedes Wort ist wahr.«

»Wenn du das sagst.«

Ich kneife die Augen zusammen, schlucke meine Antwort aber, denn ich will keinen Streit. Stattdessen gehe ich wortlos in Richtung Haus. Sie folgt mir. Am Treppenabsatz zu meiner Etage bleiben wir stehen.

»Brauchst du noch was?«

Dich, god-damn, will ich sagen, schweige jedoch. Was ist nur aus unserer Offenheit geworden? Leider kenne ich die Antwort. Sie ist mit dem Kuss untergegangen, verloren inmitten von Chaos, Gefühlen und Verwirrung. Ich nehme mir fest vor, sie wiederzufinden. Allerdings nicht mehr heute Abend. Vielleicht morgen nach der Auswahlzeremonie.

Ich hasse es, wenn ich recht behalte. Die Auswahl belastet mich von Mal zu Mal mehr. Im selben Maß, wie die Zuneigung der Frauen zu mir wächst, wächst auch meine zu ihnen. Die ersten Damen habe ich nach Hause geschickt, weil zwischen uns die Chemie nicht stimmte. Inzwischen ist es anders. Jede der zwölf Frauen, die gerade vor mir stehen, ist auf ihre Weise nett und einzigartig. Ich bin in keine verliebt und bin mir auch sicher, dass das nicht passieren wird, aber ich mag jede einzelne auf ihre Art.

Die Pitches sind vorbei und ich habe zwanzig Minuten Zeit, um mich zu entscheiden und meinen Tee zu trinken. Dafür ziehe ich mich mit April in die Halle zurück. Die Damen bleiben im Ballsaal, in dem sie ihre Date-Ideen präsentiert haben.

Mein Entschluss, ab heute offen mit April zu reden, steht. Dennoch fällt es mir schwer. Ich sehe zu ihr, beobachte jede ihrer Bewegungen beim Teekochen. Dabei spüre ich, wie alles andere unwichtig wird. Ich will kein einziges der Dates, die mir angeboten wurden. Ich will mit April zurück auf diese Insel, an den Kiesstrand. *Kayden, dich hat es voll erwischt.* Ich höre den Zyniker in mir lachen. Ja, über die Maßen amüsant.

»Bitte, dein Tee.« April deutet auf die Tasse und tritt einen Schritt zurück. Sie reicht ihn mir nicht mehr. Mir bleiben nicht mal mehr diese zufälligen Berührungen. »Hast du entschieden, welchen Dates du zusagen willst?« Keine Ahnung, ob sie das interessiert oder ob das ein Versuch von Small Talk sein soll.

»Das Candle-Light-Dinner und den Boxkampf in jedem Fall«, sage ich lächelnd. »Bodyflying finde ich spannend, ist mal was anderes. Und vielleicht die Kutschfahrt, wenn ich selbst fahren darf.«

Sie nickt. »Und wer geht?«

»Petra, Alegra und Sandra.« Meine Antwort überrascht mich selbst. Wie es aussieht, hat mein Unterbewusstsein längst entschieden. Die drei sind nett, das war es auch schon. Auch ihre Dating-Ideen begeistern mich nicht. Ein Baseballspiel, ein Angelausflug und eine Sightseeingtour durch Seattle sind keine Dinge, die ich unbedingt erleben muss.

April nickt. »Okay.«

»Bist du nicht einverstanden?«

Sie zuckt mit den Schultern. »Es geht nicht darum, was ich will, sondern was du willst.«

Ein Blick in die Runde lässt mich meine emotionale Antwort hinunterschlucken. Zu viele Leute um uns herum. Ich will zwar Offenheit, das heißt allerdings nicht, dass die gesamte Crew einen Streit mitbekommen soll.

Aus diesem Grund schlendere ich zu ihr und gieße mir selbst Tee nach. Dabei bleibe ich so nah wie möglich neben ihr stehen. »Wir müssen das klären«, flüstere ich.

Ich ernte ein erneutes Schulterzucken.

»Wenn du keinen Vorschlag machst wie und wo, übernehme ich das. Nach Drehschluss auf deinem Zimmer.«

Danach wende ich mich ab, trinke meinen Tee und tue mein Bestes, April zu ignorieren. Das ist leichter als gedacht, denn sie gibt sich betont desinteressiert.

Maggys Stimme hallt durch die Lautsprecher: »Wir drehen in zwei Minuten! Alle auf ihre Plätze.«

Das ist wohl mein Stichwort.

April

Eine Ankündigung

Der Abend der Auswahl zieht sich und ist doch zu kurz. Kaydens Bemerkung, wir hätten etwas zu bereden, lässt mich nicht zur Ruhe kommen. Durch meine Grübelei entgeht mir fast der aufregendste Moment.

Kayden verkündet den Namen der letzten Frau, der er einen Anhänger geben möchte. Lächelnd sagt er nach einer wohlbemessenen Pause: »Alexa.« Doch es ist nicht Alexa, die vortritt, sondern Alegra. Mit einem siegessicheren Lächeln geht sie auf Kayden zu, der eine Braue hebt, als Dwayne dazwischengeht.

Er fasst Alegra am Arm, um sie zu stoppen. »Da scheint ein kleines Missverständnis vorzuliegen.« Dann wendet er sich an Kayden. »Bist du so nett und wiederholst noch mal den Namen?«

Kayden Braue sinkt nach unten. »Die letzte Dame, die ich in der kommenden Woche gern an meiner Seite hätte, ist: Alexa.«

Alegras Miene versteinert, und sie kämpft offensichtlich mit den Tränen. Mich lässt das merkwürdig kalt. Überhaupt ertappe ich mich in den letzten Tagen viel zu oft dabei, wie ich jeder einzelnen Kandidatin die Pest an den Hals wünsche.

Ich weiß, dass Kayden vermehrt turteln und küssen muss, daher versuche ich, es ihm so einfach wie möglich zu machen, indem ich Distanz wahre. Für meinen Geschmack hat er sich viel zu schnell damit abgefunden.

Warum denke ich über so etwas nach? Das bestätigt nur, was ich eh schon wusste: Egal was er über Gefühle und Zuneigung sagt, in erster Linie ist er ein Mann. Noch dazu einer, der gern seinen Spaß hat und Verpflichtungen scheut.

Nach dem Zwischenfall ist die Zeremonie auch schon vorbei, die drei ausgeschiedenen Frauen werden nach draußen eskortiert, während die anderen sicherlich bis spät in die Nacht in ihrer Villa feiern. Oder sich die Augen auskratzen. Vermutlich von beidem etwas. Es ist wohl an der Zeit für mein Gespräch mit Kayden.

Gerade unterhält er sich mit Maggy und Dwayne. Kurz überlege ich, auf ihn zu warten. Normalerweise würde ich das tun und fragen, ob er noch irgendetwas braucht. Da er aber sowieso angekündigt hat, in mein Zimmer zu kommen, sehe ich keinen Grund, hierzubleiben.

Schneller als angemessen verlasse ich den Ballsaal und stürme nach oben. Ich bin fast an der Tür angekommen, als ich Kaydens Stimme hinter mir höre: »Wartest du auf mich, April?«

Verdammt! Jetzt bleibt mir nichts anderes übrig. Ich bleibe stehen, und es dauert nur zwei Atemzüge, bis er zu mir aufgeschlossen hat. »Hey«, sage ich bewusst kühl und setze mich wieder in Bewegung. Er folgt mir schweigend. Selbst als wir in meinem Zimmer ankommen, herrscht Stille zwischen uns. Ich streife die Schuhe ab und setze mich, während er stehen bleibt.

Für einen kurzen Moment schließt Kayden die Augen, atmet tief ein, öffnet sie wieder und seufzt. »So geht das nicht weiter.«

Ich nicke und fordere ihn mit einer Geste auf, weiterzusprechen.

»Ich habe dir Zeit gegeben, deinen Standpunkt zu überdenken und mich näher kennenzulernen.« Er schüttelt den Kopf. »Aber du stößt mich zurück. Du gibst mir keine Chance. Wie sollen wir mehr übereinander erfahren, wenn du vollkommen abblockst?«

Ich blocke ab? Er ist es doch, der … Frustriert schlage ich mit der Faust ins Kissen. »Du hattest die ganze Woche Zeit, mir zu erzählen, was mit deinem Kind ist, aber da kam überhaupt nichts. Ich weiß kein bisschen über dich und deine Vergangenheit. Stattdessen redest du nur darüber, wann und wo du welche Frau küssen solltest.«

»Als meine Assistentin ist es dein Job, mit mir über die Damen zu reden.«

Schnaubend verschränke ich die Arme vor der Brust. »Dann verstehe ich nicht, was du willst.«

»Das ist doch offensichtlich! Du und ich«, mit seinem Finger zeigt er zwischen uns hin und her, »wir klären das hier und jetzt.«

Gut, wenn er will, werde ich deutlicher. »Da gibt es nichts zu klären. Zwischen uns ist nichts Ernstes und wird es auch nie sein. Du bist nicht bereit für eine ernste Beziehung, ich will nichts anderes. Du hast offensichtlich keine Lust, mir zu erklären, was damals passiert ist zwischen dieser Frau und dir und warum du nicht zu deinem Kind stehst. Ich will nicht so enden wie sie und ziehe meine Konsequenzen daraus.«

Seine Hände ballt er zu Fäusten. »Es ist so leicht, über mich zu urteilen, nicht wahr? Das war es schon immer. Der verwöhnte Sohn des Duke, der gern Partys feiert und nichts anbrennen lässt. Der Playboy, dem alles egal ist. Außer seinem Spaß.« Er spuckt mir die Worte buchstäblich vor die Füße. »Wie konnte ich nur annehmen, du könntest anders sein.«

»Darauf habe ich keine Antwort. Ich habe dir von Anfang an gesagt, was ich …«

»Du hast nie ein Blatt vor den Mund genommen. Keine Ahnung, was mit mir nicht stimmt, denn aus unerfindlichen Gründen finde ich deine Offenheit anziehend. Ich habe gedacht, dass du mehr in mir siehst.« Er überwindet die drei Schritte, die ihn von mir trennen, und steht bedrohlich über mir. »Was auch immer du mit meinem Herzen machst, es führt dazu, dass ich meine Prinzipien anzweifele und mich frage, wie viel ein Versprechen an einen Toten wert ist.« Inzwischen öffnet und schließt er seine Fäuste in einem gleichmäßigen Rhythmus. »Ich wünschte, ich könnte dir die Geschichte erzählen, aber ich habe meinem Vater geschworen, nie ein Wort darüber zu verlieren, um den Ruf der Familie nicht zu beschädigen.«

»Deinem Vater?«, frage ich überrumpelt. »Was hat der denn mit der Sache zu tun?«

»Vergiss es.« Er schüttelt den Kopf. »Manche Dinge sind eben nicht so einfach. Es gab nun mal keine andere Möglichkeit. Warum kannst du mir nicht vertrauen?«

»Es ist … Ginge es nur um mich, wäre das etwas anderes. Aber ich kann mich nicht auf eine aussichtslose Liebschaft einlassen, die mir das Herz bricht. Ich muss für Emily da sein und habe keine Zeit für eine Beziehung ohne Zukunft.«

»Woher willst du wissen, dass wir keine Zukunft haben?«

Das kann nicht sein Ernst sein. »Abgesehen davon, dass du schon mal eine Frau mit ihrem Kind sitzen gelassen hast? Du bist Schotte, ein Duke und hast alles, was sich ein Mensch wünschen kann: Geld, Ruhm und eine ganze Horde Weiber, die sich nach dir verzehren.« Ich zeige mit dem Finger auf mich. »Und ich bin einfach nur ich. Eine Amerikanerin ohne Collegeabschluss, die sich um ihre Nichte kümmert und dir nichts von dem bieten kann, was eine echte Duchess ausmacht. Finde den Fehler.«

»Der Fehler ist, dass du dich von der Scheinwelt blenden lässt und nicht siehst, was direkt vor dir liegt.« Er beugt sich zu mir und stoppt erst in der Bewegung, als sein Gesicht meinem ganz nah ist. »Und nur fürs Protokoll: Ich habe mich die letzten Tage von dir distanziert, weil ich sonst das getan hätte.«

Bevor ich den Sinn seiner Worte erfasse, presst er seine Lippen auf meine und ich brenne. Kaydens Küsse sind wie eine Droge. Mein Körper übernimmt und schaltet den Verstand aus. Vollständig. Was bleibt, sind Kaydens Lippen auf meinen, seine Hände in meinem Haar und ich, die ihn zu sich aufs Bett zieht. Er folgt, liegt jetzt neben mir und vertieft den Kuss. Sein Bein presst sich zwischen meine und ruft eine Sehnsucht hervor, von der ich vergessen hatte, dass es sie gibt.

Der Duft nach Zitrone und Zedernholz steigt mir in die Nase, verwirrt den letzten Rest meiner Sinne. Was mache ich mir Sorgen um die Zukunft, wo es nur die Gegenwart ist, die mein Verlangen stillen kann. Mit seiner Hand fährt er unter mein T-Shirt, berührt nackte Haut und sorgt dafür, dass ich mich ihm entgegenstrecke.

Ich höre auch seinen Atem schneller werden und stöhne. »Kayden!«

Die Hand verschwindet, und mit ihr auch die Wärme. Ich richte mich verwirrt auf und sehe Kayden am unteren Ende des Bettes sitzen. Sein Atem geht schnell und er hat das Gesicht in den Händen vergraben.

Ich krabbele zu ihm und lege sanft eine Hand auf seine Schulter, die er sofort abschüttelt. »Nicht anfassen!«, faucht er.

»Kayden, was …« Was hat er denn?

»Ich hätte nicht herkommen sollen«, murmelt er. »Wie konnte ich denken …« Er sieht auf und schüttelt den Kopf. »Egal.« Langsam steht er auf. »Ich entschuldige mich für mein Verhalten, das war unangemessen.«

»Aber wir … das war …«

»Es wäre komisch, wenn es nicht so traurig wäre, nicht wahr? Wenige Meter entfernt sind neun Frauen, die liebend gern meine Aufmerksamkeit hätten. Drei weitere habe ich eben weggeschickt. Und was tue ich? Ich dränge mich der einzigen Frau auf, die nichts von mir wissen will.«

Vorsichtig nähere ich mich ihm wieder. »Kayden, das ist nicht wahr. Ich bin …« In diesem Moment schlucke ich meinen Stolz herunter und alles, was mich die letzten Tage von ihm ferngehalten hat, spielt keine Rolle mehr. »Ich bin verrückt nach dir.«

Sein Blick hebt sich und der traurige Ausdruck auf seinem Gesicht lässt mein Herz bluten. »Aber du vertraust mir nicht.« Mit einem Ruck steht er auf. »Ich hätte nicht herkommen sollen«, wiederholt er. »Ich werde mich dir nicht mehr nähern. Diese Distanz zwischen uns bringt mich um den Verstand, aber vielleicht ist es besser so. Deine Vorbehalte sind«, er zögert, »dir wichtig, und ich habe kein Recht, sie mit ein paar Küssen zu übergehen. Entschuldige.«

Er öffnet die Tür, geht hinaus und schließt sie hinter sich. Ich bleibe zurück, seinen Geschmack auf den Lippen, und frage mich, was gerade passiert ist. Kayden wollte mit mir reden, dann war er sauer, dann hat er mich geküsst und jetzt ist er … was? Immer noch sauer? Ich verstehe einfach nicht, was gerade passiert ist.

Ein Klopfen an der Tür lenkt meine Aufmerksamkeit ab. Kommt er zurück? Direkt schlägt mir das Herz wieder bis zum Hals. »Herein«, rufe ich weit weniger selbstbewusst, als mir lieb ist.

»Hey, April.« Es ist Stella. »Du warst so schnell verschwunden, dass ich nicht mehr mit dir reden konnte.«

»Was ist los?« Sicher irgendeine Katastrophe. Sonst würde sie niemals in mein Zimmer kommen.

»Darf ich reinkommen?«

Ich nickte und sie setzt sich aufs Bett. Dabei runzelt sie die Stirn. »War Kayden hier?«

»Ja, war er.« Mehr will ich dazu nicht sagen.

»Sollte ich da etwas wissen?«

Diesmal schüttle ich den Kopf.

»Okay. Du fragst dich sicherlich, warum ich hier bin.« Sie spricht einfach weiter. »Für morgen steht eine Überraschung auf dem Programm. Ich konnte es dir nicht früher sagen, da nicht klar war, ob es klappt.«

Jetzt bin ich neugierig. »Was klappt?«

»Unser *special guest* ist Chelsea Dunn.«

Was? Das ist ein Witz. Chelsea Dunn ist die Mutter von Kaydens unehelichem Kind. Auf einmal habe ich einen Kloß im Hals, der immer weiter nach unten sackt und sich in der Herzgegend unangenehm breitmacht. Sie könnte dafür sorgen, dass ich Kayden endlich verstehe – oder noch mehr Gefühlschaos hinterlassen. Was wäre die bessere Alternative? Und wie wird Kayden damit umgehen?

»Du fragst dich sicher, warum wir sie einladen.«

Natürlich, auch wenn das eher zweitrangig ist. Wenn ich alles, was ich bisher weiß, zusammenzähle, würde ich sagen: Kayden wird kaum begeistert sein, und eigentlich will ich sie auch lieber nicht treffen.

»Es geht darum, dass eine zukünftige Duchess auch mit so etwas umgehen muss. Er hatte etwas mit dieser Frau, und das Kind ist nicht wegzudiskutieren. Also konfrontieren wir die Mädchen damit. Und ihn. Denn mit Sicherheit bringt seine Reaktion Quoten.«

Darauf könnte ich wetten. »Kayden ahnt nichts davon?« Bevor ich das falsch verstanden habe, frage ich lieber noch einmal nach.

»Richtig. Und wenn du weißt, was gut für dich ist, sagst du ihm auch nichts. Wir wollen seine ungefilterte Reaktion auf ihr Erscheinen.«

»Und warum erzählst du mir dann davon?« Die Frage kommt forsch, und ich ärgere ich mich, dass ich sie laut stelle.

»Weil du eine Aufgabe dabei hast und ich will, dass du vorbereitet bist. *Seine* Überraschung brauchen wir, *deine* wäre hinderlich. Doch wie gesagt: Wenn etwas zu ihm durchsickert, wissen wir, wer geredet hat.«

»War das eine Drohung?«

»Ach, Kindchen«, sagt sie und erhebt sich vom Bett. »Drohung ist so ein hässliches Wort. Sagen wir, dass sich die Dyers wünschen, dass es mit der Überraschung klappt. Und du willst nicht schuld daran sein, wenn ihre Wünsche unerfüllt bleiben. Außerdem muss er langsam mehr tun, als ein paar halbherzige Küsse zu verteilen. Auch deshalb kommt Chelsea. Wer weiß, vielleicht liefert er ja mit ihr.« Sie zwinkert und geht zur Tür. »Also, ruh dich aus und bereite dich mental auf morgen vor. Das wird ein Riesenspaß.«

Die Tür fällt hinter ihr ins Schloss, und zum zweiten Mal an diesem Abend starre ich auf das Holz und weiß nicht, was ich sagen oder denken soll.

Kayden

Facetten der Wahrheit

Unruhig wälze ich mich im Bett hin und her. April auf diese Art zu küssen war keine gute Idee. Mein Körper verlangt nach ihr und will einfach keine Ruhe geben. Nicht einmal selbst Hand anlegen hat geholfen. Kaum war ich raus aus der Dusche und im Bett, brannte das Verlangen wieder. Obwohl *Verlangen* irgendwie das falsche Wort ist für das, was sich in mir abspielt. *God-damn*, das ist so viel mehr.

Ändert allerdings nichts daran, dass ich ihr niemals erzählen kann, was damals wirklich zwischen Chelsea und mir passiert ist – und was nicht. Ich habe mein Wort gegeben.

»Kayden?«

Inzwischen ist es schon so weit, dass ich Aprils Stimme im Traum höre.

»Kayden?« Diesmal ist der Ruf von einem leisen Klopfen begleitet, und ich springe aus dem Bett. Sie steht vor meiner Tür. Fast stolpere ich über meine Slipper, halte mich jedoch nicht damit auf, sie anzuziehen, sondern beeile mich, zur Tür zu kommen.

Atemlos öffne ich und tatsächlich, da steht das Objekt meiner Begierde. Sie trägt immer noch die Kleidung vom Vortag und dreht unsicher den Saum ihres Shirts in den Händen.

»Kann ich reinkommen?«, fragt sie leise.

O my … Wenn ich Ja sage, wird das meine Selbstbeherrschung auf eine harte Probe stellen. Eine sehr harte Probe.

»Natürlich, bitte.« Ich deute eine leichte Verbeugung an und öffne die Tür weiter.

Sie schlüpft hindurch und steht mitten in meinem Wohnzimmer. Die Hände immer noch am Saum des Shirts, mustert sie mich von oben bis unten. »Habe ich dich geweckt?«

Ihr Blick bleibt am Bund meiner Hose hängen. Bis zu diesem Moment hatte ich verdrängt, dass ich außer einer langen Schlafanzughose aus Seide nichts trage. Auch April merkt das, denn ich kann sehen, wie ihre Ohren eine rötliche Färbung annehmen.

»Nein. Ich habe versucht zu schlafen. Erfolglos.« Dabei suche ich ihren Blick und bin mir bewusst, dass sie mir nur zwischen die Beine sehen müsste, um den wahren Grund für meine Schlaflosigkeit zu erkennen. *God-damn*!

Doch zu meinen Glück – oder Unglück, da bin ich nicht sicher – bleiben ihre Augen auf mein Gesicht gerichtet.

»Gut, denn ich muss dir was erzählen.« Sie legt den Kopf in den Nacken und seufzt. »Etwas, was ich dir nicht sagen soll, ich finde allerdings, du musst es wissen, weil es anders unfair wäre und du ja auch über das Thema nicht reden willst, und deshalb …«

»Atmen, April.« Mit zwei Schritten stehe ich neben ihr und fasse links und rechts ihre Arme. »Was ist los?«

Sie bringt den Kopf wieder in eine normale Position, atmet einmal tief durch und sieht zu mir auf. »Nachdem du weg warst, kam Stella zu mir. Und sie hat gesagt, dass es morgen eine Überraschung geben wird. Einen richtigen Knaller.«

»Jetzt machst du mir Angst.« Die Worte sage ich nur halb im Scherz. Sie wirkt in der Tat ein wenig neben der Spur wegen dieses *Knallers*.

»Vielleicht solltest du die haben.« Seufzend schüttelt sie den Kopf und befreit sich aus meinem Griff. »Setzen wir uns. Glaub mir, du willst sitzen, wenn ich dir erzähle, wer morgen herkommt.«

Meine Gedanken beginnen zu rasen und ich folge ihr aufs Sofa. Sobald wir beide sitzen, führt sie aus: »Ich soll dir nichts sagen, weil sie deine echte Reaktion haben wollen, aber das konnte ich nicht … Ich meine, wir wollen einander vertrauen, und da muss ich dir so etwas erzählen, oder?«

»Ich nehme es an? Worum geht es?«

Sie beißt sich auf die Lippen und flüstert dann: »Chelsea Dunn wird morgen auftauchen.«

»WAS?« Es stört mich nicht im Geringsten, dass ich schreie. Nicht nur das: Ich springe auf, falte die Hände vor dem Gesicht und stoße einen wilden Fluch aus.

Merkwürdigerweise scheint das April zu amüsieren. Sie versteckt ihren Mund hinter einer Hand und versucht, ein Lachen zu unterdrücken. »Entschuldige. Stella hatte mir erzählt, dass du ordentlich fluchen kannst. Ich konnte es mir bis eben nicht vorstellen.«

Ach, richtig, die Mikrofone. Ein Schrecken durchfährt mich. »Wenn du mir das mit Chelsea nicht sagen darfst …«

»Keine Sorge. Ich war kurz im Ü-Raum, bevor ich zu dir gekommen bin. Der zuständige Assistent schläft tief und fest. Niemand wird mitbekommen, was wir besprechen. Es sei denn, irgendwer kommt auf die irrsinnige Idee, Hunderte Stunden von nächtlichen Aufnahmen grundlos zu durchforsten.«

Ich nicke, bin aber eigentlich mit anderen Dingen beschäftigt. Chelsea kommt her, das war so nicht geplant. Dagegen machen kann ich wenig. *Warum tut sie das?*

»Alles in Ordnung?« April streichelt mit der Hand mein Knie, und zu meiner Überraschung beruhigt mich das ein wenig. Ich lege meine darüber und drücke sie leicht.

»Ich weiß es, ehrlich gesagt, nicht.« Den Blick nach unten gerichtet, spreche ich weiter. »Danke, dass du es mir gesagt hast. Wir werden wohl nie herausfinden, wie meine spontane Reaktion gewesen wäre. So kann ich mich wenigstens mental darauf vorbereiten. Keine Angst, ich werde angemessen überrascht tun.«

Je länger ich darüber nachdenke, desto klarer wird mir, dass Chelsea einer der wenigen Menschen ist, die ich im Moment gern sehen würde. Vielleicht ist ihr Auftauchen weniger schlimm als gedacht.

»Ich weiß, dass du nicht darüber reden möchtest, warum … also, was ist so brisant an der Sache? Dass du ein Kind hast, ist bekannt. Klar, hier geht es darum, zu sehen, wie deine Zukünftige auf die Ex reagiert, aber was soll's?«

Wie soll ich ihr das erklären? »Darum geht es nicht. Wann immer wir zusammen in der Öffentlichkeit auftreten, kommen zwangsläufig Fragen zu unserer gemeinsamen Vergangenheit auf. Und darüber können und wollen wir nicht vor aller Welt reden.«

»Warum?«

»Ich habe dir schon gesagt, dass ich mein Wort gegeben habe.« Empört springe ich auf und spüre sofort den Verlust von Aprils Hand in meiner. Doch ich brauche Bewegung. Jetzt noch mehr als zuvor. »Ich glaube so langsam, dass diese ganze Show ein Fehler ist. Die Publicity spült alles wieder hoch, und das ist …« So hilflos habe ich mich lange nicht mehr gefühlt.

»Was spült es hoch? Deine Affäre?«

Wenn es nur so wäre. »Wie viel weißt du über meine Vergangenheit?« Ich fürchte die Antwort. Aus ihrem bisherigen Verhalten schließe ich, dass sie vor allem die Negativschlagzeilen kennt.

»Nur das, was allgemein bekannt ist: teure Schulen, gute Ausbildung, eine wilde Zeit am College, dann ein guter Job und schließlich hast du den Titel geerbt.«

»Und das Kind stammt aus der *wilden Collegezeit*«, füge ich resigniert hinzu.

»Ist es nicht so?«

Ich kneife die Lippen zusammen, um ihr nicht die Wahrheit zu erzählen. Ich habe einen Eid geleistet. Komplett schweigen will ich jedoch auch nicht. »Sie wurde während meiner Collegezeit gezeugt, ja. Ihr Name ist übrigens Lea.« *Damn*, warum spule ich für April diesen einstudierten Mist ab? Meine Stimme klingt dabei so neutral, dass ich mich selbst verachten würde, wenn ich an Aprils Stelle wäre.

»Warum sagst du mir das?«

Die Kälte in ihren Worten und die Abscheu in ihrem Gesicht durchbrechen meine Schutzmauern. Ich will nicht, dass sie mich so ansieht. Das habe ich nicht verdient. Denn was sie denkt, ist schlicht und ergreifend falsch. Ihre Vorwürfe sind vollkommen ungerechtfertigt. »Du kommst nicht einmal auf den Gedanken, dass ich das alles für die Kleine tue?«, spucke ich ihr entgegen. »Oder dass Chelsea nur ihre Tochter vor dem Trubel schützen will?«

»Das glaubst du wirklich? Für mich sieht es eher so aus, als hättet ihr sie mit eurem Geld und euren Anwälten eingeschüchtert. Es tut mir leid, Kayden, anders kann ich es nicht interpretieren. Hilf mir.« Sie bleibt vor mir stehen und wedelt mit dem Finger hin und her. »Du hast dich nie öffentlich zu deiner Tochter bekannt. Wieso? Erklär es mir.«

»Das kann ich nicht«, sage ich tonlos.

Ihr verächtliches Lachen bricht mir das Herz. »Wahrscheinlich fühlst du dich auch noch gut, weil du ihr Geld gegeben hast? Der strahlende Ritter in glänzender Rüstung? Du bist genau das, was ich von Anfang an in dir gesehen habe: ein arroganter Arsch, der Vertrauen einfordert, ohne es zu geben. Und das Schlimmste ist, dass ich es wusste und trotzdem auf dich reingefallen bin. Der erste Eindruck eines Menschen ist eben meistens der richtige.«

Diese Vorwürfe sind so ungeheuerlich und weit von der Wahrheit entfernt, dass ich es kaum glauben kann. Wie kann sie drei Wochen mit mir verbringen und so etwas von mir denken? Irgendwo zwischen meiner Wut und verletzten Gefühlen ahne ich die Antwort. Ihre Erfahrungen mit Männern waren nicht die besten. Aber das gibt ihr noch lange nicht das Recht, so mit mir zu reden.

Ich springe ebenfalls auf und stehe ihr kampfeslustig gegenüber. »Weißt du, was schlimmer ist, als wenn der erste Eindruck richtig war?«, frage ich gefährlich leise.

Sie hebt die Brauen.

»Wenn der erste Eindruck täuscht«, presse ich hervor. »Und jetzt gehst du besser.«

Sie zuckt zusammen und weicht zwei Schritte zurück. Gut. Denn wenn sie bleibt, übernehme ich keine Garantie. Ich würde ihr Dinge an den Kopf werfen, die ich sicher bereuen würde. Oder sie aufs Bett werfen und so tief in ihr versinken, dass sie alles um sich herum vergisst.

Weil das zweite ganz sicher nicht infrage kommt, setze ich verbal noch einen drauf: »Du hast die Wahl: Du verlässt auf der Stelle diesen Raum oder ich schwöre bei Gott, dass ich dich gegen diese Wand presse und dich so hart nehme, dass dir Hören und Sehen vergeht.«

Bei meinen letzten Worten sehe ich ein Glitzern in ihren Augen, das mir fast den Rest gibt. Doch dann dreht sie sich um und geht zur Tür. Ohne mich noch einmal anzusehen, verlässt sie den Raum.

Ich brauche einen Moment, um zu begreifen, dass sie tatsächlich weg ist. Bis eben ist es mir gelungen, den Schweiß auf meiner Stirn und meine geballten Fäuste, an denen die Knöchel hervortreten, zu ignorieren. Ich muss schnellstmöglich auf irgendetwas einprügeln, sonst explodiere ich. Mein Blick fällt auf die Tür zum Schlafzimmer. Hoffentlich ist sie massiv und wird keinen Schaden davontragen. Holz ist auf jeden Fall besser als die Wand.

Bevor ich es mir überlegen kann, schließe ich sie, hole aus und versetze der Tür eine rechte Gerade. Sie ist offenbar nicht massiv. Ein hässliches Splittern ertönt und meine Faust versinkt mehrere Millimeter tief im Holz.

Damn! Ich ziehe die Hand heraus und betrachte sie. Immerhin keine Splitter in meiner Haut. Nur ein Knöchel hat einen kleinen Riss. Geholfen hat der Schlag nicht. Höchstens die größte Wut betäubt. Wie kann es sein, dass sie so von mir denkt? In meiner Brust ist es eng und ich kann kaum atmen. Ein anderes Ventil muss her. Ich sehe zu meinem Koffer neben dem Schrank. Darin liegt eine Flasche unseres Whiskys, den ich aus Schottland mitgebracht habe. Eigentlich hatte ich vor, ihn irgendwo in der Sendung werbewirksam zu platzieren. Aber ich kann wirklich einen Schluck gebrauchen, denn der morgige Tag wird eine einzige Qual werden. Entschlossen, in dieser Nacht irgendwie Schlaf zu finden, greife ich nach dem Koffer.

April

Chelsea

Es ist zehn vor sieben, was bedeutet, dass Kayden unter der Dusche stehen sollte. Das gibt mir ein paar Minuten, bevor ich ihm gegenübertreten muss.

Die Ereignisse der letzten Nacht sind nicht spurlos an mir vorübergegangen. Kaydens verletzter Blick setzt mir zu. Seine Gefühle für mich sind allerdings zu wenig, um ihm zu vertrauen. Der Unwille, mir zu erklären, warum ihm sein Kind egal ist, verhindert das. *Ich kann nicht*, waren seine Worte. Warum? Weil er bei der Antwort schlecht wegkommen würde? Das passt nicht zu dem Kayden, den ich kennengelernt habe. Und dennoch … Mir fällt kein anderer Grund für sein Schweigen ein.

Außerdem ist da noch Kaydens letzter Satz. Der hat mir den Schlaf geraubt.

Ich schwöre bei Gott, dass ich dich gegen diese Wand presse und dich so hart nehme, dass dir Hören und Sehen vergeht. Genau wie gestern setzen mich diese Worte in Flammen. Das Problem ist, dass sie das nicht sollten. Allein die Vorstellung ist auf so viele Arten unangemessen. Weswegen meine Wangen schon wieder heiß werden.

Diese Worte von dem immer korrekten und höflichen Kayden zu hören war eigenartig. Da ist eine Seite an ihm, die tief unter der Oberfläche zu lauern scheint. Auf einmal kann ich ihn mir sehr gut im Boxring vorstellen. Mit nacktem Oberkörper, der vor Schweiß glänzt.

Verdammt. Ich hatte gehofft, der Morgen würde diese Bilder vertreiben.

Entschlossen, mich nicht von Kaydens Anziehungskraft ablenken zu lassen, öffne ich die Tür zu seinen Räumen. Aus dem Bad sind keine Geräusche zu hören, und auch die Vorhänge sind nach wie vor zugezogen. Ich öffne die im Wohnzimmer und will nach dem Wasserkocher greifen, da fällt mein Blick auf den kleinen Couchtisch und ich stutze. Darauf stehen eine halbvolle Whiskyflasche und ein benutztes Glas.

Ich nehme die Flasche in die Hand. Keine Marke, die ich kenne. Ein kleiner Aufdruck hinten am Etikett verrät mir, dass er aus der Brennerei der Familie Devlin stammt. Kaydens Brennerei.

Hat er etwa letzte Nacht getrunken? Wegen mir? Da die Flasche mir sicher keine Antwort gibt, stelle ich sie zurück und schnappe mir den Wasserkocher. Kayden ist wohl noch beim Training, also kann ich das Teewasser in seinem Bad holen.

Die Tür zum Schlafzimmer ist nur angelehnt – und mittendrin prangt ein faustgroßes Loch. Vorsichtig fahre ich mit den Fingern den Rand entlang. Das war gestern nicht da. Er muss es in der Nacht hineingeschlagen haben. *Heilige Scheiße!* Das ist beängstigend.

Ich verbiete mir, darüber nachzudenken, und gehe ins Schlafzimmer. Auch hier sind die Vorhänge zugezogen. Ich ändere das und öffne gleich noch das Fenster, um frische Luft hineinzulassen.

»Du legst es darauf an, mich zu quälen, nicht wahr?« Kaydens mürrische Stimme versetzt meinem Herzen einen Stoß. Es hüpft in meine Kehle, sackt zurück und hämmert wild gegen meine Brust. Langsam drehe ich mich um. Kayden liegt im Bett, ist allerdings kaum zu sehen, da er sich das Kissen über den Kopf gelegt hat.

»Du bist nicht beim Training?« Offensichtlicher und dämlicher geht es kaum.

»Harte Nacht«, sagt er und nimmt stöhnend das Kissen vom Gesicht. »Tee würde helfen.«

»Sicher.« Ich halte den Kocher nach oben, gehe ins Bad und fülle ihn.

Leider steigen mir dabei die Tränen in die Augen. Ihn so offensichtlich fertig zu sehen berührt mich. Verdammt, ich mag ihn viel zu sehr und will nicht, dass er sich wegen mir beschissen fühlt. Trotzdem werde ich nicht anfangen zu heulen. Dafür gibt es keinen Grund. Ich habe nichts falsch gemacht. Wenn er mit meiner Reaktion nicht umgehen kann, ist das sein Problem. Da Weinen keine Option ist, flüchte ich mich in Sarkasmus. »Hat der Whisky draußen etwas mit der harten Nacht zu tun?«, frage ich auf dem Weg zurück ins Schlafzimmer und gebe meiner Stimme einen Klang irgendwo zwischen Anklage und Belustigung.

Als Antwort bekomme ich nur ein Brummen. Kayden steht inzwischen mit dem Rücken zu mir vor dem Fenster. Er trägt nach wie vor ausschließlich die Pyjamahose, die er auch in der Nacht anhatte. Dunkel zeichnet sich sein nackter Oberkörper ab und zeigt mir jeden einzelnen, wohldefinierten Muskel. Wieder sehe ich ihn schweißüberströmt. Nur leider diesmal nicht im Ring, sondern über mich gebeugt. Mit diesem wilden Ausdruck von gestern in den Augen. Wenn die ganze Situation nicht so ernst wäre, wäre sie fast komisch. Ausgerechnet ich, die sich ihr ganzes Leben lang über Frauen lustig gemacht hat, die Männern mit Muskeln hinterhergaffen, schaffe es kaum, den Blick abzuwenden.

»Tee ist in acht Minuten fertig«, sage ich so locker wie möglich, und diesmal gelingt es mir, jegliche Emotion herauszulassen.

Bevor sich das ändert, lasse ich ihn stehen und widme mich der Teezubereitung. Wer hätte gedacht, dass diese kleine Routine es schafft, mich zu beruhigen? Im Hintergrund höre ich das Rauschen der Dusche, und gegen meinen Willen huscht mein Blick zu der Flasche. Haben ihn meine Vorwürfe gestern so sehr mitgenommen? Oder sauer gemacht? Oder scharf? Was sind die Gründe für einen Mann wie Kayden, zur Flasche zu greifen, obwohl er sonst keinen Alkohol trinkt? Wobei es nicht viele Drinks gewesen sein können, wenn ich mir den Whiskystand ansehe.

Der Kocher springt aus und ich fülle die Teeblätter in die Kanne, während ich darauf warte, dass das Wasser kurz abkühlt.

Das Rauschen der Dusche ist verklungen und ich kann Kayden im Nachbarzimmer hören. Gerade als ich ansetze, das Wasser über den Tee zu gießen, betritt er das Wohnzimmer, und mir bleibt tatsächlich für einen Moment der Mund offen stehen. Er trägt nichts außer einer knappen, sehr engen Shorts. Das Haar hängt ihm feucht ins Gesicht und er hat sich offensichtlich noch nicht rasiert.

Verdammt, ist das sexy!

»Wann fangen wir heute an?«, fragt er beiläufig und bleibt einen halben Meter von mir entfernt stehen. Dabei sieht er auf das Thermometer in meiner Hand. »Das Wasser muss über den Tee. Sonst wird es zu kalt.«

So ein Arsch!

Schnell folge ich seiner Aufforderung und wende mich dann demonstrativ ab, um den Kurzzeitwecker zu stellen. »Keine Ahnung.«

»Dann läuft der Tag wie geplant? Der Vormittag zur freien Verfügung und heute Mittag ein Barbecue, bei dem ich am Grill stehe?«

»Ich habe nichts anderes gehört.«

Er kommt näher, denn auf einmal glaube ich, deutlich seine Wärme an meinem Rücken zu spüren. »Was meinst du? Soll ich lediglich in Badehose und Schürze grillen? Würde das den Frauen gefallen? Vielleicht lenkt mein Arsch sie ja von dem Umstand ab, dass ich ein Arsch *bin*?« Er hat die Worte leise, aber in einem so beißenden Tonfall ausgesprochen, dass es mir eiskalt den Rücken hinunterläuft.

Was soll das? Mit einem Ruck drehe ich mich um. Er ist mir tatsächlich näher gekommen. So nah, dass unsere Nasenspitzen sich fast berühren.

Seine Augen sind dunkel und seine Stimme heiser. »Deine Worte, nicht meine!«

Wenn mich nicht alles täuscht, ist er in derselben Stimmung wie gestern Abend. Da hat er angedroht, mich gegen die Wand zu pressen und … Meine Kehle wird trocken, und gegen meinen Willen wandert mein Blick nach unten. Beim Anblick seiner Shorts muss ich schlucken. Seine Gedanken gehen offensichtlich in eine ähnliche Richtung.

Auch er sieht an sich herunter, dann wieder zu mir. Sein Atem beschleunigt sich und scheint auf merkwürdige Weise meinen schnellen Herzschlag zu spiegeln.

Ich kann nicht sagen, wie lange wir so dastehen, uns ansehen, merkwürdig im Einklang und doch meilenweit voneinander entfernt.

Er ist es, der den Bann schließlich bricht. »Irgendetwas müssen wir dagegen tun.« Er schüttelt den Kopf, seufzt, tritt zu meiner Überraschung einen Schritt zurück und dreht sich zum Tisch mit der Flasche um. »Eigentlich glaube ich nicht, dass im Whisky Wahrheit liegt, aber mir hat die letzte Nacht Klarheit verschafft. Wenn der Tag vorbei ist, werde ich Dwayne und Maggy bitten, dich als meine persönliche Assistentin abzulösen. Vielleicht kannst du mit Kiara den Platz tauschen.«

Nein! Ich kann mich gerade noch davon abhalten, die Worte laut auszusprechen. Will er mich loswerden? Mir wird schwarz vor Augen und ich suche mit der Hand Halt am Schreibtisch. Er will mich nicht mehr sehen? Tief durchatmen und mit dem Hirn anstelle des Herzens denken.

Logisch betrachtet ist sein Vorschlag sogar sinnvoll. Ich kann so nicht weitermachen. Die Anziehung zwischen uns und das fehlende Vertrauen auf beiden Seiten bilden einen Kontrast, der eine Zusammenarbeit unmöglich macht. Keine schöne Erkenntnis, auch wenn sie den Schmerz erträglicher macht.

»Du hast nichts dazu zu sagen?«, fragt er und redet sofort weiter. »Ist wahrscheinlich besser so.« Ein weiteres Mal schüttelt er den Kopf und streicht sich das Haar zurück. »Das hier«, mit seinem Finger zeigt er erst auf sich und dann auf mich, »hat eine Richtung eingeschlagen, die nicht gut für uns ist.« Angewidert sieht er an sich herunter. »Allein der Umstand, dass ich so vor dir stehe, ist … unverzeihlich. Ich entschuldige mich in aller Form.« Nach einer leichten Verbeugung in meine Richtung dreht er sich um und geht mit großen Schritten zurück ins Schlafzimmer.

Ich sehe ihm nach. Mein Herz klopft nach wie vor bis in die Kehle, das Atmen fällt mir schwer, und als ich meine Hand hebe, sehe ich, dass sie zittert. Freue ich mich, dass er die Zusammenarbeit beenden will, oder bin ich enttäuscht? Bin ich froh, dass er gegangen ist, oder sehne ich ihn herbei?

Auf keine der Fragen finde ich eine Antwort, denn der Kurzzeitwecker schrillt und erinnert mich daran, dass ich die Teeblätter herausnehmen muss. Normalerweise würde ich jetzt eine Tasse befüllen und sie Kayden bringen, doch ich traue mich nicht.

Was dann? Das dreckige Geschirr in die Küche tragen und ihm sein Frühstück bringen. Gute Idee. Außer dem Whiskyglas gibt es nichts, was ich mitnehmen könnte. Also greife ich danach und klopfe kurz an die Schlafzimmertür. »Tee ist fertig. Ich hole das Frühstück.«

Antwort erhalte ich keine. Mit dem festen Vorsatz, alle Gedanken über meine Gefühle für Kayden oder unser Verhältnis – egal ob beruflich oder privat – zu verdrängen, stürme ich die Treppe nach unten. Nur um Stella in die Arme zu laufen.

»Wunderbar, die Frau, die ich suche! Hat Kayden schon gefrühstückt?«

»Nein. Ich bin gerade auf dem Weg, ihm etwas zu holen.«

»Perfekt.« Stelle klatscht in die Hände. »Wir haben den Ballsaal vorbereitet. Chelsea erwartet ihn zu einem privaten Frühstück.«

Mein Herzschlag setzt für einen Moment aus. Sie ist also schon da.

Stellas Grinsen hat etwas Diabolisches. »Das Ganze läuft wie folgt: Du sagst ihm, dass es ein überraschendes Frühstück mit einem der Mädchen gibt. Wer es ist, wird nicht verraten. Dann führst du ihn in den Ballsaal, dort trifft er auf Chelsea und wir sehen, wie es sich entwickelt. Je nachdem entscheiden wir, wann wir die Mädchen dazuschicken. Ab da heißt es dann: zurücklehnen und genießen.«

So würde ich das nicht nennen, aber gut. Das erspart mir immerhin die Peinlichkeit, für Kayden eine Ausrede zu erfinden, warum ich nicht mit ihm frühstücke. Immer positiv denken. Darin war ich doch mal gut.

Wichtig ist, Stella nichts von den Streitigkeiten zwischen Kayden und mir wissen zu lassen. »Alles klar«, sage ich deshalb. »Ich bringe schnell das Glas in die Küche und gebe ihm Bescheid. Wie lange haben wir?«

»Chelsea ist bereits da und gerade in der Maske. Wann ist er fertig?«

»Zwanzig Minuten? Vielleicht weniger.«

»Gut. Dann sorge ich dafür, dass er noch schnell abgepudert wird. Kommen wir zu deinem Einsatz: Du wirst für das leibliche Wohl der beiden verantwortlich sein und das Frühstück servieren. Dein Kostüm ist in der Garderobe.« Dabei grinst sie mich so breit an, dass ich ein ungutes Gefühl bekomme. Sicher weiß sie etwas, was ich nicht weiß.

Das ist der Augenblick, in dem mir eine Sache klar wird: Wenn diese Show vorbei ist, werde ich kündigen. Ich bin dann einen Großteil der Schulden los, und jeder Job ist besser, als weiter für diese Leute zu arbeiten. Denn wenn die Show weiterhin so gut läuft, wird es neue Staffeln geben, und da will ich unter gar keinen Umständen mitwirken.

Ich lächle Stella zu, spüle das Glas in der Küche aus und mache mich auf den Weg zurück zu Kayden. Um nicht an ihn zu denken, rufe ich mir die wenigen Details ins Gedächtnis, die ich bei meinen ersten Recherchen über Chelsea gefunden habe. Sie soll Buchhalterin für seine Familie gewesen sein. Gerade erst zwanzig, genau wie Kayden zu dem Zeitpunkt. Es gab auch ein verschwommenes Bild, das eine junge Frau mit braunem Haar und Hosenanzug zeigt, die mit einer Zeitung versucht, ihr Gesicht zu schützen. Keine Ahnung, wo es aufgenommen wurde. Damit erschöpft sich mein Wissen über diese Frau. Ziemlich dürftig, und nichts davon hilft mir zu entscheiden, ob ich mich darauf freue, sie zu treffen, oder es fürchte.

Oben angekommen, erhalte ich auf mein Klopfen keine Antwort, weshalb ich einfach eintrete. Nackt wird er nach der Aktion eben nicht mehr sein. Vorsichtshalber schlage ich die Tür so fest zu, dass er es sicher im Nebenzimmer hört, und warte.

»Stell das Frühstück auf den Tisch und lass mich allein!« Seine Stimme dringt nur gedämpft zu mir.

Den Wunsch würde ich ihm gern erfüllen, aber das ist leider unmöglich. Also atme ich tief durch und trete an die Schlafzimmertür. »Kayden? Man erwartet dich in zwanzig Minuten unten zum Dreh.« Stille. »Du sollst in weiblicher Gesellschaft frühstücken. Mit welcher der Damen, ist eine Überraschung.«

Ein lauter Fluch ist die Antwort. Dann ein Poltern. »Ich werde pünktlich sein. Du kannst unten warten.«

So abgefertigt zu werden tut auf merkwürdige Art weh, auch wenn ich es verstehe. Warum sich unnötig durch den Anblick des anderen quälen? »Bis dann«, rufe ich und mache mich auf die Suche nach Stella. Die ist weder in der Halle noch im Ü-Raum, weshalb ich vermute, dass sie bereits im Ballsaal oder in der Maske bei Chelsea ist.

Mir bleiben zwei Möglichkeiten: Ich denke über Kayden, sein Verhalten und meine Gefühle für ihn nach, oder ich sehe mir Chelsea an und schlüpfe bei der Gelegenheit gleich in mein Kostüm.

Ich möchte wissen, was sie für eine Frau ist. Nicht sicher, was mich erwartet und wie ich reagieren werde, betrete ich den Ballsaal. In der Mitte des Raumes steht ein drei Meter langer Tisch aus dunklem Holz mit gedrechselten Beinen. Stühle gibt es nur an den Kopfenden. Dort ist auch eingedeckt.

»Was machst du hier?«, erklingt Stellas Stimme hinter mir. »Du solltest bei Kayden sein und ihm erklären, dass er mit einem der Mädchen frühstückt.«

»Habe ich«, verteidige ich mich. »Er hat mich vorgeschickt, um dafür zu sorgen, dass er das Frühstück bekommt, das er gern hätte.« Glatt gelogen, aber ich will ihr nicht auf die Nase binden, wie es zwischen Kayden und mir steht. Das geht niemanden etwas an.

»Dafür haben wir keine Zeit.« Stella schüttelt ungnädig den Kopf. »Er isst, was wir vorbereitet haben, basta! Und wenn du schon mal da bist, kannst du dich gleich umziehen. Mitkommen.«

Wie Chelsea wohl ist? Welche Art Frau traut sich, in einer Show aufzutreten, die sich um ihren Ex dreht, obwohl kein Kontakt besteht?

Oder ist gerade Kaydens Abwesenheit der Grund? Ist sie nur hier, um ihn zu konfrontieren? Irgendwie passt das alles kaum zusammen.

Egal, was es ist, mich betrifft es nicht. Chelsea ist keine Konkurrenz. Bei diesem Wort merke ich, wie ich das Gesicht verziehe. Wie auch? Kayden und ich sind kein Paar und werden es nie sein. Dieses Knistern, dass jedes Mal aufkommt, wenn wir uns sehen, hat gar nichts zu bedeuten. Warum denke ich über so etwas überhaupt nach?

AHHHHHHHHH!, schreie ich innerlich so laut, dass ich das Gefühl habe, die Menschen in meiner Nähe müssten es hören. Obwohl das natürlich unmöglich ist. Trotzdem tut der Schrei gut.

Wir stehen inzwischen in der Garderobe. Noch sehe ich Chelsea nur von der Seite. Ihr Haar ist braun und sie trägt es zu einem Pferdeschwanz gebunden. Wenn ich nach ihrem Profil gehe, sieht sie aus wie eine normale junge Frau Mitte zwanzig. Allein das macht sie mir sympathisch. Das Make-up ist dezent, was sie auf angenehme Art und Weise von den Kandidatinnen unterscheidet.

»Chelsea?«, flötet Stella. »Darf ich dir April vorstellen? Sie ist so etwas wie Kaydens gute Fee, die dafür sorgt, dass er glücklich ist.«

Mir gefällt der Tonfall nicht, in dem sie das sagt. Will sie Chelsea gegenüber etwa andeuten, dass Kayden und ich … oder werde ich langsam paranoid?

Mir bleibt keine Zeit, um darüber nachzudenken, denn Chelsea erhebt sich und mich erwartet die nächste Überraschung. Sie ist mehr als einen Kopf kleiner als ich, zierlich gebaut und offensichtlich schwanger. Das hatte Stella nicht erwähnt.

Ich versuche mein Erstaunen zu verbergen und ergreife ihre ausgestreckte Hand. »Hi, schön, dich kennenzulernen.«

»Hi, die Freude ist ganz auf meiner Seite«, antwortet sie mit einem extrem breiten schottischen Akzent und sagt danach etwas Unverständliches, das wie eine Frage klingt.

Ich sehe sie ratlos an und überlege, wie ich ihr höflich klarmache, dass ich kein Wort verstanden habe.

»Sorry«, sagt sie und rollt dabei das *R* so stark, wie ich es noch nie gehört habe. »Ich vergesse immer wieder, dass ihr Amerikaner Schwierigkeiten mit meinem Akzent habt.«

Dieses Mal verstehe ich sie halbwegs.

»Also geht es Kayden gut?«

Sie scheint aufrichtig interessiert. Daher entscheide ich mich für die Wahrheit. »Ich glaube, er hat einen leichten Kater, weil er die Nacht mit einer Flasche Whisky verbracht hat.« Keine Ahnung, warum ich ihr das erzähle. Sollte ich nicht. Schon gar nicht im Beisein von Stella. Vielleicht bilde ich es mir nur ein, aber auf deren Gesicht zeigt sich ein Lächeln, das ich nur schwer einschätzen kann.

Chelsea hingegen scheint überrascht. »Kayden hat mehr als ein Glas getrunken?« Sie runzelt die Stirn. »Das klingt nicht gut. Vielleicht war es ein Fehler herzukommen. Oder genau richtig?« Sie legt den Kopf schief. »Weiß er, dass ich hier bin?«

Ein kurzer Blick zu Stella und ich schüttele den Kopf. Zumindest ihr Babybauch wird ihn überraschen, das reicht hoffentlich.

Sie runzelt die Stirn. »*O well.* Bin ich dann fertig?« Die Frage geht an Stella.

»Ja. Wir gehen nach nebenan in den Ballsaal, dort stellst du dich so an den Tisch, dass Kayden dich direkt sieht, wenn er eintritt, und die Show kann beginnen. Sei einfach du selbst.« Stella tätschelt Chelseas Arm. »Plaudert ganz offen miteinander. Wir schneiden das später so zusammen, dass unser Publikum sehen kann, wie es wirklich zwischen euch steht.«

Nett formuliert, denke ich.

»April?« Stella sieht mich an. »Die Zeit reicht nicht mehr fürs Umziehen. Sorg erst mal dafür, dass Kayden in fünf Minuten den Ballsaal betritt. Er muss nicht gepudert werden. Wir wollen ja nicht verdecken, wie es um ihn steht.« Sie wendet sich Chelsea zu. »Vielleicht schaffst du es, aus ihm herauszukitzeln, warum er gestern Whisky getrunken hat? Das hat sicher etwas mit einer Frau zu tun. Du bekommst einen Bonus, wenn du mir sagst, was los war.«

Kein Seitenblick in meine Richtung. Hat sie tatsächlich nicht mitbekommen, dass ich in der Nacht bei Kayden war? Hoffentlich. Schließlich hat der Kerl im Ü-Raum geschlafen, und sie wird sich wohl kaum das Material der ganzen Nacht angesehen haben. Wenigstens etwas.

Ich mache mich auf den Weg zu Kayden. Wir begegnen uns auf der Treppe in die große Halle. Rasiert und tadellos gekleidet sieht er deutlich besser aus als am Morgen. Heute trägt er eine helle Leinenhose, ein hellblaues Poloshirt und ein Sakko in der Farbe der Hose. Keine Kombi, von der ich je gedacht hätte, dass sie mir an einem Mann gefallen könnte, ihm steht sie.

Seine Augen verengen sich zu Schlitzen, sobald er mich sieht. Ich setze an, ihm zu erklären, was ihn erwartet, doch er hebt die Hand, um mich zu unterbrechen. »Lass uns den Kontakt auf ein Minimum beschränken. Du weißt, was ich brauche und wann ich es brauche. Ab morgen sollte sich das Thema erledigt haben.«

Seine Worte treffen mich direkt ins Herz und treiben mir Tränen in die Augen. Das wird auch nicht durch die Tatsache gemildert, dass seine Sätze vorbereitet klingen. Vielleicht schmerzen sie deshalb noch mehr. Mit einem Schlag wird mir die Tragweite dessen bewusst, was er angekündigt hat. Wenn er sich durchsetzt, bin ich ab morgen Stella unterstellt. Kein gemeinsames Frühstück mehr, keine Versuche seinerseits, mich aufzuheitern, keine zufälligen Berührungen mehr oder Gespräche, in denen ich mich verstanden fühle. Ich kann daran nichts Gutes finden. Außer vielleicht, dass ich meinen Bonus bekommen würde. Das hieße allerdings auch, dass Kiara leer ausgeht. Das wäre ihr gegenüber mehr als unfair. Wer weiß, ob sie das Geld braucht?

»Ähm, Kayden?«

Er seufzt entnervt. »Was?«

»Ich kann nicht mit Kiara tauschen. Das wäre gemein. Sicher braucht sie die Boni. Sie ihr wegzunehmen, nur weil wir Differenzen haben, ist …«

»Mach dir wegen der Boni keine Gedanken. Das habe ich längst geregelt. Du hättest deine bekommen, auch wenn du weiter für mich gearbeitet hättest.«

Er sagt das mit einer Selbstverständlichkeit, die mir den Boden unter den Füßen wegzieht. Diesmal bin ich es, die laut »Was?« ruft. Allerdings ungläubig anstatt genervt.

»Ich denke, du hast mich verstanden. Lass es gut sein. Kiara wird ihre Boni bekommen und du auch. Problem gelöst.« Er stürmt an mir vorbei die Treppe hinunter.

Ich bleibe zurück, unfähig, einen klaren Gedanken zu fassen. Langsam sickert durch, dass ich ihn gestern verletzt habe. Richtig verletzt. Und das, obwohl er immer nur freundlich zu mir war. Blasiert, aber freundlich und um mein Wohlergehen bemüht.

Du wirst doch jetzt kein Mitleid mit ihm bekommen? Er ist immer noch der Kerl, der ein kleines Mädchen ohne Vater aufwachsen lässt. Doch stimmt das? Chelsea ist dieses Mal sicher nicht von ihm schwanger.

Unvermittelt kommt mir ein Satz in den Sinn, den Kayden auf der Insel gesagt hat: *Was ich will, war in dieser Sache nie von Belang.* Hatte er möglicherweise in dieser ganzen Angelegenheit gar keine Wahl? Wollte er mir das gestern sagen und ich habe nicht zugehört?

Ich sehe zu ihm, wie er mit grimmigem Gesicht die Treppe hinunterschreitet. Letztendlich ist es egal, ob sich meine wirren Überlegungen als wahr herausstellen. Kayden will nicht mehr mit mir arbeiten. Nicht mal mehr mit mir reden. Soll ich das akzeptieren?

Ich habe keine Zeit, weiter darüber nachzudenken, weil ich mich umziehen muss. Wieder in der Garderobe angekommen, frage ich die Visagistin, ob sie weiß, was ich tragen soll. Sie nickt und schenkt mir einen mitleidigen Blick. Das bedeutet sicher nichts Gutes. Und tatsächlich: Das *Kostüm*, das der Sender ausgesucht hat, kann ich nur mit viel Wohlwollen als Dienstmädchenuniform bezeichnen. Allzu viel Stoff kam in jedem Fall nicht zum Einsatz. Das ist reine Schikane und soll mit Sicherheit provozieren. Natürlich soll es das. Genau wie Chelseas Besuch.

Aber da Kayden vorhat, mich loszuwerden, kann es nicht schaden, ihm zu zeigen, was ihm entgeht. Auch wenn er es nie bekommen würde.

Kayden

Ein Frühstück und die Folgen

Ich habe April nicht alles gesagt, was der Whisky mir an Einsichten geschenkt hat. Die wichtigste ist: Ich habe mich Hals über Kopf in sie verliebt. Und das gleich am ersten Tag. Es ist ihre Verletzlichkeit und ihre Ehrlichkeit, die mich anziehen. Doch genau diese Eigenschaften stehen jetzt zwischen uns. Mein vermeintliches Verhalten Chelsea gegenüber verletzt sie, und ich kann es nicht ändern. Dabei hat sie keine Ahnung, was für eine Rolle Chelsea in meinem Leben spielt und was tatsächlich passiert ist.

Aprils Art, mir praktisch ungefiltert ihre Gedanken an den Kopf zu werfen, ist eigentlich erfrischend, gestern hat sie allerdings wunde Stellen aufgerissen, die längst verheilt sein sollten.

Was mir all diese Wahrheiten und Einsichten bringen, habe ich noch nicht entschieden. Bisher konnte ich mir kaum Gedanken dazu machen, denn mein Schädel dröhnt. Auch das hat der Whisky schonungslos enthüllt: Ich vertrage keinen Alkohol mehr. Unter normalen Umständen hätte mich diese Erkenntnis froh gestimmt. Doch die Kopfschmerzen und das flaue Gefühl im Magen, die einfach nicht verschwinden wollen, trüben die Freude erheblich.

Ich atme tief durch und stelle mich dem leichten Teil des Tages. Bei dem Gedanken entfährt mir ein leises Schnauben. Hätte mir vor drei Wochen jemand gesagt, dass eine Begegnung mit Chelsea vor laufender Kamera der leichte Teil des Tages sein würde, hätte ich ihn ausgelacht. Doch das verblasst vor dem, was zwischen April und mir heute Morgen vorgefallen ist. Oder vor dem, was mir später bei den Dyers blüht, wenn ich um Aprils Freistellung bitten werde. Mein Magen rebelliert allein bei dem Gedanken daran.

Bis zu unserem kleinen Diskurs beim Teekochen hatte ich vor, sie mit Kiara den Platz tauschen zu lassen. Nachdem ich mich allerdings dazu habe hinreißen lassen, halb nackt ins Zimmer zu kommen, nur um ihr zu zeigen, was ihr entgeht, ist mir eine Sache klar geworden: Es wird nicht reichen, sie nur aus meiner Nähe zu entfernen. Ich finde keine Ruhe, wenn ich sie ständig sehe. Nimmt man noch die Tatsache hinzu, dass ich wegen ihr ein Loch in die Tür geschlagen habe, ist die Erkenntnis ebenso einfach wie erschütternd. April muss gehen. Anders schaffe ich das nicht. Die dunkle Seite in mir, von der ich dachte, ich hätte sie für immer weggesperrt und durch Sport und Disziplin unter Kontrolle gebracht, drängt mit einer Vehemenz an die Oberfläche, die ich kaum unterdrücken kann. Ich werde den Dyers anbieten, dass sie April bei voller Bezahlung freistellen. Das Geld können sie am Ende von meinem Preisgeld abziehen. Es ist die beste Lösung. Die einzige Lösung. Warum fühlt es sich dann so falsch an, und wieso sträubt sich jede Faser in mir dagegen?

»Sind alle bereit?«

Stellas Stimme jagt einen Adrenalinstoß durch meinen Körper. Ich schließe die Augen, nicke und schlucke hart. *Du wirst jetzt eine Show abliefern und dein Bestes geben. Alles andere später.*

Scheinwerferlicht flammt auf, die Kameracrew wartet und ich bereite mich darauf vor, ein überraschtes Gesicht zu machen, wenn ich Chelsea gegenüberstehe.

Schwungvoll öffne ich die Tür und halte sofort inne. Überraschung brauche ich nicht zu spielen, denn Chelseas Schwangerschaft ist weiter fortgeschritten, als ich erwartet hatte. Schnell überschlage ich im Kopf, wann sie mir davon erzählt hat. Das muss gut drei Monate her sein. Damals hatte sie es gerade erfahren. Wenn ich mich recht erinnere, war sie zu der Zeit schon im dritten Monat gewesen. Das erklärt den Bauch.

Um meiner Überraschung mehr Ausdruck zu verleihen, schlage ich die Hände über dem Kopf zusammen. »Chelsea? Mein Gott, ist das schön, dich zu sehen. Was machst du denn hier?«

Statt einer Antwort kommt sie auf mich zu und breitet die Arme aus. Es tut gut, sie zu sehen. Ich umarme sie und sage so leise, dass es hoffentlich niemand hört: »Wir müssen reden.« Ob ich ihre Anwesenheit bei der Show oder meine Probleme mit April besprechen will, weiß ich noch nicht, aber ich befürchte Letzteres.

Sie reagiert nicht, sondern deutet auf den Tisch. »Wollen wir uns über den Tisch hinweg anschreien oder stellen wir die Stühle um?«

»Umstellen«, antworte ich. »So wie früher.«

Ein Lächeln erhellt ihr Gesicht. »Ich weiß noch, wie es deine Mutter jedes Mal zur Verzweiflung getrieben hat, wenn du das getan hast.«

Das hatte ich fast vergessen. Eigentlich hing das mehr mit der Tatsache zusammen, dass Chelseas Gegenwart meiner Mutter grundsätzlich ein Dorn im Auge war. Ich habe diese Essen gehasst. Ganz im Gegensatz zu den Gelegenheiten, bei denen wir beide allein waren.

Ich kann nicht genau sagen, was es war, aber Chelsea und ich haben vom ersten Moment an eine Verbundenheit miteinander gespürt. Wir waren uns zeitweise fast so nah wie Geschwister.

In einträchtigem Schweigen stellen wir einen Stuhl und das Geschirr so um, dass wir nebeneinandersitzen können.

»Besser.« Ich setze mich an die Stirnseite. Sie nimmt zu meiner Rechten Platz.

»Weißt du, wann das Essen kommt?«, fragt sie. »Ich sehe weder ein Büfett noch eine Bedienung …« Sie spricht nicht weiter, sondern sieht mit großen Augen zur Tür. Ich folge ihrem Blick und sämtliche Sicherungen brennen auf einmal durch.

April betritt den Ballsaal. Doch sie sieht aus wie eine billige Stripperin, die sich in ein viel zu kurzes und aufreizendes Dienstmädchenoutfit aus dem Erotikshop gequetscht hat. Das war mit Sicherheit die Idee der Dyers, und ich lasse nicht zu, dass das gesendet wird.

Ohne nachzudenken, springe ich auf und überlege fieberhaft, womit ich sie bedecken kann. Mein Jackett ist die richtige Wahl. Ich ziehe es aus und haste zu April, die mich mit großen Augen anstarrt. Von irgendwoher höre ich Stimmengewirr, doch ich ignoriere es. Mein Blick ist auf April gerichtet, die aussieht, als wüsste sie nicht, was sie von all dem halten soll. Ich erreiche sie und lege das Jackett über ihre Schultern.

»Kayden, was …«

Ich unterbreche sie. »So wirst du nicht vor die Kameras treten!«

»Das hast *du* nicht zu entscheiden!«, blafft sie mich an. »Was glaubst du eigentlich, was du hier machst?« Sie entreißt mir das Jackett und wirft es zur Seite.

»Wonach sieht es denn aus?«, schreie ich zurück. »Dich davor bewahren, dich so vor einem Millionenpublikum zu zeigen. Das geziemt sich nicht für meine …« Erschrocken breche ich ab. *Meine zukünftige Duchess,* hätte ich beinahe gesagt. *Bloody hell!*

»Für deine persönliche Assistentin?«, führt sie meinen Satz fort. »Wie gut, dass ich das nicht mehr bin!« Jedes ihrer Worte ist Provokation pur. Sie drückt die Schultern durch, funkelt mich an und war nie schöner. Dank ihrer offensichtlichen Erregung heben und senken sich ihre Brüste heftig. Sie springen mir förmlich aus dem knappen Kostüm entgegen.

»April, das …« Mir fehlen die Worte. Mit einem Mal wird mir bewusst, wo wir uns befinden. Um uns herum hat sich eine kleine Menschentraube gebildet. Eines der mobilen Kamerateams, Dekorateure, John, Don, Stella und natürlich Chelsea. Alle verfolgen mit großem Interesse, was vor sich geht. *Damn!* Ich habe es übertrieben. Das kann ich an ihren Gesichtern ablesen.

Es ist Chelsea, die die Situation rettet. »Ist hier wirklich niemandem aufgefallen, dass der Duke es nicht leiden kann, wenn man Frauen sexualisiert?«, fragt sie laut. Betretenes Schweigen ist die Antwort.

Lediglich von April höre ich ein leises Schnauben. »Als ob es ihm etwas ausmachen würde, was mit mir geschieht«, murmelt sie.

Es macht mir etwas aus, god-damn, will ich schreien, schweige aber.

»Alles klar«, meldet sich Stella zu Wort. »Wir beruhigen uns alle, April zieht sich um und wir beginnen mit dem Frühstück noch einmal von vorn.« Sie sieht mich an und scheint auf eine Reaktion zu warten. »Ist das annehmbar?«

Weil ich reagieren muss, nicke ich und wende mich ab. Ich spüre eine Hand auf meinem Arm und blicke auf. Es ist Chelsea. »Wir brauchen eine halbe Stunde ohne Kameras. Ist das möglich?«

Stella sieht zu John, der nickt. »Also gut. Ihr könnt in Kaydens Räume, während April sich umzieht. In dreißig Minuten wieder hier.«

Chelsea zieht mich in Richtung Tür und ich folge ihr. Ohne wirklich zu realisieren, was eben passiert ist. Natürlich wollte ich April beschützen. Aber warum habe ich so sehr die Kontrolle verloren? Schließlich ist sie eine erwachsene Frau und hat sich aus freien Stücken dafür entschieden, dieses Kostüm zu tragen.

Wir sind in der Halle angekommen. »Du musst mich zu deinen Räumen bringen, Kayden«, flüstert Chelsea. »Ich weiß nicht, wo sie sind.«

Ja, natürlich. Meine Räume. Sie will ungestört mit mir reden und sicher wissen, was los ist. Das Problem ist nur, dass das nirgends möglich ist. Allerdings weiß außer April niemand, dass ich das herausgefunden habe.

Was für eine verfahrene Situation. In meinem Wohnzimmer angekommen, überlege ich nicht lang, sondern bringe Chelsea ins Badezimmer. Dort sind hoffentlich weder Kameras noch Mikrofone. Sie folgt ohne Murren und redet erst, nachdem ich die Tür geschlossen habe. »Ins Bad?«

»In den Zimmern hören sie jedes Wort mit.« Ich muss mich bewegen und laufe die wenigen Schritte auf und ab, die das Bad zulässt.

»Wie lange hast du nicht trainiert, Kayden?«, fragt sie vorsichtig.

»Ich trainiere jeden Tag.«

»Boxen, du Idiot. Wie lange ist das her? Seit du am Set bist?«

»Das ist nicht mein Problem. Mein Problem ist der Umgang hier, die Kameras, die Frauen. Alles.«

»April?« Sie sieht mich vielsagend an.

Ich nicke knapp. Das war wohl offensichtlich.

»Als Erstes organisierst du dir einen Punchingball. Ich habe keine Ahnung, wie du darauf kommst, dass du es schaffen könntest, ohne Dampf abzulassen. Was hast du dir dabei gedacht?«

»Ich bin kein Kind!«, explodiere ich. »Auch wenn es unglaublich erscheint, hatte ich im letzten Jahr Wichtigeres zu tun, als mich mit meinen Aggressionsproblemen zu beschäftigen. Zumal ich die fest unter Kontrolle habe, hatte, was weiß ich.«

»Okay, eins nach dem anderen.« Sie sieht sich um und greift nach zwei Handtüchern. Die hält sie wie Pratzen vor sich. »Schlag zu.«

»Chelsea, das ist Blödsinn. Ich tue dir weh und du bist schwanger.«

»Du bist kurz davor durchzudrehen.« Sie wackelt mit den Handtüchern. »Schlag zu. Es muss ja nicht mit voller Wucht sein. Dabei erzählst du mir, was das eben sollte.«

Weil ich sie kenne und weiß, dass sie keine Ruhe geben wird, stelle ich mich vor sie und setze einen leichten Schlag. Dann noch einen und noch einen. Sie nickt mir aufmunternd zu und ich beginne zögerlich zu erzählen: von April, von meinen Gefühlen, meiner Enttäuschung und meiner Lösungsstrategie.

Auch wenn ich meine Schläge kontrolliere und sie nicht so fest sind, dass ich wirklich alles rauslassen kann, merke ich, dass es hilft. Die Anspannung wird schwächer, und ich kann wieder klar denken. Wie früher hört Chelsea nur zu. Als ich fertig bin, senkt sie die Hände. Genau wie meiner geht ihr Atem schneller und sie setzt sich auf den Rand der Badewanne.

»Zusammengefasst lässt sich also sagen: Du hast dich Hals über Kopf verliebt und sie will dich nicht.«

Kopfschüttelnd setze ich mich neben sie. »Ich glaube schon, dass sie mich will. Nur leider vertraut sie mir nicht. Und das macht mich wütend. Sie denkt immer nur das Schlechteste von mir, und ich weiß nicht warum.«

»Verstehe. Dann müsst ihr nur miteinander reden?«

Bei ihr klingt das so einfach. »Ich kann April nicht erzählen, was los ist, ich habe es Vater geschworen. Die Situation ist ziemlich verfahren.«

»Ja.« Sie seufzt. »Tut mir leid, dass ich dich überfallen habe.«

»Was machst du eigentlich hier?« Ich wische mir den Schweiß von der Stirn. Ich bin kaum erschöpft, doch im Badezimmer ist es ziemlich warm.

Sie seufzt. »Die Dyers haben vor zwei Wochen Kontakt zu mir aufgenommen und mich gefragt, ob ich bereit sei, einen Tag bei der Show zu verbringen. Natürlich zahlen sie den Flug und den Aufenthalt. Und ein nettes Sümmchen gibt es obendrauf. Sehr verlockend, besonders mit meinem kleinen Gast.« Sie streichelt ihren Bauch.

Diese Worte lassen mich hellhörig werden. »Ist alles in Ordnung? Habt ihr Geldprobleme? Falls dem so ist, hättest du etwas sagen sollen. Wir hätten eine Lösung gefunden.«

»Alles in Ordnung, Kayden. Ich bin nicht wegen des Geldes hier. Zumindest nicht in erster Linie.« Sie zwinkert mir zu. »Ich bin wegen dir hier.«

»Wegen mir?«

»Nachdem ich die ersten Folgen der Show gesehen habe, fiel mir die Entscheidung leicht, herzukommen.«

Ich verstehe absolut nicht, was sie mir damit sagen will. »Was meinst du?«

»Weißt du, Kayden, dafür, dass du eigentlich ein helles Köpfchen bist, bist du manchmal wirklich schwer von Begriff.«

Ich zucke mit den Schultern. »Könntest du bitte Klartext reden?«

»Du hast es wirklich nicht gemerkt? Nein, natürlich nicht. Nicht mal vorhin.« Die letzten Worte hat sie mehr zu sich selbst gesprochen. »Du hast mit jeder Folge mehr deine Balance verloren.«

Ich möchte ihr widersprechen, halte jedoch inne, denke an die vielen Momente, in denen ich das Gefühl hatte, die Kontrolle zu verlieren. *Damn*, sie hat recht. Verlegen fahre ich mir durchs Haar. »Ich habe es nicht bemerkt.«

»Also habe ich vorgestern bei den Dyers angerufen und gefragt, ob sie mich immer noch wollen. Und hier bin ich.« Sie lächelt ihr Chelsealächeln, bei dem sich der linke Mundwinkel immer mehr hebt als der rechte, und ich verzeihe ihr. »Das Geld ist natürlich ein netter Bonus, der dem Böhnchen in meinem Bauch den Start ins Leben wesentlich angenehmer gestalten wird.«

»Natürlich.« Eigentlich müsste ich Chelsea böse wegen dieses Überfalls sein. Doch das bin ich nicht. Ich bin froh, dass sie da ist. »Danke.«

»Nichts zu danken.« Sie rollt mit den Schultern. »Hast du etwas zu trinken? Ich verdurste. Und verhungere.«

Auch das ist typisch Chelsea. Sie bietet mir erst einmal keine Lösung an, sondern lässt mich mit meinen Gedanken allein, mustert mich nur von oben bis unten. »Du solltest duschen und etwas anderes anziehen. Ich bringe dir was und halte sie solange hin.«

Der Vorschlag ist annehmbar. »Okay.« Sie ist bereits an der Tür, als ich sage: »Schön, dass du da bist.« Lächelnd verlässt sie das Bad. *Damn*, ich habe sie gar nicht gefragt, wie es Lea geht. Das werde ich später nachholen.

April

Wenn alles anders ist

Sprachlos sehe ich Kayden und Chelsea nach, die den Ballsaal verlassen. Was zu Hölle war das? Klar, dieser Fetzen ist freizügig, aber das ist noch lange kein Grund durchzudrehen. Was denkt der eigentlich, wer er ist?

Ein wenig verloren stehe ich im Ballsaal. Don und Kiara sind nach draußen verschwunden. Ich nehme mal an, sie sind auf dem Weg zu den Damen. John und Stella hingegen sind in der Burg verschwunden. Die reden wahrscheinlich mit den Dyers oder beobachten, was Kayden und Chelsea treiben. Kopfschüttelnd mache ich mich auf den Weg zur Garderobe. Was wollte Kayden eben bezwecken? Mich beschützen? Mir zeigen, dass ich ihm wichtig bin? Und ich habe nichts Besseres zu tun, als genau das infrage zu stellen. Irgendwie süß von ihm. So ist er immer zu mir. Ich hatte noch nie einen Freund, der mich beschützen wollte.

Er ist nicht dein Freund, April!

Das weiß ich natürlich. Ändert aber nichts daran, dass er sich um mich kümmert. Geradezu ironisch, wenn man bedenkt, dass ich ihm vorwerfe, genau das bei seiner eigenen Tochter nicht zu tun.

Hinter mir höre ich ein Geräusch und drehe mich um. Es ist Stella. »Was war das?«, fragt sie grinsend.

Ich zucke nur mit den Schultern. »Offensichtlich hat der Duke etwas dagegen, wenn man ihn leicht bekleidet bedient.«

»Offensichtlich.« Sie nickt. »Bisher hat ihm so was wenig ausgemacht. Das muss etwas mit Chelsea zu tun haben. Sie haben sich in sein Badezimmer zurückgezogen. Also ahnt der Duke entweder, dass wir wissen, was in seinem Zimmer vor sich geht, oder die beiden stehen auf gemeinsames Duschen.«

»Sie ist schwanger von einem anderen, da würde sie sicher nicht …«

»Wer sagt denn, dass dieses Kind nicht auch von ihm ist? Es muss schließlich einen Grund für sein Verhalten geben.«

Das ist es, was sie und die Dyers denken? Dass er sie und nicht mich beschützt? Mir soll's recht sein.

»Zieh dich um und geh die beiden holen. Und dann bedienst du sie in normalen Klamotten. Und April? Ich gehe mal davon aus, dass dein Gerede davon, dass du nicht mehr seine PA bist, der Situation geschuldet war? Ich soll dir von Maggy ausrichten, dass eine Kündigung deinerseits nicht in Frage kommt.«

Als ob ich diejenige wäre, die vorhat, die Sache zu beenden. Doch das ist seine Sache. Damit soll er sich herumschlagen. Eins nach dem anderen. »Meinst du, es ist schlau, mich zu schicken?«

Ihr Grinsen wird breiter. »Das ist sogar eine hervorragende Idee! Heute hat er endlich geliefert, was wir sehen wollen. Auch wenn ich noch nicht genau weiß, was es ausgelöst hat, bin ich sicher, dass Chelsea der Schlüssel ist. So etwas sollte ihr Besuch bewirken. Ich hatte zwar nicht damit gerechnet, dass du eine der Hauptrollen spielst, aber es wäre doch gelacht, wenn sich daraus nichts machen ließe.« Begeisterung blitzt in ihren Augen auf. »Wir haben den Ablauf geändert. Wenn ihr zurückkommt, werden die Mädchen schon da sein, und das Frühstück findet mit allen gemeinsam statt.« Sie reibt sich die Hände. »Was auch immer los ist, sieh zu, dass wir mehr davon bekommen. Endlich kommt er aus sich heraus. Ich will Drama, ich will Eifersucht.«

Ich nicke und bin gleichzeitig sicher, dass ich das nicht so ausrichten werde.

»Sehr gut. Wir hatten dreißig Minuten gesagt, aber die Mädchen brauchen länger. Also halte ihn hin, unterhalte dich mit der Geliebten, kipp ihm Tee über, egal, dir fällt schon was ein. Und falls er tatsächlich von den Kameras weiß und nicht in seinem Zimmer reden will, geht woandershin. Sorge nur dafür, dass ich jedes Wort erfahre. Und John auch.« Sie verzieht bei ihren letzten Worten das Gesicht und rauscht davon.

Mechanisch schlüpfe ich in meine eigenen Klamotten und zwinge mein Hirn in den Leerlauf. Nicht denken, sondern auf jeden einzelnen Handgriff konzentrieren. Das habe ich mir in den ersten Wochen nach Kirstens Tod angewöhnt, als die Trauer mich zu überwältigen drohte und ich für Emily da sein musste.

Es hilft auch in dieser Situation, und ich mache mich auf den Weg zu Kayden. Meine Gedanken wandern zu Chelsea und ihrem Verhalten im Ballsaal. Das sah nicht so aus, als würden die beiden sich verachten oder hassen. Ganz im Gegenteil. Könnte etwas dran sein an Stellas Vermutung? Ist das Kind von Kayden?

Jetzt drehst du *durch, April.* Chelsea ist ganz sicher nicht von *ihm* schwanger. Was auch immer da los ist, ich werde es gleich erfahren. Vor der Tür angekommen, hole ich tief Luft und klopfe.

Zu meiner Überraschung öffnet Chelsea und lächelt mich freundlich an. »Ich hatte gehofft, dass du es bist.« Sie tritt in den Flur und schließt leise die Tür hinter sich. »Können wir irgendwo ungestört reden? Ohne dass jemand mithört?«

Völlig perplex nicke ich. »Komm mit.« Ich führe sie die Treppe nach oben in mein Zimmer. Stella hat schließlich gesagt, ich solle zur Not an einen Ort ohne Kameras gehen. Also ist das völlig in Ordnung.

Meine Finger zittern, während ich aufschließe. Zum Glück habe ich heute Morgen das Bett gemacht und aufgeräumt. Seit Kayden hier war, mache ich das jeden Morgen. Man weiß ja nie.

Chelseas Blick geht einmal durch den winzigen Raum, dann setzt sie sich aufs Bett und klopft neben sich. »Wir haben wenig Zeit, weshalb ich mich nicht mit Höflichkeiten aufhalte.«

Ich nicke und bringe so viel Abstand wie möglich zwischen uns, bevor ich Platz nehme.

»Das Dringlichste zuerst. Kayden geht es beschissen. Kannst du dafür sorgen, dass er sein Boxtraining wieder aufnehmen kann? Fürs Erste würde ein Sandsack oder Punchingball reichen. Irgendetwas, woran er seine Aggressionen abarbeiten kann.«

»Klar, das ist kein Problem. Er hat anfangs mal erwähnt, dass er gern einen Boxsack hätte. Ich hielt das für unwichtig. Warum hat er nicht darauf bestanden?«

Seufzend schüttelt Chelsea den Kopf. »Weil das für Kayden einem Eingeständnis von Schwäche gleichkommt. Und das fällt ihm schwer.«

Ja, so schätze ich ihn ebenfalls ein. Auch wenn ich nicht ganz verstehe, was Boxtraining mit Schwäche zu tun hat. Ich will gerade fragen, doch Chelsea hebt die Hand. »Wir haben wenig Zeit, also muss der Teil warten. Es reicht, wenn du weißt, dass er das Training zum Ausgleich braucht, sonst kommt es zu solche Szenen wie eben. Und das war noch harmlos. Kayden braucht ein Ventil für seine Wut, sonst entlädt sie sich in den unpassendsten Momenten.«

Für mich kling das eher besorgniserregend. Das Loch in der Tür fällt mir wieder ein. »Kayden ist also ein Schläger?« Noch während ich spreche, wird mir klar, wie lächerlich das ist. Kayden ist sicher viel, aber niemand, der Menschen schlägt.

»Nein!«, antwortet sie entschieden. »Er schlägt auf Gegenstände ein. Wie gesagt, darum geht es nicht. Es geht um dich, deine Sicht auf ihn und deine Gefühle.«

»Was?«, krächze ich.

»Er hat mir erzählt, was zwischen euch passiert ist, und ich habe entschieden, dir zu erzählen, was du wissen möchtest. Die wichtigste Frage zuerst: Bist du in Kayden verliebt?«

»Was?« Ich war auch schon mal eloquenter. Denn natürlich habe ich sie sehr gut verstanden. Also setze ich an, um zu verneinen, doch das Wort kommt nicht über meine Lippen.

Erstaunt halte ich inne und runzele die Stirn. »Keine Ahnung«, sage ich schließlich laut.

»Na, das ist doch besser als Nein. Und es deckt sich mit dem, was Kayden sagt. Dann können wir weitermachen.«

Ich habe immer noch nicht die geringste Ahnung, worauf sie hinauswill, und bin gedanklich damit beschäftigt, zu verarbeiten, dass ich kein Nein herausbekommen habe. »Liebe bedeutet doch, dass man nicht mehr ohne den entsprechenden Menschen sein will?«, versuche ich zu ordnen, was mir durch den Kopf geht. »Ich will keinen Mann als Partner, der dafür verantwortlich ist, dass ein Kind ohne Vater aufwächst.«

»Hat er das gesagt?«, fragt Chelsea überrascht.

»Nein. Aber das ist doch, was passiert ist! Seine Familie hat dir Geld gezahlt und sorgt dafür, dass du schweigst und sie nicht mehr behelligst. Die typische Geschichte, in der ein Mann sich aus der Affäre zieht und die Frau zusammen mit ihrem Kind am Ende die Leidtragende ist.«

Sie schüttelt vehement den Kopf. »Es war alles ganz anders. Und eine Sache will ich gleich zu Beginn klarstellen: Kayden würde so etwas niemals tun. Ich erzähle dir jetzt, wie es damals war und was passiert ist.« Sie zeigt auf mich und verzieht ungnädig das Gesicht. »Aus irgendeinem Grund ist Kayden verrückt nach dir, auch wenn mir unklar ist, was er in dir sieht.« Ihre Augen verengen sich zu Schlitzen. »Kayden ist der ehrlichste Mensch, den ich kenne. Er redet gern von Loyalität und Vertrauen, weil er beides lebt. Das sind die Grundpfeiler seines Lebens. Und genau deshalb kann er dir nicht sagen, was damals passiert ist. Ich kann es. Was schert mich das Versprechen an einen Verstorbenen.«

Ein Versprechen? Abwehrend verschränke ich die Arme vor der Brust. »Da bin ich gespannt.«

Chelsea schüttelt den Kopf. »Wie du vielleicht weißt, habe ich mich um die Steuern der Devlins gekümmert. George – Kaydens Vater – hatte zeit seines Lebens eine Aversion dagegen, wichtige Unterlagen aus der Hand zu geben. Also bin ich immer wieder nach *Whitewater* gefahren, um dort Papierkram zu erledigen. Kayden hat die Semesterferien in Schottland verbracht und wir sind uns ständig begegnet. Ich weiß nicht, wie viel er dir über die Ehe seiner Eltern erzählt hat. Sie haben aus Vernunftgründen geheiratet. Seine Mutter war die Erbin eines recht ansehnlichen Vermögens. Sein Vater brauchte Geld. Ein einfacher Tausch: Titel gegen Geld. Für die beiden hat das gut funktioniert.«

Das heißt also, er hat mich auch an dieser Stelle angelogen. »Mir hat er gesagt, die letzten Worte seines Vaters seien etwas darüber gewesen, wie schön es war, miteinander alt zu werden.«

Sie zuckt entschuldigend mit den Schultern. »Vielleicht war er am Ende senil, denn das klingt nicht nach George.«

»Ich habe Kayden von Anfang an nicht geglaubt, er hat sogar ziemlich schlecht gelogen, um ehrlich zu sein. Es klang einstudiert.« Ich schnaube und verschränke die Arme noch fester.

»Sei es, wie es sei«, fährt Chelsea fort. »Es war eine Zweckgemeinschaft, die Liebschaften mit einschloss. Die einzige Bedingung war, dass diese Affären keine Folgen haben und nicht an die Öffentlichkeit gelangen durften. Doch meine Beziehung mit George hatte durchaus Folgen.«

Die Worte brauchen einen Moment, bis ich ihre volle Tragweite erfasse. Soll das etwa heißen … »Kayden ist gar nicht Leas Vater? Er ist ihr Halbbruder?«

Chelsea nickt. »Genau so ist es.«

»Warum …«

»Weil es bei den Devlins immer darum geht, den Schein zu wahren. Kayden hat keinen Moment gezögert, durchsickern zu lassen, dass es sein Kind sei. Damit war es die Verfehlung eines neunzehnjährigen Halbstarken. So etwas wird verziehen. Wenn allerdings bekannt geworden wäre, dass der alte Duke eine Affäre mit einer Frau Anfang zwanzig hat und diese auch noch schwängert – das wäre ein gefundenes Fressen für die Klatschpresse geworden. Am Ruf des Duke hängen Arbeitsplätze. Natürlich wäre es kein Weltuntergang gewesen, aber die Demütigung, die diese Geschichte für seine Mutter bedeutet hätte. Na, du kannst es dir vorstellen. Also ist er in die Bresche gesprungen.«

Habe ich alles falsch verstanden? Wenn stimmt, was Chelsea erzählt, hat Kayden jedes Recht, sauer auf mich zu sein. Ich ziehe die Unterlippe zwischen die Zähne. Bin wirklich ich die Böse in der Geschichte? Kein schöner Gedanke. Eine Sache bleibt allerdings bestehen, und auf die stürze ich mich, denn die kann niemand wegdiskutieren.

»Er ist in die Bresche gesprungen? Stimmt das? Deine Tochter wächst trotzdem ohne Vater auf.«

»Zunächst mal ist das totaler Blödsinn. Ich bin inzwischen verheiratet und Lea hat den besten Vater der Welt. Und sie hat in Kayden einen Bruder, der sich um sie kümmert. Er hat einen Fond für ihre Ausbildung eingerichtet und besucht uns regelmäßig. Kayden ist der ehrlichste und treueste Mensch, den ich kenne. Deshalb konnte er dir nicht sagen, was passiert ist. Er hat seinem Vater geschworen, nie ein Wort über die Angelegenheit zu verlieren. Und daran hält er sich.« Ihre Stimme bleibt ruhig, wird allerdings eindringlicher. »Wenn Kayden tatsächlich Leas Vater wäre, hätte er mich geheiratet. Ohne Wenn und Aber. Er hat sogar vorgeschlagen, dass wir heiraten, und es war weiß Gott nicht leicht, ihm das auszureden.«

Kann das wahr sein? Warum hat sie abgelehnt? Mit Kayden an ihrer Seite wären alle Probleme gelöst gewesen.

»Du fragst dich, warum ich Nein gesagt habe?«

Ich nicke vorsichtig.

»Dafür gibt es zwei Gründe. Der erste und wichtigste: Die Vorstellung, dass man heiratet, nur weil man ein Kind erwartet, finde ich hoffnungslos veraltet.«

»Ist es wirklich besser, ein Kind allein großzuziehen? Ich bin ohne Vater aufgewachsen, und das war keine schöne Erfahrung«, sage ich leise.

»Das kommt natürlich auf den Mann an, nicht wahr? Ich weiß nichts über deinen Vater. Glaubst du, es wäre wirklich besser gewesen, wenn er bei euch geblieben wäre?«

Auf diese Frage habe ich keine Antwort und zucke mit den Schultern. »Es wäre schön, eine Familie gehabt zu haben.«

Chelsea schüttelt den Kopf. »Das sehe ich anders. Ich komme aus einer solchen Familie, wie du sie beschreibst. Meine Eltern haben geheiratet, weil meine Mutter schwanger geworden ist. Das ging ein paar Jahre mehr oder weniger gut, bis sie sich haben scheiden lassen. Jeder für sich war großartig, zusammen waren sie die Hölle. So etwas wollte ich auf keinen Fall für mein Kind. Kayden zu heiraten hätte bedeutet, dass ich mit einem Mann hätte zusammenleben müssen, den ich nicht liebe. Und trotz allem, was damals passiert ist, bin ich hoffnungslos romantisch und glaube an die große Liebe. Kayden ist für mich wie ein Bruder. Wir funktionieren als Freunde hervorragend. Als Paar würden wir versagen. Das hat er schließlich eingesehen, und wir haben dieses Arrangement getroffen. Wir lassen es für die Öffentlichkeit so aussehen, als sei es sein Kind, und er hält uns aus der Presse raus. Trotzdem nimmt er Anteil an Leas Leben. Keine Ahnung, warum du glaubst, es sei anders. Er hat meinen Mann und mich immer unterstützt. Selbst dann, als klar wurde, wie schlecht es um die Finanzen der Familie bestellt ist.«

Ich will nicht hören, was sie sagt. Nichts darüber, wie schlimm es ist, eine Familie zu haben. Soll sie doch mal erleben, wie es ist, keine zu haben. Dieser Gedanke lässt mich zusammenfahren. Ich habe eine Familie, *verdammt.* Nur eben keinen Vater. Aber die kleine Lea hat offensichtlich beides. Einen Vater und einen großen Bruder. Das Bild, das Chelsea von Kayden zeichnet, ist zu perfekt. Er nimmt die Schuld auf sich, damit seine Eltern gut dastehen? Und dann ist er auch noch ein guter Bruder, der seine uneheliche Halbschwester finanziell unterstützt?

So sieht es aus, April. Gib zu, dass du dich getäuscht hast. Manchmal hasse ich es, dass die Stimme der Vernunft in meinem Kopf wie Lindsay klingt. Doch noch bin ich nicht bereit zu kapitulieren. »Er verzichtet also auf einen seiner maßgeschneiderten Anzüge, um dir und deinem Kind ein Auskommen zu sichern?«, frage ich mit so viel Sarkasmus in der Stimme, wie ich aufbringen kann. »Wie nobel.«

»Du willst kein gutes Haar an ihm lassen, habe ich recht? Und du hast keine Ahnung, wie schlecht es wirklich um seine Finanzen steht.« Sie sieht mich herausfordernd an. Es gelingt mir, ihrem Blick standzuhalten, während ich den Kopf schüttle.

Sie seufzt. »Dann erkläre ich dir auch das. Es geht nicht um ein paar maßgeschneiderte Anzüge mehr oder weniger. Es geht um seine Existenz. Um alles, was seine Familie und seinen Titel ausmacht. Was denkst du, warum er sich für eine Show wie diese hergibt?«

Meine Antwort kommt viel zu schnell: »Aus demselben Grund, aus dem wir alle hier sind: für Publicity und leichtes Geld.«

»Das Geld, ja. Nicht die Publicity. Hast du ihn in den letzten Wochen überhaupt kennengelernt? Er hasst es, in der Öffentlichkeit zu stehen.«

Mir schießt die Röte ins Gesicht. Denn natürlich hat sie recht. Kayden hasst diese Show, das weiß ich. Auch dass er sich nie für so etwas hergegeben hätte, wenn er einen anderen Ausweg gesehen hätte. Trotzdem fällt es mir verdammt schwer, das zuzugeben. Es bedeutet, dass ich mich wie ein Arsch benommen habe – um meine Wortwahl ihm gegenüber aufzunehmen.

Chelsea seufzt. »Ich weiß, dass ich dich in diesem Gespräch nicht davon überzeugen kann, dass Kayden ein besserer Mann ist, als du es wahrscheinlich verdienst. Aber ich kann an deinen gesunden Menschenverstand appellieren. Er hat sich in dich verliebt, und bei Kayden bedeutet das etwas. Ich weiß nicht, wie das passieren konnte, obwohl du so schlecht von ihm denkst, doch sei dir sicher: Er hat weder mich noch mein Kind je im Stich gelassen und würde so etwas niemals tun.«

Sie hat vermutlich recht, dennoch will ich ihr erklären, wie es dazu gekommen ist. »Männer haben es so leicht, sich aus der Verantwortung zu stehlen. Meine Erfahrung zeigt, dass es nur wenige gute gibt, die bleiben und eine Familie gründen. Die anderen gehen.« Ein kläglicher Versuch, mich zu rechtfertigen.

»Und deshalb denkst du, dass alle Männer so sind?« Ungläubig schüttelt sie den Kopf. »Mit dieser Einstellung wirst du niemals glücklich werden.« Sie erhebt sich und sieht auf mich herab. »Letztendlich ist es deine Entscheidung. Aber ich verspreche dir, wenn du dich auf Kayden einlässt, holt er dir die Sterne vom Himmel.«

Das ist ziemlich viel Stoff für diese paar Minuten. Mir schwirrt der Kopf. Allerdings ahne ich, dass ich einiges gutzumachen habe. »Okay, danke, das ist … Ich muss das erst einmal sortieren.«

»Wenn er dir irgendetwas bedeutet, dann sag ihm das. Am besten gleich.« Ihre Stimme wird eindringlich. »Er will dich vollständig aus seinem Leben entfernen.«

»Ja, das hat er mir gesagt. Er möchte, dass Kiara und ich den Platz tauschen, um …«

»Nein. Er wird darum bitten, dass du die Show verlässt«, unterbricht sie mich, und ich könnte schwören, dass mein Herz für eine Sekunde stehen bleibt. »Deinen Lohnausfall will er von seinem eigenen Geld bezahlen. Dem Geld, das für den Erhalt seines Gutes und den Lohn seiner Angestellten gedacht ist.«

Das kann er doch nicht machen!

Ein weiteres Seufzen von Chelsea. »Ich muss zurück. Kayden wird es nicht gutheißen, dass ich dir das alles erzählt habe. Als seine Freundin hatte ich allerdings keine Wahl. Du musst die Geschichte kennen, um die richtige Entscheidung zu treffen.« Mit diesen Worten lässt sie mich zurück.

Es dauert eine ganze Weile, bis ich fähig bin, einen klaren Gedanken zu fassen. Chelseas Erklärungen haben mich komplett überrumpelt. Zeit, sich einzugestehen, dass ich an Vorstellungen festgehalten habe, die auf Kayden nicht zutreffen. Es ist genau so, wie er vor Tagen gesagt hat. Ich war so sehr damit beschäftigt, ihm bei jeder seiner Handlungen das Schlechteste zu unterstellen, dass ich mich vor der Wahrheit verschlossen habe.

Plötzlich passt alles zusammen. Mein Herz hat sich nicht getäuscht. Er ist der Mann, den ich gesucht habe. Freundlich, einfühlsam, um mein Wohl bemüht, ein Familienmensch, der sich kümmert. Und dieses kleine Problem mit den Aggressionen … nun, ich muss gestehen, dass sogar das seine Wirkung bei mir nicht verfehlt. Es macht ihn menschlich.

Wenn es stimmt, was Chelsea erzählt hat, habe ich ihm Unrecht getan. Dann bin ich die dumme *Bitch*, die nicht erkennen will, an was für einen tollen Mann sie geraten ist.

Das Fiepen meines Funkgerätes reißt mich zurück in die harte Realität. Es ist Stella, die mich fragt, wo wir bleiben.

Verdammt! Schnell springe ich auf und versichere ihr, dass wir gleich da sind. Auf mein Klopfen an Kaydens Tür öffnet Chelsea. »Ihr werdet unten erwartet.«

»Ich bin fertig.« Kayden steht hinter ihr und sieht mich an. »Chelsea, wärst du so nett und würdest schon mal nach unten gehen? Wir kommen in fünf Minuten nach.«

»Wir haben keine fünf Minuten.« Panik macht sich breit. Ich würde das Gespräch mit Chelsea gern sacken lassen.

»Doch, die haben wir«, stellt er unmissverständlich klar. Mein Funkgerät piept erneut und ich greife danach, da nimmt Kayden es mir aus der Hand.

»Stella?«, fragt er, wartet aber keine Antwort ab. »Ich schicke Chelsea schon herunter und komme in fünf Minuten nach. Danke.« Danach stellt er das Funkgerät aus und gibt es mir zurück. »Wir reden jetzt!« Ohne auf meine Reaktion zu warten, nimmt er meine Hand und zieht mich hinter sich ins Bad. Dort schließt er die Tür und lehnt sich dagegen.

»Wer hätte gedacht, dass ich an einem Tag zwei Gespräche im Badezimmer führe«, murmelt er und richtet sich zu seiner vollen Größe auf. »Ich muss für mein Verhalten um Entschuldigung bitten. Schon wieder. Das war vollkommen unangebracht. Ich war nicht ich selbst. Die ganze letzte Zeit schon. Das ist keine Entschuldigung, und doch die einzige Erklärung, die ich bieten kann.«

Ich will ihm sagen, wie falsch ich lag. Dass alles meine Schuld ist. Doch irgendwo auf dem Weg zwischen Hirn und Stimmbändern verlässt mich der Mut.

Kayden hat die ganze Ansprache über an mir vorbei auf einen imaginären Punkt an der Wand gesehen. Jetzt huscht sein Blick kurz zu mir und richtet sich dann nach unten. Deutlich leiser spricht er weiter. »Mir ist klar, dass ich nicht eigenmächtig entscheiden kann, welche Stelle du bekleidest. Weiterhin bin ich unsicher, ob es das Beste ist, dich ersetzen zu lassen.«

Seine Worte treffen mich trotz allem unvorbereitet. Er will mich nicht mehr feuern?

Was auch immer Chelsea gesagt hat, scheint Wirkung auf ihn zu haben. Es hat ihn zum Nachdenken gebracht. Wenn auch anders als bei mir. Zum ersten Mal, seit ich ihn kenne, bin ich dazu bereit, wirklich zu sehen, wer er ist. Ein Mann, der Fehler eingestehen kann und bereit ist, sie wiedergutzumachen. Ein Mann, der Prinzipien hat und für diese einsteht, auch wenn es ihm schwerfällt. Und das ist es doch, was im Leben zählt. Mein Herz könnte zwar brechen, wenn ich mich auf ihn einlasse, aber es könnte auch wachsen. Wenn ein Mann es wert ist, dass ich mich öffne, dann ist es Kayden Devlin.

Ich kann nicht sagen, was genau dazu führt, dass ich mich ihm langsam nähere. Letztendlich ist egal, ob es seine Worte sind oder das, was Chelsea mir erzählt hat. Wahrscheinlich ist es eine Mischung aus beidem.

Er scheint nicht zu merken, dass ich inzwischen vor ihm stehe, denn er sieht weiterhin auf den Boden. »Kayden?« Ich spüre das Zittern meiner Stimme im ganzen Körper.

Er hebt ruckartig den Blick. Daraus spricht so viel Sehnsucht, dass ich vergesse, was ich sagen wollte. Fest steht nur eins: Egal was aus uns wird, nicht nur er muss sich entschuldigen, sondern vor allem ich. Darin bin ich leider verdammt schlecht.

Seine Nähe bewirkt, dass mir eine andere Art einfällt, wie ich ihm zeigen kann, dass es mir leidtut. Ich stelle mich auf die Zehenspitzen und berühre sanft mit meinen Lippen die seinen. »Ich lag mit allem falsch und bin eine Idiotin«, flüstere ich und wiederhole die Geste. Hoffentlich sind es die richtigen Worte. Etwas Ähnliches hat er zu mir gesagt, als er sich für das Treffen mit Belle entschuldigt hat.

Seine Augen weiten sich, trotzdem bleibt er unbeweglich stehen. Ich habe es nicht besser verdient. Ich habe meinen Standpunkt klargemacht, jetzt ist es an ihm, den nächsten Schritt zu machen. Oder auch nicht. Langsam sinke ich auf die Fersen und will mich abwenden, da umfassen mich warme Hände und er zieht mich in eine Umarmung.

Ich brauche nur den Bruchteil einer Sekunde, um mich wieder zu fangen, und sehe zu ihm hoch. Seine Augen sind dunkel, und diesen Ausdruck darin habe ich noch nie an ihm gesehen. »Du bist entweder meine Rettung oder mein Untergang«, murmelt er und presst seine Lippen auf meine. Dabei umfängt mich seine Wärme, hüllt mich ein, fährt einem Blitzeinschlag gleich in meine Mitte, als seine Zunge sich ihren Weg sucht und dem Kuss eine Richtung gibt, die alles andere als zart und leicht ist.

Seine Hände schiebt er unter mein Gesäß und hebt mich hoch. Instinktiv schlinge ich die Beine um seine Hüften, klammere mich an ihn, als hinge mein Leben davon ab. Und das tut es in gewisser Weise auch. Dieser Kuss reißt Schutzwälle ein, die ich seit Jahren errichtet habe. Gefühle strömen auf mich ein, durch mich hindurch und schalten alles andere aus. Nie habe ich einen Mann mit einer solchen Hingabe geküsst. Es ist, als wären wir eins. Ich ahne, woran das liegt. Ich vertraue Kayden. Alle Zweifel, alle Ängste sind nicht mehr von Bedeutung, denn er ist der Richtige. Im Grunde habe ich das gewusst, seit ich ihn kenne. Doch es brauchte Chelsea und ihre Geschichte, um das zu verstehen.

Ich intensiviere den Kuss, fahre durch sein Haar, nehme den Duft nach Zitrone und Zedernholz wahr und höre mich leise seinen Namen murmeln.

Das scheint für ihn das Zeichen zu sein, den Kuss zu unterbrechen. Schwer atmend lehnt er seine Stirn gegen meine. »Entschuldigung angenommen«, sagt er mit dunkler Stimme. »Auch wenn ich nicht damit gerechnet hatte. Was hat …«

»Chelsea«, unterbreche ich ihn. »Sie kann sehr überzeugend sein.«

»Was hat sie zu dir gesagt?« Ich setze zu einer Antwort an, doch er hebt die Hand, um mich aufzuhalten. »Weißt du, was? Ist völlig egal.« Er drückt mir einen sanften Kuss auf die Lippen und setzt mich behutsam wieder ab. »Am liebsten würde ich einfach hierbleiben.« Ein weiterer Kuss. »Wir könnten uns lieben, dann miteinander reden und …« Einer seiner Mundwinkel hebt sich zu einem lüsternen Grinsen und mir wird gleichzeitig heiß und kalt. Noch nie in meinem Leben habe ich eine so erotische Geste gesehen.

»Dann was?«, frage ich heiser und atemlos, obwohl ich weiß, dass ich das nicht sollte. Unten wartet man auf uns. Ich habe keine Ahnung, wie viel Zeit bereits vergangen ist. Wahrscheinlich mehr als fünf Minuten.

»Dann mache ich das mit dir, was ich schon gestern Abend tun wollte.« Sein Blick verdunkelt sich, mit seiner Hüfte stößt er provokant gegen meine und ich habe jedes Wort von gestern in den Ohren.

»Dann nimmst …«

Sein Kuss verschließt mir den Mund. »Wenn du das aussprichst, schwöre ich bei Gott, dass wir es nicht nach unten schaffen.« Seine Stimme ist rau vor Leidenschaft, dennoch zieht er sich zurück. In dem kleinen Bad bedeutet das, dass er einen Schritt zur Seite geht und nach der Türklinke greift. »Wir müssen gehen, aber vorher …« Er atmet einmal tief durch. »Ich weiß nicht, wohin uns das führen wird, doch ich bin bereit, es herauszufinden.«

Bei meiner Antwort sehe ich ihm fest in die Augen. »Ich ebenfalls.«

»Dann also du und ich! Das muss für den Moment reichen.« Er dreht sich weg, öffnet die Tür, schließt sie im gleichen Moment wieder und nimmt mich ein weiteres Mal in den Arm. »Sag, dass ich nicht träume.«

Ein Lachen schleicht sich meine Kehle hinauf. »Du träumst nicht.« Auch auf seinem Gesicht zeigt sich ein zufriedenes Grinsen und er gibt mir einen schnellen Kuss.

»Dann ist gut.«

Diesmal öffnet er die Tür und geht hindurch. Ich muss mich noch einen Augenblick sammeln, bevor ich ihm folge.

Wir haben nichts geklärt und sicher noch einiges zu besprechen, besonders was sein Auftreten bei der Show und seinen Umgang mit den Frauen angeht, aber das sind nur Kleinigkeiten im Vergleich zu dem, was wir bereits umschifft haben. Was *ich* bereits umschifft habe.

Denn bei einer Sache gebe ich mich keinen falschen Vorstellungen hin: Diejenige, die das hier bisher vollkommen in den Sand gesetzt hat, bin ich. Und ich werde die nächsten Tage und Wochen nutzen, alles wieder ins Lot zu bringen.

Kayden

Der Irrgarten

Wieder laufe ich vor April weg. Wieder haben meine Gefühle einen Punkt erreicht, an dem mir die Kontrolle schwerfällt. Doch diesmal ist die Flucht nicht von Schuld begleitet, sondern von purer Freude.

Was für einen Unterschied wenige Minuten machen können. Als ich vor einer Stunde diese Treppe hinuntergegangen bin, war die Welt dunkel und grau. Seit Tagen frage ich mich, wie ich diese Show zu Ende bringen soll.

Und jetzt erscheint es mir wie eine meiner leichtesten Übungen. Sogar die dunkle Eingangshalle scheint freundlicher, und ich könnte schwören, dass sich ein Lächeln auf die Züge von Atlas geschlichen hat. April hat ihre Seite gewählt. Meine Seite.

Noch habe ich keine Ahnung, was das bedeutet oder wie ich das mit dem vereinbaren kann, was hier von mir erwartet wird. Doch das ist zweitrangig.

Ich habe den unteren Absatz der Treppe fast erreicht, da kommt bereits eine Visagistin auf mich zu. Mit einem breiten Lächeln erlaube ich ihr, mein Gesicht abzupudern. »Ich werde im Ballsaal erwartet, nehme ich an?«

Sie nickt, lehnt sich näher zu mir. »John und Stella sind nicht begeistert von der Verspätung. Wir können froh sein, dass die Dyers heute in Seattle sind.«

Richtig. Zu meinem großen Glück haben die beiden am Vormittag einen wichtigen Termin beim Sender. Meine Mundwinkel heben sich ein kleines bisschen mehr. Nicht auszudenken, was passiert wäre, wenn ich bereits heute Morgen mit ihnen gesprochen hätte.

Mit John und Stella werde ich fertig. »Dann sollte ich mal reingehen und eine gute Show abliefern.« Lächelnd drehe ich mich zu den großen Flügeltüren und öffne eine davon schwungvoll.

Das hochherrschaftliche Gedeck ist verschwunden. Offensichtlich wurde der Plan geändert. Inzwischen sind alle neun Kandidatinnen anwesend. Chelsea nimmt den Platz an einer Stirnseite ein und wirkt erleichtert, als sie mich sieht.

Ich mache mir eine geistige Notiz, ihr tausendfach zu danken, sobald wir allein sind. Was auch immer sie zu April gesagt hat, es hat offensichtlich gewirkt. Und dass sie seit geraumer Zeit diesen Hühnerstall allein ertragen muss, hat sie auch nur mir zu verdanken. Dennoch, oder gerade deshalb, erhellt sich ihre Miene, sobald sie mich sieht.

Auch die Augen der Damen richten sich auf mich. »Entschuldigt meine Verspätung«, sage ich mit einem breiten Lächeln. »Mein Morgen war turbulent. Aber jetzt ist alles, wie es sein sollte, und wir können uns dem angenehmen Teil des Tages widmen. Meine Damen.« Ich verbeuge mich in Richtung Tisch. »Und natürlich Chelsea.« Ihr nicke ich zu und kann mir ein Zwinkern nicht verkneifen. »Ich weiß nicht, wie es euch geht, ich habe einen Bärenhunger. Hat irgendwer eine Ahnung, was es zum Frühstück gibt?«

»Ich hoffe doch Champagner«, sagt Shanaya und erntet zustimmendes Gekicher. Da ich weiß, dass sie neben Chelsea und mir die Einzige am Tisch ist, die keinen Alkohol anrühren wird, habe ich wohl die Frau gefunden, der heute meine Aufmerksamkeit gelten wird. »Champagner ist eine hervorragende Idee, um meine Verspätung auszugleichen.« Suchend blicke ich mich um und sehe John in einer Ecke des Saals stehen. Perfekt. Ihn wollte ich schon längst durch die Gegend scheuchen. »Wäre es möglich, dass wir Champagner bekommen?«

Er nickt und greift nach seinem Funkgerät. Ich kann nur hoffen, dass April ihres noch abgeschaltet hat. Denn Johns Miene nach zu urteilen, gibt er meine Bitte missmutig weiter. Mir bleibt keine Zeit, mich mit ihm zu beschäftigen, da die Damen meine volle Aufmerksamkeit fordern.

Meine gute Laune stellt sich als wahrer Segen heraus. Sie scheint sich auf die Frauen zu übertragen, und das Frühstück ist eine angenehme Angelegenheit, bei der wir das Thema Chelsea und ihr Kind gekonnt umschiffen. Mit Sicherheit trägt auch der Champagner dazu bei, dass die Stimmung locker bleibt.

Ich spüre es sofort, als April den Saal betritt. Für einen Augenblick überkommt mich Panik, man könnte sie erneut in dieses lächerliche Kostüm gesteckt haben. Obwohl ich wahrscheinlich sogar das ertragen hätte. Doch sie ist normal gekleidet und bringt uns das Frühstück. Natürlich kann ich sie lediglich anlächeln, da neben den Frauen auch Don, John und Stella anwesend sind. Völlig abgesehen von den Kamerateams.

Doch sie erwidert mein Lächeln auf eine Weise, die mein Herz tanzen lässt.

Nach dem Essen ziehen wir uns an den Pool zurück. Ich bin in eine Unterhaltung mit Rosalie vertieft, in der ich ihr versichere, wie hervorragend ihre Rasiercreme sei, als ich erneut Aprils Anwesenheit spüre. Ich drehe den Kopf und sehe, wie sie mich mit einer eindringlichen Geste zu sich winkt. »Tut mir leid, Rosalie, es scheint dringend zu sein.«

»Wahrscheinlich sind die Dyers zurück«, sagt Rosalie. »Don hat gesagt, dass sie mit dir das Nachmittagsprogramm besprechen müssen und wir uns auf ein besonderes Spektakel freuen können.«

Ein weiteres Mal an diesem Tag rettet meine hervorragende Laune die Situation. *Spektakel* klingt nach etwas, was mir nicht gefallen wird. Doch heute bin ich zu allem bereit.

»Dann will ich sie nicht warten lassen«, verabschiede ich mich und schlendere zu April hinüber. Ganz ohne mein Zutun wird mein Lächeln breiter. Auch sie lächelt und sieht dann zu Boden. Wenn mich nicht alles täuscht, röten sich ihre Wangen. Entzückend.

Ich lehne mich so weit nach unten, dass ich ihr ins Gesicht sehen kann. »Hey, *Sweetheart.*«

Die Worte haben den gewünschten Effekt. Sie hebt den Kopf und runzelt die Stirn. »Soll das ein Kosename sein?«

Ich nicke mit übertriebenem Ernst. »Nicht gut?«

»Bin nicht sicher. Vielleicht, wenn ich es häufiger höre?« Sie zieht die Nase kraus und runzelt die Stirn. »Oder auch nicht.«

»Ich kann andere ausprobieren. So lange, bis wir den passenden finden, *Sweety*.«

»Nein, das ist es definitiv nicht«, sagt sie lachend. »Wir müssen zu den Dyers. Sie wollen mit dir reden.«

»Weißt du warum?« Wir setzen uns in Bewegung und ich würde wahnsinnig gern ihre Hand nehmen. Natürlich geht das nicht, also beschränke ich mich darauf, sie anzusehen.

»Keine Ahnung. Aber wenn du mich weiter so ansiehst, fragen sich bestimmt alle, was das soll.«

»Schon als ich an meinem ersten Tag aus dem Büro der Dyers kam und dich auf der Fensterbank gesehen habe, konnte ich den Blick kaum abwenden. Dein Haar war offen und hat im Sonnenlicht geschimmert – da war es um mich geschehen.«

Erneut überziehen sich ihre Wangen mit einer bezaubernden Röte. »Wird das jetzt die ganze Zeit so zwischen uns sein?«

»Wie denn?«

»Dass du Süßholz raspelst und ich erröte?«

»Nicht immer.« Ich beuge mich zu ihr herunter und flüstere ganz nah an ihrem Ohr: »Heute Nacht habe ich vor, ganz andere Dinge zu tun, um dich zum Erröten zu bringen.«

»Ist das so?« Ihre Wangen glühen und in ihren Augen zeigt sich deutlich, was sie von meinem Angebot hält. »Pass auf, was du anbietest, Kayden.«

Sie meine Worte unserer ersten Begegnung wiederholen zu hören macht mich an. Ich stöhne leise. »Wir können so nicht weitermachen, das ist dir klar, *Darling*?« Gespannt, wie sie auf diesen Namen reagiert, sehe ich zu ihr hinab.

»Nenn mich noch einmal *Darling* und ich überlege es mir anders.«

»Okay«, antworte ich glucksend. »Einen Versuch war es wert.«

Sie rollt mit den Augen und deutet auf die Tür der Dyers. »Viel Spaß.«

»Du kommst mit. Als meine PA musst du wissen, was los ist.« Um sicherzustellen, dass sie nicht protestiert, klopfe ich und öffne direkt die Tür.

»Ah, Kayden, *Darling*, komm doch rein«, flötet Maggy und ich höre April hinter mir kichern. Ich bin mir sicher, dass ich nie wieder jemand *Darling* sagen hören kann, ohne lachen zu müssen.

Doch es gelingt mir, eine ernste Miene beizubehalten. »Ihr wolltet mich sehen?« Zu meiner Überraschung ist Maggy allein.

»Dwayne ist beschäftigt, aber das macht nichts. Für das, was es zu besprechen gibt, brauchen wir ihn nicht.« Sie sieht an mir vorbei und lächelt April an. »Wunderbar, dass du auch da bist. Ich kann Unterstützung brauchen.«

Ich ahne nichts Gutes, wenn Maggy denkt, April könnte ihr eine Hilfe sein.

»Setzt euch.« Sie deutet auf zwei Stühle und lässt sich hinter ihrem großen Glasschreibtisch nieder. »Ich habe gehört, dass du heute Morgen ein wenig die Fassung verloren hast, mein Lieber. Das hat sich wieder eingerenkt?«, fragt sie, ohne ihr aufgesetztes Lächeln für eine Sekunde fallen zu lassen.

Ich nicke. »Alles in Ordnung.«

»Da gibt es allerdings eine Sache, die helfen würde, so etwas in Zukunft zu vermeiden«, meldet sich April zu Wort. »Wäre es möglich, Kayden einen Punchingball oder einen Sandsack auf sein Zimmer zu stellen? Und den auch auf die Reise mitzunehmen?«

Maggy hebt die Brauen. »Einen Sandsack? Zum Boxen?«

»Genau. Kayden boxt, und das Training fehlt ihm.«

Ein Gefühl von Wärme und Zuneigung überkommt mich. Chelsea hat angedeutet, dass sie April erzählt hat, wie sehr mir das zusetzt. Ich hatte noch nie eine Freundin, die mein Boxtraining ernst genommen hat. Bei dem Wort *Freundin* beginnt meine Haut zu kribbeln und ich muss mich davon abhalten, April zärtlich anzusehen. Gerade fühle ich mich wie damals, als zum allerersten Mal ein Mädchen bereit war, mit mir auszugehen. Es ist vollkommen verrückt und gleichzeitig das Beste, was ich seit Langem gefühlt habe.

»Ich kümmere mich drum«, sagt Maggy. »Da das nun geklärt ist, können wir uns dem Tagesgeschäft zuwenden. *Darling*, du erinnerst dich sicherlich an unser Gespräch an deinem Ankunftstag?« Und ob ich das tue. Sie will doch nicht andeuten, dass …

»Heute ist der Tag, an dem du die Frauen durch das Labyrinth jagen darfst!«

Ich habe es geahnt. Ihr Tonfall macht klar, dass sie keine Widerrede duldet.

»Oh«, sagt April mit betretenem Blick. »Ich dachte, das sei vom Tisch?«

»Mitnichten!« Maggy schüttelt den Kopf. »Kayden bekommt einen neckischen Kilt und die Damen werden lange Kleider tragen. Dazu Dudelsack und am Ende ein Kuss in der Mitte. Das rundet unser *Outlander*-Thema hervorragend ab. Das Ganze findet nach deinem Tee in den Abendstunden statt. Da ist die Stimmung besser.«

April öffnet den Mund und ich sehe ihr an, dass sie etwas gegen Maggys Vorschlag einwenden will. Doch das ist nicht nötig. Heute bin ich zu allem bereit. »Ich tu's«, sage ich laut, was bei April für Irritation und bei Maggy für ein gönnerhaftes Lächeln sorgt.

»Sehr gut, dann …«

»Unter einer Bedingung: keinen Kilt.«

»Aber …«

»Da gibt es nichts zu diskutieren«, unterbreche ich Maggy. »Das Muster jedes Kiltes zeigt die Zugehörigkeit zu einem Clan mit einer langen Tradition. Ich gehöre keinem Clan an, weshalb ich keines der Muster tragen kann.«

Maggy kneift die Augen zusammen. »Ich bin zuversichtlich, dass wir einen auftreiben können, der keiner Familie zuzuordnen ist. Problem gelöst!«

»Ich fürchte nicht. Ein Fantasiemuster wäre noch schlimmer. Das ist nicht mit den schottischen Traditionen vereinbar.«

»Es rennen doch ständig irgendwelche Männer in irgendwelchen Kiltes herum«, wirft Maggy ungehalten ein. »Ich habe noch nie gehört, dass es da Probleme gab.«

»Das ist etwas anderes«, antworte ich ruhig. »Ich bin der Duke of Barndon und damit geht eine gewisse Verantwortung einher. Meine Familie achtet die schottische Lebensweise, auch wenn wir erst sehr kurz darin verwurzelt sind. Ich mache die Sache mit dem Irrgarten, aber ich werde unter gar keinen Umständen einen Kilt tragen.«

Maggy hat mit geschlossenen Augen zugehört. »Okay, kein Problem. Wir haben noch Zeit und werden sicher eine Kniebundhose und ein weites Hemd im *Outlander*-Stil auftreiben können.« Sie nickt. »Dwayne ist gerade im Sender, da soll er im Fundus nachsehen.« Sie greift nach ihrem Telefon. »Ihr könnt gehen. Und Kayden, das neue Kostüm trägst du, egal wie es gemustert ist, das ist nicht verhandelbar!« Mit diesen Worten wendet sie sich ab.

Sobald ich die Tür hinter uns geschlossen habe, stößt April einen Laut irgendwo zwischen Unmut und Verachtung aus. »Ich dachte, das wäre vom Tisch!«, schnaubt sie. »Wie kann sie so etwas von dir verlangen? Allein die Vorstellung, dass du diesen Frauen hinterherjagen musst, bringt mich in Rage!«

»Habe ich dir schon mal gesagt, dass du entzückend aussiehst, wenn du aufgebracht bist, *Honey*?«

Ihr Blick trifft meinen, und das wütende Blitzen in ihren Augen verwandelt sich in ein schelmisches. »*Honey*? Ernsthaft? Ich hoffe, du wirst noch kreativer.«

»Herausforderung angenommen. Ich überspringe gern die üblichen Kosenamen und suche in eine andere Richtung.«

»Ich bin gespannt. Du lenkst ab. Warum machst du das mit dem Irrgarten?«

Ich halte sie am Arm zurück. Wir sind noch nicht weit von den Büros der Dyers entfernt, und ich hoffe, dass es hier keine Kameras gibt. Falls doch: Pech. Schnell, bevor sie auf den Gedanken kommt, sich wehren zu können, drehe ich sie so, dass sie mit dem Rücken zur Wand steht. Ich beuge mich zu ihr herunter, ganz nah an ihren Lippen. »Weil ich dank dir hervorragende Laune habe, die Dyers es wollen und es nie schaden kann, ein paar Pluspunkte zu sammeln. Wer weiß, wann ich noch mal etwas von ihnen will.«

»So wie mich?«, flüstert sie und sieht mich auf eine Art an, die mich jegliche Vorsicht vergessen lässt.

»So wie dich«, antworte ich und küsse sie. Die Hände immer noch links und rechts über ihrem Kopf an die Wand gelehnt, zeige ich ihr mit meinem Körper, was ich will. Ich schiebe das Knie zwischen ihre Beine, drücke mich an sie, lasse meine Zunge vor- und zurückgleiten, bis April mit diesem kleinen, leisen Stöhnen meinen Namen sagt. Das bringt mich an den Rand des Wahnsinns. »Keine Ahnung, wie lange ich das noch aushalte, *Cupcake*«, murmle ich schwer atmend. »Aber sei versichert, dass ich jeden Moment genieße.«

Ihr Kichern zerreißt den Schleier aus Verlangen und Liebe, der sich über mich gelegt hat. »Was ist so lustig?«

»*Cupcake*?«

»Weil du«, *so unglaublich süß bist*, wollte ich sagen, doch das klingt selbst in meinem Kopf so kitschig, dass ich ebenfalls lachen muss. »Auch keine Süßigkeiten? Dann wird es wirklich schwer.«

»Weil ich was?«, bohrt sie nach.

»Na, weil du so süß bist.« Noch beim Sprechen verdrehe ich vor Selbstironie die Augen. »Gibt mir Zeit, ich kann das besser.«

Sie drückt mir einen Kuss auf die Lippen, duckt sich und taucht unter meinen Armen durch. »Da unten warten neun Damen und Chelsea auf dich, und mindestens eine will heute noch von dir geküsst werden.«

Ganz offensichtlich versucht sie, die Sache locker zu nehmen. Doch ich sehe, wie ihr Lächeln gefriert und ihre Augen sich verengen. Deshalb greife ich nach ihrer Hand. »April, ich bin nicht scharf darauf, eine der Frauen zu küssen. Welche soll es sein? Such du sie aus.«

Ihre Mundwinkel zucken. »Ich soll die Frau aussuchen, der du später einen leidenschaftlichen Kuss gibst?«

»Das ist nur fair.«

Sie nickt. »Shanaya. Ich mag sie.«

»Dein Wunsch ist mir Befehl.« Ich hebe ihre Hand und berühre sie sanft mit meinen Lippen. »Du weißt, dass ich dabei an unseren Kuss eben denken werde?«

»Wirst du sie genauso küssen?«, fragt April mit heiserer Stimme.

Ich schüttle den Kopf. »Ich glaube nicht, dass ich jemals wieder eine Frau so küssen werde wie dich. Das ist …« Verlegen fahre ich mir durchs Haar. »Keine Ahnung, was das ist. Halte mich für verrückt: Ich habe mich noch nie so gefühlt.« Schon während ich spreche, schreit etwas in mir, dass ich zu schnell vorpresche. Sie mit meinem Geständnis überfordere. Aber *god-damn*, jedes Wort ist wahr.

»Ich weiß, was du meinst«, sagt sie leise und mit einem zarten Lächeln. »Es ist ruhig und tief hier drin.« Sie legt sich die Hand auf die Brust. »Und gleichzeitig wie ein gewaltiger Sturm, der über einen hinwegfegt und gegen den man sich nicht wehren kann.«

Sie spürt es also auch. »Genau«, antworte ich erleichtert. »Erinnere dich daran, wenn ich mit den Frauen flirte. Jede von ihnen ist nur ein laues Lüftchen. Du bist der Sturm, der mich vollkommen umgehauen hat.«

Sie lächelt. »Dann mal los. Bringen wir es hinter uns.«

»Bringen wir es hinter uns«, wiederhole ich und wir steigen die Treppen hinab.

Die nächsten Stunden vergehen wie im Flug und dauern doch eine Ewigkeit. Eine Sache werde ich mit Sicherheit niemals verstehen: Wie schaffen es Frauen, sich ständig mit Nettigkeiten zu beleidigen? Seit ich zurück an diesen Tisch gekommen bin, lösche ich einen Brand nach dem anderen.

Da ist zum Beispiel ein Gespräch zwischen Summer, Dana und Chelsea. Die beiden Kandidatinnen versichern Chelsea, wie gut sie aussieht. Nur um im nächsten Moment hinterherzuschieben, dass sie sich niemals ihre gute Figur durch eine Schwangerschaft ruinieren würden. Und Dana legt nach, indem sie anmerkt, dass man sich mit einem Duke als Vater seines ersten Kindes sicherlich keine Gedanken um so etwas machen müsse.

Ich konnte Chelsea von einer spitzen Bemerkung abhalten, indem ich sie gebeten habe, April bei den Vorbereitungen für die *Teatime* zu unterstützen.

Nachdem sie aus dem Spiel war, herrschte lediglich der normale Wahnsinn der letzten Wochen. Die Frauen versuchten die ganze Zeit, sich gegenseitig auszustechen, immer in der Hoffnung, einen Anhänger von mir zu ergattern.

Ich genieße es, meine Teatime allein zu verbringen. Noch schöner wäre es natürlich mit April. Sie muss jedoch bei den Vorbereitungen für den Abend im Irrgarten helfen. Ich habe keine Ahnung, warum meine Weigerung, einen Kilt zu tragen, zusätzliche Arbeit verursacht, aber für den Moment genieße ich die Ruhe. Ich sitze am Pool, die Sonne scheint und die Frauen sind zurück in ihrer Villa, um sich umzuziehen.

»Kayden?« Chelsea taucht in meinem Blickfeld auf.

»Hey.« Ich deute auf einen freien Stuhl neben mir. »Setz dich.«

Sie nickt, bleibt allerdings stehen. »Ich wollte mich nur verabschieden.«

»Du gehst schon?« Ich kann es ihr nicht verübeln. Die Frauen sind sie hart angegangen und der Rest des Abends wäre für sie bestenfalls langweilig.

»Ich habe meine Aufgabe erfüllt. Wenn ich das richtig sehe, bist du der Entscheidung, wer deine Duchess werden soll, näher gekommen.«

»Das bin ich. Was hast du zu ihr gesagt?«

Chelsea zuckt mit den Schultern. »Die Wahrheit. Das hast du dir wahrscheinlich gedacht.«

Ich stehe auf und reiche ihr die Hand. »Danke. Du weißt, dass ich auf ewig in deiner Schuld stehe?«

»Ganz sicher nicht. Aber vielleicht sind wir endlich quitt.« Sie zwinkert mir zu und zieht mich in die Arme. Chelsea zu umarmen ist immer merkwürdig. Sie ist so klein und zierlich, dass ich Angst habe, sie zu zerbrechen. Es tut trotzdem gut.

»Melde dich, wenn die Show zu Ende ist, ja?«

»Das werde ich.« Ein letzter Druck und ich löse mich von ihr. »Ich wünsche dir einen guten Rückflug.«

»Der Jetlag wird die Hölle. Aber ich überstehe das.« Sie dreht sich um und schickt mir zum Abschied eine Kusshand.

Ich setze mich wieder und genieße meine letzte Tasse Tee. Der nächste Teil wird anstrengend. Shanaya küssen. Mir gefällt, dass April sie ausgesucht hat. Und mir gefällt, dass das Date mit Shanaya in ein paar Tagen altmodisch werden wird: Wir gehen ins Autokino und danach in eine Milchbar. In meiner Vorstellung ist das so uramerikanisch, dass es vielleicht sogar Spaß machen könnte.

Besser wäre es, wenn ich jedes der sechs Dates, die mir den Rest der Woche bevorstehen, mit April genießen könnte, doch manche Dinge kann man nicht ändern.

In diesem Moment taucht sie auf. »Du musst in die Garderobe, dein Outfit anziehen.«

Sie lächelt, doch ihre Stimme zittert leicht. *Damn.* Ich habe nicht einen Gedanken daran verschwendet, wie sie sich bei all dem fühlen muss. Das zwischen uns ist so frisch und wird gleich auf eine harte Probe gestellt. Im Prinzip schon seit unserer ersten Begegnung. Ich flirte mit anderen Frauen, und gleich soll ich eine küssen. Ich muss das klären, bevor es zum Problem wird. Aber nicht hier.

In der großen Halle will sie in Richtung Garderobe abbiegen, doch ich deute auf die Treppe. »Ich muss noch mal kurz in mein Zimmer, ist das okay?«

Sie nickt und folgt mir. Ich gehe an meinem Flur vorbei, steige weiter nach oben und gehe zu ihrem Zimmer.

»Kayden, was soll das? Wir haben keine Zeit«, höre ich sie hinter mir.

»Die nehmen wir uns, bevor es komisch wird.« Ich zeige auf ihre Tür. »Schließ auf.« Sie folgt meiner Anweisung und bleibt in dem schmalen Gang zwischen Bett und Wand stehen.

»Was gibt es so Dringendes?«

Sie steht mit verschränkten Armen in Abwehrhaltung. Da ich nicht weiß, was ich tun würde, wenn ich sie berühre, bleibe ich direkt an der Tür stehen. »Diese Umgebung«, ich mache eine umfassende Geste mit der rechten Hand, »ist nicht gerade dazu geeignet, um eine Beziehung zu beginnen.«

»Ach, wirklich?« Ein sanfter Zug um ihre Lippe mildert die spöttischen Worte ab.

Ich übergehe ihren Einwurf und komme zum Punkt. »Ich will, dass du eines weißt: Alles, was ich vor den Kameras tue, hat keinerlei Bedeutung. Echt ist nur das zwischen dir und mir, okay?«

Sie nickt, behält die Arme allerdings verschränkt und sieht an mir vorbei.

»April? Sieh mich an!«

Tatsächlich hebt sie den Kopf und ich sehe Tränen in ihren Augen schimmern. Mit zwei schnellen Schritten überwinde ich den Abstand zwischen uns und streiche ihr sanft über die Wange. »Hey, *Cutypie*, nicht weinen.«

»*Cutypie*?«, fragt sie halb lachend, halb weinend. »Weißt du, was? Das gefällt mir.«

»Wirklich? Dann bist du jetzt mehr oder weniger offiziell meine *Cutypie*. Bringt das dein Lächeln zurück?«

Eine einzelne Träne rinnt ihre Wange hinab und ich fange sie mit dem Zeigefinger auf. »Ich weiß, dass das nicht leicht für dich ist. Wenn ich könnte, würde ich dich durch diesen Irrgarten jagen, morgen mit dir den Ausflug ans Meer machen und danach mit dir …« Ich stoppe, da die Vorstellung, diese Unternehmungen wirklich mit ihr zu machen, mich überwältigt. »Wir holen das nach, wenn der Irrsinn vorbei ist, versprochen.«

Sie nickt. »Danke, dass du das sagst.«

»Ich habe nur leider nicht das Gefühl, dass du mir glaubst.«

»Ich will dir glauben. Es ist nur … das ist noch neu für mich. Ich habe schon ein Problem, Kerlen zu vertrauen, die ich unter normalen Umständen kennenlerne. Aber das? Du flirtest den ganzen Tag, hast hervorragende Laune und …«

»Wegen dir, *Cutypie*, alles nur wegen dir.« Ich unterstreiche meine Worte damit, dass ich ihr sanft über den Arm streiche. »Ich komme nach Drehschluss mit hierher und dann …«

Sie schüttelt den Kopf. »Ich brauche den Abend, um … Ich muss das erst mal sortieren, Kayden, okay?«

»Oh, ja. Klar. Ich kann …« Kopfschüttelnd fahre ich mir durchs Haar. »Zwischen uns ist alles in Ordnung?« Mein Herz hat in der letzten Sekunde seine Arbeit verzehnfacht und pocht wild gegen meine Kehle und meinen Brustkorb.

»Ja, alles in Ordnung«, sagt sie und legt beruhigend eine Hand auf mein Herz. »Ich muss nur nachdenken und herausfinden, wie ich mit all dem umgehen kann. Und das kann ich nicht, wenn du in meiner Nähe bist. Dann ist die Welt auf einmal rosarot und alles scheint möglich.«

»So sollte es immer sein«, werfe ich ein, weiß aber gleichzeitig, was sie meint. Ich umfasse ihre Hand mit meiner und sehe ihr tief in die Augen. »Solange du mir versprichst, nicht an mir zu zweifeln?«

Ihr Nicken kommt ohne Zögern, was mich beruhigt. »Versprochen. Und ich versuche, gleich beim Dreh daran zu denken.«

»Wir starten nicht unter besten Voraussetzungen. Unter ziemlich miesen, wenn man alles bedenkt, aber davon lassen wir uns nicht aufhalten.« Meine Sätze dienen nicht nur ihrer Beruhigung, sondern auch meiner.

»Okay. Und danke. Mir war nicht klar, wie sehr ich das gebraucht habe.«

»Wir haben das beide gebraucht.« Ich drücke ihre Hand ein letztes Mal und ziehe mich zur Tür zurück. »Dann lassen wir den Irrsinn mal beginnen.« Mit diesen Worten trete ich hinaus auf den Flur.

April

Das Leben als Paar

Die letzten Tage waren Himmel und Hölle zugleich. Kayden mit den Frauen zu sehen macht mich fertig. Gleichzeitig war noch nie ein Mann so fürsorglich und aufmerksam mir gegenüber. Er nutzt jede freie Minute, um mit mir zusammen zu sein. Es sind die kleinen Gesten, die mir zeigen, wie ernst er es meint. Eine versteckte Berührung, ein Zettel mit einem Gruß am Morgen auf seinem Wohnzimmertisch oder ein gestohlener Kuss in einem Gang ohne Kameras in den Drehpausen.

Als ich mich gestern Abend auf den Weg zu Lindsay gemacht habe, um Emily zu holen, war es das erste Mal, dass mir der Abschied vom Set schwerfiel. Ich wünschte, ich könnte sagen, das sei allein darauf zurückzuführen, dass ich Kayden vermissen werde. Zum Teil ist das sicherlich so. Aber ich muss zugeben, dass es hauptsächlich Eifersucht ist, die es mir schwer macht zu gehen. Theoretisch könnte er in der Zeit, in der ich nicht da bin, mit den Frauen anstellen, was er wollte.

Rational gesehen ist mir klar, wie lächerlich dieser Gedanke ist. Als ob meine Anwesenheit einen Unterschied machen würde. Und so gut wie alles, was er mit den Frauen anstellt, wird gefilmt und gesendet. Außerdem vertraue ich ihm. Theoretisch. Die Zweifel nagen unerbittlich an mir. Ich habe sie den ganzen Tag so gut es ging zur Seite geschoben, um für Emily da zu sein. Schließlich ist es bis zu ihrem Geburtstag in vier Wochen das letzte Mal, dass wir uns sehen. Wir haben den Tag am Strand verbracht. Ihr Lachen und die kindliche Freude am Wasser haben mich ruhiger werden lassen. Das Eis, das wir in ein Handtuch gekuschelt im warmen Sand geleckt haben. Die Sandburg, die wir unter großer Mühe gemeinsam gebaut haben, nur um zu sehen, wie sie von der Flut weggespült wird.

Heute Abend will Lindsay sich mit mir die neueste Folge der Show ansehen und jede noch so kleine Neuigkeit wissen. Ich hätte einiges zu erzählen, verspüre aber gleichzeitig eine Scheu.

Auch davor, mir eine Folge von *Noble Match* im Fernsehen anzusehen. Wie wird es sein, Kayden auf dem Bildschirm mit all den Frauen zu sehen? Wenn mich nicht alles täuscht, wird heute die Irrgartenfolge gezeigt. Unser persönlicher Albtraum. Ich schiebe den Gedanken daran weg und konzentriere mich auf Emily.

Seit wir im Auto sitzen, will sie allerdings nichts lieber als zurück zu Billy und ihm von den Wellen zu erzählen, in die sie sich den Nachmittag über todesmutig gestürzt hat.

Kaum sind wir bei Lindsay angekommen, ist sie aus dem Auto gesprungen und rennt auf die Tür zu, die auffliegt und einen freudestrahlenden Billy freigibt. Die beiden fallen sich in die Arme, fangen gleichzeitig an zu erzählen und verschwinden lachend ins Haus. Wenn es doch immer so einfach wäre.

Jetzt erscheint Lindsay im Türrahmen. »Er hat sie ganz schön vermisst. Das wird hart, wenn sie nächste Woche zu deiner Mutter fliegt.«

»Nicht einmal sieben Jahre alt und schon der erste Liebeskummer«, sage ich im Scherz. »Die beiden werden das wegstecken, da bin ich sicher. Was mir mehr Sorge macht, ist der Flug.«

»Die bei der Fluggesellschaft werden sich hervorragend um sie kümmern. Ich habe gestern noch mal mit Greta gesprochen. Sie übernimmt Emilys Betreuung, bis sie sicher an deine Mutter übergeben ist.«

Lindsay ist in so vielerlei Hinsicht ein Schatz. Sie hat dafür gesorgt, dass eine gemeinsame Freundin Emilys Betreuung beim Flug übernimmt, wofür ich ihr sehr dankbar bin.

»Richte Greta meine besten Grüße aus. Ich revanchiere mich bei einem Mädelsabend, sobald die Show vorbei ist.«

»Apropos Show«, wirft Lindsay ein. »Wenn wir vorher noch zu Abend essen und die Kinder ins Bett bringen wollen, müssen wir uns ranhalten. Ihr seid spät dran.«

»Daran ist Emily schuld«, sage ich grinsend. »Sie konnte sich nicht vom Meer trennen.«

»Gut, dass ich das Essen schon vorbereitet habe. Wir können gleich anfangen.«

Es gibt Spaghetti mit Fleischklößchen, und wie immer ist es eine Freude, bei Lindsay und ihrer Familie zu sein. So wie hier hätte es auch für Kirsten und mich sein sollen. Ein liebevoller, verständnisvoller Vater, der seine Familie unterstützt und die Küche aufräumt, während seine Frau und deren Freundin die Kinder ins Bett bringen, um sich danach eine Reality-TV-Show anzuschauen. Perfekt.

»So«, sagt Lindsay, während wir uns mit einer Cola auf die Couch setzen. »Wir haben fünfzehn Minuten für eine schnelle Zusammenfassung. Wie ist die Stimmung bei den verbliebenen Mädels wirklich? Und was noch viel wichtiger ist: Wer ist Kaydens Favoritin?«

Gestern Abend hatten wir keine Zeit zum Reden, was bedeutet, ich habe Lindsay noch nichts von meiner Beziehung zu Kayden erzählt. Ihre zusammengekniffenen Augen zeigen, dass sie etwas ahnt.

Ich zucke mit den Schultern und sehe zu Boden. Dabei spüre ich, wie meine Wangen heiß werden. Da ich natürlich weiß, wie bescheuert mein Verhalten ist, hebe ich den Kopf und begegne Lindsays Blick. Sie hat eine Hand vor den Mund geschlagen und ihre Augen sind weit aufgerissen. Dann breitet sich ein Lächeln aus, sie lässt die Hand sinken und zeigt damit auf mich. »Was hast du angestellt? Wildes Rumknutschen mit dem Duke?« Ich nicke und ihr entfährt ein lautes »Nein!«, dann grinst sie. »Erzähl mir haargenau, was passiert ist!«

»Na ja, Kayden ist … Es ist alles gelogen, was über ihn erzählt wird.«

»Wovon reden wir? Er ist doch ein schottischer Duke?«

»Sicher ist er das. Ich rede von dem Kind. Allzu viel kann ich dazu nicht sagen, doch es ist völlig anders, als die Presse es darstellt. Chelsea – das ist Leas Mutter – ist nett und hat mir ganz schön den Kopf gewaschen. Die Situation zwischen Kayden und mir war in den letzten zwei Wochen ziemlich angespannt.«

»Moment mal, lief da schon länger was zwischen euch?«

»Ja, nein. Es war … wir haben uns schon vor Tagen zum ersten Mal geküsst. Aber die Sache mit dem Kind und die Show … und jetzt ist da Kayden, der nur mich will. Sagt er zumindest. Das geht natürlich nicht, weil er vertraglich verpflichtet ist. Deshalb muss er weitermachen und mit diesen Frauen die Dinge tun, die er eigentlich gern mit mir machen würde. Und das ist …« Ich stoße ein frustriertes Knurren aus.

Lindsay macht eine beschwichtigende Handbewegung. »Noch mal drei Schritte zurück. Fang beim ersten Kuss an und arbeite dich zur Gegenwart vor.« Sie wirft einen Blick zur Uhr. »Du hast neun Minuten.«

Also beginne ich zu erzählen. Von unserer Zusammenarbeit, die von seiner Seite durch Rücksichtnahme und Höflichkeit geprägt war. Von dem Ausflug zur Insel, dem Kuss und seinem Besuch in meinem Zimmer. Von meinen Bedenken und davon, dass er einverstanden war, die ganze Sache langsam anzugehen. Und schließlich davon, wie er mich in diesem viel zu freizügigen Kleid gesehen hat und mich beschützen wollte.

Lindsay hört mir aufmerksam zu und lässt mich zu Ende erzählen. Und wie das manchmal so ist, wenn man Gedanken laut ausspricht, formen sich Erkenntnisse, die vorher verborgen waren. Ob Kayden meine große Liebe ist, weiß ich nicht. Fes steht: Ich habe mich in ihn verliebt. Das ist nicht von jetzt auf gleich passiert, sondern in vielen kleinen Momenten, in denen er mir beigestanden oder einfach nur zugehört hat. Besonders das Zuhören war wichtig. Er erinnert sich an die scheinbar unwichtigen Dinge in einem Gespräch und reagiert darauf. Mein Bonus ist das beste Beispiel. Er hätte mir sagen können, dass er ihn bezahlt, um mich positiver zu stimmen. Aber mir ist inzwischen klar, dass Kayden so nicht tickt. Er tut einfach, was er kann, ohne groß Aufhebens darum zu machen. So wie mit Chelsea und ihrer Tochter. Die Erkenntnis, dass ich ihn mehr als nur mag, sickert langsam in jeden Bereich meines Denkens und Fühlens ein. Mit gerunzelter Stirn unterbreche ich meine Erzählung. »Lindsay?«

»Ja?«

»Wärst du böse, wenn ich schon fahre?«

»Du willst nicht die Show mit mir sehen?« Noch während sie spricht, winkt sie ab. »Warum solltest du. Du warst live dabei. Was …«

»Ich muss zu Kayden. Da ist zu viel ungesagt zwischen uns. Ich verabschiede mich nur schnell von Emily …«

»Das verstehe ich. Verrätst du mir, warum du so dringend wegmusst?«

Seufzend nicke ich. »Kayden muss wissen, dass ich ihn liebe und ihm vertraue. Das habe ich ihm bisher nicht gesagt. Doch genau das war unser Problem bisher. Ich habe immer nur das Schlechteste von ihm angenommen. Auch jetzt noch, wenn er für diese Show tut, was er tun muss. Noch kenne ich nicht alle Hintergründe, aber ich weiß, dass es finanziell schlecht für ihn aussieht und viele Jobs davon abhängen, dass er das Geld von *Noble Match* bekommt.« Mein Blick geht zum Fernseher. »Ich sollte mit ihm reden, anstatt mir anzusehen, was die Dyers aus den Ereignissen der letzten Tage gemacht haben.«

»Alles klar.« Lindsay erhebt sich, und ich tue es ihr gleich. »Verabschiede dich und klär das mit deinem Duke. Auch wenn mir nicht klar ist, wie das laufen soll, wenn er sich am Ende mit einer dieser Frauen verlobt.«

»So weit denke ich nicht. Wer weiß, ob dieses Band zwischen uns die nächsten Wochen überdauert.«

»Ich habe noch nie erlebt, dass du weniger als vierhundert Schritte vorausplanst.« Sie lächelt mich mitfühlend an. »Wow, es muss dich ja ganz schön erwischt haben.«

»Allerdings. In unserer Situation kann ich nicht planen und es ist … Es fühlt sich gut an.«

»Dann ist es richtig. Jetzt bin ich noch gespannter darauf, was du in vier Wochen zu erzählen hast.«

»Ich auch. Lass mich nur schnell Emily Auf Wiedersehen sagen.«

Der Abschied ist kurz und herzlich. Lindsay erwartet mich unten an der Treppe. »Und, wie schlägt sie sich?«

»Überraschend gut. Eine kurze Umarmung und fertig. Sie weiß ja schon länger, dass ich für einige Wochen weg sein werde. Außerdem freut sie sich auf den Besuch bei ihrer Grandma.«

»Sehr gut. Dann mach dich mal auf den Weg und tu nichts, was ich nicht auch tun würde.«

Ich verabschiede mich lachend und steige ins Auto. Anderthalb Stunden später betrete ich die Burg und bleibe zögernd in der Halle stehen. Gehe ich direkt zu Kayden oder bringe ich erst mein Gepäck zurück?

Die Fahrt hierher hat meinen Enthusiasmus deutlich gebremst und ich bin wieder unsicher. Denn es stimmt, was Lindsay sagt. Gerade wenn es um Beziehungen geht, plane ich lieber voraus. Mit jeder Beziehung, die ich in den letzten acht Jahren zugelassen habe, bin ich mehr auf Nummer sicher gegangen. Zu oft hat sich herausgestellt, dass der tolle Mann eine Mogelpackung war. Sobald die rosarote Brille verschwindet, zeigen sich die Makel, die ein Zusammenleben unmöglich machen.

Mit Kayden ist es anders. Natürlich habe ich Angst, dass am Ende alles weniger rosarot ist, als ich es mir gerade ausmale. Mit Sicherheit erwarten mich genug Überraschungen. Aber wenn er mich küsst, sind diese Sorgen wie weggeblasen. Dazu kommt, dass wir uns in einer Ausnahmesituation befinden, die mit dem echten Leben nichts zu tun hat. Das kurze Gespräch mit Chelsea hat einen Schalter in mir umgelegt. *Mit dieser Einstellung wirst du niemals glücklich werden.* Das hat sie gesagt. Und da ist etwas Wahres dran. Im Grunde ist damit die Entscheidung gefallen. Ich gehe direkt zu Kayden.

Nur ist er nicht in seinem Zimmer. Also bringe ich mein Gepäck nach oben und mache mich auf den Weg in den Ü-Raum. Dort weiß man sicher, wo er ist. Ich öffne die Tür und mir bietet sich ein Bild, das all meine Vorsätze ins Wanken bringt. Kayden steht im Pool und Belle klebt buchstäblich an seinen Lippen. Die beiden knutschen heftig rum.

Mein Herz zieht sich zusammen, fester und fester, bis es zu implodieren droht. *Das ist nur Show. Er muss das tun.* Die Worte helfen, um mich zumindest zu Atem kommen zu lassen.

Viel gelassener, als ich mich fühle, frage ich in die Runde: »Geht das schon lange so?«

Stella dreht kurz den Kopf in meine Richtung. »Ein oder zwei Minuten. Er hat den Nachmittag mit ihr verbracht und sie hat ihn in ihre Arme gezogen, als er das Becken verlassen und den Abend beenden wollte.«

Ich hoffe, dass ich einigermaßen locker aussehe, während ich zu ihr hinübergehe. »Du scheinst unglücklich mit der Situation. Ist es nicht das, was du wolltest?«

»So langsam könnte er mehr tun. Warum öffnet er nicht ihr Bikinioberteil? Warum fasst er ihr nicht in den Schritt? Wir brauchen mehr, um das Publikum bei der Stange zu halten. Sag ihm das, wenn du ihn gleich siehst.«

Schon beim Gedanken, er könnte all das mit Belle machen, durchfährt mich ein heißer Stich. Die merkwürdigste Mischung aus Eifersucht und Verlangen, die ich je erlebt habe. Denn wenn er meinen BH öffnen würde oder seine Hand in mein Höschen ... Schnell wende ich mich ab, denn ich bin sicher, dass man mir meine Gedanken am Gesicht ablesen kann. Leider bemerkt John meinen Blick und grinst mich dreckig an. *Scheiße*! Ich hätte bei Lindsay bleiben sollen. Die Küsse, die ich da zu sehen bekommen hätte, kenne ich wenigstens schon.

Ohne John weiter zu beachten, drehe ich mich wieder den Bildschirmen zu. Dort steigen Kayden und Belle gerade aus dem Pool. Gut, das heißt, er wird gleich fertig sein. »Ich geh dann mal. Wenn ich weg war, gibt es meist einiges zu tun. Ihr kennt ihn ja.« Ich lächle, sehe dabei niemanden Bestimmtes an und fliehe förmlich aus dem Raum.

Jetzt stehe ich in der Halle und weiß nicht, was ich mit mir anfangen soll. Ihm entgegengehen? Oben auf ihn warten? Hier rumstehen wirft nur mein Gedankenkarussell an. Also nach oben. Vom Fenster im Gang vor seinem Zimmer kann ich den Pool und den Weg zur Villa sehen. Wenn ich hinausschaue, bekomme ich genau mit, was die beiden tun.

Rein rational weiß ich, dass Kayden sie nur küsst, weil es von ihm verlangt wird. Doch deshalb schmerzt es nicht weniger. Vielleicht sollte ich mich erst einmal beruhigen, bevor ich mit ihm rede, bevor ich Dinge sage, die ich später bereue. Schließlich bin ich hergefahren, um ihm zu gestehen ...

»April, warte!«

Scheiße, er ist hier. Ich hätte gern noch ein paar Minuten gehabt, um meine Gedanken zu ordnen.

»Hey, du bist ja schon da!« Er tritt neben mich und das Lächeln gefriert auf seinem Gesicht. »Und du hast gesehen, was eben passiert ist.«

Ich nicke. »Alles gut. Ich kann das einordnen. Du musst das tun. Ich soll dir übrigens von Stella und John ausrichten, dass es gern mehr sein darf.« Und weil ich gerade erst so richtig in Fahrt komme, füge ich hinzu: »Als du ihre Titten geknetet hast, hättest du ihr Oberteil öffnen dürfen. Ist das mit dem Begrapschen eigentlich auch vertraglich geregelt?« Ich rede mich in Rage, kann jedoch nichts dagegen tun.

»April, das ist nicht …« Sein Blick geht zur Kamera auf der Schulter von Atlas und er schüttelt den Kopf. »Lass uns das oben klären.«

»Falls du mit *oben* mein Zimmer meinst, halte ich das für keine gute Idee.« Ich atme tief ein und aus, bevor ich weiterspreche. »Mir ist klar, dass du tust, was du tun musst. Mein Kopf weiß das. Mein Herz hingegen …« Traurig blicke ich nach unten. »Das weint und zerbricht, wenn es so etwas sieht.«

Er schluckt, hebt kurz einen Arm, als wolle er nach mir greifen, lässt ihn dann allerdings wieder sinken und schüttelt den Kopf. »April, ich …«

»Ah, Kayden, da bist du ja.« John kommt mit großen Schritten die Treppe hoch. In der Hand hält er ein Telefon. »Ein Anruf für dich. Gib das Handy bei April ab, wenn du fertig bist, okay? Und gute Arbeit eben.« Er zwinkert Kayden zu. »Ist dir eigentlich aufgefallen, dass April eine gewisse Ähnlichkeit mit Belle hat? Man könnte glatt meinen, die beiden seien Schwestern.«

»Findest du?«, fragt Kayden. »Na, das sieht wahrscheinlich jeder anders.«

Lügner. Ich hasse mich für diesen Gedanken, denn das hat Kayden nicht verdient. Wie konnte dieser Abend so sehr in die falsche Richtung laufen? Ich wollte ihm doch sagen, wie ich fühle, und jetzt ist alles merkwürdig und ich will mir nur noch die Decke über den Kopf ziehen.

»Wie auch immer.« Kayden sieht auf das Telefon in seiner Hand. »Ich muss dieses Gespräch führen. Kommst du, April?« Da ich in Johns Anwesenheit keine Szene machen will, folge ich Kayden. Vor seinem Zimmer angekommen, bleibe ich stehen. »Ich gehe nach oben, okay? Dieses Gespräch ist deine Privatsache und ich will nicht …« Hilflos zucke ich mit den Schultern. Denn uns beiden ist klar, dass ich diesen Grund nur vorschiebe, um zu flüchten.

»Okay.« Sein Blick bricht mir das Herz. Ich kann sehen, wie er sich zurückzieht und sich eine Barriere zwischen uns aufbaut, die nicht da sein sollte. »Ich muss da rangehen. Sorry.« Ohne mich noch eines Blickes zu würdigen, tritt er in sein Zimmer. Die Tür lässt er offen. Es ist also an mir, ihm zu folgen. Oder zu gehen.

Zögerlich trete ich ein. Ich habe ihn durch mein ablehnendes Verhalten verletzt. Wieder einmal. Doch diesmal merke ich es wenigstens und kann mich entschuldigen. Meine Eifersucht ist unnötig und mein Verhalten war unangebracht. Das muss ich ihm sagen.

Kayden ist nicht im Wohnzimmer und auch nicht im Schlafzimmer. Aber ich höre seine gedämpfte Stimme aus dem Bad.

Weil ich nichts weiter mit mir anzufangen weiß, setze ich mich auf sein Bett und warte. Dabei lege ich mir Worte zurecht, die erklären, wie ich mich fühle. Mit jeder Minute, die vergeht, werde ich unruhiger. Ich hasse mich für meine Eifersucht, für mein fehlendes Vertrauen. Schließlich habe ich mich für ihn entschieden und hadere doch ständig. Dabei will ich nichts mehr, als glücklich zu sein. Da ich nicht länger still sitzen kann, wandere ich unruhig im Zimmer auf und ab. Wäre das tatsächlich sein Zuhause, würde es mir wohl einiges über ihn verraten. Doch dieser Raum ist nichtssagend. Auf seinem Nachttisch liegen weder eine Zeitschrift noch ein Buch. Lediglich ein Anzug, der auf einem Bügel außen am Schrank hängt, deutet darauf hin, dass hier überhaupt jemand wohnt.

Sanft streiche ich über das Revers des Jacketts. Es fühlt sich weich unter meinen Fingern an. Ich schließe die Augen und stelle mir Kayden darin vor. Die Bilder verändern sich schnell und ich sehe, wie ich die Weste aufknöpfe und dabei Kuss um Kuss auf seinen Hals setze. So lange, bis jede andere Frau aus seinem Denken verschwindet.

Kayden

Ein Hoffnungsschimmer

Eigentlich hätte der ganze Abend anders laufen sollen. Ich wollte Belle nicht küssen, sie hat mich überfallen und dann … Dann würde ich gern sagen, dass alles berechnend und für die Show war. Doch das wäre gelogen. Allerdings habe ich nicht wirklich Belle geküsst. John hat mit seinen Worten genau ins Schwarze getroffen. Der einzige Grund, warum ich an diesem Abend mit ihr zusammen war, ist der, dass sie April ähnelt. Und als sie über mich hergefallen ist, habe ich die Augen zugemacht und …

Keine Glanzleistung. Anschließend hat das schlechte Gewissen mich überrollt und es wurde durch Aprils Reaktion nur verstärkt. *God-damn*, wie sehr ich diese ganze Situation hasse.

Das Telefonat mit Diana hat auch nicht dazu beigetragen, meine Laune zu verbessern. Denn natürlich sind neue Probleme aufgetaucht und die Renovierungskosten steigen täglich. Teile des Dachs sind nicht mehr zu retten und müssen komplett neu gemacht werden.

Seufzend schiebe ich diese Gedanken zur Seite. Es ist nicht zu ändern. Ich werde in den Fitnessraum gehen, mich auspowern und danach überlegen, wie es weitergeht. Das mit April wieder geradebiegen. Irgendetwas muss ich ändern. Wir müssen endlich darüber reden, wie wir mit dem umgehen, was noch kommt, denn die Dyers wollen mehr sehen.

Jetzt erst mal umziehen. Ich betrete das Schlafzimmer und halte überrascht inne. April steht an meinem Schrank. Nach ihrem Auftritt hatte ich nicht damit gerechnet, dass sie noch da ist. Sie fährt so sanft am Revers meines Anzuges entlang, dass mich eine Gänsehaut überläuft und mir heiß wird. *Damn*, ich würde gern mit meinem Anzug tauschen.

»Das ist Cashmere und ziemlich angenehm zu tragen.« *God-damn*, was Dümmeres hätte mir nicht einfallen können.

Sie schnellt herum und ihr Blick irrt vom Anzug zu mir.

Weil ich immer noch nicht weiß, wie ich mich verhalten soll, mir das Herz bis zum Hals schlägt und ich irgendetwas sagen muss, reiche ich ihr das Telefon. »Hier, deshalb bist du geblieben, nehme ich an?«

Sie schüttelt den Kopf. »Kayden, ich …«

Dank Chelseas Besuch achte ich wieder mehr auf die Warnsignale meines Körpers, und gerade im Moment schreit er ziemlich laut. Mein Puls rast, ich balle in stetigem Rhythmus die Hände und Denken fällt mir schwer. Das bedeutet, ich muss mich abreagieren. Dringend. Nach allem, was heute passiert ist, kann ich nicht vernünftig mit ihr reden. Also hebe ich die Hand, um sie zu unterbrechen. »Nicht jetzt. Der Tag war …« Ich spanne und lockere meine Fäuste in immer schnellerer Folge. »Sie haben heute Morgen einen Sandsack im Fitnessraum aufgebaut. Ich gehe trainieren, danach dusche ich und …« Ich zucke mit den Schultern. Weiter habe ich noch nicht gedacht. Natürlich habe ich die vage Hoffnung, mich danach so weit beruhigt zu haben, dass wir endlich reden können. Doch sicher bin ich nicht.

Ich sehe zu ihr und rechne mit harschen Worten, doch sie kommt näher, bleibt so nah vor mir stehen, dass ihre Wärme auf mich überspringt und die Luft zwischen uns knistert. Sie stellt sich auf die Zehenspitzen. »Danach kommst du zu mir.« Ihre Lippen streifen leicht mein Ohrläppchen und ich schlucke hart. Am liebsten würde ich sie direkt an mich reißen. Wenn das ihr Angebot ist, brauche ich keinen Sport. Dann brauche ich nur sie. Doch nicht hier vor den Augen von Gott weiß wem.

Ich gehe zur Tür, doch sie folgt mir nicht. Mit zwei Fingern fordere ich sie dazu auf. Ihr Zimmer ist mein Ziel. Diesmal spüre ich ihre

Wärme in meinem Rücken, und es kostet mich alles, was ich noch an Kraft aufbieten kann, sie nicht direkt auf der Treppe um den Verstand zu küssen. Vor ihrem Zimmer halte ich an und lasse sie aufschließen. Dabei stelle ich mich so nah hinter sie, dass mein ganzer Körper den ihren berührt. Das hätte ich nicht tun sollen, denn jetzt bin ich verloren.

Kaum sind wir in ihrem Zimmer, liegt sie in meinen Armen. Mit ihren Händen fährt sie über meinen Rücken und ich halte nichts mehr zurück. All die Wut, die Enttäuschung und das Verlangen der letzten Tage entladen sich in diesem Kuss.

Wir landen auf dem Bett und unsere Shirts auf dem Boden. April ist so wunder-, wunderschön. Ehrfürchtig streife ich die Ansätze ihrer Brüste. Ich muss die Szene eben am Pool wiedergutmachen. Dieser Gedanke wirkt wie ein Eimer kaltes Wasser. Denn Wiedergutmachung erreiche ich sicher nicht dadurch, dass ich über sie herfalle.

Aus diesem Grund löse ich mich schwer atmend von ihr und suche ihren Blick. Das Blau ihrer Augen ist dunkel vor Verlangen und lässt mich unwillkürlich meine Hüfte gegen ihren Bauch drücken, was sowohl ihr als auch mir ein leises Stöhnen entlockt.

»Warum hörst du auf?«, fragt sie atemlos.

»Weil ich …« Der Laut, der aus meiner Kehle kommt, ist eine merkwürdige Mischung aus Lachen und Stöhnen. Ich lasse mich neben sie aufs Bett sinken und lege mir einen Unterarm über die Augen. Dabei atme ich mehrmals tief durch.

»Weil du was?«, fragt sie, und mit ihren Fingern streicht sie sanft über meinen Bauch.

»Weil ich das hier aus den richtigen Gründen tun will.« Das klang ziemlich daneben. »Ich will dich nicht zu etwas drängen, nur weil wir aufgewühlt sind.«

»Kayden?« Ihr warmer Atem streift meinen Mund. »Das weiß ich zu schätzen.« Sie küsst mich. »Doch ich will wirklich nicht, dass du aufhörst.« Ein weiterer Kuss. »Ich will fühlen, was du fühlst. Jede Emotion. Lass es raus. Ich bin bei dir.«

Ihr Atem verschwindet und zarte Küsse bedecken meine Brust. »Weißt du eigentlich, dass ich das schon am ersten Tag in der Laube am See tun wollte?«, höre ich ihre Stimme, und gleichzeitig streichelt sie mit ihren Fingern über meinen Bauch.

»Nein«, antworte ich atemlos.

»Du hattest mich am Kopf getroffen und ich lag im Gras. Dann hast du dich über mich gebeugt und deine Muskeln …« Sie ersetzt ihre Finger durch ihre Lippen und küsst sich nach unten. »Ich wollte wissen, ob sie so fest sind, wie sie aussehen.«

»Hättest du es nur getan«, murmele ich. »Ich hätte dich an dem Tag so gern geküsst.«

Ihr helles Lachen erklingt. »Wirklich?«

»Oh ja. Und danach noch hundertmal.« Es tut gut, das endlich zuzugeben. Doch das ist lang nicht alles, was ich loswerden muss. Ich nehme den Arm vom Gesicht und lege ihn so, dass sie sich an mich schmiegen kann. »Komm her.«

Sie krabbelt nach oben und setzt dabei sanfte Küsse auf meine Brust und meinen Nacken. Sobald sie sich in meine Armbeuge gekuschelt hat, drehe ich mich so, dass ich sie ansehen kann. »Wenn ich ehrlich bin, war ich vom ersten Moment an verzaubert von dir.«

Ein Lächeln erscheint auf ihrem Gesicht.

»Das Problem ist die Show. Mir war klar, mir *ist* klar, dass wir nicht die Chance haben, uns auf dieselbe Art kennenzulernen, wie wenn wir uns woanders getroffen hätten.«

»Ohne die Show hätten wir uns niemals getroffen«, gibt sie zu bedenken. »Oder ich wäre dir sicherlich nicht aufgefallen.«

»Unmöglich«, wende ich ein. Sanft streiche ich ihr eine verirrte Strähne aus dem Gesicht. »Du darfst nicht glauben, dass mir der Umgang mit den Frauen leichtfällt. Ich habe in den letzten Tagen mehr als einmal daran gedacht, die Show platzen zu lassen und mit dir irgendwohin zu verschwinden, wo uns keiner kennt. Doch das kann ich mir schlicht und ergreifend nicht leisten. Die Dyers würden mich verklagen und ich würde alles verlieren.«

»Ich verlange gar nicht, dass du alles für mich aufgibst.« Sie klingt ernsthaft entrüstet.

»Das weiß ich. Und ich weiß es zu schätzen. Aber ich … so etwas wie vorhin darf nicht wieder passieren.«

»Meine Reaktion tut mir leid.« Sie vergräbt das Gesicht in meiner Armbeuge. »Ich bin extra früher gekommen, um dir zu sagen, dass …« Sie schluckt.

Mein Herzschlag, der sich gerade erst beruhigt hatte, droht zu explodieren. Wollte sie das zwischen uns beenden? Ich könnte es ihr nicht verübeln. »Was wolltest du mir sagen?«, frage ich vorsichtig, weil ich die Antwort wissen muss.

»Dass ich mich in dich verliebt habe.«

Ein Satz, der alles verändert. Ein Satz, der die Ketten sprengt, die seit Wochen meinen Brustkorb umspannen und mich daran gehindert haben, frei zu atmen.

»Und ich mich in dich«, antworte ich. Doch mit der Freude werde ich mir auch der Verantwortung bewusst, die diese Worte mit sich bringen. Der neuen für April und Emily genauso wie der bereits vorhandenen für meine Leute und meine Familie. Eines mit dem anderen zu vereinen scheint im Moment unmöglich.

»Warum habe ich das Gefühl, dass dich das nicht so glücklich macht, wie es sollte?« Sie schaut mich an und ich sehe Tränen in ihren Augen schimmern. *Damn*!

»Es macht mich glücklich. Es ist nur … Der Zeitpunkt ist denkbar ungünstig. Ich kann dir momentan nicht geben, was du verdienst. Ich muss das hier zu Ende bringen. Da steht so viel mehr auf dem Spiel als nur mein persönliches Glück. Wenn es anders wäre …« Ich zucke mit den Schultern.

»Ich verlange nicht, dass du aufhörst, Kayden. Wenn du das Geld brauchst, zieh das durch, und danach sehen wir weiter.«

»Danach wird es nicht besser. Das Geld, das ich hier bekomme, ist nur ein Tropfen auf dem heißen Stein. Es ist dann nicht zu Ende. Ich verlobe mich mit einer der Frauen. Und dann? Dann löse ich die Verlobung, und wir beide leben glücklich bis ans Ende unserer Tage? Das ist sicher nicht das, was meine potenziellen Werbepartner erwarten. Und deren Geld brauche ich, wenn ich das Erbe meiner Familie retten will.«

»Dann ziehst du die Sache eben noch länger durch.«

»Ich weiß nicht. Wie lange halten wir das aus, wenn wir es jetzt schon kaum schaffen? Wochen? Monate? Das ist alles so … Keine Ahnung.«

Die Tränen sind aus ihren Augen verschwunden, stattdessen lächelt sie. »Ich kann nicht fassen, dass ich das sage: Warum können wir nicht einfach genießen, was wir haben? Mein Verhalten vorhin war falsch. Das wird nicht wieder vorkommen. Wenn ich darüber nachdenke, sollte ich mich geschmeichelt fühlen, dass du Belle für diese heiße Szene ausgewählt hast.«

Die Hitze, die diesmal durch meinen Körper fährt, hat nichts mit Verlangen zu tun. Es ist Scham. Pure Scham. »Du solltest nicht geschmeichelt sein, im Gegenteil. Du hast jedes Recht dazu, dich verletzt und betrogen zu fühlen. Ich habe mit ihr das gemacht, was ich mit dir nicht tun konnte. Aber sie ist nicht du.«

»Du weißt es, und das genügt mir. Solange du nur mich willst und das hinter der Kamera so bleibt, haben wir kein Problem.« Sie rutscht näher an mich heran und legt ihren Kopf auf meine Brust. »Und was nach der Show ist, sehen wir dann.« Sie stößt einen kleinen Lacher aus. »Du stellst meine Welt auf den Kopf, das ist dir hoffentlich klar. Normalerweise bin ich die Vorsichtige und ziehe mich beim geringsten Zweifel zurück.«

»Und jetzt ist es anders?« Ihre Position erlaubt es mir, mit ihren Haarsträhnen zu spielen, die sich bei unserem wilden Kuss aus ihrem Dutt gelöst haben.

»Völlig anders.« Sie seufzt. »Daran ist auch die Show schuld. In den nächsten vier Wochen habe ich keinerlei Verpflichtungen, außer dir zu geben, was du brauchst.« Wieder ein Lachen. »Wir reisen quer durchs Land und ich komme weiter herum als je zuvor. Es könnte schlimmer sein.«

»Von dieser Warte aus betrachtet hast du sicher recht.« Ich gebe ihr einen Kuss auf den Haaransatz. »Weißt du, was merkwürdig ist?«

Sie schüttelt träge den Kopf.

»Ich glaube, ich habe mich gerade zum ersten Mal in meinem Leben entspannt, ohne auf etwas einzuprügeln.« Über meine Formulierung verziehe ich das Gesicht. »Das lässt mich jetzt in keinem sonderlich guten Licht dastehen.«

April hebt den Kopf und richtet sich ein wenig auf. »Chelsea hat es mir erklärt, auch wenn ich nicht alles verstanden habe.«

Auch ich setze mich auf, indem ich mich auf meinen rechten Ellenbogen stütze. »Im Prinzip ist es ganz einfach: Ich kann nur schlecht mit negativen Gefühlen umgehen. Konnte ich noch nie. Ich brauche ein Ventil. Früher habe ich auf Gegenstände eingeschlagen, später dann mit dem Boxtraining begonnen. Manchmal hilft es, wenn ich laut Selbstgespräche führe, fluche oder aufräume. Aber das«, ich deute zwischen uns hin und her, »hat mich beruhigt.«

»Also keine Löcher in der Tür heute Nacht?«, fragt sie schmunzelnd.

»Ich denke nicht. Zur Sicherheit sollte ich trotzdem nach unten gehen und trainieren.«

»Und wenn ich will, dass du bleibst?« In ihren Worten schwingt ein Verlangen mit, das mich dazu bewegt, sie in den Arm zu nehmen. »Ich kann wiederkommen, wenn ich fertig bin.«

Darauf sagt sie nichts. Lediglich ihr Atem streift warm meinen Hals. Schließlich löst sie sich. »Das fände ich schön. Doch ich fürchte, es würde auffallen, wenn du die ganze Nacht nicht in deinem Bett bist.«

Damn, da hat sie natürlich recht. Andererseits ... »Was sollen die Dyers tun? Nirgends in meinem Vertrag steht, dass ich mich von den Angestellten fernhalten muss. Ich kann meine Nächte verbringen, wo ich will. Und diese Nacht ist das bei dir, *Cutypie.*« Den letzten Satz spreche ich leise aus. »Ich möchte nur gern neben dir einschlafen und aufwachen. Wer weiß, wie das ab morgen wird, wenn wir unterwegs sind. Keine Ahnung, ob wir dann die Chance dazu bekommen.« Mit angehaltenem Atem warte ich auf ihre Reaktion.

»Ich würde auch gern neben dir aufwachen«, antwortet sie schließlich. »Mein Bett ist allerdings ziemlich schmal.«

»Erinnert an Studentenzeiten.«

Das Lächeln verschwindet aus ihrem Gesicht und sie sieht an die Decke. »Keine Ahnung. Ich war nie am College. Dafür hat das Geld nicht gereicht. Ich habe direkt nach der Highschool einen Job angenommen, um meine Schwester zu unterstützen, die schwanger war. Danach habe ich gearbeitet, um ihr das Studium zu finanzieren und Emily zu versorgen. Und dann vor zwei Jahren ist sie gestorben.« Sie schluckt schwer. »Es tut mir leid, dass ich nichts Besseres zu bieten habe.«

»April, so habe ich das nicht gemeint. Ich habe nicht daran gedacht ...« Verlegen fahre ich mir durchs Haar. »Im Grunde ist es völlig egal, was für einen Abschluss du hast. Was zählt, ist, wer du bist. Ein Mensch, der die Bedürfnisse anderer über seine eigenen stellt. Eine Frau, die alles für ihre Familie tun würde.«

»Dann ist dir ein fehlender Collegeabschluss egal?«

»Total egal.« Um meine Worte zu untermauern, küsse ich sie. »Dann gehe ich jetzt trainieren und bin in einer Stunde wieder bei dir.«

Daraufhin küsst sie mich und die Welt sieht viel besser aus als noch vor einer Stunde.

April

Wochen voller Auf und Ab

Die Reise quer durch Amerika zu den Familien der verbliebenen sechs Kandidatinnen verläuft durchwachsen. In diesen drei Wochen wird keine Frau ausscheiden. Erst am Ende, wenn wir alle Familien besucht haben, wird Kayden sich von vier Damen verabschieden und somit seine beiden Favoritinnen festlegen.

Einerseits sehne ich diesen Tag herbei, da er ein Ende dessen bedeutet, was seit Wochen unseren Alltag prägt: Kayden, der umschwärmt wird, flirtet und andere Frauen auf eine Art und Weise berührt, die mir das Herz bricht. Ich weiß, dass nichts davon echt ist, und bin doch nicht gefeit gegen dieses alles zerfressende Glühen in meiner Brust. Eifersucht ist kein schönes Gefühl.

Andererseits endet damit unsere gemeinsame Zeit. Wir haben bisher nicht noch einmal darüber geredet, wie es danach weitergehen soll. Wir sprechen nie über die Zukunft, sondern leben im Moment.

Kayden gibt sich alle Mühe, um mir die Situation leichter zu machen. Er ignoriert die Rügen der Dyers, weil er bisher mit keiner der Frauen im Bett gewesen ist, und schmettert ihre Vorschläge für heiße Szenen ab. Schließlich könne er keine Frau zu seiner Duchess machen, von der die ganze Welt wisse, was er mit ihr im Bett anstelle.

Zum Ausgleich ist er mir gegenüber sehr zuvorkommend und liebevoll. Sobald es seine Zeit erlaubt, entführt er mich, um mir den einen oder anderen Kuss zu stehlen, mich mit einem kleinen Picknick zu überraschen oder einfach zwei Stunden irgendwo mit mir zu sitzen und über Gott und die Welt zu reden.

Ein weiterer Vorteil dieser Reise ist, dass es in den Hotelzimmern keine Kameras gibt. Kayden schläft mit mir und dem Rest des Teams auf einer Etage, die Damen haben ein anderes Stockwerk für sich. Das verschafft uns ein wenig Zweisamkeit.

Sex ist momentan kein Thema zwischen uns. Wir scheinen uns einig zu sein, dass der richtige Zeitpunkt dafür noch nicht gekommen ist. Auch wenn ich an jenem Abend im ersten Moment irritiert war, denke ich, dass es die richtige Entscheidung ist.

Gerade sind wir in Florida angekommen, der letzten Station unserer Reise. Morgen besuchen wir Danas Familie, und sobald das erledigt ist, breche ich zu meiner Mutter auf, um Emilys Geburtstag zu feiern. Danach geht es zurück nach Seattle für die abschließende Woche.

Ich bin auf dem Weg nach unten, um der Küche Kaydens Wunsch fürs Abendessen mitzuteilen. Die Dyers haben einen Saal gemietet, in dem er mit den Frauen dinieren soll. Die Aufzugtüren schließen sich, als Maggy im letzten Moment hineinschlüpft. »Zu dir wollte ich«, sagt sie und setzt eine ernste Miene auf.

Sofort springen meine Alarmglocken an. Hat uns jemand beim Knutschen beobachtet? Kayden und ich sind zwar vorsichtig, aber es ist natürlich nicht auszuschließen, dass irgendwer etwas bemerkt hat. Es ist auch nicht explizit verboten, dass wir etwas miteinander haben. Also versuche ich, mir nichts anmerken zu lassen, und lächle.

»Du leistest gute Arbeit, und ich bin sicher, dass Kayden ohne deine Hilfe weit weniger kooperativ wäre«, beginnt sie das Gespräch. »Das führt mich zu meinem Anliegen. Dwayne und ich haben das besprochen und sind zu dem Schluss gekommen, dass wir dich morgen leider nicht gehen lassen können.«

»Was? Ich …« Weiter komme ich nicht, da mir die Stimme versagt.

»Es tut mir wirklich leid, wir haben Kayden in den letzten Wochen beobachtet. Die morgige Auswahl wird sehr emotional. Für alle. Und wir haben das Gefühl, er braucht danach jemanden, der ihm Halt gibt. Natürlich hätten wir es gern, dass eine der Kandidatinnen ihm im besten Fall die nötige Stabilität verleihen könnte. Dem ist aber nicht so. Du bist es, die ihn am Ball hält, das wissen wir. Und genau deshalb musst du bleiben.«

Ihre Ausführungen höre ich durch einen Schleier aus Wut und Verzweiflung, der ihre Worte nur gedämpft zu mir durchdringen lässt.

Sie lassen mich nicht zu Emilys Geburtstag fahren.

Keine Ahnung, wie ich es schaffe, nur zu nicken und, ohne in Tränen auszubrechen, meiner Aufgabe nachgehe. Wahrscheinlich hilft mir einmal mehr die harte Schule, durch die ich nach Kirstens Verlust gegangen bin. Ich darf mich nur auf die vor mir liegende Aufgabe konzentrieren. Mehr nicht. Und die lautet im Moment: Kaydens Dinnerwünsche an die Küche weitergeben.

Irgendwie schaffe ich es in Kaydens Zimmer, schließe die Tür und lasse mich dagegensinken.

»Hey, *Cutypie*, ich …« Er hält inne, ist in wenigen Schritten bei mir und nimmt mich in den Arm. »Was ist passiert?« Seine große Gestalt hüllt mich ein, gibt mir Halt und sorgt gleichzeitig dafür, dass sich die Schleusen öffnen und ich hemmungslos schluchze. »Sie lassen mich nicht zu Emilys Geburtstag.«

Kayden hält mich im Arm, haucht hin und wieder einen Kuss auf mein Haar und wartet mit einer Antwort, bis ich mich halbwegs beruhigt habe. Dann rückt er ein Stück von mir weg. »Wer sagt das? Und was ist der Grund?«

»Maggy ha… hat es mir eben im Aufzug gesagt.« Ein weiteres Schluchzen kämpft sich meine Kehle nach oben. »Sie sagt«, ich ringe mit jedem Wort, »sie sagt, die Auswahl würde dich emotional fordern und du bräuchtest meine … meine Unterstützung.«

Mit jedem Wort verfinstert sich seine Miene. »Das ist inakzeptabel«, stößt er hervor. »Du wartest hier. Ich klär das.«

»Daran kannst du nichts ändern, Kayden.«

»O doch, das kann ich.« Er gibt mir im Vorbeigehen einen Kuss auf die Wange. »Ich bin gleich zurück.« Dann ist er verschwunden und ich stehe wie ein Häufchen Elend im Zimmer.

Was hat er vor? Zu den Dyers gehen und durchsetzen, dass ich zu Emily kann? Wie will er das anstellen? Unruhig laufe ich auf und ab. Das Zimmer besteht aus zwei Räumen, ähnlich denen am Set in Seattle. Allerdings wesentlich bunter und moderner. Doch ich habe keinen Blick für die Einrichtung oder den Atlantik, den man von unserem Stockwerk aus in seiner ganzen Pracht bewundern kann. Die Minuten vergehen, inzwischen sind es mehr als dreißig und meine Unruhe wächst. Ich hätte nichts sagen sollen. Hätte nie zulassen dürfen, dass er geht. Vielleicht sollte ich zu den Dyers gehen und klarstellen, dass …

Die Tür öffnet sich schwungvoll und ein lächelnder Kayden tritt ein. »Alles geregelt. Morgen Abend nach der Zeremonie machen wir uns auf den Weg nach Miami.«

»Was?« Ich schlage die Hände vor den Mund. »Wie?«

»Ich habe den Dyers klargemacht, wie wichtig dieser Tag für dich ist, und sie haben zugestimmt, dass man dich unmöglich vom siebten Geburtstag deiner Nichte fernhalten kann.«

Ich kann mir zwar nicht vorstellen, dass es einfach war, aber für den Augenblick bin ich so glücklich, dass es mir egal ist, wie er das angestellt hat.

Mit wenigen Schritten bin ich bei ihm und falle ihm um den Hals. »Du bist der Beste.« Dann küssen wir uns. Inzwischen fühlt sich das sehr vertraut an, und mit jedem Tag, der vergeht, sehne ich mich mehr nach diesem einen letzten Schritt, der unsere Beziehung auf ein neues Level heben wird.

Ich drücke mich fester an ihn, bewege die Hüfte und kann spüren, wie bereit er für mich ist. Dennoch zieht er sich zurück und tritt einen Schritt von mir weg. »Morgen Abend nach der Show habe ich eine Überraschung für dich, und da …« Ein Lächeln erscheint auf seinen Lippen. »Morgen, okay?«

Erst in diesem Moment wird mir bewusst, was er vorhin gesagt hat. »Du begleitest mich zu meiner Mom?«

Er nickt, und sein Grinsen lässt ihn jugendlich wirken. »Wir haben vierundzwanzig Stunden, in denen wir uns nur um Emilys Geburtstag kümmern können. Danach müssen wir zurück nach Seattle.«

»Meine Mutter tickt aus, wenn sie dich sieht. Und Emily erst …« Ich stutze, daran hatte ich gar nicht gedacht. »Ich freue mich natürlich, dass du mitkommst, Kayden, aber … Ich habe Emily noch nie einen Mann vorgestellt. Ich dachte, das mache ich erst, wenn es etwas

Festes ist. Sie hat schon genug durchgemacht, und ich will ihr nicht zumuten, noch mal einen Menschen zu verlieren, der ihr nahesteht.«

Wenn ihn meine Worte treffen, zeigt er es nicht. Mir ist natürlich klar, dass ich eben gesagt habe, dass mit uns sei nichts Festes. Leider ist es die bittere Wahrheit. In etwas mehr als einer Woche ist die Show zu Ende, und wir stehen vor dem Nichts. Ich will nicht darüber nachdenken, aber sein Vorpreschen, was den Besuch bei Emily betrifft, zwingt mich dazu.

»Du musst mich ihr nicht als deinen Freund vorstellen«, sagt er, nimmt meine Hand und führt mich zu der kleinen Couch in der Mitte des Zimmers. »Sag ihr einfach, dass ich der Mann bin, für den du arbeitest.«

»Also mein Boss?«

»Ganz genau. Das ist schließlich die Wahrheit.«

Ich nicke. Der Gedanke gefällt mir. »Okay.« Ich sehe ihn an, zum zweiten Mal an diesem Abend steigen mir die Tränen in die Augen. Diesmal nicht aus Verzweiflung, sondern aus Dankbarkeit. »Ich weiß gar nicht, was ich sagen soll. Du bist so verständnisvoll. Ich habe dich gar nicht verdient.«

Er zieht mich zu sich heran, sodass ich bequem in seiner Armbeuge liege. »Wie wäre es, wenn du mir von Emily und deiner Schwester erzählst?«

»Kirsten war zwei Jahre jünger als ich«, beginne ich zögerlich. »Mein Vater hatte Mom vor meiner Geburt im Stich gelassen und Kirstens Vater verließ uns, als sie ein halbes Jahr alt war. Unsere Mutter hat uns von da an allein großgezogen.«

»Das war sicher nicht leicht.«

»Sicher nicht. Sie hat hin und wieder einen Freund mitgebracht, doch die blieben nie lange. Einer der Gründe, warum …« Ich breche ab und zucke mit den Schultern.

Kayden streicht mir zärtlich übers Haar. »Ich verstehe schon.«

Dankbar kuschele ich mich an ihn. »Um es kurz zu machen: Kirsten und ich waren oft allein und standen uns sehr nah. Ich habe mich immer um sie gekümmert, wenn Mom arbeiten war. Mit fünfzehn hatte Kirsten eine schwere Phase. Ich stand kurz vor meinem Abschluss und habe mich voll und ganz darauf konzentriert. Für meine kleine Schwester blieb da wenig Zeit. Sie war schon immer ein Mensch, der viel Aufmerksamkeit brauchte, und die habe ich ihr in dieser Zeit nicht geben können.«

»Du warst selbst ein Teenager und damit beschäftigt, das Beste für dich und deine Zukunft zu erreichen. Der Schulabschluss ist ein wichtiger Meilenstein im Leben und …«

»Es ist lieb, dass du mich verteidigst«, unterbreche ich ihn. »Ich weiß das alles. Mir ist auch klar, dass es wahrscheinlich nichts geändert hätte, wenn ich mehr auf sie geachtet hätte. Sie war rebellisch und kurz vor ihrem sechzehnten Geburtstag schwanger. Der Junge, der sie geschwängert hat, hat nie die Verantwortung übernommen. Seine Eltern haben sogar behauptet, Kirsten wolle ihm das Kind nur anhängen.«

Kayden runzelt die Stirn. »Man hätte doch einen Gentest …«

»Das hätte Geld gekostet, das wir nicht hatten. Und gebracht hätte es auch nichts. Denn die Eltern des Jungen waren alles andere als reich. Kirsten hat ihr Kind bekommen, meine Mom ist weiter arbeiten gegangen und ich direkt nach dem Abschluss ebenfalls. Meine Schwester hat ihren Abschluss geschafft und dann mit dem Studium angefangen. Sie war schon immer die Schlauere von uns. In Kirstens erstem Jahr hat meine Mutter ein Jobangebot in Miami erhalten und ist fortgezogen. Wir haben die Wohnung übernommen und kamen gut zurecht, bis sie …« Ich schließe die Augen, da die Trauer mich jedes Mal überwältigt, wenn ich an jenen Abend vor etwas mehr als zwei Jahren denke. »Es war ein Unfall. Sie ist nach der Arbeit in einer Bar am frühen Sonntagmorgen mit dem Fahrrad nach Hause gefahren. Ein Truck hat sie erwischt und sie war sofort tot.« Diesmal kommen zumindest keine Tränen.

»Das tut mir leid.« Kayden haucht mir einen Kuss auf die Stirn. »Und seitdem kümmerst du dich um Emily?«

»Genau. Wir hielten es für das Beste, wenn Emily bei mir in ihrer bekannten Umgebung bleibt. Mom unterstützt uns, wo sie kann, und ich verdiene beim Sender immerhin genug, um die Rechnungen zu bezahlen. Große Sprünge können wir uns nicht leisten, aber wir verhungern auch nicht.«

»Habe ich dir schon gesagt, wie sehr ich dich bewundere?« Ein Lächeln erscheint auf seinem Gesicht. »Nur wenige hätten getan, was du getan hast.«

»Es ist Familie.« Mehr gibt es dazu nicht zu sagen. Kayden versteht mich ohne große Worte. Er hat mir geholfen, und als ich ihm jetzt in die Augen sehe, habe ich das Gefühl, dass sich etwas verändert hat. Wir reden zwar seit Wochen von Loyalität und Vertrauen, doch gerade habe ich zum ersten Mal das Gefühl, dass diese beiden Punkte uns einander nähergebracht haben. »Hältst du mich noch ein wenig?« Ich lege meinen Kopf an seine Brust und lausche seinem Herzschlag.

»Solange du magst. Ich bin für dich da, *Cutypie*, und ich habe nicht vor zu verschwinden.«

Ob er weiß, wie viel mir diese Worte bedeuten, und wie schwer es mir fällt, sie zu glauben? Doch in diesem Moment bin ich bereit, genau das zu tun.

Kayden

Endlich allein

Die vorletzte Auswahl der Frauen war ein Wechselbad der Gefühle. Ich mochte sie alle auf ihre Art, und jede wäre eine Kandidatin für den Sieg gewesen. Doch wegen April will ich keine von ihnen, weshalb es mir leichterfällt, vier nach Hause zu schicken.

Die Erste, die ich zu mir rufe, um ihr einen Anhänger in Herzform zu überreichen, ist Lola. Ich mag ihre unaufdringliche Art und ihre Angewohnheit zu plappern, wenn sie nervös wird.

Die Gesichter der restlichen fünf Frauen zeigen einmal mehr diese Mischung aus tapferem Lächeln, Verzweiflung und einem Hauch Siegeswillen. Irgendwie rechnet jede damit, diese Runde nicht zu überstehen, gleichzeitig ist da dieser Funke Hoffnung, der nicht weichen will.

Ich richte meinen Blick auf Belle, die aus gutem Grund davon ausgeht, dass sie den Sieg bereits in der Tasche hat. Auch wenn ich mich während der Reisephase von ihr distanziert habe, ist mein Interesse vorher auf fruchtbaren Boden gefallen. Wenn ich raten müsste, würde ich sogar sagen, sie ist tatsächlich in mich verknallt. Was ein Grund mehr ist, sie heute nach Hause zu schicken. Dabei komme ich mir ziemlich herzlos vor, aber es ist nicht zu ändern. Also hole ich tief Luft und spreche den Namen der Frau aus, die ebenfalls bleiben darf: »Shanaya.«

Ich schätze sie für ihre unkomplizierte Art. Sie ist nicht wegen der Romantik hier, sondern weil ihr diese Show und eine Verbindung mit mir finanzielle Vorteile bringen. Für die große Liebe wäre sie die falsche Wahl, aber sie ist am ehesten das, was ich brauche. Eine Partnerin, die diese Sache als das sieht, was es ist: ein Geschäft.

Wie erwartet, ist die Enttäuschung bei den anderen Frauen groß. Dana, Belle und Rosalie müssen gehen. Ich höre, wie Belle in Tränen ausbricht und meinen Namen ruft. In diesem Moment bin ich froh, dass die Kandidatinnen, die ausgeschieden sind, direkt weggebracht werden und ich nicht mehr mit ihnen reden muss. Das Licht der Scheinwerfer erlischt und Maggy reicht den beiden verbleibenden Frauen die Hand. »Herzlichen Glückwunsch, meine Damen. Wir haben nicht viel Zeit, und ihr werdet die nächsten Stunden ohne euren Junggesellen auskommen müssen.« Ihr Gesicht verzieht sich kurz missbilligend, als sie sich mir zuwendet. »Er hat leider eine dringende geschäftliche Angelegenheit zu erledigen und wird erst am Sonntagmorgen in Seattle zu uns stoßen.« Sie wendet sich mir zu. »Dein Wagen steht bereit.« Dann wieder den Frauen. »Verabschiedet euch von ihm.«

Insgeheim gratuliere ich ihr zu diesem Schachzug. Sie zwingt mich, noch ein paar Worte mit Lola und Shanaya zu wechseln. Mir wäre es lieber gewesen, wenn ich direkt hätte gehen können. Mein Blick sucht nach April. Sie steht an eine Wand gelehnt und lächelt mir aufmunternd zu. Als Nächstes versichere ich mich, dass die Kameras abgeschaltet sind. Soweit ich weiß, sind in diesem Raum keine installiert. Das erspart mir, Lola und Shanaya zum Abschied küssen zu müssen.

»Du musst weg? Warum?«, fragt Lola, und Enttäuschung spiegelt sich in ihren Zügen.

Ich lüge nicht gern, doch in dem Fall wäre es unpassend, die Wahrheit zu sagen. Schon den Dyers gegenüber fiel mir schwer zu rechtfertigen, warum ich April begleite. Bei ihnen hat es allerdings gereicht, mich stur zu stellen und mit meinem Ausscheiden aus der Show zu drohen. Das Risiko war hoch, denn sie hätten natürlich nicht zustimmen müssen. Doch ich war mir ziemlich sicher, dass ein Abbruch auch für die beiden ein Fiasko wäre. Ich habe von Integrität gesprochen und davon, welchen Umgang ich Angestellten gegenüber für richtig erachte. Außerdem habe ihnen gedroht, die Presse zu informieren, dass sie ihre Mitarbeiter schlecht behandeln und einer sogar verbieten, ihre Nichte an ihrem Geburtstag zu besuchen. Natürlich war das ein Bluff, einer, der gewirkt hat.

Für die Frauen habe ich mir etwas anderes ausgedacht. Vage Erklärungen sind in so einem Fall das beste Mittel, um lästige Fragen abzuwenden. »Ich bedauere das sehr, ein guter Freund braucht mich, und ich muss helfen, wo ich kann.«

Wie erwartet, reicht das. Lola gibt mir einen züchtigen Kuss auf die Wange und ich wende mich Shanaya zu. Auch sie küsst mich und flüstert: »Ich wünsche viel Spaß.«

Erstarrt blicke ich sie an. Hitze steigt in mir auf. Ihr Kommentar hat sicher nichts zu bedeuten. Woher sollte sie wissen, was ich wirklich vorhabe? Ich werde langsam paranoid.

»Ich bemühe mich«, antworte ich ausweichend. »Wenn ihr mich jetzt entschuldigen würdet? Mein Wagen wartet.« Ich lächle ihnen zu und gehe zum Ausgang. April schließt sich mir an. Ihre Nähe und das Wissen, dass wir gleich allein sein werden, versetzt mich in eine merkwürdige Hochstimmung. Jeder Teil meines Körpers prickelt, und das Atmen fällt mir mit jedem Schritt, den wir dem Auto näher kommen, schwerer. Am liebsten würde ich rennen, um endlich mit ihr allein zu sein. Doch ich gehe langsam durch die Hotellobby, nicke den Crewmitgliedern zu und lächle, bis wir die große schwarze Stretchlimousine erreichen, die auf uns wartet. Der Fahrer begrüßt uns höflich und hält die Tür auf.

»Die Fahrt wird etwa eine Stunde dauern, Mylord. Getränke und eine kleine Stärkung findet Ihr in der Bar.«

Ich bedanke mich und steige ein. April folgt mir und lässt sich mit großen Augen in den Sitz neben mir fallen. Sobald die Tür geschlossen ist, mustert sie mich belustigt. »Mylord? Was ist das denn für einer? Und wo kommt dieses Auto her? Wo bringst du mich hin? Die Fahrt zu meiner Mutter dauert fast zwei Stunden.«

»Eine Menge Fragen, *Cutypie*«, antworte ich und küsse ihr Ohrläppchen. »Erinnerst du dich, dass ich von einer Überraschung gesprochen habe? Das ist sie.« Ein weiterer Kuss auf den Hals, und sie reckt sich mir entgegen. »Das Auto gehört einem alten Freund.

Genau wie das Haus, zu dem wir fahren. Es liegt direkt am Wasser und gehört die ganze Nacht uns.«

»Meine Mutter erwartet mich«, sagt sie und schubst mich empört weg.

»Äh, ja.« Dieser Punkt meines Plans ist ein wenig heikel, da es bedeutet, dass sie ihre Familie erst später sieht. »Ich habe Bescheid gegeben, dass du erst morgen früh da sein kannst. Und bevor du irgendetwas sagst«, setze ich zu meiner Verteidigung an, doch sie hebt die Hand, um mich zu unterbrechen.

»Bis morgen früh gibt es also nur uns?«

Ich nicke nervös und werde mit einem Strahlen belohnt, das für alles entschädigt. »Womit habe ich dich verdient?«, fragt sie und fährt nun mit den Lippen sanft meinen Hals entlang.

»Hast du nicht. Du verdienst viel mehr.« Jetzt bin ich derjenige, der den Hals streckt und nach mehr verlangt.

»Dann haben wir die ganze Nacht Zeit?« Sie lässt von mir ab und sieht sich im Auto um. »Das ist viel besser als mein Plan.«

»Dein Plan?«

»Ich dachte, wir hätten nur zwei Stunden Fahrt, und wollte dich im Auto verführen.«

Schnell schließe ich die Augen und unterdrücke das Stöhnen, das sich seinen Weg meine Kehle hinauf sucht. Allerdings bin ich nicht sicher, ob der Knurrlaut, der dabei entsteht, besser ist.

Wenn ich nach Aprils glockenhellen Lachen gehe, ist es ihr egal. Und mir auch. April ist bei mir und vor uns liegen zehn Stunden, die nur uns gehören. Ich lehne mich zur Bar und sehe nach, was sie zu bieten hat. Zwei Truthahnsandwiches und Cola. Das scheint Aprils Zustimmung zu finden, denn sie greift direkt nach einem der Sandwiches und beißt hinein, was mir ein Lachen entlockt.

»Was?«, fragt sie kauend. »Ich habe seit heute Mittag nichts gegessen.«

»Ich freue mich darüber, dass du isst. Die meisten Frauen zieren sich, in Gegenwart von Männern vernünftig zu essen.«

»Was für ein Blödsinn. Ich esse, wenn ich Hunger habe.«

»Außer du bist zu beschäftigt. Zum Glück hast du ja mich.« Augenzwinkernd beiße ich selbst von meinem Sandwich ab.

Der Rest der Fahrt verläuft in einem lockeren Gespräch, aber eines können wir beide nicht verleugnen: Wir wissen, worauf das rausläuft, und sehnen es herbei. Meine Hand bleibt neben ihrem Oberschenkel, ich berühre sie jedoch nicht. Erst als der Wagen langsamer wird, erlaube ich mir, sanft ihr Knie zu streicheln.

Da kommen wir schon zum Stehen und der Fahrer öffnet uns die Tür. Sobald wir ausgestiegen sind, drückt er mir eine Schlüsselkarte in die Hand. »Hiermit kommt Ihr ins Haus, Mylord. Der Code für die Alarmanlage ist Ihr Geburtstag. Ich stehe morgen früh um neun wieder zu Ihrer Verfügung.« Er verabschiedet sich und ich wende mich dem Haus zu. Es ist im spanischen Stil erbaut und passt mit seinen kleinen Rundbögen und den verspielten Details hervorragend zu meiner Vorstellung eines Strandhauses. Ich war noch nie ein großer Freund der modernen kubischen Bauweise, die in den letzten Jahrzehnten überhandgenommen hat. Da kommt wohl der Brite in mir durch, wie April sagen würde. Ich suche ihren Blick und finde sie in bezaubernder Verzückung.

»Das ist wunderschön! Hier werden wir die Nacht verbringen? Kann man das Meer sehen?«

»Ich denke schon. Soweit ich weiß, gibt es einen kleinen privaten Zugang zu einem Strand, der nur von den anliegenden Häusern genutzt wird.«

»Kayden, das ist …« Sie fällt mir um den Hals und gibt mir einen stürmischen Kuss.

Da wir endlich allein sind, lasse ich es geschehen. Ich schlinge die Arme um ihre Mitte und lege in diesen Kuss jedes Gefühl, das ich die letzten Tage zurückgehalten habe. Meine Sehnsucht, mein Verlangen, meine Liebe. Denn das ist es, was ich für April empfinde. Ich liebe sie. So einfach ist das.

»Lass uns hineingehen«, sage ich atemlos und ziehe sie zum Eingang. Zum Glück geht die Tür direkt auf und ich finde auf Anhieb die Konsole, um den Code zum Abschalten der Alarmanlage einzugeben. Im Stillen danke ich Kiran, dass er mein Geburtsdatum als Code gewählt hat. Den vergesse ich nicht einmal mit April in meinen Armen.

Denn nicht nur ich habe meine Zurückhaltung aufgegeben, sondern auch sie. Während ich versuche, mich auf die Eingabe des

Codes zu konzentrieren, knöpft sie mein Hemd auf und streicht über meine Brust.

Das Piepsen der Alarmanlage erklingt und ich kann mich endlich nur noch ihr widmen. Sie hat inzwischen mein Hemd aus der Hose gezogen und fährt langsam über meine Hüfte zum Rücken.

»Nach oben.« Ich nehme ein weiteres Mal ihre Hand und führe sie die Treppe hinauf. Leider habe ich keine Ahnung, wo das Schlafzimmer ist. Hinter der dritten Tür sehe ich endlich ein großes Bett und schiebe April hinein. Sofort suchen ihre Lippen meine und diesmal lasse ich zu, dass ihr Feuer auf mich überspringt. Ich ziehe ihr das T-Shirt über den Kopf und verharre einen Moment bei dem Anblick, der sich mir bietet. Sie trägt einen BH aus schwarzer Spitze, der mehr zeigt als verhüllt und mir den Atem raubt. »*O My, Cutypie!*« Ich bin nicht sicher, ob ich die Worte laut ausspreche, da ich meine Lippen auf ihre Brüste senke und mich an der Spitze entlangküsse. Am Rande bekomme ich mit, wie sie mir das Jackett über die Schultern streift. Das Hemd folgt und ihre Hände wandern zu meiner Hose. Es dauert nicht lange und wir haben uns von sämtlicher Kleidung befreit.

Dabei haben wir uns nie länger als Sekunden voneinander gelöst. In meinem Denken ist für nichts anderes Platz als für sie. April mit ihrem Haar wie Gold und den Augen so tiefblau wie das Meer. April, die mich fordert, die mich berührt und mein Herz Sprünge vollführen lässt, von denen ich nie gedacht hätte, dass sie möglich sind. April, die ich mit sanftem Druck in Richtung Bett führe.

Leider entgeht mir, dass wir bereits am Bett angekommen sind, und wir fallen ziemlich unelegant in die Laken, was ihr ein Lachen entlockt. Doch schon den Bruchteil einer Sekunde später ist sie über mir, vom Lachen ist lediglich ein sinnliches Lächeln geblieben.

Neugierig, was sie vorhat, lasse ich meine Arme neben dem Kopf liegen und warte, was sie tut. Sie belohnt mich mit ihren Lippen auf meiner Brust, die langsam nach unten wandern. Ich schließe die Augen und meine Erregung steigt. Jetzt küsst sie sich meinen Bauchnabel entlang und langsam wieder nach oben. Zeit, die Initiative zu ergreifen.

April

Eine perfekte Nacht und ein perfekter Tag

Kayden liebt, wie er lebt: höflich, zuvorkommend, aber mit dem nötigen Selbstvertrauen, das zu verlangen, was er braucht. Immer wieder unterbrochen von kurzen Augenblicken, in denen er völlig aus sich herausgeht und nur noch seinen Gefühlen folgt.

Kayden Devlin ist der widersprüchlichste Mensch, den ich kenne. Ich war noch nie mit einem Mann zusammen, der mich fordert und mir gleichzeitig so viel Raum lässt. Und doch passt bei ihm alles zusammen. Er schafft etwas, was ich verloren geglaubt hatte. Eine Atmosphäre, in der meine Sorgen bedeutungslos sind.

Natürlich verschwinden durch ihn die Probleme nicht. Wenn ich ehrlich bin, schafft er sogar mehr, als er löst. Im Ausgleich kommt mir das Leben mit ihm an meiner Seite weniger schlimm vor, einen Hauch bunter, etwas fröhlicher.

Morgen wird ein anstrengender Tag, und der lange Rückflug danach verspricht ebenfalls wenig Entspannung. Mein Vor-Kayden-Ich hätte die begrenzte Zeit zum Schlafen genutzt.

Doch heute kann ich gar nicht genug von ihm bekommen. Ich will jede Sekunde genießen und nichts verpassen.

Durch Kayden verstehe ich, warum Sex manchmal als *Liebe machen* bezeichnet wird. Auch wenn wir es uns nicht sagen, haben wir genau das getan: uns geliebt. Auch danach ist er nicht aufgesprungen und unter die Dusche verschwunden. Stattdessen liegen wir noch in dem großen Bett mit den weichen Laken, halten uns im Arm, liebkosen uns und reden davon, was wir in Zukunft zusammen unternehmen wollen.

»*Whitewater* wird dir gefallen«, sagt er, während er mit meinem Haar spielt. »Roxburghshire, die Grafschaft, in der das Anwesen liegt, ist nicht so rau wie der Rest von Schottland. Dort ist es flacher und sehr grün. Man sieht zwar die Berge, aber wir haben viel Platz für Landwirtschaft.«

»Warum heißt die Grafschaft Roxburghshire? Ich hätte erwartet, dass sie Barndon heißt wie du.«

»Barndon ist der Name des Herzogtums. Roxburgshire ist nur eine der Grafschaften, die dazugehören. Grundsätzlich haben die Namen der Grafschaften, der Dukes, der Marquess oder der Earls nicht immer etwas miteinander zu tun. Duke of Barndon ist auch nicht der einzige Titel, den ich besitze. Bevor ich Duke wurde, war ich ein Earl. Bin ich genau genommen immer noch. Nämlich so lange, bis dieser Titel an meinen Sohn übergeht. Mit dem Titel des Duke bin ich nebenbei auch Viscount geworden.«

»Irgendwann musst du mir das genauer erklären.« Verträumt streiche ich über seine Brust. »Fürs Erste reicht es mir zu wissen, dass du deine Heimat liebst und sie mir zeigen willst.« Gleichzeitig kämpft sich die Traurigkeit nach oben, denn was ich nicht sage, ist, dass das nicht passieren wird. Denn ich kann nicht einfach so mit ihm nach Schottland reisen. Mein Leben – und das von Emily – ist in Seattle.

Ich verdränge die negativen Gefühle. Heute Nacht erlaube ich mir zu träumen und mir Dinge auszumalen, die weit außerhalb dessen liegen, was ich je im Leben für möglich hielt.

»Das Geld aus dieser Show hilft dir, *Whitewater* zu retten?«, lenke ich das Gespräch in eine andere Richtung.

»Ja, das tut es. Im letzten Jahr ist es mir gelungen, das Gestüt, die Brennerei und die Landwirtschaft so weit zu stabilisieren, dass sie sich in zwei, drei Jahren selbst tragen. Bis dahin fehlen mir die Reserven, um die Verluste auszugleichen.« Er seufzt und stößt dabei ein ironisches Lachen aus. »Weißt du, was das Schlimmste an der Sache ist?

Ich kenne die Lösung für das Problem. Schließlich war es jahrelang mein Job. Ich könnte Teile des Besitzes gewinnbringend verkaufen. Dabei würden allerdings jede Menge Leute auf der Strecke bleiben. Genau da liegt der Unterschied zu dem, was ich früher gemacht habe: Diesmal kenne ich die Menschen, die es betrifft. Die meisten sind meine Freunde, und ich kann sie nicht im Stich lassen. Meine Familie ist seit zweihundert Jahren für sie da und hat eine Verpflichtung. Das Geld aus der Show und die danach fließenden Einnahmen sollen die Jahre überbrücken, bis das Haus saniert ist.« Ein weiterer Seufzer, dann vergräbt er den Kopf an meinem Nacken und knabbert zärtlich an meinem Hals. »Ein leidiges Thema, das im Moment überhaupt keine Rolle spielt«, murmelt er und legt sein Bein über meine Hüfte, während er mit seinen Händen meinen Körper auf und ab wandert und das gerade erst erloschene Feuer neu entfacht. Dieses Feuer, das alles andere unwichtig erscheinen lässt. Mit der unbequemen Realität und allem, was damit zusammenhängt, können wir uns ein andermal beschäftigen.

Der Morgen kommt viel zu schnell und damit auch der Abschied von diesem wunderschönen Haus. Ich habe es nicht einmal geschafft, mir alle Räume anzusehen. Wir waren einfach zu beschäftigt.

Ein letzter Kuss unter der Dusche, ein letztes Händchenhalten in der Limousine, und dann kommt schon das Haus meiner Mutter in Sicht. Es ist klein, aber sie hat es in ein Meer aus Pflanzen und Blüten verwandelt, und damit sticht es aus dem tristen Einerlei des Straßenzuges heraus.

Kayden hat an alles gedacht. Der Fahrer holt uns heute nicht mit einer dicken Limousine ab, sondern in einem neutralen Mittelklassewagen, der kaum auffällt. Eine Stretchlimousine vor dem Mietshaus meiner Mutter hätte für zu viel Aufsehen gesorgt. Nicht auszudenken, was los gewesen wäre, wenn jemand den Junggesellen aus *Noble Match* hier fotografiert und die Presse davon Wind bekommen hätte.

Ganz gegen seine Gewohnheiten trägt Kayden eine ausgewaschene Jeans und ein einfaches weißes T-Shirt. Hätte mir gestern jemand gesagt, dass er so etwas in seinem Kleiderschrank hat, hätte ich denjenigen ausgelacht.

Auch auf das Gel im Haar hat er verzichtet. Daher hängt es ihm in die Augen, genau wie wenn er vom Sport kommt. Ich kann mich an diesem Anblick gar nicht sattsehen. Er sieht aus wie der nette junge Mann von nebenan und nicht wie ein Duke. So erkennt ihn mit Sicherheit niemand.

Sobald wir ausgestiegen sind, geht Kayden zum Kofferraum und nimmt eine große Tasche heraus, die ich neugierig beäuge. »Was ist da drin?« Unser Gepäck kann es nicht sein, denn das bringt der Fahrer direkt zum Flughafen.

»Geschenke. Das ist doch ein Geburtstag?«

»Ja, aber Emilys Geschenk ist der Besuch in Disney World in zwei Wochen.«

»Das ist ja auch kein Geschenk von dir, sondern von mir.«

Ich weiß nicht, ob ich gerührt oder schockiert sein soll. Einerseits ist das süß, andererseits … »Ich will nicht, dass du Emily Geschenke machst, Kayden. Du und ich, das ist …« Hilflos schüttele ich den Kopf. »Keine Ahnung. Sie soll nicht ihr Herz an dich hängen und …«

Er bleibt stehen und runzelt die Stirn. »*Cutypie*, ich verstehe, was du mir sagen willst, deine Sorge ist unbegründet. Da ihr nach Disney World fahrt, habe ich ein Mickymaus-Shirt organisiert. Ich glaube nicht, dass das …«

»Du hast ja recht.« Ich lächle ihn an und gebe ihm einen Kuss. »Die ganze Sache ist neu für mich, und ich will nicht … ich will einfach nicht, dass sie verletzt wird.«

»Das weiß ich.« Seinen Arm legt er um meine Hüfte und zieht mich zu sich. »Was mir wirklich Sorge bereitet, ist, wie ich nach dieser Nacht in der Lage sein soll, dich einen Tag lang nicht berühren oder küssen zu dürfen. Ich denke, ich muss …«

»April!«

Emilys freudiger Ausruf lässt Kayden und mich auseinanderschrecken. Ich drehe den Kopf zum Haus und sehe meine Nichte mit weit ausgebreiteten Armen auf mich zustürmen. Im nächsten Moment fällt sie mir um den Hals.

»Hey, Kleines. Alles Liebe zum Geburtstag.« Ich gebe ihr einen Kuss auf die Wange. Sie drückt mich und schielt dann zu Kayden hoch.

»Wer ist das?«, fragt sie mit dieser Neugier und Unvoreingenommenheit in der Stimme, die nur Kinder besitzen.

»Das ist mein Boss, Kayden Devlin.«

»Der Duke?« Sie bekommt große Augen. »Der aus dem Fernsehen?«

»Genau der.«

»Cool!«, ruft sie und beäugt ihn von oben bis unten. »Der sieht aber ganz normal aus. Simons Schwester, die ist schon fünfzehn, und sagt, dass der Duke ziemlich heiß ist und dass alle Frauen total auf ihn stehen. Bist du sicher, dass der da *wirklich* der Duke ist?«

Jede dieser Informationen für sich genommen würde ausreichen, dass ich peinlich berührt bin und anfange, mir Sorgen zu machen. Doch alle zusammen kommen einer Katastrophe gleich. Emily ist viel zu jung, um darüber nachzudenken, wie heiß ein Kerl ist und wie viele Frauen auf ihn stehen.

»Emily«, sage ich deshalb leise und nehme sie so bei den Armen, dass sie mich ansehen muss. Unsere Gesichter sind auf gleicher Höhe. »Dass Kayden hier ist, muss bis zu unserem Besuch in Disney World ein Geheimnis bleiben, okay? Das ist dein geheimstes Geburtstagsgeschenk und du darfst es niemandem verraten.«

»Nicht mal Billy?« Sie kneift die Augen zusammen. »Wir erzählen uns alles.«

Da Billy nicht hier ist, sehe ich keinen Grund, ihr das zu verbieten. »Billy ist eine Ausnahme. Und Oma natürlich.« Sie wird ihn sowieso gleich sehen.

»Okay«, sagt sie und macht sich von mir los. Dann sieht sie zu Kayden hinauf und lächelt. »Du bist ganz schön groß.«

Er lächelt zurück und geht nun ebenfalls in die Hocke. »So besser?«

Sie nickt und er spricht weiter. »April hat mir schon viel über dich erzählt. Besonders, wie sehr sie sich auf diesen Geburtstag freut.«

Emily legt den Kopf schief und mustert Kayden weiter. »Er redet auch komisch.«

»Emily, so was sagt man nicht«, rüge ich sie, doch Kayden lacht.

»Da hast du recht. Weißt du, ich komme aus Schottland. Das ist ziemlich weit weg, und dort reden alle so.«

Emily lehnt sich näher zu mir. »Hier in Miami reden auch alle ganz anders als zu Hause«, flüstert sie. »Mir macht das nichts aus. Ich verstehe sie trotzdem.« Sie hält jedem von uns eine Hand hin. »Kommt ihr rein? Grandma macht Pancakes mit Streuseln.«

Ich nehme ihre Hand und Kayden die andere. Bevor ich antworten kann, sagt er: »Ich liebe Pancakes. Willst du wissen, was wir in Schottland zum Frühstück essen?«

»Was denn? Auch Pancakes?«

»Eher nicht. Wir essen Würstchen und Spiegelei und gebratenen Schinken. Gebratene Champignons und natürlich *Black Pudding*.«

»Ihr esst schwarzen Pudding? Warum ist der schwarz?«

»Weil Black Pudding eigentlich eine gebratene dunkle Wurst ist.«

Jetzt verzieht Emily das Gesicht. »Dann ist es gar kein Pudding. Esst ihr nur gebratene Sachen zum Frühstück? Nichts Süßes?«

»Selten. Manchmal Haferbrei. Aber der schmeckt am besten mit Salz und Butter, wenn du mich fragst.«

»Salziger Haferbrei? Igitt.« Sie schüttelt sich. »Du musst dringend Pancakes probieren.«

»Ich freue mich darauf.« Er lächelt erst sie und dann mich an, was mich zum Schmelzen bringt. Wäre ich nicht bereits hoffnungslos in Kayden verknallt, wäre ich es spätestens jetzt. Keiner meiner Freunde ist je so mit Emily umgegangen. Nicht dass es viele gewesen wären.

Die Haustür öffnet sich und meine Mutter erscheint mit einem breiten Grinsen auf dem Gesicht. Miami tut ihr gut. Sie sieht mit ihren fünfzig Jahren besser aus als damals mit vierzig. Vielleicht liegt es auch daran, dass sie nicht mehr drei Jobs und zwei kleine Kinder hat, um die sie sich kümmern muss.

»April!« Auch sie breitet die Arme aus, ganz wie Emily eben. Nach der Umarmung wendet sie sich Kayden zu. »Und Sie müssen der junge Mann sein, mit dem ich gestern telefoniert habe?«

»Richtig.« Anstatt ihre ausgestreckte Hand zu schütteln, nimmt er sie und deutet einen Handkuss an. »Kayden Devlin, sehr erfreut, Ihre Bekanntschaft zu machen, Madam.«

»Hören Sie auf mit *Madam*. Ich bin Anny. Kommen Sie rein.«

»Kayden hat noch nie Pancakes zum Frühstück gegessen, Grandma, kannst du dir das vorstellen?« Emily hüpft ins Haus.

»Dort, wo er herkommt, essen sie gebratenen schwarzen Pudding mit Wurstgeschmack. Wir müssen ihm dringend zeigen, dass Frühstück auch lecker sein kann.«

»Na, dann los, mein Mäuschen. Kommt rein. Ich habe an der Küchentheke gedeckt. Fühlt euch wie zu Hause.« Diesen Zug meiner Mutter mag ich sehr. Sie steht auf dem Standpunkt, dass alle Menschen gleich sind. Egal wo sie herkommen und welcher Schicht sie angehören. Ob Kayden ein schottischer Duke ist oder der Zeitungsjunge interessiert nicht. Für sie ist er ein Freund ihrer Tochter und gehört damit zur Familie. Nicht mehr, aber auch nicht weniger.

Sobald wir das Haus betreten, stehen wir im Wohnzimmer. Die Küche ist durch eine breite Theke abgetrennt. Darauf verströmen die Pancakes ihren einzigartigen Duft. Das ruft eine Flut von Erinnerungen wach. Kirsten und ich als Kinder, wie wir sonntags auf der Couch sitzen und Mom, die uns Pancakes bringt, bevor ihre Schicht im Diner beginnt.

»Hast du Marshmallows und Ahornsirup da?«

»Ist der Papst katholisch?« Meine Mutter deutet auf die Theke. »Steht für dich bereit. Ich habe extra die kleinen genommen, die du so magst.«

»Du bist die Beste!«

Kayden tritt ganz nah an mich heran und seine Hand streift dabei meinen Rücken. »Du machst Marshmallows auf deine Pancakes?«

»Auf jeden Fall. Und dazu Ahornsirup und Schokostreusel.« Ich grinse und freue mich wohl mehr über die Pancakes als Emily. Das wird ein wundervoller Tag. Ich habe die Menschen, die ich liebe, um mich versammelt, es gibt eines meiner Lieblingsgerichte und ich bin verliebt. Was kann es Schöneres geben?

Kayden

Was macht Familie aus?

Nach dem wenigen, was April mir über ihre Familie erzählt hat, war ich nicht sicher, was mich erwartet. Meine Vorstellung von einer abwesenden Mutter ist geprägt durch meine eigene. Die Umstände waren allerdings völlig andere. Ich war nie allein oder musste für meine Schwester sorgen.

Meine Erfahrung mit Eltern, die keine Zeit für ihre Kinder haben, beschränkt sich auf das, was ich in Filmen gesehen oder irgendwo gelesen habe. Deswegen waren meine Erwartungen, was Aprils Mutter angeht, keinesfalls positiv.

Umso überraschter bin ich über das, was ich vorfinde. In den letzten drei Wochen waren wir bei sechs Familien zu Hause, und nirgends habe ich mich auf Anhieb willkommen und angenommen gefühlt. Alle haben ein Riesenaufheben um mich, meinen Titel und meine Herkunft gemacht.

Natürlich waren da Kameras und wir haben für die Show aufgezeichnet, was bei Aprils Familie nicht der Fall ist, aber ich bin ziemlich sicher, dass ihre Mutter selbst dann nicht anders wäre als jetzt: freundlich und fürsorglich.

Auch Emily ist ein echter Schatz. Sie erinnert mich in vielerlei Hinsicht an Lea, die nur ein Jahr jünger ist.

Wir sitzen am Küchentresen und essen Pancakes. April und ihre Mom tauschen Anekdoten über frühere Geburtstagsfrühstücke aus.

Dabei geht es meist um die verstorbene Kirsten. Die Trauer um sie ist allgegenwärtig, ohne erdrückend zu sein. Ich habe so etwas noch nie erlebt. Mir kommt es so vor, als würden die drei nicht den Verlust des geliebten Menschen betrauern, sondern vielmehr ehren, dass er überhaupt gelebt hat. Ein schöner Gedanke.

»Kayden?« Emily sieht mich mit einem strahlenden Lächeln an. »Den musst du noch probieren. Die mit Gesichtern mochte meine Mom immer am liebsten.« Sie sagt das mit einer solchen Begeisterung, dass ich unmöglich ablehnen kann, auch wenn ich längst satt bin. Aprils Blick trifft mich und er ist so voller Liebe wie in der vergangenen Nacht. Mit ihrer Hand streichelt sie über mein Knie, was sicher ein Zeichen der Dankbarkeit sein soll, mir allerdings so viel mehr bedeutet, weil *sie* mir so viel mehr bedeutet. Ich greife nach der Hand, drücke sie kurz und hoffe, dass diese Geste ihr zeigt, wie sehr ich sie liebe und wie sehr ich das alles genieße.

Emily scheint inzwischen satt zu sein und springt auf. »April, magst du sehen, was Grandma mir geschenkt hat? Ist in meinem Zimmer.« Sie sieht zu mir. »Du darfst auch mitkommen, wenn du willst.«

Bevor ich zustimmen kann, geht Anny dazwischen. »Ich könnte Kayden hier gebrauchen. Der Grill muss aus der Garage geholt und angeschlossen werden. Es würde meinen Rücken und meine Nerven schonen, wenn er das übernehmen könnte.«

Aprils Gesicht verzieht sich missbilligend. »Mom, Kayden ist nicht gekommen, um Sklavenarbeit zu verrichten. Und erst recht nicht, um von dir verhört zu werden. Er ist mein Boss und …«

»Das weiß ich. Aber dieses Ungetüm von Grill, das Leon angeschleppt hat, ist schwer.«

Mein Blick zuckt zu April und ich überlege, ob ich fragen soll, wer Leon ist. Sie nimmt mir die Entscheidung ab. »Leon ist Kirstens Vater. Er taucht immer mal auf, bringt teure, meist ziemlich nutzlose Geschenke mit und verschwindet dann wieder.« Ihre Züge haben sich inzwischen geglättet. »Emily und ich gehen mal und kommen später raus. Und Mom«, ihr Tonfall wird strenger, »kein Verhör!«

Anny nickt, doch April scheint nicht überzeugt, denn sie schnaubt unwillig, sagt jedoch nichts mehr, bevor sie mit Emily in den Flur verschwindet.

Auch Anny schweigt und ich muss zugeben, dass ich gespannt bin, was jetzt kommt. Denn eine Sache ist klar: April hat mit Sicherheit recht und ihre Mutter möchte mir auf den Zahn fühlen. So was ist mir bisher nie passiert. Zu Hause macht mich allein meine Herkunft zum perfekten Date für eine Tochter.

»Nun, Kayden, wärst du so nett und würdest mir erst schnell in der Küche helfen? Die Spülmaschine muss eingeräumt werden.« Sie deutet vage in Richtung Spüle und ich kann nur annehmen, dass sich die Maschine hinter einer der Schranktüren verbirgt.

»Sehr gern«, sage ich und finde das Gerät beim zweiten Versuch. Während ich Teller und Tassen einräume, wischt Anny den Tresen sauber. »Sehe ich das richtig, dass du mehr bist als nur Aprils Boss?«

Natürlich hatte April recht und diese Aktion dient vor allem dazu, mich auszuhorchen. Allerdings habe ich nicht damit gerechnet, dass sie so offensiv vorgeht.

Weil ich nicht lügen will, dehne ich die Wahrheit. »Das wäre ich gern.«

»Und was spricht dagegen?«

In meinem bisherigen Leben habe ich nur wenige Gespräche mit besorgten Eltern einer Freundin geführt, und bei keinem stand ich über eine Spülmaschine gebeugt und habe dreckiges Geschirr eingeräumt. Eine kuriose Erfahrung, die mir wider Erwarten Freude bereitet. »Es gibt Dinge, auf die wir wenig Einfluss haben«, antworte ich und platziere einen Teller im unteren Fach. »*Noble Match* zum Beispiel. Es gibt wichtige Gründe, warum ich die Show beenden muss. Die Zukunft von vielen guten Menschen hängt davon ab. Sie verlassen sich auf mich.«

»Also geht es ums Geld?« Sie beantwortet sich die Frage selbst. »Natürlich. Es geht immer um Geld.«

Ich bin inzwischen mit Einräumen fertig, genau wie sie mit Aufräumen. Wir stehen uns gegenüber und sie mustert mich von oben bis unten. »Du scheinst ein anständiger Junge zu sein, und deshalb verrate ich dir etwas über meine Tochter: April sucht das, was ich ihr nie geben konnte. Sie will eine Familie, die jedem Klischee entspricht, das man sich vorstellen kann. Einen Mann, der sie liebt, ein hingebungsvoller Vater ist und sich kümmert. All das sehe ich in dir.

Und dennoch gibt es da eine Sache, die mich zweifeln lässt, ob du der Richtige bist.«

Ich habe keine Ahnung, worauf sie hinauswill, weshalb ich nur abwartend nicke.

»Genau die Dinge, die dich für sie anziehend machen, stehen euch im Weg. Du hast bereits eine Familie, der du verpflichtet bist. Du hast bereits ein Leben, das bestimmt ist durch deine Fürsorge für andere. April wird niemals an erster Stelle stehen.« Ich will widersprechen, doch sie hält mich mit erhobener Hand davon ab. »Das ist kein Vorwurf, sondern Fakt. Und für die meisten Frauen wäre das ein Grund, der für dich spricht. Jedoch nicht für April. Ich will mich auch gar nicht einmischen, sondern dir lediglich sagen, was ich denke. April ist mein Kind, und als Mutter tue ich alles, um sie glücklich zu machen. Überlege dir gut, was für dich Priorität hat. Und wenn das nicht April ist, tu euch beiden den Gefallen und beende es, bevor sie daran zerbricht.«

Ihre Worte treffen mich so hart, dass ich nicht weiß, was ich antworten soll. *April steht an erster Stelle*, möchte ich Anny entgegenwerfen, *immer!* Und doch weiß ich, dass es nicht stimmt. An erster Stelle stehen mein Titel, meine Leute, mein Land. So war es schon immer. So haben es mich meine Eltern gelehrt. Sie haben viel dafür in Kauf genommen, dass ich das verstehe und verinnerliche.

Für Anny scheint das Gespräch damit beendet. Ich folge ihr nach draußen, hole den Grill aus der Garage und begrüße April mit einem Lächeln, als sie sich zu uns gesellt.

»Hat sie dich in die Mangel genommen?«, fragt sie leise und fügt hinzu: »Tut mir leid.«

»Mir nicht.« Und das stimmt. Sie hat mir etwas zum Nachdenken gegeben. Ich sollte besser schnell herausfinden, was mir wichtig ist und was ich wirklich will.

In einem Anfall von Übermut, oder vielleicht auch Wahnsinn, ziehe ich April an mich und küsse sie. In ihrer Gegenwart ist die Antwort leicht. Ich will sie und nur sie. So einfach ist es natürlich nicht.

Dennoch gibt es nur eine Antwort auf die Frage, wie es jetzt weitergeht. Ich liebe April und kann unmöglich so weitermachen wie bisher. Völlig egal, was aus welchem Grund richtig oder falsch wäre.

Ich will April und bin bereit, alle Konsequenzen zu tragen, die das nach sich zieht.

Allerdings kann ich das nicht allein entscheiden. Den Rest des Tages verbringe ich in einem merkwürdigen Zustand. April und ihre Familie sorgen dafür, dass ich mich rundum wohlfühle. Es würde mir nichts ausmachen, noch ein oder zwei weitere Tage hier zu verbringen.

Trotzdem kann mir die Abreise nicht schnell genug gehen. Ich möchte mit meiner Schwester telefonieren. Für diesen Ausflug habe ich mein Handy zurück und muss die Gelegenheit für ein Gespräch nutzen. Durch die Zeitumstellung sollte ich wohl besser warten, bis Diana aufgestanden ist, und kann nur hoffen, dass April bis dahin schläft. Denn sie muss nicht hören, was ich zu besprechen habe. Sie würde es mir sicherlich ausreden.

Der Tag vergeht viel zu schnell. Ich genieße jeden Moment, und als es Zeit wird, Abschied zu nehmen, habe ich Emily längst ins Herz geschlossen. »Du kommst uns doch besuchen, wenn diese Show vorbei ist, oder?«, fragte sie und schlingt ihre Arme um mich.

»Das werde ich, versprochen«, antworte ich und drücke sie an mich. Ich hoffe, dass April meine Worte nicht für leere Versprechungen hält. Mir ist aufgefallen, dass sie mit jeder Stunde stiller geworden ist.

Ich kann mir denken, was mit ihr los ist. Unsere Abreise bedeutet gleichzeitig, dass unsere letzte Woche anbricht. Und schlimmer noch, ich muss zu den Frauen zurück. Wenn ich mir vorstelle, es wäre umgekehrt, verwandelt sich mein Blut in heiße Lava. Keine Sekunde würde ich sie mit einem anderen Mann teilen wollen.

Genau deshalb muss das ein Ende haben. Ich kann nichts von ihr verlangen, was ich selbst nicht zu geben bereit wäre. Vertrauen, Ehrlichkeit und Loyalität. Das sind die Eckpfeiler unserer Beziehung. Mit jedem Tag, den ich bei *Noble Match* mitmache und damit einer anderen Frau Avancen, verrate ich unsere Liebe.

Wenn die Dinge anders stehen würden, hätten Shanaya und ich vielleicht eine Chance gehabt. Wir hätten möglicherweise eine Vernunftbeziehung eingehen können, die entweder irgendwann zu Liebe geworden wäre oder so geendet hätte wie die meiner Eltern. Doch dazu wird es nicht kommen.

Wir reden nicht viel auf der Fahrt zum Flughafen. April kuschelt sich an mich und streichelt meinen Nacken. Dabei ist ihr Körper angespannt, als würde es sie Kraft kosten, nicht in Tränen auszubrechen. Wahrscheinlich ist es genau so.

Am Flughafen geht alles ganz schnell. Kiran hat mir nicht nur sein Haus, sondern auch seinen Privatjet zur Verfügung gestellt. Die Gefahr, auf einem Linienflug erkannt zu werden, wäre zu groß gewesen. Unser Gepäck ist bereits verladen und wir können zügig an Bord gehen.

In der letzten halben Stunde hat April viermal gegähnt. Unsere gemeinsame Nacht fordert ihren Tribut. Es dauert nicht lange, bis sie auf der breiten Couch eingeschlafen ist, auf der wir uns niedergelassen haben. Das ist meine Gelegenheit. Ich stehe auf und gehe in das kleine Arbeitszimmer, das im Heck des Flugzeugs eingerichtet ist. Dort nehme ich mein Handy und wähle die Nummer meiner Schwester.

»Kayden, bist du das?«, fragt sie verschlafen.

»Ja, habe ich dich geweckt?«

»Jain. Ich lag eigentlich nur noch so rum. Ist irgendetwas passiert? Warum kannst du telefonieren?«

»Es ist wirklich etwas passiert«, komme ich gleich zum Punkt. »Ich habe mich verliebt.« Allein es laut auszusprechen lässt meinen Körper vibrieren und meine Sinne tanzen.

»Was?«, quietscht sie so laut, dass ich das Handy weghalten muss. »Keine von den Kandidatinnen, hoffe ich doch!«

»Korrekt. Du lagst von Anfang an richtig. Es ist April.« Und ohne das geplant zu haben, schwärme ich Diana von April vor wie ein Schuljunge. Offensichtlich übertreibe ich dabei ein bisschen, denn sie unterbricht mich mit den Worten: »Jaja, sie ist einmalig, das habe ich verstanden.«

Daraufhin muss ich lachen. »Ist sie.« Ernster fahre ich fort. »Das bringt mich zum Grund meines Anrufs.« Ich hole einmal tief Luft. »Ich kann das alles nicht mehr, Di. Die letzten Wochen habe ich mit diesen Frauen und ihren Familien verbracht und es war fürchterlich. Familien, die an Traditionen festhalten, Familien, die versuchen, etwas darzustellen, was sie nicht sind. Familien, die nicht glücklich sind. Heute war ich bei April und ihrer Nichte. Da war alles anders, es war schön. Das ist es, was ich will, Di. Ich glaube, dass ich nie etwas anderes wollte.«

Vom anderen Ende der Leitung kommt Schweigen.

»Du sagst nichts?«, frage ich leise.

»Ich versuche herauszufinden, warum du mich angerufen hast und was du mir sagen willst.«

»Dass ich sie liebe und deshalb diese Show nicht zu Ende bringen kann. Mit allen Konsequenzen.«

Sie schluckt hörbar. »Du überlegst, *Whitewater* aufzugeben?«

»Ja.« Ein Wort, das mir das Herz aus der Brust reißt.

»Kayden, das ist ein großer Schritt. Es ist unser Zuhause.«

»Denkst du, ich weiß das nicht? Aber ich kann nicht die Frau, die ich liebe, betrügen, um ein Gebäude zu retten.«

»Und was ist mit all den Leuten? Willst du sie für eine Frau verraten, die du kaum kennst?« Jedes ihrer Worte ist ein Vorwurf.

»Ich kenne April. *God-damn*, Diana, ich habe noch nie so gefühlt. Sie ist …«

»Perfekt, ich weiß. Willst du wirklich mit einer Frau zusammen sein, die von dir verlangt …«

»Sie verlangt nichts«, antworte ich schärfer als geplant. »April weiß nichts von meinen Plänen, weil sie sie nicht gutheißen würde.«

»Dann revidiere ich meine Meinung über sie. Im Gegensatz zu dir scheint sie ihre Sinne noch beieinanderzuhaben.«

»Das habe ich auch. Wir finden eine andere Möglichkeit, um *Whitewater* zu retten. Sobald ich zurück bin, werde ich mich bei meiner alten Firma bewerben. Sie nehmen mich sicherlich zurück. Und wenn wir die Renovierung des Daches um ein oder zwei Jahre nach hinten schieben, einen der Hengste verkaufen und ich noch mal mit den Banken rede, haben wir möglicherweise genug Luft, um …«

»Du hast dich doch längst entschieden. Was willst du dann von mir?«

»*Whitewater* ist auch deine Heimat. Wir müssen solche Entscheidungen gemeinsam treffen. Aber Di, ich kann diese Show nicht weitermachen. Damit würde ich nicht nur April, sondern auch meine Prinzipien verraten.«

Wieder schweigt sie und mein Gewissen quält mich. Diana hat natürlich recht. Ich rede davon, dass wir das gemeinsam entscheiden müssen, und erkläre im gleichen Atemzug, dass es nur diesen einen Weg gibt.

»Was passiert, wenn du aus der Show aussteigst?«

Diese Frage ist heikel und bereitet mir Kopfschmerzen. »Ich bekomme keinen Penny und auch keinen Werbevertrag oder sonst irgendetwas. Wenn es schlimm kommt, muss ich Schadensersatz zahlen. Das wird sich zeigen, wenn es so weit ist. Es wird sich bestimmt eine Lösung finden, die für alle annehmbar ist.«

»Dich hat es wirklich schwer erwischt, wenn du bereit bist, alles aufs Spiel zu setzen.« Sie klingt resigniert, und das macht mich wütend. Ich will, dass sie mich versteht.

»Mir fällt das nicht leicht, Di, aber ich kann so nicht weitermachen. Ich will nicht so enden wie unsere Eltern.«

Nach langem Schweigen antwortet sie: »Dann musst du tun, was du tun musst.«

»Mit deinem Segen?«

»Übertreib es nicht. Tu's einfach. Wenn sie es nicht wert ist, werde ich dir das für den Rest deines Lebens vorhalten.«

Ich atme hörbar aus. Das ist mehr, als ich erwartet habe. »Danke«, sage ich leise. »Sie ist es wert. Und wir bekommen das hin. Ich überlege mir etwas. Wir könnten noch zwei oder drei Gemälde verkaufen, vielleicht einen Teil der Felder nahe der Stadt.«

»Was ist aus *Wir halten den Besitz zusammen* geworden? Nicht falsch verstehen. Ich freue mich, dass du endlich zur Vernunft gekommen bist und erwägst, wenigstens einen Teil des alten Krempels abzustoßen. Weißt du, was? Du regelst alles in Amerika und dann kommst du mit April her und wir sehen, wie es weitergeht.«

Manchmal wirkt Diana so viel älter als Anfang zwanzig. »So machen wir es. Ich hab dich lieb.«

»Ich dich auch«, antwortet sie.

»Mach's gut, Schwester.«

»Du auch.«

Keine Ahnung, wie lange ich nur dastehe und die Wand anstarre. Wenn ich durchziehe, was ich vorhabe, stehe ich mit Sicherheit schlechter da als vor meiner Reise in die USA – und dennoch fühlt es sich an wie die beste Entscheidung, die ich je getroffen habe.

April

Das kann ich nicht zulassen

Irgendetwas ist auf dem Flug passiert, das spüre ich, doch Kayden will mir nichts erzählen. Er meidet meinen Blick und zieht sich zurück. Keine zufälligen Berührungen, sondern Abstand und ein unechtes Lächeln. Sobald wir sein Zimmer erreicht haben, verabschiedet er sich, verschweigt allerdings, wohin er geht. »Das erzähle ich dir, wenn ich wieder da bin. Geh nach oben, zieh dich um und mach dir keine Sorgen. Wir reden später.«

Der hat gut reden. Wenn jemand sagt, *Mach dir keine Sorgen*, ist das meist ein Grund, sich genau die zu machen. Seit zehn Minuten sitze ich frisch geduscht, aber ruhelos auf meinem Bett und versuche mich mit Musik zu entspannen. Erfolglos. Meine Hände wollen nicht ruhig halten, die Musik nervt und ich wechsele alle dreißig Sekunden die Position, weil der Bewegungsdrang übermächtig wird.

Ich will jetzt wissen, was los ist. Also springe ich auf und stürme in sein Zimmer. Nur leider ist er nicht dort.

Seine Kleidung liegt auf dem Bett, allerdings sind seine Boxhandschuhe verschwunden. Er ist also unten und trainiert.

Okay, er wirkte ziemlich angespannt, da ist Training sicher nicht die schlechteste Entscheidung. Aber warum sagt er mir nichts davon? Vielleicht sollte ich nach unten gehen und ihn genau das fragen! Das ist auf jeden Fall besser, als mir weiter den Kopf darüber zu zerbrechen, was eigentlich los ist.

Auf dem Weg driften meine Gedanken ab. Die Nacht mit ihm war … Es gelingt mir nicht mal, das in Worte zu fassen. Das Beste, was mir je passiert ist. Und genau deshalb muss ich jetzt wissen, was …

Der schrille Piepton meines Funkgeräts unterbricht mein Gedankenkarussell. Es ist Stella. »April, beweg deinen Arsch so schnell es geht zu den Dyers. Ihre Wortwahl, nicht meine.«

»Äh, ja, klar.« Ich beschleunige meine Schritte. Mit Sicherheit hängen Kaydens Boxtraining und dieser ungewohnt flapsige Ton der Dyers zusammen. Was zur Hölle ist da los?

Etwas zittrig klopfe ich an die Tür zu ihrem Büro. Maggys herrisches »Herein« trägt nicht gerade dazu bei, mich zu beruhigen.

»Ah, April, gut. Herkommen.« Sie winkt mich zu sich und baut sich dann vor mir auf. Dwayne sitzt hinter seinem Schreibtisch, starrt mich missmutig an und dreht einen Stift zwischen den Fingern hin und her.

»Hast du mir etwas zu sagen?«, fragt Maggy in einem Ton, der deutlich macht, dass sie denkt, ich hätte etwas verbrochen.

Ich wüsste nicht, was ich falsch gemacht hätte. Außer mit Kayden zu schlafen, aber davon weiß sie nichts. Also schüttle ich vorsichtig den Kopf und versuche mich an einem freundlichen Lächeln, bei dem leider jeder Muskel meines Gesichts zittert.

»Dann hältst du es also nicht für nötig, uns darüber aufzuklären, dass du unseren Junggesellen fickst?«

Scheiße. Sie weiß es? Hitze breitet sich in meinem ganzen Körper aus und schnürt meine Kehle so weit zusammen, dass Schlucken fast schmerzhaft ist.

»Das ist dir peinlich? Muss es nicht.« Sie schüttelt den Kopf und lehnt sich näher zu mir. »Es wäre mir tatsächlich völlig egal, solange er tut, was von ihm verlangt wird.« Jetzt hebt sie einen Finger. »Und dem ist leider nicht so. Weißt du, dass er eben hier war und verkündet hat, dass er die Show platzen lässt? Wegen dir?«

»Ich …« *Verdammte Scheiße! Das kann er nicht machen!*

Doch, kann er! Weil er dich liebt. Diese andere Stimme in mir jubiliert.

»Das ist alles ganz süß«, fährt Maggy fort, »aber du sorgst jetzt dafür, dass er zur Vernunft kommt.«

»Wie soll ich das anstellen?« Eine ziemlich dämliche Frage, doch zu mehr bin ich nicht in der Lage.

»Das überlasse ich dir. Es hilft sicher, wenn du ihm klarmachst, dass er seines Lebens nicht mehr froh wird, wenn er das durchzieht. Wir werden ihn verklagen und jeden beschissenen Cent zurückverlangen, den diese Show gekostet hat. Völlig abgesehen von dem Schadensersatz für die Einnahmen, die uns wegen des Abbruchs durch die Lappen gehen. Wenn wir mit ihm fertig sind, kann er froh sein, wenn irgendjemand ein paar Kröten für seinen Titel springen lässt, denn er wird sonst nichts mehr haben.«

Ich schlucke und sehe zu Dwayne. Der fängt meinen Blick auf und ein böses Grinsen zeigt sich auf seinem Gesicht, bevor er langsam nickt.

»Das können Sie nicht machen!«, sage ich. Ziemlich lahmer Einwurf, doch mein Gehirn verweigert immer noch jeglichen Dienst. Es ist viel zu sehr damit beschäftigt, sich zu fragen, warum Kayden das getan hat.

»Das können und das werden wir, *Darling*«, sagt Maggy. »Es sei denn, du bringst ihn zur Vernunft.«

»Kayden hat seine Prinzipien und …«

»Das hat er uns erzählt. Loyalität und Vertrauen und all der Quatsch.« Sie lacht geziert. »Das zieht bei uns nicht. Er liefert oder er verliert alles. Sein Titel und sein nobles Getue bringen ihm in dieser Situation nichts. Nur weil er mit seinem Schwanz denkt, muss er doch nicht gleich hinschmeißen.«

Dwayne lacht leise und nickt erneut. »Mit wem man vögelt, hat überhaupt nichts mit Loyalität zu tun«, mischt er sich ein. »Wenn ich für jedes schöne Gesicht, das mir den Schwanz gelutscht hat, alles aufgegeben hätte, wären wir heute nicht hier.«

Jetzt lachen beide Dyers und in mir explodiert irgendetwas. Eine Glut, wie ich sie noch nie gespürt habe, durchflutet mich, bringt mein Blut zum Kochen und lässt nur noch einen Gedanken zu. *Ich muss Kayden verteidigen.*

»Kayden hat es nicht nötig, sich von irgendjemandem irgendetwas lutschen zu lassen«, werfe ich ihnen vor die Füße.

»Das hat auch niemand behauptet, Kindchen«, sagt Maggy abfällig. »Er ist hier, weil er das schnelle Geld braucht. Und das bekommt er nur, wenn er seinen Vertrag erfüllt. Das ist Loyalität. Man erfüllt seine Pflicht, sonst spürt man die Folgen. So einfach ist das.«

»Keiner an diesem bescheuerten Set hat auch nur eine Ahnung davon, was das Wort Loyalität überhaupt bedeutet.« In jeder Silbe hört man meine Verachtung, doch es ist mir inzwischen egal. »Kayden besitzt etwas, was keiner von euch versteht, selbst wenn man es euch mitten ins Gesicht schlagen würde: Integrität. Er ist hier, weil er die Arbeitsplätze seiner Leute retten will. Weil er um den Wert von Traditionen weiß und weil er, verdammt noch mal, alles in Kauf nimmt, um für die zu sorgen, die ihm wichtig sind. Er ist ein besserer Mensch, als irgendeiner von euch es je sein wird, und ich bin verdammt stolz darauf, von ihm geliebt zu werden und ihn zu lieben.«

»Ach, die Liebe, Schätzchen.« Maggy seufzt übertrieben. »Wenn du mal so alt bist wie wir …«

»Dann hoffe ich, dass ich immer noch an die Liebe glaube. Zusammen mit Kayden. Es ist ungeheuerlich, wie hier mit ihm umgegangen wird. Er hat sich vom ersten Moment wie ein Gentleman benommen und wollte nichts anderes, als jedem eine faire Chance zu geben. Er hat sich verbogen, die Frauen geküsst, obwohl er das nicht wollte, sich halb nackt gezeigt und jede dämliche Aufgabe über sich ergehen lassen. Jede Frau könnte sich glücklich schätzen, einen Mann wie ihn zu bekommen. Von denen da draußen hat ihn keine verdient, genauso wenig wie ich.« Gegen meinen Willen kommen mir die Tränen. »Ich weiß nicht, warum er sich ausgerechnet für mich entschieden hat, aber ich weiß, dass ich ihn liebe, und das ist wichtiger als alles andere. Wenn ihr das nicht einsehen könnt, sind hier vielleicht die falschen Menschen zusammengekommen, um eine Show über die große Liebe zu machen. Ich für meinen Teil möchte damit nichts mehr zu tun haben.«

»Du willst doch wohl nicht kündigen?«, fragt Maggy.

»Und ob ich das will. Ich bleibe keine Sekunde länger.« Da ich die Tränen kaum länger zurückhalten kann und ganz sicher nicht vor den Dyers losheulen will, drehe ich mich um und fliehe in mein Zimmer.

Dort breche ich auf meinem Bett zusammen und weine hemmungslos. Weil das Leben ungerecht ist, weil ich Kayden liebe und weil er mich so sehr liebt, dass er bereit ist, alles für mich aufzugeben. Dabei wissen wir nicht mal, ob das mit uns hält. Er wird zurück nach Schottland gehen und ich erst einmal hierbleiben. Im Prinzip gibt es nur eine richtige Lösung, doch die bricht mir das Herz. Und das lasse ich zu.

Es dauert fast eine halbe Stunde, bis ich mich so weit gefangen habe, dass ich bereit bin, das Unvermeidliche zu tun. Ein zweites Mal an diesem Tag zittern meine Finger, als ich an eine Tür klopfe. Ich erhalte keine Antwort. Vielleicht ist er noch trainieren? Oder er steht unter der Dusche? Beides nicht hilfreich. Ich muss das durchziehen, bevor mich der Mut verlässt.

Schon beim Betreten des Zimmers höre ich die Dusche. Er ist also zurück und kommt sicherlich gleich aus dem Bad. Unruhig gehe ich im Schlafzimmer auf und ab.

Wichtig ist, dass ich ihm keine Gelegenheit zum Reden gebe und erst recht keine, mich zu berühren. Ein schneller und schmerzloser Schnitt. Danach packe ich und verlasse den Set, den Sender und Kayden.

Schon allein der Gedanke lässt mein Herz zerbersten. Die Splitter rasen durch meine Venen und füllen sie mit Schmerz. Doch das kann ich aushalten. Damit kenne ich mich aus. Ich habe schon einmal einen Menschen gehen lassen müssen, der die Welt für mich bedeutet hat. Das werde ich auch ein zweites Mal schaffen.

Und diesmal ist der Mensch wenigstens nicht tot. Kayden wird ein Leben ohne mich führen. Ein Leben, bei dem er nicht alles verrät, wofür er steht. Denn das ist es, was er vorhat: Er will sein Leben aufgeben, sein Erbe. Für mich.

In unserer Situation scheint es ihm vorzukommen, als wäre es das Richtige, doch er wird es bereuen. Vielleicht nicht morgen oder in einem Jahr. Spätestens dann, wenn die Verliebtheit verschwindet und die rosarote Brille fällt, wird ihm klar werden, was er aufgegeben hat und wessen Schuld das ist.

Das könnte ich nicht ertragen.

Die Dusche hat aufgehört zu rauschen, und ich wappne mich. Denn der entscheidende Moment wird sein, wenn er durch diese Tür kommt. Dann muss ich stark sein und es durchziehen.

Die Tür öffnet sich und er steht nur in Unterwäsche vor mir. Das Schicksal meint es nicht gut mit mir. Jetzt sieht er mich und lächelt. »*Cutypie*!«

Wenn ich gedacht hatte, mein Herz wäre bereits in tausend Stücke zerborsten, werde ich jetzt eines Besseren belehrt. Jeder Bruchteil zersplittert weiter, als er meinen Kosenamen ausspricht.

Ich sehe ihn nicht an. »Kayden, wir müssen reden.«

»Unbedingt. Ich muss dir erzählen, was …«

»Es ist aus, Kayden.«

»Woher weißt du das? Hat dir schon jemand erzählt, dass ich die Show verlasse?«

»Ich meine dich und mich. Es ist aus. Wir passen einfach nicht zusammen. Du hast deine Wurzeln und dein Leben in Schottland, ich hier. Wie soll das enden?«

»*Cutypie*, wir …«

»Nenn mich nicht so. Es war ein schöner Traum, solange er dauerte, jetzt bin ich aufgewacht und sehe klar, dass Träume niemals wahr werden.«

»Ich verstehe nicht …« Seine Stimme bricht und mir das Herz. Wenn ich jetzt aufsehen würde, würde ich es sicher nicht überleben. Also blicke ich weiter auf meine Füße. »*Cuty*… April, was ist los? Habe ich etwas Falsches gesagt? Oder getan? Wenn ja, tut es mir leid. Sag, was es ist, und wir schaffen es aus der Welt.«

»Da gibt es nichts aus der Welt zu schaffen. Wir passen einfach nicht zusammen. Leb wohl.« Am Ende sehe ich ihn doch an, weil es nicht anders geht. Was ich sehe, treibt mir die Tränen in die Augen und bringt mich fast dazu, meine Worte zurückzunehmen. Doch ich drehe mich um und fliehe. Erneut.

Ich kann nur hoffen, dass er mich in Ruhe lässt. Sein Anblick wird mich sicher die nächsten Tage verfolgen: Unglaube, der langsam Verstehen weicht und sich dann in Trauer verwandelt.

Zur Sicherheit schließe ich meine Zimmertür ab, bevor ich zu packen beginne. Ein Stück nach dem anderen in die Tasche räumen. Darauf achten, dass alles ordentlich ist, um mir später Arbeit zu ersparen, an nichts anderes denken. Höchste Konzentration auf das Hier und Jetzt.

Ich bin so sehr auf meine Aufgabe konzentriert, dass ich das Klopfen an der Tür erst registriere, als es zu einem stetigen Wummern wird.

Ist das Kayden? Hoffentlich nicht.

Dennoch schlägt mein Herz kräftig gegen meine Brust, als ich die drei Schritte gehe, aufschließe und öffne.

»Warum schließt du dich ein, meine Liebe?«, kommt die übertrieben höfliche Frage von Maggy.

Ja, warum nur? Weil mir ihr Besuch genauso unlieb ist, wie es Kaydens wäre. Das sage ich natürlich nicht. »Ich wollte in Ruhe packen.«

»Warum packst du? Wir brauchen dich in der Villa.«

»Ich habe gekündigt und …«

»Du kannst nicht so einfach kündigen, *Darling*. Es gibt Kündigungsfristen, die eingehalten werden müssen. Und da du Kayden dazu gebracht hast, die Show zu Ende zu führen, müssen diese Fristen eingehalten werden. Das bedeutet, du arbeitest hier, bis die Show am Samstag vorbei ist.«

Meint sie das ernst? »Ich kann nicht weiter für Kayden …«

»Das ist uns bewusst. Deshalb wirst du in der Villa arbeiten und dort alle anfallenden Aufgaben übernehmen. Um Kayden kümmert sich jemand anderes.«

»Ich kann ihn nicht noch einmal sehen!«, sage ich mit fester Stimme.

»Das musst du gar nicht«, winkt Maggy ab. »Kayden wird die nächsten Tage mit Shanaya oder Lola verbringen, und wenn du dich mit den anderen abstimmst, kannst du die ganze Zeit in der Villa bleiben und musst nicht mit zu den Events. Diese letzte Woche wird anstrengender als alle zuvor, und wir haben einmalige Ausflüge geplant. Ich bin sicher, dass Kiara und Don froh sein werden, wenn du freiwillig die Stellung hältst.« Ihr falsches Lächeln ruft Ekel in mir hervor und den Wunsch, einfach meine Tasche zu greifen und zu verschwinden. Doch sie hat natürlich recht. Ich bin vertraglich gebunden und kann mir keinen Rechtsstreit leisten.

Also unterdrücke ich den Drang zu fliehen, lächele ebenfalls ein falsches Lächeln und hänge mir die Tasche um. »Wenn ich in der Villa schlafen kann, bin ich sofort unterwegs.«

»Natürlich kannst du das. Die beiden Damen sind ganz allein und sicher froh über Gesellschaft.« Maggy wendet sich der Tür zu. »Es kann nicht schaden, einen Aufpasser im Haus zu haben. Wir wollen ja nicht, dass unsere Damen sich dort an die Gurgel gehen. Mach dich auf den Weg, Frühstücke mit ihnen und bereite beide darauf vor, in einer Stunde am Irrgarten zu sein. Kayden wird dort diejenige auswählen, mit der er eine romantische Kutschfahrt unternimmt. Du kümmerst dich um die andere.« Sie rauscht aus dem Zimmer und ich bleibe fassungslos zurück.

Eine weitere Woche, in der ich Kayden nicht sehen werde. Was mir vor Minuten noch erstrebenswert erschien, zerreißt mich jetzt. Wie soll ich das schaffen? Ich vermisse ihn bereits in diesem Moment.

Es wird schwer genug werden, wenn alle ständig über ihn reden. Denn sehen wir den Tatsachen ins Auge, bei Shanaya und Lola wird es kein anderes Thema geben. Vielleicht ist es genau das, was ich brauche. Die Frauen über ihn reden zu hören und mich so darauf vorzubereiten, dass er nicht mehr Teil meines Lebens ist.

Kayden

Wenn Liebe einfach nicht genug ist

Mit einer schnellen Schlagfolge dresche ich auf den Sandsack ein. Das Boxtraining ist das Einzige, was mich davor bewahrt, Amok zu laufen.

Meine Welt ist zusammengebrochen und ich verstehe nicht, wie das passieren konnte. Alles schien perfekt. April hatte sich endlich für mich entschieden und ich mich für sie – mit allen Konsequenzen. Und dann brauchte es nur Sekunden, um dieses Glück zu zerstören.

Wir passen einfach nicht zusammen. Das waren ihre Worte.

Ich setze eine weitere gezielte Schlagfolge gegen den Sack. Das kann unmöglich ihr Ernst sein. Ich verstehe nicht, was sie veranlasst haben könnte, so etwas zu denken.

Schon mehrfach war ich kurz davor, sie zu fragen, doch sie geht mir aus dem Weg, versteckt sich in der Villa der Damen. Natürlich könnte ich sie dort aufsuchen, doch das halte ich in meinem gegenwärtigen Zustand für unklug. Sie zu sehen würde mich möglicherweise meinen letzten Rest gesunden Menschenverstand kosten.

Wie konnte es nur dazu kommen, dass ein anderer Mensch so viel Macht über meine Gefühlswelt hat? Ich stoppe die Schläge und fahre mir mit dem Unterarm über die tropfnasse Stirn. *Die Liebe, Kayden, das macht die Liebe.*

Ich schnaube und hole ein letztes Mal aus. Die Liebe kann mir gestohlen bleiben, wenn man sich so dabei fühlt. April kann mir gestohlen bleiben. Ich ziehe diese dumme Show durch und gehe dann zurück nach Hause. Auf Nimmerwiedersehen, Amerika.

»Kayden?« Ich drehe den Kopf und sehe zu John, der im Türrahmen steht. Wie immer mit diesem aufgesetzten Lächeln, das ich ihm am liebsten aus dem Gesicht prügeln würde. Aus irgendeinem Grund, den wohl nur die Dyers kennen, hat er Aprils Aufgaben übernommen. Ausgerechnet.

»In einer Stunde geht es ins *Fort Nisqually* zur *Candle-Light-Tour.*«

Richtig. Mein Date für den Abend ist ein Besuch in einem historischen Fort, bei dem uns nahegebracht wird, wie ein Abend in so einer Siedlung um 1850 ausgesehen hat. Wahrscheinlich sollte ich froh sein, dass es sich diesmal um amerikanische Geschichte handelt und nicht wieder um *Outlander.*

Ich senke die Fäuste und nicke John zu. »Alles klar. Ich werde pünktlich sein.«

»Wir sehen uns.« Er dreht sich um und verlässt den Fitnessraum. Wenigstens hat er verstanden, dass ich seine Gesellschaft nicht schätze, und hält sich weitestgehend von mir fern.

Eine Stunde später stehe ich in der Eingangshalle und warte auf Lola, die meine heutige Begleiterin sein wird. Nervös ziehe ich die Manschetten meines Hemdes zurecht und überprüfe den Sitz meines Jacketts. Nicht weil ich Lola beeindrucken will, sondern weil da diese winzige Hoffnung ist, dass April sie begleitet.

Den Blick auf die Tür zum Ballsaal gerichtet, male ich mir aus, wie ich reagieren würde, wenn sie auf einmal in der Tür stünde. Sie in die Arme ziehen und küssen? Sie anschreien und ihr Vorwürfe machen? Beides vermutlich. Doch in welcher Reihenfolge?

Die Tür geht auf und alle Gedanken über April zerplatzen. Sie ist nicht da. Nur John und Lola. Ich schließe die Augen und lasse die Enttäuschung über mich schwappen. Atme das heiße Brennen hinter den Lidern weg und verwandle mich in den netten Kerl, der sich auf diesen Ausflug freut.

»Einen wundervollen Guten Abend wünsche ich.« Ich umarme Lola und gebe ihr einen schnellen Kuss auf den Mund. Sie trägt heute ein wadenlanges Kleid, das ihr Dekolleté besonders betont. Was mich allerdings überraschend kaltlässt.

»Ich hoffe doch, dass der Abend schön wird. Candlelight klingt auf jeden Fall sehr romantisch. Meinst du, sie meinen das mit den Kerzen wörtlich? Ist das eine dieser Veranstaltungen, bei denen sie alles so authentisch wie möglich gestalten wollen? Vor einigen Jahren war ich mal …«

Lola ist die richtige Begleitung. Sie redet in einer Tour und erwartet nur selten eine Antwort. Ihr scheint meine pure Anwesenheit zu genügen, was mir gerade recht ist.

Wir betreten Hand in Hand das Fort, tanzen, essen, küssen uns. Bei allem bin ich merkwürdig unbeteiligt. Zum Glück helfen meine Erziehung und die Erfahrungen, die ich bei Unmengen langweiliger Veranstaltungen gesammelt habe, zumindest den Schein von Interesse und Spaß zu erwecken. Chelsea und Di würden wahrscheinlich sehen, wie es wirklich um mich steht, aber sie sind nicht hier.

Auch April würde es sehen, da bin ich mir sicher. Nicht an sie denken. Sie will keinen Kontakt. Ich versuche mich auf Lola zu konzentrieren, deren warmer Körper sich in der Limousine an mich schmiegt und deutlich zeigt, was sie begehrt. Mich.

Halbherzig ziehe ich sie an mich und küsse sie. Doch ich bin nicht bei der Sache. Zum wiederholten Mal erwische ich mich dabei, wie ich darüber nachdenke, einfach in die Villa zu stürzen, April zu schnappen und so lange zu küssen, bis sie ihren Widerstand aufgibt. Mir ist nicht mehr zu helfen.

Zum Glück halten wir am Set, das erspart mir, einen Grund zu finden, den Kuss zu beenden. Wir steigen aus und ich begleite Lola zur Tür im Zaun. Dort drückt sie sich ein letztes Mal an mich und flüstert: »Willst du nicht mitkommen und mir helfen, dieses Kleid zu öffnen?«

Das wäre meine Chance, April zu sehen. Allerdings … Nein. So tief bin ich nicht gesunken. Das wäre weder ihr noch Lola gegenüber fair. Also schüttle ich den Kopf und hauche Lola einen Kuss auf die Wange. »Die Show ist bald zu Ende und dann …« Ich lächle, zwinkere und wende mich ab.

Wenn ich ehrlich bin, kann ich nicht schnell genug wegkommen, doch dann höre ich Lola murmeln: »Dämlicher Rückenreißverschluss. Wenn er mir nicht hilft, wird mich wohl April aus diesem Ding befreien müssen.«

»Wie geht es ihr?« Die Frage ist raus, bevor ich mein Gehirn einschalten kann.

Lolas Augen weiten sich. »April?«

Ich nicke und ziehe die Unterlippe zwischen die Zähne. Bin ich so verzweifelt? Offensichtlich, denn ich sauge jedes von Lolas Worten auf.

»Gut, denke ich. Übrigens sehr großzügig, dass du sie uns überlassen hast. Sie kennt dich schließlich am besten nach der Zeit und gibt uns den einen oder anderen Tipp.«

»Ja, das … Gern geschehen.« Ich zwinge mich zu einem Lächeln und sehe zu, dass ich von Lola wegkomme. Bevor ich etwas wirklich Dämliches tue.

Leider laufe ich John in die Arme. Er hat uns den Abend über begleitet, auch wenn ich nicht weiß warum. Die meiste Zeit ignoriere ich ihn.

»Gute Show.« Hört der eigentlich nie auf zu grinsen?

Ich ziehe meine Lippen auseinander, was hoffentlich eher bedrohlich aussieht, und gehe weiter.

»Vergiss sie, Mann! Die ist es nicht wert.«

Mitten im Schritt halte ich inne und kämpfe gegen den Drang, auf ihn zuzustürmen und gegen den Zaun zu drücken. »Sag so etwas nie wieder!«

»Ich habe doch recht! Am Ende hat sie dir einen Gefallen getan.« Er kommt näher und legt mir kumpelhaft eine Hand auf die Schulter. »Du warst drauf und dran, für eine Frau dein Leben gegen die Wand zu fahren. Ich schwör dir, in ein paar Jahren hättest du es bitter bereut und die Alte zum Teufel gejagt. Auch wenn sie dich angeblich bei Maggy und Dwayne bis aufs Blut verteidigt hat.«

Mir schwirrt der Kopf. Und das nicht wegen Johns unmöglicher Ausdrucksweise, sondern wegen dem, was er gesagt hat. April hat mich verteidigt und dann mit mir Schluss gemacht? Das passt nicht.

»Sie hat mit Maggy und Dwayne geredet?«

»Oh ja. Ich weiß natürlich nicht alles, sondern nur, was Dwayne gestern nach ein paar Bier zu viel beim Team-Meeting erzählt hat.«

»Und das wäre?« Meine Stimme ist leise und ich ertrage Johns Hand auf meiner Schulter nur, weil ich diese Informationen will.

»Na, die Kleine hat ihnen ordentlich den Marsch geblasen und von Integrität, Liebe und gemeinsam alt werden gefaselt.« John verdreht abfällig die Augen. »Doch Dwayne hat ihr deutlich gemacht, was die Folgen für dich wären, und daraufhin ist sie kleinlaut geworden. Nichts mehr mit Integrität und großer Liebe und so.«

Jeder Silbe dieses Vortrags spült Wellen der Erleichterung durch mein System. Johns Worte sind eindeutig abfällig gemeint und sollen April herabwürdigen. Aber mir hat er gerade ein Geschenk gemacht. Endlich verstehe ich, was passiert ist. Ihr Rückzug hat nichts mit mir als Person zu tun. Das war gelogen. Sie hat es für mich getan, für mein Erbe, meine Zukunft. Und das bedeutet: Sie liebt mich und es ist nicht alles verloren.

»Ja, sicher«, antworte ich und schüttele Johns Hand ab. »Ich ziehe mich für heute zurück und brauche dich morgen nicht. Kümmere dich um deine anderen Pflichten oder schlaf mal aus.«

»Danke! Wir sehen uns.«

Darauf antworte ich schon nicht mehr, denn mich treibt nur noch ein Gedanke an: Wenn April mich liebt, finde ich einen Ausweg.

April

Die letzten Tage

Die Tage ziehen an mir vorüber, ohne den geringsten Eindruck zu hinterlassen. Meine Gefühle habe ich weitestgehend ausgeschaltet. Einfach stur den Aufgaben nachgehen. In meinem Fall heißt das: Betten machen, staubsaugen, aufräumen, waschen, bügeln und die beiden Frauen versorgen. Dabei trage ich Kopfhörer und höre einen Podcast nach dem anderen. Meist welche mit Titeln wie *Real Crime* oder *Real Ghost Stories.*

Mit dieser Taktik komme ich gut durch den Tag. Schwierig wird es, wenn ich nachts aufwache. Leider geschieht das häufig. Ich träume von Kayden, unserer Zeit im Strandhaus oder bei meiner Familie. Und für einen kurzen Moment scheint meine Welt in Ordnung. Bis ich registriere, wo ich bin und wie meine Realität aussieht. Dann fließen die Tränen.

Gleichzeitig geben mir diese Nächte allerdings die Kraft, die Tage durchzustehen. Denn leider beinhalten diese Unterhaltungen mit Shanaya und Lola. Und die reden, wie erwartet, über nichts anderes als Kayden. Kann ich verstehen, aber es stellt mich auf eine harte Probe.

»Diese Tour war der absolute Wahnsinn!« Lola lässt sich mit einem glückseligen Lächeln auf das Sofa fallen. »Wir haben Wale gesehen und Kayden hat die ganze Zeit meine Hand gehalten, weil mich die riesigen Tiere erschreckt haben.« Sie sieht zu mir und seufzt. »Er ist so aufmerksam und liebevoll. Ich glaube, ich habe das große Los gezogen.«

Nickend lächle ich und hoffe, dass sie das leichte Zittern meiner Mundwinkel nicht sieht. Denn egal wie sehr ich auch versuche, das alles nicht an mich heranzulassen, treffen mich solche Aussagen hart. Hat er mich so schnell vergessen? Wie schafft er es, einfach zu *business as usual* zurückzukehren, nachdem wir … Energisch schiebe ich den Gedanken zur Seite. Nicht jetzt. Immer noch lächelnd frage ich: »Kann ich noch irgendetwas für dich tun? Sonst würde ich jetzt …«

»Du kennst ihn doch gut? Was denkst du, für wen er sich entscheidet?« Bei der Frage hat sie sich aufgerichtet und sieht mich erwartungsvoll an. Um die Sache noch schlimmer zu machen, taucht Shanaya im Türrahmen auf und sieht mit gehobenen Brauen ebenfalls zu mir herüber.

Mir ist, ehrlich gesagt, egal, wen er wählt, und ich will mich auch gar nicht mit der Frage beschäftigen. Dennoch ist sie ständig präsent und ich habe mir mehr Gedanken darüber gemacht, als gut für mich ist. Wahrscheinlich bin ich tief in meinem Herzen eine Märtyrerin.

Die quirlige Lola würde sicher Aufregung in Kaydens Leben bringen. Sie ist süß, was für gute Presse und damit für die dringend benötigten Werbeeinnahmen sorgen könnte.

Shanaya hingegen hat diese kühle Präsenz, die einer Duchess würdig ist. Nicht zum ersten Mal frage ich mich, wie dem Sender das entgehen konnte. Sie ist völlig anders, als ihr Dossier vermuten ließ. Von Troublemaker keine Spur. Stattdessen geht sie äußerst besonnen vor und plant jeden Schritt. Mit solch einer Frau an seiner Seite könnte es Kayden tatsächlich gelingen, seinen Besitz zu retten. Gemeinsam würden sie ein strategisches Vorgehen finden und zu einem erfolgreichen Abschluss bringen.

Kurz und knapp: Beide passen tausendmal besser zu Kayden als ich. Diese Erkenntnis wird auch nicht leichter erträglich, wenn ich sie mir immer wieder mantramäßig vorbete.

»Er hat übrigens nach dir gefragt.« Shanayas Worte versetzen mir einen Stich mitten ins Herz. »Keine Ahnung, ob er das bei Lola auch macht, aber mich fragt er bei jedem Treffen, was du machst und wie es dir geht.« Der Schmerz breitet sich von meiner Brust in jeden kleinsten Winkel meines Körpers aus und ich suche Halt an der Sofalehne.

»Oh ja, mich auch«, sagt Lola ziemlich enthusiastisch. »Ist es nicht rührend, wie viel Interesse er selbst an einfachen Angestellten zeigt? Er ist so ein Gentleman!«

Gentleman, ja, das stimmt. Wahrscheinlich fragt er aus reiner Höflichkeit. Weil mir das alles zu viel wird, drehe ich mich um und verlasse ohne einen weiteren Kommentar das Wohnzimmer. Nur eine Sekunde länger und ich hätte hemmungslos angefangen zu schluchzen. Leider sieht Shanaya meine Tränen und will mich aufhalten, doch ich schüttele sie ab und fliehe in mein Zimmer.

Dort schließe ich die Tür und lasse mich daran hinabsinken, weil mich die Gefühle überwältigen. Jetzt ist es passiert. Ich heule mir am helllichten Tag wegen eines Kerls die Augen aus dem Kopf. Aber Kayden ist nicht *irgendein* Kerl. Er ist *der* Kerl. *Das große Los*, wie Lola ihn nennt. Wahrscheinlich aus anderen Gründen als ich. Oder auch nicht, wer weiß das schon so genau.

Die Türklingel durchbricht die Wand aus Trauer und Selbstmitleid, die sich in mir aufgebaut hat. Nur ein Mensch klingelt, wenn er Einlass in die Villa will: Kayden.

Mit einem Schlag versiegen meine Tränen. Leider sammeln sie sich als ein schwerer Klumpen in meiner Magengegend und verursachen Übelkeit. Was soll ich tun? Hierbleiben und es aussitzen? Oder nach unten gehen und mich der Situation stellen?

Ich entscheide mich für kneifen. Schließlich sehe ich sicherlich entsetzlich aus. Verquollen vom Weinen, mit verlaufener Mascara und immer noch schluchzend, weil ich mich einfach nicht beruhigen kann.

»April, bist du da?« Das ist nicht Kayden, sondern Shanaya. Habe ich mich geirrt und jemand anderes ist zu Besuch gekommen?

Ich ziehe die Nase hoch und antworte dann brüchig: »Ja?«

»Es ist für dich.«

Für mich? Dann ist es sicher nicht Kayden. Aber wer sollte sonst … Emily! Es ist etwas mit Emily und Lindsay ist gekommen, um mir die Nachricht zu überbringen. Mit einem Ruck stehe ich auf und öffne die Tür. Ich beachte Shanaya gar nicht, sondern stürme die Treppe nach unten. Wenn Emily etwas passiert ist …

Wider Erwarten steht da nicht Lindsay, sondern Kayden. Sein Anblick lässt mich schlucken. Er trägt keinen Anzug, sondern dieselbe Jeans wie beim Besuch in Miami. Nur ist das Shirt heute schwarz und nicht weiß. Und es liegt deutlich enger an. Sein Haar ist noch feucht und ohne Gel, gerade so, als sei er direkt aus der Dusche hierhergekommen.

Er sieht mich im selben Moment wie ich ihn, und sein Blick brennt sich in meinen. So habe ich ihn bisher nur einmal gesehen. Mitten im Liebesspiel. Mein Herz fliegt ihm zu und droht dabei meine Brust zu sprengen. Er setzt sich in Bewegung und steuert direkt auf mich zu. Er will wirklich zu mir! Warum? Und warum sieht er dabei aus, als wolle er mich gleich in seine Arme ziehen und küssen? Das ist nicht gut und boykottiert meinen Plan, ihn gehen zu lassen. Ich möchte wegsehen, flüchten, doch mein Körper gehorcht mir nicht mehr. Jetzt streckt er einen Arm aus und hält mich zurück. »Wir müssen reden, *Cutypie.*«

Dieses Wort durchbricht meine Abwehr. Erneut steigen mir die Tränen in die Augen. Diesmal gelingt es mir, sie zu unterdrücken. Kaydens Hand an meinem Arm sendet kleine Wellen aus, die mich beruhigen, im Hier und Jetzt halten und mich die Welt um mich herum vergessen lassen.

»Müssen wir das?«, beantworte ich seine Frage mit einer Gegenfrage und wundere mich über meine Stimme. Ich hätte damit gerechnet, dass sie atemlos und piepsig klingt. Stattdessen ist sie fest und … *sinnlich.*

»Dringend.« Er lässt mich los und ich vermisse seine Berührung sofort. »Ich weiß, warum du Schluss gemacht hast, und ich bin hier, um dir zu sagen, dass deine Gründe falsch sind. Du willst mich schützen, mich davon abhalten, einen Fehler zu begehen, das musst du nicht.«

Es musste ihm ja irgendwann klar werden. Kayden ist schließlich nicht blöd. Doch das macht es um keinen Deut besser und löst das Problem nicht. »Kayden, du kannst doch nicht wegen mir …«

»Es ist nicht wegen dir, sondern wegen mir, *Cutypie.* Ich habe versucht, fünf Tage ohne dich zu leben, und es war die Hölle.« Er kommt näher. »Nichts hatte einen Sinn, wenn du nicht da bist, um es mit mir zu teilen. Kannst du dir vorstellen, dass ich seit vier Tagen Kaffee zum Frühstück trinke?«

Dieses Geständnis entlockt mir fast ein Lächeln und auch seine Mundwinkel zucken.

»Du fehlst mir bei allem, was ich tue, weil ich dich liebe.« Er zuckt mit den Schultern. »Ich möchte mit dir alt werden, und ich möchte, dass wir beide am Ende sagen: *Es war schön und ich würde diesen Weg wieder mit dir gehen.*«

Meine Kehle schnürt sich zusammen und ich schlage die Hand vor den Mund, um das Schluchzen zu unterdrücken, das sich seinen Weg nach oben sucht.

»Denn das ist es, was ich will«, schließt er und kommt einen weiteren Schritt näher. Jetzt steht er nur noch Zentimeter von mir entfernt, sieht mir in die Augen und nimmt meine Hand.

Die Splitter meines zerbrochenen Herzens setzen sich Stück für Stück wieder zusammen. Jeder einzelne findet seinen Platz. Dieser Prozess ist ähnlich schmerzvoll wie das Zerspringen, und doch vollkommen anders. Alles zieht sich zusammen, mein Brustkorb droht zu explodieren, diesmal nicht vor Schmerz, sondern vor Liebe.

Ich will ihm antworten, will meiner Liebe zu ihm Ausdruck verleihen, doch meine Kehle ist wie zugeschnürt und heiße Tränen laufen meine Wangen hinab. Aus Angst, er könnte denken, dass ich ihn abweise, nicke ich, versuche zu lächeln und drücke zustimmend seine Hand.

Sein Lächeln ist klar und strahlend, als er auf die Knie geht, dabei immer noch meine Hand hält und mit der anderen etwas aus seiner Gesäßtasche holt. »Und weil das so ist«, spricht er weiter, »habe ich beschlossen, diese Show mit der Frage zu beenden, die dafür vorgesehen war: April Woods, willst du meine Frau werden?« Er hält mir die geöffnete Hand entgegen und präsentiert einen wunderschönen Ring.

Die Umgebung verschwimmt vor meinen Augen und ich schließe sie kurz. Das ist er. Der Moment, auf den ich mein Leben lang gewartet habe. Der Mann meiner Träume – der Eine – macht mir einen Heiratsantrag. Ich bin nicht in der Lage, die Situation zu erfassen, geschweige denn zu verarbeiten, weshalb ich mich auf den Ring fixiere. Er ist wirklich außergewöhnlich. Ein schmaler Goldreif, der einen in Ranken gefassten weißen Stein hält. Auf dem Stein sieht man das Gesicht einer Frau, lediglich in Schwarz- und Grautönen gemalt. Sie mutet altertümlich an und zeigt ein bezauberndes Lächeln.

»Jetzt sag schon Ja!«, höre ich Shanayas Stimme und erwache aus meiner Starre. »Er liebt dich, und ich will verdammt sein, wenn das nicht der schönste Antrag war, den ich je gehört habe.«

Warme Wellen aus Glück durchströmen mich, ich sehe vom Ring zu Kayden und nicke. »Ja«, krächze ich und versuche es noch einmal.

Diesmal ist die Antwort lauter. »Ja, ich will.« Jetzt verändern sich seine Züge, und das Lächeln gleicht demjenigen, das er zeigt, wenn sein Tee auf den Punkt geraten ist. Er ist glücklich.

»Das ist der Ring, den mein Vorfahr Virgil Devlin der ersten Duchess of Barndon geschenkt hat. Damals war er sein Versprechen an sie, und heute ist er mein Versprechen an dich.« Er steckt mir den Ring an den Finger. »*In aeternum* ist ins Innere eingraviert. *Für die Ewigkeit.*« Er erhebt sich und zieht mich fest in seine Arme. »Ich habe diese Inschrift immer für den Inbegriff von Kitsch gehalten«, murmelt er. »Doch jetzt weiß ich, warum er sie gewählt hat. Weil weniger als die Ewigkeit nicht genug für uns ist.«

Und dann küsst er mich. Sanft und zärtlich. Mit seiner Hand fährt er über meine Wange und ich merke, dass er weit weniger selbstsicher ist, als er tut. Denn die Finger zittern, genau wie seine Lippen.

Ich lege meine Finger über seine, unterbreche den Kuss und flüstere. »Es ist alles gut, Kayden. Ich habe Ja gesagt.«

»Ich weiß.« Jetzt mischt sich ein Lachen in seine Worte. »*Damn*, ich weiß, und es macht mich … Ich glaube nicht, dass es ein Wort dafür gibt, wie glücklich ich bin.« Er senkt seine Lippen ein weiteres Mal auf meine. Als er sich diesmal löst, ist er ernster. »Bevor du auf falsche Gedanken kommst. Ich habe mir das alles gut überlegt, und ich habe Pläne für alle möglichen Eventualitäten.«

»Auch dafür, dass du alles verlieren wirst?« Meine größte Angst, und ich habe es geschafft, sie ruhig auszusprechen.

»Auch dafür. Ich glaube allerdings nicht, dass es zum Äußersten kommt, denn …« Hinter ihm fliegt krachend die Tür auf und die Dyers treten ein.

Maggy klatscht in die Hände. »Genau so bleiben, die Aufnahme ist perfekt.«

»Was …«, setze ich an, werde aber von Dwayne unterbrochen.

»Wir brauchen noch ein paar Aufnahmen!«, sagt er resolut. »Ihr küsst euch jetzt.«

»Wir …«, widerspricht Kayden, doch Maggy geht erneut dazwischen.

»Dir ist klar, dass diese Aktion einen Vertragsbruch darstellt?« Sie mustert ihn kalt. »An deiner Stelle würde ich den Ball flach halten und machen, was wir verlangen.«

»Ich habe den Vertrag nicht gebrochen«, antwortet Kayden ruhig und legt einen Arm um mich.

Maggy schüttelt den Kopf und lacht falsch. »Oh, ich weiß genau, was im Vertrag steht, und du«, sie deutet auf ihn, »hast ihn gebrochen.«

»Ich habe tatsächlich gestern nachgelesen und da steht, dass ich mich verpflichte, am Ende der Frau meiner Wahl einen Antrag zu machen. Da steht *Frau* und nicht *Kandidatin.*« Kayden ist immer noch ruhig und sieht auf mich hinab. »April ist eine Frau. Ich habe alle vertraglichen Anforderungen buchstabengetreu erfüllt.«

»Spitzfindigkeiten.« Maggy verzieht den Mund.

»So läuft das Spiel. Im Prinzip bin ich dankbar dafür. Denn die wörtliche Auslegung des Senders, was die Kameras in meinem Zimmer angeht, hat mir letztendlich den Ausweg gezeigt. Nehmt euren Vertrag und schiebt ihn euch dahin, wo die Sonne nicht scheint.«

Dwayne bricht in schallendes Gelächter aus. »Ich wusste, dass du uns am Ende überraschen würdest. Wie ein Gericht das sehen würde, ist natürlich noch mal eine andere Sache. Und deshalb biete ich euch einen Ausweg. Ihr habt eine Show abgeliefert, wie wir sie besser nicht hätten schreiben können.«

Kaydens linke Braue hebt sich. »*Pardon*?«

»Dass ihr zwei bis über beide Ohren ineinander verschossen seid, war nicht zu übersehen«, ergänzt Maggy. »Wir hätten nur nicht gedacht, dass du die Eier in der Hose hast, tatsächlich alles platzen zu lassen.«

»Darauf vorbereitet haben wir uns natürlich trotzdem«, fährt Dwayne fort.

»Vorbereitet worauf?«, fragt Shanaya, die inzwischen die Arme vor der Brust verschränkt hat.

Lola ist aufgestanden und hat sich neben ihre Kollegin gestellt. Sie wirkt eher beunruhigt als verärgert. »Was bedeutet das jetzt für uns?«

»Dass ihr eure Gage bekommt und den Ruhm dafür, zur größten Liebesgeschichte des Jahres einen nicht unerheblichen Beitrag geleistet zu haben.«

»Wir sind also raus?« Shanaya legt den Kopf zur Seite und sieht von den Dyers zu uns.

»Du hast es erfasst, Schätzchen. Ihr seid raus. Unser Duke erfüllt den amerikanischen Traum. Er verliebt sich in das arme, unscheinbare, naive Mädchen, das mit einer schweren Last durchs Leben geht und den Glauben an die Liebe bereits verloren hatte.«

Moment, so sieht sie mich?

»Das ist eine Geschichte, die erzählt werden muss!« Sie lächelt und fordert Dwayne dazu auf, weiterzusprechen.

»Wir haben folgendes Angebot: Wir schreiben das Ende von *Noble Match* neu. Anstelle der drei letzten Sendungen, die die Tagesereignisse zusammenfassen, bauen wir eure Liebesgeschichte auf. Und bei der Liveshow am Samstag tretet ihr auf und zeigt ganz Amerika euer Glück.«

Es ist sogar noch schlimmer, *ganz Amerika* wird mich so sehen.

»Und wenn wir uns weigern?« Kaydens ruhige Stimme gibt mir einen Punkt, an dem ich mich festhalten kann. Denn mir droht das alles zu entgleiten. Zu viel ist in zu kurzer Zeit passiert. Vor nicht einmal zehn Minuten war ich felsenfest davon überzeugt, dass ich Kayden nie wiedersehen würde. Jetzt habe ich zugestimmt, seine Frau zu werden, und wie es aussieht, wollen die Dyers jedem davon erzählen.

»Das würde ich nicht mal in Erwägung ziehen, *Darling*«, sagt Maggy, und sowohl ihre Stimme als auch ihr Blick sind eiskalt. »Eine Sache möchte ich unmissverständlich klarstellen. Wir tun das nicht aus Nächstenliebe oder gefühlsduseligen Anwandlungen. Wir erkennen eine gute Geschichte, wenn sie uns auf dem Silbertablett serviert wird. Und diese ist im wahrsten Sinne des Wortes Gold wert. Aber wir werden Telefonate mit den Sponsoren führen müssen, die Wendung der Dinge beim Sender rechtfertigen und so weiter. Trotzdem sind wir bereit dazu, weil wir überzeugt sind, damit die beste Geschichte zu erzählen. Spätestens wenn wir euren ersten Kuss auf dieser Insel damals zeigen und mit dem vergleichen, den Kayden nur Stunden vorher Rosalie gegeben hat, werden alle auf unserer Seite sein.«

Den haben sie gesehen? »Auf der Insel gab es Kameras?«, frage ich erstickt.

»Es gibt überall Kameras.« Maggys Lachen durchdringt den Raum. »Selbst in deinem Zimmer gibt es welche, Schätzchen. Haben wir installiert, nachdem das mit euch losging. So haben wir jede einzelne Sekunde zwischen euch Turteltäubchen.« Sie seufzt. »Außer die Zeit, die ihr in dieser Villa in Miami wart und danach bei deiner Mutter. Doch das ist halb so wild.«

»Wir haben niemals unsere Zustimmung zu diesen Aufnahmen gegeben und …«

Dwayne unterbricht Kayden mit einer Handbewegung. »Was wir euch bieten, ist ein Ausweg, bei dem alle profitieren. Geht das nicht in eure Köpfe? Ihr bekommt alles. Die Gage, mit Sicherheit jede Menge lukrative Werbeangebote, die positive Presse, was immer ihr wollt.« Er schüttelt den Kopf und schnaubt. »Unser Plan sieht wie folgt aus: In einer Stunde geht der erste Trailer über den Äther, in dem wir ankündigen, dass *Noble Match* mit einem überraschenden Ende aufwartet, das alles bisher Dagewesene in den Schatten stellt. Dann schüren wir die Erwartungen weiter und am Samstag lassen wir die Bombe platzen. Wir zeigen euren Weg zum Paar. Wir befragen die ausgeschiedenen und verbliebenen Kandidatinnen und ziehen eure Lovestory groß auf. Das Ganze endet mit dem herzzerreißenden Antrag. Danach rufen wir euch vor die Kamera, ihr gebt das verliebte Paar und die Sache ist durch.«

Kayden nickt langsam. »Haben wir Bedenkzeit?«

Dwayne sieht auf seine Armbanduhr. »Zwanzig Minuten. Ab jetzt!«

Während ich wie versteinert an Ort und Stelle verweile und zu verstehen versuche, was gerade passiert, ergreift Kayden die Initiative. »Komm.« Er nimmt meine Hand und führt mich raus aus der Villa in den Garten. Immer noch weit entfernt von jeder Privatsphäre, hat es hier wenigstens den Anschein, als wären wir unter uns. Auch wenn mir klar ist, dass die Dyers und die beiden Damen uns durch die Fenster beobachten und die Kameras laufen.

»Es tut mir leid.« Kayden hält inzwischen meine beiden Hände. »Ich wollte nie, dass alles in so einem Chaos endet.«

»Das weiß ich.« Ich streichle zärtlich seine Wange. »Was machen wir jetzt?«

»Was immer du willst. Wenn dir das alles zu viel ist, lehnen wir ab und suchen eine andere Lösung.«

»Eine andere Lösung? Eine, bei der du alles verlierst?«

Er schüttelt den Kopf. »Ich habe von einer amerikanischen Marke ein Angebot bekommen, als Unterwäschemodel zu arbeiten. Da verdient man richtig gut und …«

»Kayden, das ist Blödsinn. Du könntest niemals als Unterwäschemodel arbeiten.« Allein der Gedanke bringt mich zum Schmunzeln.

»Wieso? Ist mein Hinterteil nicht sexy genug?« Dabei tut er so, als würde er versuchen, auf seinen eigenen Hintern zu sehen.

Jetzt muss ich lachen. »Doch, schon, aber du würdest dich die ganze Zeit unwohl fühlen.«

»Wahrscheinlich. Immerhin lachst du wieder.« Mit seinem Daumen fährt er leicht über meinen gehobenen Mundwinkel. »Wir können machen, was wir wollen. Es wird sich eine Lösung finden. Das tut es immer.«

»Meinst du, wir sollen das Angebot der Dyers annehmen?«

»Nicht, wenn du das nicht willst, *Cutypie*.«

»Ich soll also darüber entscheiden, ob du deine Güter behalten kannst? Kayden, das ist unfair. Sag mir, was du willst.« Die Last wiegt schwer auf meinen Schultern und ich spüre, wie sie mir die Luft zum Atmen nimmt.

»Wäre es in Ordnung, wenn wir das Angebot annehmen?«, fragt er leise.

»Natürlich wäre es das«, antworte ich. »Ich kann die Dyers nicht sonderlich leiden, mit einer Sache haben sie allerdings recht: Das ist die beste Chance, die du kriegen kannst. Und wenn das der Preis dafür ist, dass wir zusammen sein können, zahle ich ihn gern.« Die Last verschwindet. »Eine Sache wäre da allerdings noch.«

»Was auch immer du willst.«

»Wir heiraten nicht sofort. Damit meine ich, dass wir uns Zeit lassen, uns richtig kennenzulernen und all die Dinge zu tun, die normale Paare tun.«

»Ich würde es nicht anders haben wollen.«

»Und ich ziehe nicht nach Schottland. Emily braucht ihr Zuhause. Sie hat zu viel durchgemacht, als dass ich sie entwurzeln könnte.«

Er nickt. »Wir richten uns nach dir und Emily. Ich muss nicht auf *Whitewater* leben. Meine Geschäfte kann ich von überall erledigen. Ich suche mir eine Wohnung in Seattle. Dann kann ich bei dir und Emily sein, und wir sehen, wie sich alles entwickelt.«

Das ist mehr, als ich mir erhofft hatte. »Du könntest bei uns wohnen.« Sofort runzele ich über meine eigenen Worte die Stirn. Wo kommt das auf einmal her? Ich habe nie darüber nachgedacht, dass Kayden und ich so schnell zusammenziehen könnten. Geschweige denn, dass wir je darüber geredet hätten. Bin ich zu schnell? Ich will das Angebot gerade relativieren, als ich sein Gesicht sehe. Es strahlt, und er nickt langsam.

»Wirklich?«, fragt er ein wenig atemlos.

»Ja!« Diesmal klinge ich überzeugter, weil ich es bin. »Wir haben ein freies Zimmer, das du haben kannst. Es wäre unrentabel, wenn du eine Wohnung zahlen müsstest, obwohl bei mir Wohnraum leer steht.« Das klang jetzt nicht gerade romantisch, aber die Idee gefällt mir von Sekunde zu Sekunde besser.

»Was ist mit Emily? Hattest du nicht gesagt, dass du meinen Kontakt zu ihr gering halten möchtest? Weil du nicht willst, dass …«

»Das gilt für uns nicht, Kayden.« Ich greife nach seiner Hand und drücke sie. »Ich habe gerade zugestimmt, deine Frau zu werden. In ein paar Tagen weiß es ganz Amerika. Das bekommt auch Emily mit. Von dieser Seite aus gibt es nichts mehr zu verheimlichen. Außerdem könnten wir …« Bei dem, was ich sagen will, überfällt es mich gleichzeitig heiß und kalt. Doch ich nehme all meinen Mut zusammen. Denn mit wenigen Worten hat er alle Hindernisse aus dem Weg geräumt. Kayden und ich werden eine gemeinsame Zukunft haben. Wohin uns die führt, ist unklar, aber eines ist sicher: Wir erleben sie gemeinsam. Und das will ich ihm verständlich machen. Ich sehe ihn an und lege all meine Liebe in den nächsten Satz. »Wir könnten zusammenleben und sehen, wie es funktioniert. Das ist noch besser, oder?« Bangen Herzens warte ich auf eine Antwort. Ist er bereit zu diesem Schritt, oder ist mein Vorschlag zu gewagt?

Jetzt ist er es, der meine Hand nimmt, jedoch drückt er sie nicht, sondern führt sie an seine Lippen. »Du meinst, wie eine kleine Familie?«

Mein Herz jubiliert und wird mit jedem Schlag größer und kräftiger, denn es nimmt die Liebe auf, die mich umfängt.

»Genau wie eine Familie«, antworte ich und er zieht mich zu sich heran. Als seine Lippen auf meine treffen und wir in einem tiefen Kuss versinken, weiß ich, dass endlich alles gut werden wird. Ich habe meine Familie gefunden.

Danksagung

Ein Roman ist zu Ende, was bedeutet, ich darf eine Danksagung schreiben. Es ist ein gutes Gefühl, all den Menschen danken zu können, die bei der Entstehung mitgewirkt haben.

Die Geschichte von Kayden und April hat für mich zweimal begonnen. Im Coronajahr 2020 kam mir die Idee des Bachelor, der sich nicht in eine der Kandidatinnen verliebt, und ich schrieb munter drauflos – bis ich nach den ersten hundert Seiten den Drive verlor. Irgendetwas fehlte der Geschichte. Also ließ ich sie ruhen und widmete mich anderen Projekten.

Diese Entscheidung sollte sich als Glücksfall erweisen, denn Ende März 2021 kam ich in Kontakt mit Astrid vom Drachenmond Verlag, die plante, neue Wege zu gehen und eine New-Adult-Abteilung zu gründen. Wir sprachen über meinen Bachelor, und die Idee, aus ihm einen schottischen Adeligen zu machen, war geboren. Ich verwarf also den kompletten Anfang und baute die Geschichte von Grund auf neu. Das Ergebnis haltet ihr in den Händen.

Aus diesem Grund gilt mein erster Dank Astrid und dem Team vom Drachenmond Verlag, das Vertrauen in Kayden und April hatte. Besonders hervorheben möchte ich hier meine Lektorin Alex Fuchs, deren Anmerkungen und Ideen mir viel Freude bereitet haben und der Geschichte den letzten Schliff gaben.

Auch ein Riesendank an meine Testleserinnen Uta, Brina, Vicky, Christina und Yvy. Ihr habt in die richtige Richtung gedacht und die Show runder gemacht.

Und Mama, vielen Dank, dass du dir die Zeit genommen hast, Noble Match zu lesen und zu kommentieren, trotz allem, was bei dir in der Zeit los war.

Danke auch an meine Söhne und besonders an meinen Mann. Ihr habt mein Gejammere ertragen, meine Zweifel zerstreut und mir den Schubs in die richtige Richtung gegeben.

Bleibt mir nur noch, allen Leser/-innen zu danken. Ich hoffe, ihr hattet Spaß und freut euch genau wie ich auf die Geschichte von Kaydens Schwester Diana, die uns nach Cambridge, London und in die schottischen Highlands führen wird.

Eure Nicole Knoblauch

Mira Manger

All The Things That Matter

ISBN: 978-3-95991-761-2, Klappenbroschur, EUR 14,90

Die junge April Woods ist als Teamassistentin mittendrin in der neuesten amerikanischen Bachelor-Show Noble Match. Sie muss sich nicht nur mit großspurigen Produzenten, intriganten Teamchefs und kapriziösen Kandidatinnen herumschlagen, sondern auch mit Kayden Devlin, dem Star der Show.

Der schottische Duke hat ganz eigene Vorstellungen davon, wie alles ablaufen sollte, und mit seiner durch und durch britischen Lebensart erobert Kayden die Herzen der Damen und des Publikums im Sturm. Nur April setzt alles daran, sich seinem Charme zu entziehen – für sie steht weit mehr auf dem Spiel als nur ihr Herz.

Ina Taus

Bullshit Bingo – Das Spiel beginnt

ISBN: 978-3-95991-868-8, Klappenbroschur, EUR 14,90

Endlich ist Haley Studentin an der Penn University und lebt ihren Traum. Doch dann verliert ihr Vater seinen Job und sie weiß nicht, wie sie in Zukunft die Studiengebühren und ihr Zimmer im Wohnheim bezahlen soll. Als sie erfährt, dass die Mitglieder der »Crossbones« – eine Studentenverbindung – seit Jahren in einem geheimen Spiel gegeneinander antreten, scheint »Bullshit Bingo« die Rettung für Haley zu sein.

Nachdem sie der Verbindung beigetreten ist, wartet allerdings bereits die nächste Schwierigkeit: Adam Carter, ihr ehemaliger Nachbar und der Mensch, dem sie gern weiterhin aus dem Weg gehen möchte. Doch leider ist das nicht so einfach, denn Adam ist ebenfalls Verbindungsmitglied und wirklich hilfreich beim Lösen der gestellten Aufgaben. Je länger die beiden zusammenarbeiten, desto klarer wird, dass sie zwar ein Spiel gewinnen, aber möglicherweise auch ihr Herz verlieren könnte ...

Jessica Wismar

Love me snowly

ISBN: 978-3-95991-712-4, Klappenbroschur, EUR 14,90

Urlaub im schneebedeckten Österreich … so hatte sich Elina die Winterferien eigentlich nicht vorgestellt. Um einem ungebetenen Gast aus dem Weg zu gehen, schließt sie sich spontan einem Skitrip an. Abenteuer, Spaß und unbegrenzte Freiheit sind genau das, was Elina gerade braucht. Mitten im Schnee lernt sie neue Freunde kennen – und Noah. Attraktiver, als ihm – und ihr – guttut. Sie kommt ihm näher, als sie sollte, denn eine Beziehung ist das Letzte, was sie will. Doch während ihr Kopf das einsieht, scheint ihr Verstand irgendwo auf der Piste verloren gegangen zu sein. Und ihr Herz gleich mit! Als dann auch noch der Barmann Santino in ihr Leben tritt und Elina gefällt, was sie hinter seiner schroffen Fassade entdeckt, ist das Chaos perfekt.

Mariella Heyd

No Pain, No Gain – No Love

ISBN: 978-3-95991-379-9, Klappenbroschur, EUR 14,90

Endlich raus aus ihrem alten Leben!
Die heiß ersehnte Studienzusage der University of Michigan erlaubt es der 19-jährigen Harper, von ihrer kaputten Familie fortzukommen.
Jetzt soll alles anders werden. Sie konzentriert sich aufs Lernen und gönnt sich keinerlei Ablenkungen – bis ihr der 13-jährige Everett über den Weg läuft, der dabei ist, auf die schiefe Bahn abzurutschen. Harpers Helfersyndrom schlägt an und sie beschließt, ihn zu retten. Was ziemlich schwierig wird, vor allem, weil sie dadurch immer wieder ihrem Mitstudenten Maxwell über den Weg läuft. Der erregt zwar augenblicklich ihre Aufmerksamkeit – doch leider bringt er ein paar Eigenschaften mit, für die es in ihrem Leben nie wieder Platz geben sollte.